テリ文庫

弁護士の血

スティーヴ・キャヴァナー
横山啓明訳

早川書房

7604

THE DEFENCE
by
Steve Cavanagh

Translated by
Hiroaki Yokoyama
First published 2015 in Japan by
HAYAKAWA PUBLISHING, INC.
This book is published in Japan by
arrangement with
THE MEANS PARTNERSHIP
c/o A M HEATH & CO. LTD.
through THE ENGLISH AGENCY (JAPAN) LTD.

ブライディーとサムに

「判決が先――評決は後まわし」

『不思議の国のアリス』ルイス・キャロル

弁護士の血

登場人物

エディー・フリン……………………………弁護士
オレク・ヴォルチェック……………………ロシア・ギャングのボス
アートラス…………………………………オレクの同士
ヴィクター…………………………………オレクの同士
クリスティン………………………………エディーの妻
エイミー……………………………………エディーの娘
リトル・ベニー……………………………重要証人
ジーン・デンヴァー………………………裁判官付きの事務職員
アーノルド・ノヴォセリック……………陪審コンサルタント
ミリアム・サリヴァン……………………地区検事代理
ガブリエラ・パイク………………………裁判官
ハリー・フォード…………………………上級裁判官

1

「言われたとおりにしろ。さもないと弾丸が脊椎を砕く」

いかにも男らしい口調、東ヨーロッパのアクセントだった。声が震えることも、不安を滲ませることもなかった。声の調子は静かで抑制されていた。脅しではない。事実を淡々と告げているだけだ。逆らえば、撃たれるだろう。

腰のくびれたあたりに銃を押しつけられ、まごうことなき電気のようなひりひりする感覚が走った。まず体が反応しようとした。銃口へと上半身を傾け、すばやく左へ回転して弾丸をそらす。男はおそらく右利きだ。ということは、当然、左側に隙がある。そこをついて、体を回転させながら男の顔面に肘を叩きつけ、ひるんだところで手首を折り、額に銃を突きつけてやればいい。以前はできた。こんなことができる自分はもういない。過去に葬り去った。間抜け野郎になりさがった。まともな生活をおくるようになると誰もがそうなる。

蛇口をひねると、シンクに滴る水音が消えていった。濡れた両手を挙げながら、指が震えているのがわかった。

「手を挙げる必要はない、ミスター・フリン」

名前を知っている。シンクを握りしめながら、顔を上げ鏡をのぞきこんだ。こいつには以前にお目にかかったことはない。痩せて背が高く、チャコールのスーツにブラウンのコートを着ている。これ見よがしに頭を剃っており、左目の下から顎にかけて傷が走っていた。腰のくびれに強く銃を押しつけながら男は言った。

「あんたについてトイレを出る。コートを着るんだ。朝メシの金を払い、一緒に外へ行く。話をしようじゃないか。言われたとおりにすれば、心配することはなにもない。逆らえば、死ぬ」

こちらの目をしっかりと見据えている。顔や首筋が赤くなることもなければ、隙もない。正体を推測する手がかりも一切ない。ペテン師ならひと目見ればわかる。どんな目つきをしているか知っている。わたしも長いあいだそういう目をしていた。こいつはペテン師ではない。殺し屋だ。だが、殺し屋に脅されるのはこれが最初ではない。この前、切り抜けられたのは考えを巡らせたからであり、パニックに陥ったからではない。

「行こうか」

男はそう言って一歩後ろへ下がり、銃を持ち上げて鏡のなかでわたしにも見えるようにした。銃は本物のようだ。短銃身の銀色のリボルバー。銃を突きつけられたときからハッタリではないとわかっていたが、鏡に写った小さい邪悪な武器を目にすると恐怖で肌が粟立った。

鼓動が早くなり胸が苦しくなってきた。こうしたお遊びから遠ざかって久しい。パニックを起こしながらも頭を使ってこの危機を乗り切らざるをえない。リボルバーが男のコートのポケットに消えると、男はドアへ向かうよう身振りで示した。おしゃべりは終わりらしい。

「わかった」わたしは答えた。

ロースクールで二年学び、裁判官の書記官として二年半働き、弁護士を開業して九年近くなるが、なんとか口にできた言葉は、「わかった」だけだった。石鹸のついた手をズボンの尻で拭い、黒ずんだブロンドを指で梳いた。男を後ろに従えてトイレを出ると、ダイナーにはすでに客がいなくなっていた。席まで戻って椅子にかけていたコートをはおり、コーヒーカップの下に五ドル置くと、出口に向かった。顔に傷がある男はすぐ後ろをついてくる。

テッズ・ダイナーは考えごとをするにうってつけの店だ。この店のブース席でどれほど審理の戦略を練ったことか。医療記録、銃創の写真、コーヒーの染みのついた訴訟事件摘要書でテーブルを埋め尽くしたものだ。昔、毎日同じ店で朝食をとるようなことはしなかった。あまりに危険なことだった。生まれ変わってからは、テッズ・ダイナーで朝メシを食うのが楽しみになった。気を許し、用心しなくなった。とんだドジ野郎に成り下がった。今朝も神経を張り詰めていればよかったのだ。そうすれば、男が近づいてくるのに気づいただろう。

ダイナーから都会のど真ん中に出ると、安全地帯に足を踏み入れたような気がした。月曜日の朝、歩道は仕事場へ向かう人たちがせわしなく行き交い、舗装された道を足の下に感じて不安が消えた。午前八時十五分のニューヨーク市チェンバーズ・ストリート、三十人もの目撃者がいるところで男が発砲することはないだろう。ダイナーを出ると左手へ行き、そこで立ち止まった。廃業して打ち捨てられたホームセンターの前だ。十一月の風に吹きさらされて顔が赤らむのがわかった。こいつはなにが望みなのだろう。以前、裁判で負けたのか？　この男の顔はまったく覚えていない。ホームセンターは窓を板で打ちつけられており、わたしはその前に立った。傷のある男が横に並んだが、触れ合うほど近くに寄っているので、通行人があいだに入ることはできない。男は相好を崩し、頬のなかばに走る傷が曲線を描いた。

「コートをはだけてなかを見るんだ、ミスター・フリン」

手が思うように動かず、ぎこちなかったが、ポケットを探った。なにもない。コートの前を大きく開いた。ほころびのようなものがあった。シルクの裏地が縫い目からほどけているように見える。ほころびではない。しばし目を凝らしてようやく、裏地の上に裏地を重ねるように、コートの内側に薄い黒のジャケットが貼りつけられているのがわかった。今までこんなものはなかった。トイレに行っているあいだに、男がジャケットの袖をコートに通し、固定したにちがいない。手で背中を探ると、下の方、ウェストの上のあたりにマジックテープの合わせ目があり、ポケットだとわかった。見えるように裾を前の方に持ってきてマジックテープを開き、手をなかに入れると解けた糸の感触があった。

隠されたポケットから引っ張りだしてみると糸ではなかった。

細いケーブルだ。

赤いケーブル。

手でケーブルをたどっていくと薄いプラスティックの箱、そこからさらにケーブルがのび、ジャケットの背中の両端にふたつのほっそりした長方形の膨らみがあった。

息が吸えなくなった。

爆弾を身につけている。

チェンバーズ・ストリートを行く三十人の目撃者の前で銃を撃つつもりは男にはない。どれほどの犠牲者が出るかなどおかまいなしに、わたしを噴き飛ばすつもりなのだ。

「走ったら、起爆する。取ろうなどと思うな。他人の注意を引くような真似もするんじゃない。おれはアートラスだ」

男は笑いながらアー・トラスと発音した。

大きく息を吸うと空気は金属の香りがした。意識してゆっくり吐き出す。

「そう神経質になるな」

「なにが望みだ？」

「おれの雇い主は、あんたの事務所に弁護を依頼した。まだ決着のついていない件がある」

わずかながら恐怖は薄れた。わたしの個人的な問題ではない。先の法律事務所に関係したことだ。ジャック・ハローランにこいつを押しつけることができるだろう。

「申し訳ないな、相棒。もう事務所にはいないんだ。お門違いだよ。いったい雇い主というのは誰なんだ？」

「名前は知っていると思う。ミスター・ヴォルチェックだ」

ああ、勘弁してくれ。こいつの言うとおりだ。名前は知っている。オレク・ヴォルチェックは、ロシアのギャング組織のボスだ。元パートナーのジャック・ハローランと別れるひと月前、ジャックはヴォルチェックの弁護を引き受けた。ヴォルチェックは殺人罪で起訴されていた――ギャング同士の争いだ。わたしはこの事件に関する書類に目をとおす暇もヴォルチェックとお目にかかる機会もなかった。その月は、誘拐未遂で訴えられていた株式仲買人テッド・バークリーの弁護にかかりきりだったのだ――この裁判のおかげで、わたしはボロボロになった。その結果、家族を失い、ウィスキーに溺れることとなったのだ。一年ほど前、魂の残骸を抱えて法曹界を去り、ジャックはわたしの法律事務所を引き継ぎ、大喜びだった。陪審員団がバークリー事件の評決を下してから、わたしは法廷に足を踏み入れていないし、近い将来、法曹界に戻ることも考えていない。

ジャック・ハローランもまた問題を抱えていた。ギャンブルだ。最近、耳にしたところによれば、事務所を売って街を出る腹づもりらしい。おそらくジャックはヴォルチェックの依頼料を懐にトンズラしたのだろう。ロシアのギャングどもがジャックを見つけ出すことができなかったのなら、当然わたしのところに来る――金を奪い返すためだ。腕っ節の強いやつに、お決まりの仕事をするように命じる。腰に爆弾をつけられたのだから、破産することなどなんだというのだ？　金をくれてやる。それで問題は解決するだろう。金を払えばいい。こいつはテロリストではない。ギャングなのだ。ギャングは借金のあるやつを噴き飛ばすようなことはしない。金を回収できればいいのだ。

「いいか、あんたたちのお役に立てるのはジャック・ハローランだ。わたしはミスター・ヴォルチェックには会ったことがないし、ジャックとはもうパートナーでもない。だが、いいだろう。依頼料を返してほしいというのなら、今ここで喜んで小切手を切る」

小切手が現金化できるかどうかは、別の問題だ。銀行口座には六百ドルしかなく、家賃は滞納、リハビリテーションの請求もたまっているが払うことができないし、収入もない。リハビリテーションのための出費がなんといっても大きい。しかし、あれほどウィスキーをがぶ飲みしていたのだから、病院で検査し、治療を受けたからこそ死なずにすんでいるのだろう。カウンセリングを受けて、ジャックダニエルズをいくら飲んでも、バークリー裁判の記憶を消し去ることはできないとさとった。ついに酒を断ち、借金をした相手に支払いをすると最後に確約してから二週間ほったらかしにしている。もう一度、やり直すことを二週間保留にしている。ロシア人が要求する額が数百ドルを超えたなら、困ったことになる――どん詰まりだ。

「ミスター・ヴォルチェックは金が欲しいわけではない。あんたにやるよ。どのみち、稼ぐことになるんだ」

「〝稼ぐ〟ってのはどういうことだ？　いいか、廃業したんだよ。弁護士の仕事はもう一年近くやっていない。お役に立てないな。ミスター・ヴォルチェックの依頼料は払おう。頼むからこいつを外してくれ」そう言ってジャケットをつまみ、すぐにでも取っ払ってもらおうとした。

「そうじゃない。わかってないな、弁護士さん。ミスター・ヴォルチェックはあんたにやってもらいたいことがあるんだよ。ミスター・ヴォルチェックの弁護をする。それで報酬を得るってわけだ。引き受けてもらう。断れば人生終わりだ」

答えようとしたが、動揺のあまり喉が締めつけられて声にならなかった。合点がいかない。ジャックはわたしが仕事をやめたこと、これ以上弁護士としてやっていけないことをヴォルチェックに話しているはずだ。車体の長い白いリムジンが縁石に寄ってきて停車した。ワックスで輝く車体にわたしの歪んだ姿が映った。後部座席のドアが開き、そこに映っていたわたしの姿が消えた。アートラスは開いたドアの脇に立ち、頷いて乗るようにうながした。落ち着こうとした。深呼吸をして胸の動悸を収め、必死に吐き気を抑えた。リムジンの窓ガラスは濃く色づけられ、車内には黒い水があふれているかのように闇が広がっていた。

一瞬、すべてがおそろしいほど静まり返った——わたしと開いたドアがあるだけ。走って逃げたとしても、遠くまではいけないだろう——問題外だ。車に乗り、アートラスの近くにいれば、起爆することはないだろう。このとき、昔身につけた技術を磨いてこなかった自分を呪った。長年、ストリートで生きぬくのに役に立った技術。ロースクールに通う前、百万ドル稼ぐ弁護士を騙すことができるほどの技術。アートラスが三メートルも近づかないうちに気づく技術。

心を決めて車に乗り込み、想像のつかないところへ軽がり落ちていった。

2

座った途端、爆弾が肉に食い込んだ。

リムジンの後部座席には三人の男がおり、さらにアートラスが乗り込んできてドアを閉め、人をいらだたせるあの笑みを浮かべたままわたしの左側に座った。エンジン音が聞こえているが、車は停まったままだった。葉巻と新しい革のにおいが鼻孔を満たす。さらに色の濃いガラスが運転席と後部座席を限っていた。

白い革のジムバッグが床に置かれていた。

わたしの右側には、黒いコートを着たふたりの男が六人がけのシートの残りを占領していた。お伽話に出てくるような驚くほどの大男だ。ひとりはブロンドの長い髪をポニーテールに結っている。もうひとりはブラウンの短い髪をしており、ほんとうに巨人のように見える。頭はバスケットボールほどの大きさがあり、隣に座っているブロンドの大男が小人のようだ。だが、心底震え上がったのは、その表情だ。感情、人間らしい心というものがまったく欠落しているのだ。なかば死んだ者のように冷たいぞっとするような顔をしている。詐欺師なら、〝カモれる〟相手を見つけ出すことができる。人間の自然な反応や感情を操ることはできるのだが、ふつうの手が通じない相手がいる。詐欺師はこうした連中を見分け、近づかないようにしている――こうした連中とは、サイコパス。ブラウンの髪をした巨人は、典型的なサイコパスだ。

わたしの向かい側には、オレク・ヴォルチェックが座っていた。黒のスーツの下の白いシャツは胸元まではだけている。灰色の無精ひげを生やし、髪にも灰色のものが混じっている。ハンサムと言ってもいいのだろうが、目に憎悪がたぎり、整った顔を台無しにしていた。新聞やテレビで見知った顔だ。ギャングのボス、人殺し、ヤクの売人。

だが、絶対にわたしの依頼人になるような男ではない。

これまでにもヴォルチェックのような男を相手にしてきたことはある。友人として、敵として、依頼人としても。ブロンクス、コンプトン、マイアミ、リトル・オデッサの連中なら問題はない。こうした地区のやつらが崇めているのはひとつのものだけ――力だ。小便がちびるほど震え上がっていたが、さとられるわけにはいかない。さもないと死ぬ。

「脅しをかけてくるような相手とは仕事をしないんだ」

「選択の余地はないんだよ、ミスター・フリン。おれがあんたの新しい依頼人だ」ヴォルチェックは言った。ややブロークンな英語をひどいロシア訛りで話す。「あんたらアメリカ人は言うだろ。ついてないこともあるってな。好きなだけジャック・ハローランを責めるといい」

「最近じゃあ、たいていのことはあいつのせいにしているんだ。どうしてジャックがあんたの弁護をしない？　やつはどこにいるんだ？」

ヴォルチェックはアートラスに目を向けた。いつまでも消えないアートラスの笑みがヴォルチェックにも伝染したが、すぐに消え、わたしに視線を戻すとこう答えた。

「ジャック・ハローランが弁護を引き受けたとき、勝訴は無理だと言った。そんなことはわかっていた。ジャックに依頼する前に四つの法律事務所に持ちかけていたんだ。だが、ジャックは他の弁護士にはできないことを引き受けてくれると思った。だから金を払って弁護を依頼した。残念ながらジャックは契約を結んだ者として責任を果たすことができなかった」

「それはお気の毒に。だが、わたしとは関係がない」びくついているのが声に表われないように必死だった。

「それはちがう」ヴォルチェックは傍らに置いた金のケースからチョコレート色の小型の葉巻を取り出すと口にくわえ、火をつけてから先を続けた。「二年前、マーリオ・ジェラルドという男を殺すように命じ、リトル・ベニーに殺しを依頼した。ベニーは仕事をこなしたが、捕まり、ＦＢＩに自白した。ベニーはおれが殺しを依頼したことを裁判で証言するだろう。これまで相談した弁護士は、どいつもこいつも、ベニーは検察側の重要証人になるだろうと言った。おれの有罪を確定する証言になるだろうとな。まあ、まちがいないだろう」

歯を食いしばっていたので顎が痛くなってきた。

「ベニーはＦＢＩによって身柄を拘束されている。厳重に守られ、どこにいるのか不明だ。おれの情報源もつかむことができない。唯一あんただけがベニーに接近できる。おれの弁護士だからな」ヴォルチェックはここで声を低くした。「ベニーに対する反対尋問の前にあんたはジャケットを脱ぐ。法廷に誰もいなくなったとき、おれたちが証人席の下に爆弾を貼りつける。ベニーが座ったら起爆させる。ベニーはいなくなり、事件も消え、問題は解決だ。あんたは爆撃兵なんだよ、ミスター・フリン。監獄へ送られるだろう。検察には再審に耐えるだけの証拠がない。で、おれは自由の身だ」

「いかれてるよ」

ヴォルチェックはすぐには反応を示さなかった。怒り狂うこともなければ、脅してくることもなかった。ただそこに座っていたが、選択肢を考えているかのようにふと首を傾げた。なんの音も聞こえない。ただ心臓が胸を突き破りそうになるほど激しく鼓動している。弾丸を食らうようなことを言ってしまったのだろうか。ヴォルチェックから視線をそらすことはできなかったが、ほかの三人がわたしを見詰めていることはわかった。蛇の穴に手を突っ込んだと言わんばかりにひどく呆れ返った眼差しを投げてくる。

「心を決める前にこいつを見てくれ」ヴォルチェックはそう言ってアートラスに向かって顎をしゃくった。

アートラスは白いジムバッグを拾い上げると開けた。

ジャック・ハローランの頭部が入っていた。

胃がひっくり返った。口のなかに唾液が満ちた。吐きそうになり口を押さえ、咳き込んだ。つばを吐き、懸命に平静を保とうとし、爪が革を傷つけてしまうほど尻の下のシートを握りしめた。落ち着き払ってるように見せかけていたが、これでメッキが完全に剝がれてしまった。

「ジャックならできると思ったんだ。見込みちがいだった。だが、あんたの気持ちに賭ける気はさらさらないんだ、ミスター・フリン」ヴォルチェックはそう言って前屈みになった。

「娘をいただいた」

時、呼吸、血、動き――すべてが停止した。

「娘に指一本でも触れたら……」

ヴォルチェックはズボンのポケットから携帯電話を取り出し、開いてこちらに向けた。液晶画面が見えた。エイミーは暗い街角の新聞雑誌売り場の前に立っている。目に入れても痛くない娘。まだ十歳だ。ニューヨークのどこだろう。街角にたたずみ、寒さから体に腕をまわし、不安そうな目でカメラを見据えている。娘の背後には、新聞の大見出しが躍っており、土曜日の夜にハドソン川で貨物船が沈没した事件を伝えていた。

どれほど汗をかいたのか、まったくわからないが、シャツが濡れていた。顔や髪もべったりだったが、もはや恐れはない。爆弾、銃、死人の目で見つめてくる黙りこくったふたりの大男も、もはやどうでもいい。

「娘を返せ。さもないと殺してやる」

ヴォルチェックもほかのやつらも笑った。こいつらは弁護士としてのエディー・フリンを知っているだけだ。昔のエディー・フリンを知らない。盗人、裏通りのファイター、詐欺師。正直な話、わたし自身、こうした自分の過去を忘れていた。

ヴォルチェックは首を傾げてから口を開いた。一語一語、慎重に言葉を選んでいるかのような話し方だった。

「脅しをかける立場にはない。賢くなれ。言われたとおりにすれば、娘は無事だ」

「娘を返せ。安全だとわかるまでなにもするつもりはない。殺したければ殺せ。はっきり言って、殺した方がいい。今すぐ娘を解放しなければ、おまえの目に親指を突き立てたまま墓場に入ってやる」

ヴォルチェックは葉巻を吸ってから口を開き、分厚い唇のまわりでしばし煙を漂わせ、香りを楽しんでいた。

「娘は安全だ。昨日、学校の外で校外見学のバスを待っているところを捕まえた。面倒を見ている男たちのことを、あんたが寄こした警備員だと思っている。以前にも殺すと脅されたことがあっただろ。娘はそのことを知っているんだ。元の女房は、エイミーが移動教室でロングアイランドをハイキングしていると思っているし、学校側は、あんたと一緒だと信じ込んでいる。娘は一日か二日なら寂しい思いをすることもないだろう。言われたとおりにしないと、娘を殺す。だが、死は安らぎとなるだろう。協力を拒めば、娘は苦しい思いをすることになる。手下のなかには……」

ヴォルチェックはわざと言葉を濁し、正確な言葉を探しているふりをしてわたしが悪夢を紡ぎだすように仕向けた。肉体的な暴力に備えるように全身が緊張した。怒りでアドレナリンが体中を駆け巡った。

「そう、幼いかわいらしい子どもに異常な欲望を持った者もいる」

ヴォルチェックに殴りかかった。自分でもなにをしているかわからないうちに、シートから身を乗り出していた。窮屈でしっかりとした足掛かりもなく、頭を下げていたが、怒りが煮えたぎっており、ヴォルチェックの左頬に鋭い右が決まった。薄汚い口から葉巻が飛んだ。ヴォルチェックの喉にさらにパンチを放とうと、左手を引き、体を固定した。

二発目を繰り出そうとしたとき、巨人のサイコ野郎がわたしをつかみ、床から体が持ち上げられた。横を向くと、馬鹿でかい手がわたしをつかんでいた。いたずらっ子を扱うようにわたしをシートに座らせようとし、わたしは過去に身につけた動作を繰り返していた。右手で相手の顔を思い切りつかみ、爪を肉づきのいい額に食い込ませた。まったく意識しない、反射的な反撃であり、気も狂わんばかりの激情に駆られてのことだった。左手は相手のジャケットに滑りこみ、財布をつかみとった。一秒もかからない。素早くしなやかに。長い年月がたっていたが、スピードは失っていなかったわけだ。みごとなスリの手口。大男は気づいてもいない。顔から手をはぎ取ることに汲々としていたのだ。財布をわたしのポケットに滑りこませたとき、ディナー・プレートほどの大きさの拳が目の前に現われた。顔を背けてパンチをかわしたが、後頭部に強烈な衝撃が走った。わたしは崩れ落ち、リムジンの床に頭を打ちつけた。

床に横たわったまま、頭に痛みが渦巻くのに堪えた。十五年ぶりのスリだった。本能だった。わたしはかつてそのような人間だったから、こうなっただけのことだ。

いや——今もそのような人間なのだ。

一人前の詐欺師として腕を磨き、駆使してきた技術の数々——相手の気を散らすこと、注意をそらすこと、説得、ほのめかし、甘言を弄し、変わり身早く、手を引く——昔、ストリートで生きていたころに実践していたことだが、この九年間法廷でも使ってきた手だった。わたしはほんとうには変わっていなかった。騙す対象が変わっただけなのだ。目と心が閉ざされていく。わたしは濃くなっていく闇に飲み込まれていった。

3

革のシートの上で意識を取り戻したが、後頭部には依然として痛みが残っていた。ゴリラの片割れが、わたしの首筋を氷の入った袋で冷やしていた。ブロンドの大男のほうだ。こいつはスウェーデンのヘヴィー・メタル・バンドを抜けたような風貌をしている。ヴォルチェックが吸っている葉巻の甘ったるい刺激臭に気分が悪くなった。リムジンの床から引きずりあげられ、シートに投げ落とされたのだろう。葉巻の煙で目がちょっと染みたが、わたしをぶちのめした巨人のサイコ野郎は車のなかにいないのがすぐにわかった。氷の入った袋を受け取ったが、床に落としてしまった。

「裁判所の前にいる」アートラスが言った。

わたしは上半身を起こした。

「どうして裁判所にいるんだ？」

「今朝からミスター・ヴォルチェックの裁判がはじまるからだ」アートラスが答えた。

「今朝から？」

ヴォルチェックの携帯電話で見た娘の写真を思い出して怒りがわき起こると、首筋の痛みが酷くなり、筋肉が緊張して鉄のように硬くなった。

「あと一時間ではじまる。車から降りる前に、引き受けると言ってもらいたい。断るのなら、今この場であんたを始末し、それから家族を殺す」

アートラスはそう言うと、リボルバーを取り出して組んだ膝の上に置いた。

アートラスは高そうなグラスを手渡してきた。なかには小便のような色をした液体が揺れている。バーボンのような香りだ。一気に飲み干すと、懐かしい酸味が喉を焼いた。アルコール依存症のリハビリテーションを終えてから、はじめて口にした酒だ。あのクリニックにはいくらの借金があるのかという思いが、一瞬、脳裏をよぎったが、すぐに頭から追い出した。禁酒を破る時と場というものがある。今はまさしくその時だ。二杯目をついでもらうためにグラスを差し出した。アートラスはグラスと釣り合った高価そうなクリスタルのデカンターから酒を注いだ。二杯目もぐっと飲み干し、喉が焼かれる感触を楽しんだ。アルコールの強い刺激で全身に震えが走り、頭を振った。頭をスッキリさせておこうとした。占い遊びのマジック・エイト・ボールを振ってお告げを読み取るようなものだ。答えは浮かび上がってこなかった。

「娘はどこにいる？」

「今のところは安全だし、楽しくやっている」

アートラスはそう言って、わたしのグラスにさらに酒をついだ。これもむさぼるように飲み、頭を働かせた。

「どうしてジャックを殺した？」

ヴォルチェックはアートラスに向かって頷いた。アートラスに詳細な話をさせることを喜んでいる。

「おれたちが会った弁護士は全員、ベニーの証言によってヴォルチェックは有罪になるだろうと言った。となるとベニーを殺すだけだ。いたってかんたんな解決策だ。しかし、やつがどこにいるのかわからない。ジャケットを着るようにジャックを……〝説得〟した。法廷に来れば、ベニーを殺すことができる。ところが、ジャックは拒んだ」

どのような説得の仕方をしたのだろう。まちがいなく拷問されたのだと思う。ジャックは間抜け野郎でギャンブル中毒だが、かつてのパートナーだ。ジャックへの憤懣は幾分和らいでいる。やつがかつてどのような男だったにしろ、爆弾を運ぶような人間ではない。みずから撒いた種に足をすくわれずにブリーフケース片手に歩きまわっていたのだから、運がよかったのだろう。こいつらはジャックをそうとう痛い目に合わせたにちがいない。

「どうしてジャックだったんだ？」

「弁護士なら誰でもいいというわけではない。あんたとジャックは法律事務所をはじめるときに高利貸しから金を借りた。ジャックは嘘つき野郎で借金を返さないという悪い評判がたっていた。やつは金が必要だった。あんたが事務所を辞めた後、依頼人が離れていったからな。おれたちは警備を無事に切り抜けて爆弾を運ぶ男が必要だった。裁判所の警備は厳重だ。今日は特に厳しく調べられるだろう。爆弾を持ち込むことはできない。なかに入る者は、誰も彼も調べられる。全身をスキャンされ、さらにボディーチェックだ——だが、あんたとジャックは例外だ。そのくらいは知っている。何カ月ものあいだ毎日、裁判所に出入りしているのを見ていたんだ。ふたりとも調べられることはない。警備員はすぐに通す——まるで昔からの友だちのようにな。あんたに言ったことをジャックにも話した。爆弾を仕掛け、爆発させる」

アートラスは椅子の背に体を預け、ヴォルチェックに視線を走らせた。ふたりはまるでタッグを組んでいるようだ。アートラスは事実を率直に過不足なく語ったようだ。話し終わると、ボスが脅しの言葉を並べるのを嬉しそうに聞いていた。

「ジャックは今あんたがいるところに座っていたんだよ、ミスター・フリン。三日前のことだ。爆弾を装着した同じジャケットを着てな。あんたに説明したのと同じことを話した。車のドアを開け、仕事をしにいけと言った」ヴォルチェックは床に視線を落とした。

葉巻の煙のなかから顔を上げ、灰色の靄がその輪郭を縁取った。

「ジャックは凍りついた。激しく動揺して……なんと言ったらいいか？　癲癇《てんかん》？　発作を起こしたようになっちまってな。小便が脚のあいだから滴った。車のドアを閉め、うちの事務所へ連れていったってわけだ」

ヴォルチェックは再び葉巻を吸い、その先端の暖かそうな火影を眺めていた。

「ジャックを椅子に縛りつけた。言われたとおりにしないと妹を殺すと脅した。ここにいるヴィクターが」そう言ってブロンド男を指さした。「妹を連れてきた。おれはナイフを持ち、やつの前で妹の顔を切ってやった。『言われたとおりにするか？』そう尋ねた。返事はなかった。そこでおれはナイフで妹を切り刻んでいったが、ジャックはただ座っていただけだ」

胸が悪くなった。この化け物が娘を拉致したのだ。音がしただけでわずかながらもぎくりとする——極度の不安で固く握りしめた指の関節が鳴ったのだ。もう片方の手にはバーボンが入っていた空のグラスを握っており、こいつをヴォルチェックの目に叩きつけてから、断ると言ってやろうかと思った。だが、先ほど殴りかかって酷い目にあったことを思うと、同じ轍を踏む気にはならなかった。

今のところはまだ。

「ジャックには頼れないと思った。で、殺す前に妹に恨みを晴らしてもらうことにした。彼女にナイフを渡したのさ。手を貸してジャックを切り刻んでもらった。徹底的にな」

わたしを見据える目に地獄の業火が燃え上がり、輝いた。思い出すだけでも楽しいらしい。

「ジャックはつっぱりすぎた。そこで計画を中止して兄貴の後始末を任せてから、妹を殺したのさ。勇敢だったよ。兄貴とはちがう」

ありがたいことにすでにジッパーは閉まっていた。ジムバッグを見下ろし、ジャックのことを思った。ジャックに対する嫌悪がぶり返した。やってもいいと言うのなら、切断された頭部をハドソン川に蹴り入れてやろう。徹底的にやってやるだけのことだ。ジャックは川底の沈没船の傍らで朽ち果てるにふさわしい。

「予行演習をしている時間はない」アートラスが引き継いで先を続ける。「今、あんたは爆弾を身につけている、ミスター・フリン。落ち着いて考えろ。娘のことを忘れるなよ。爆弾をなかに持ち込む――そうすれば、娘に会える日も近くなる。捕まれば、公共の建物を爆破しようとした罪で監獄行きだ。終身刑、仮釈放はなしだ。どう思う？」

そのとおりだ。街の公共の建物を爆破しようとすれば、ふつう判決で情状酌量の余地などない。まちがいなく終身刑だ。救われる道はただひとつ、爆弾を持ち込むことだ。なんといっても娘の身に危険が迫っているのだから。選択の余地なく脅迫されたからといって、完全な抗弁ができるわけでもなく、おそらくわたしは人生を無駄にしてしまうことだろう。

再びアートラスの顔に吐き気を催すような笑みが浮かんだ。わたしがどう思っているのか、アートラスはわかっているのだ。ヴォルチェックは葉巻を灰皿に押しつけて消し、薄れていく煙の向こうからじっと見詰めてくる。ヴォルチェックもアートラスも切れ者で情け容赦のない男だが、それぞれ頭の使い方がちがうのだろう。アートラスは顧問のような役割を果たしているように思う。計画における不測の事態を見とおし、慎重にリスクを測り、綿密に考えぬく男。ボスはまったくちがうタイプだ。ヴォルチェックの動作はゆっくりで優雅だ。生い茂った草地のなかで獲物に忍び寄ってじっと機会をうかがっているライオンのようだ。ヴォルチェックの知性は、原初的、本能的――野性的と言ってもいいだろう。どのようにころぼうとも、口を割るかもしれないわたしをこのふたりは生かしておかないだろうと直感した。

「長いあいだ、裁判所には足を踏み入れていない。今日も調べられずに入ることができると思っているのか？」

「あんたは警備員と顔見知りだ。それよりも、連中があんたを知っているってことが重要なんだ」アートラスは言った。声が高くなり、要点を力説しようと身を乗り出した。「おれたちは、ずっと裁判所を見張っていたんだよ、弁護士さん。この計画は二年近くかけて細部まで練ったんだ。爆弾を運び入れる者は、警備員が信頼している者、ほとんど疑いを持たない者でなければならない。裁判所に爆弾を持ち込むには、ほかに方法はない。あんたが公判に遅れてドアから走って入ってきて、デスクにいる警備員に手を振りながら探知機を駆け抜け、警報が鳴り響いたときのことをおれはこの目で見ている。警備員は警報を無視し、行くようにうながした。あんたは警備員と話をする。警備員はあんたを知っている。あんたのために電話を受けたりもする」

わたしは携帯電話を持っていない。電波中継地からどこにいるか、他人に知られると思っただけでぞっとする。以前からそうだった。ジャックもわたしのために携帯電話を買ってくれたが、それはひとつだけではなかった。わたしはそのどれもをなくしてしまった。仕事をしているときは、一日の大半を裁判所ですごした。至急連絡をとりたいときは、ロビーにある公衆電話にかけてくれればよかった。警備員の誰かが、わたしがどの法廷にいるか、たいていは知っており、つかまえることができる。警備員たちには、クリスマスのときにウィスキー二本、感謝祭のときには食料品を入れたバスケットを送って便宜を図ってくれたことへのちょっとした感謝の気持ちを伝える。

少し頭がはっきりとしてきた。

「どうして他の方法で殺さない？　法廷に入るところを狙撃手に狙わせる手もあるだろう」

アートラスは頷いた。

「そいつも検討した。すべての可能性を考えてみた。ベニーがどこにいるか、どのようにして法廷にやってくるか、わからない。爆弾しか方法はないんだ。多くの法律事務所でこの裁判について検討してもらった。街中にある大手の法律事務所でな。あんたとジャックの事務所は、このチェンバーズ・ストリートで起こる訴訟をほとんど引き受けていた。裁判所の職員を知るようにもなった。ほかの弁護士どもは時給九百ドル稼いでいる。こんな連中に警備員と話をする時間があると思うか？　ありゃしないよ。あんたとジャックが、探知機のあいだを駆け抜け、警報が鳴っているにもかかわらず、警備員が平然としている姿を初めて見たときから、この方法しかないと思った。あんたらが、方法を教えてくれたんだよ」

アートラスはこいつらのブレーンだ。これはまちがいなく、アートラスの計画だ。この男はどこか超然とし、ぞっとするほど合理的だ。同じような思考回路で引き金を引くのだろう。ヴォルチェックはアートラスとは正反対の性格だといえるのではないか。わたしが殴ったあともヴォルチェックは落ち着いているように見えるが、なんとか自分を抑えつけている化け物が背後に隠れているのを感じ取ることができる。蹄《ひづめ》が表皮を突き破り、いつなんどき飛び出してくるかわからない。

わたしは顔を両手に埋め、深くゆっくりと呼吸をした。

「もうひとつある、ミスター・フリン」ヴォルチェックは言った。「おれたちは戦士だということだ。それを誇りに思っている。おれたちはブラトヴァだ。これは〝兄弟〟を意味する（ブラトヴァはロシアン・マフィア最大の組織でもある）。おれはこの男を信用している」ヴォルチェックはアートラスの肩に手を置いた。「だが、誤算というのは往々にして起こるものだ。あんたはジャケットを着て裁判所に入らなければならない。携帯で連絡するだけで、娘は死ぬ。あんたはなかに入るだろうさ。わかっているんだ。あんたのなかにも戦士がいる。おれと戦おうとするな」

ここで言葉を切って、もう一本の葉巻に火をつけた。

「おれとアートラスは、二十年前、無一文でこの国にやって来た。今のこの地位を築くまでにずいぶん血を流した。戦わなければ勝てない。だが、おれたちは馬鹿じゃない。裁判は三日間の予定だ。二日の猶予をやろう。それ以上の危険は冒せない。二日でリトル・ベニーを証人席に座らせろ。それで殺す。明日の四時までにやつが死んでいなければ、おれには選択肢はない。逃げなければならなくなる。裁判が長引けばそれだけ、検察側は保釈を認めない方向へ持っていくだろうからな。時給九百ドルの弁護士にそう言われたんだよ。あんたは頭がいいから、そのとおりだとわかるだろう」

以前、そうなったケースを見たことがある。罪状認否手続きで被告人が仮釈放を申し立てるとき、検察側はたいてい、有罪を証明する決定的な証拠を握っていない。DNA鑑定や専門家による鑑定を準備するには時間がかかる。しかし、裁判に持ち込まれるときには、検察側は準備をすべて整えているものだ。しかも有利な証拠を握っていたら、被告人の仮釈放の要求を却下するよう裁判官に申し立てをする。多くの場合、これで被告人の運命が決まる。あとは手錠をかけられた被告人の姿が陪審員に見えるように、戒護員がわずかながらも故意にてこずればいいだけのことだ。手錠姿を数秒のあいだでも見せておけば、それですべてが終わりだ——陪審員は必ず有罪判決を下す。

わたしはヴォルチェックに向かって頷いた。検察側の戦略に精通するほどの経験を積んでいることは、ヴォルチェックはお見通しなので、しらを切ってもなんにもならない。

最後通牒を突きつけてからヴォルチェックは、本性である残虐性がなんとか声に表われないようにしていた。

「保釈の条件として、法廷にパスポートをとりあげられた。年に三回、自家用機がロシアから商品を積んで、ここから遠くない商業用飛行場に着陸する。明日の午後三時に到着し、六時には離陸する予定だ。ベニーが四時に生きていたら——もはやそこまで。飛行機に乗るためには、四時に裁判所を出る必要がある。この飛行機に乗れなければ、アメリカを脱出することはできなくなる。だが、おれはこの国に残りたい。戦いたいのだ。リトル・ベニーは明日の四時前には死んでいなければならない。さもないと、あんたと娘を殺す。おわかりだろうが、絶対にそうしてやる」

手にしていたウィスキーのグラスが砕けた。

高いところから落ちていくような気がした。体から力が抜け、口元が震えた。歯が触れ合って音を立てないように口を固く引き結んだ。手のひらが切れて血が滴ったが、痛みは感じなかった。動くことができない。なにも考えられなかった。短く、低いうめき声とともにため息が漏れた。エイミーの身になにか起こったら、苦痛のあまり死んでしまうだろう。その苦しみを思っただけで、脳みそ、筋肉、心臓が燃え上がってしまうようだ。妻のクリスティンは耐えに耐えてくれた。事務所に詰めて遅くまで家に帰らなかった。依頼人を逮捕したと街中の警察管区から夜中の三時に電話がかかってくることもあった。一緒にディナーを食べる約束をすっぽかし、なにもかもクリスティンとエイミーのためなのだと言い訳をしていた。一年前、酒に手を出すと、クリスティンは見限った。これまで手にしたなかで、もっとも素晴らしいものを失った。娘を殺されたら？　そんな恐ろしいことは、思い浮かべるだけで死にそうだ。

どこからともなく、父の声が聞こえてきた。いかさま稼業を仕込んでくれた男、騙していることに気づかれたら、どうしたらいいか、教えてくれた男だ――どんなことがあってもやりとおせ。

目を閉じ、声に出さずに祈った。神様、お救いください。娘を助けてください。心から愛しているのです。

涙が溢れないように目を拭い、鼻をすすった。そうしながらもデジタル・ウォッチのメニューをスクロールし、目覚まし機能の画面を過ぎ、タイマーを表示させた。秒読みを開始するように設定する。

「心を決めてもらおうか、弁護士さん」アートラスはそう言ってリボルバーに触れた。「やろう。エイミーには手を出すな。まだ十歳だ」

ヴォルチェックとアートラスは顔を見合わせた。

「よし」アートラスが応じた。「行け。探知機を通過したらロビーでおれを待て」

「通過できたらってことだな？」

「娘に祈らせてやろうか？」ヴォルチェックが言った。

答えなかった。ひとりでリムジンから降り、車のなかから見上げてくるアートラスに目を向けながら歩道へと踏み出した。

「忘れるな。おれたちはあんたから目を離さない。仲間が娘を見張っている」アートラスは念を押した。

「おまえらとは争わないよ」わたしは頷いてからそう答えた。

嘘だ。

こいつらが嘘をついているように。ギャングどもがなにを言おうと、なにを約束しようと、明日の四時、ベニーが裁判所の天井の汚れに成り果てていたとしても、エイミーを解放しないだろう。わたしと娘を殺すつもりだ。

残された時間は三十一時間。

三十一時間でロシアン・マフィアの裏をかき、娘を救い出す。しかし、どうしたらいいのか、まったくわからない。

コートをはおり、ボタンをはめ、襟を立ててから裁判所へ向かった。耳のなかで父の声が依然として囁きかけてくる――やりとおせ。手からの出血は止まっていた。寒さが増したように思った。吐く息が凍りつき、目の前で落ちていくような気がする。冷たい靄が消えてなくなると、以前、この裁判所で毎日仕事をしていた九年間にはお目にかかったことがない光景に出くわした――記者、弁護士、証人、被告人、TV局のスタッフが四十人ほど――誰もが厳しいセキュリティーを通り抜けようと待っていた。

4

大きな裁判がはじまるときには、奇妙にもぴりぴりとした緊張が走る。列の背後に並びながら、遠くテキサス州あたりのアスファルト道路のかげろうのように、人々の体から興奮が立ちのぼっているのがわかる。『ニューヨーク・タイムズ』の早版を手にしている者もいる。前に並んでいる男が脇に抱えている新聞の一面が見えた。ヴォルチェックの写真とともに〝ロシアン・ギャングの裁判、はじまる〟という見出しが躍っていた。この男は犯罪専門のレポーターのようだ。おそらくフリー、あるいは三流紙の専属だろう。このタイプの男はひと目でわかる。センスの悪い服装に髪型、指がニコチンで茶色くなっているのは、ヘヴィースモーカーであることの証だ。コートの前身頃の合わせ目に顔を埋め、男を見ないようにした。

ニューヨーク・チェンバーズ・ストリート裁判所は、ヴィクトリアン・ゴシック様式の古い建物だ——見た目以上に機能的な裁判所となっている。十九階にわたって二十一の法廷が散らばっている。

わたしの前に二十人が列をなしていた。

幅十数メートルの石造りの階段をのぼると裁判所の入口の前にはコリント式の柱が並び、六〇年代を最後にその後塗装されていないくたびれたエントランスホールを隠している。さらに人がやって来てわたしの背後に並び、列はゆっくりと階段を上がっていく。建物の上の方に目をやった。過去の大統領たちとニューヨーク最初の裁判官たちの胸像が壁の出っ張りに並んでいるが、時の流れと風雨にさらされて歴史ある彫像は無残な姿となり果てている。最後の一段を上ると、頬に汗が滴った。シャツは背中に貼りつき、ますます爆弾を意識してしまう。温まった異物。前に並んでいるのは、あと十二人。

リムジンにいるときは、なにも調べられずに建物のなかに入ることができると思っていたが、その可能性はだんだん怪しくなってきた。なに気なくポケットから手を出すと、右手にペンを握っていた。入口へ向かってゆっくりと歩きながら、指先でペンをもてあそんだ。意識せずに指のまわりでペンをくるくるとまわしていることがある。どういうわけか、こうしているとと考えることができる。このペンはエイミーからのプレゼントだ。

これをもらったときは、お別れのしるしだと思っていた。酒浸りの日々、滅多に家に帰らなかった。父の日の一週間ほど前、クリスティンは心を決めた。出ていったほうがいいと思うんだけどと切り出した。エイミーにもはっきりと理由を話すべきだという。もうわたしを父親として認めず、これ以上落ちぶれる姿をエイミーには見せるべきではないと続けた。

子どもは利口だ。特にエイミーはたいていの子どもたちよりも聡明だ。わたしと妻がそろって子ども部屋へいくと、エイミーはそれだけで、なにか悪いことが起こる予兆を感じ取った。コンピューターに向かうときはいつもそうだが、髪が目に入らないようにエイミーは長いブロンドの髪を結い上げていた。今日もパジャマの上にお気に入りのデニムのジャケットを着ている。寝ているときや学校へ行っているときのほかは、スマイルマークやロック・バンドのロゴのピンバッジをいっぱいつけたジャケットを着ているのだ。毎週もらう小遣いを一カ月貯め、安物の洋服屋へいってピンバッジを買い、自分の好みで飾り立てる。わたしはしばらくエイミーを眺めていた――クリスティンも無言のまま娘を見詰めていた。わたしたち夫婦が口を開くよりも先に、エイミーはラップトップ・コンピューターをなにげなく脇へ押しやり、泣きだした。なにも言う必要はなかった。エイミーはずいぶん前から予想していたのだ。お決まりの質問をした。どれくらいのあいだ、パパは家を離れるのか？　永久に？　どうして一緒に暮らせないのか？　わたしはなにも答えなかった。ベッドの上のエイミーの隣に腰掛けてその体を抱きしめ、強くあろうとしていた。しかし、強くあろうどころか、恥じ入っていた。ラップトップに目を向けると、文字を刻みつけたペンを売っているサイトを訪れ、〝世界最高のパパ〟と彫られたペンを選んでいたのがわかった。

ペンを動かすのをやめた。家を出た直後に、エイミーから贈られたものだ。光沢のあるアルミニウムのペン軸にひとつの単語が彫られている――パパ。この文字に胸が張り裂けそうになった。ペンを尻ポケットに戻し、列に目を向けた。

前に並んでいるのはあと十人。

ブーンという重々しい機械音に気づいて見上げた。市長は裁判所の外壁を大幅に修復することに決めたのだ。屋根から大きな足場が吊り下げられていた。建物の一番上から四階ほど下ったあたりで石工たちが仕事をしている。地上からでは石工たちの表情を読み取ることはできないが、これくらい離れていても足場が風でゆるやかに揺れているのが見て取れる。れんがから汚れを払い、壊れた装飾を修繕している。開発業者は裁判所を取り壊し、より安っぽい建物へと移転させたがっている。市長は元弁護士だったので、有力議員の支持を得てこうした動きを封じ込めるのに時間はかからなかった。裁判所は残されることになった。外面《そとづら》だけを修復し、内部は朽ちるに任せている。ニューヨークではそのようなことは珍しくない。地下室で死体が腐っていくのを、磨きをかけた化粧板で隠して満足しているのだ。アメリカで初めて夜間法廷が開かれたのは、このチェンバーズ・ストリート裁判所であり、そうした意味において歴史的な価値があるのは事実である。この街で夜間法廷はこの上なく重要だ。

被告人は起訴されて二十四時間以内に裁判官のもとに連れていかなければならないからだ。マンハッタンだけでも一日三百人もが逮捕され、夕方五時から深夜一時まで臨時法廷を開かなければ対処できない。不景気がこのまま続けば、街の犯罪率は上昇する。今ではチェンバーズ・ストリート裁判所の刑事法廷は一日二十四時間開かれている。一日中途切れることなく裁判が行なわれているのだ。この二年間、建物のドアが閉じられたことはない。

列はゆっくり動いていき、時折り響くピーという探知機の音が聞こえるようになった。運のいいことに、名前を知っている警備員がいる。勝訴する秘訣はいろいろあるが、裁判所の職員——全員——と顔見知りになることもそのひとつだ。いつこうした人たちの世話になるかわからない——至急のファックスを受けてもらう。気まぐれな依頼人を探しだしてもらう。コーヒー・メーカーを取り替えてもらう。わたしの場合、ロビーの公衆電話に緊急の連絡が入ったとき、取り次いでもらう。

あと八人。

前に立っているレポーターの肩越しに入口ホールの警備状況を確認した。バリーとエドガーが、ドアの脇で待機している。ニューヨークの裁判所の警備にあたっているのは、実質的には警官だ。銃を携行し、制服を着ている。危険とみなした人物を逮捕し、監禁する権限を持ち、永久に眠らせることもできるのだ。

バリーは手荷物用のスキャナーの背後に立ち、携帯電話、鍵、財布、かばんなどをトレーに入れさせ、X線スキャナーに押し込んでいる。手ぶらとなった人たちは、警告音が鳴らないように祈りながらアーチ状になった金属探知機をくぐり抜ける。警報が鳴るとエドガーがボディーチェックをして、うっかり身につけていた金属類を回収し、納得がいくまで灰色の金属探知機のアーチをくぐらせる。

ふたりの向こうに金髪の若い警備員がいたが、この男のことは知らない。その背後に四人目がいる。探知機のある入口から三メートルほど離れて立ち、両手をガンベルトに当て、親指をベルト革の向こうに隠し、両腕を膨らんだ腹の上に突き出すようにしている。バックアップとして予備の警備員をロビーに配置しておくのは、ふつうのことだ。四人目の警備員がどのような男なのかわからない。口ひげを生やし、小柄で豚のような黒い目をしている。以前、顔を合わせたことがあるかどうか思い出せなかったが、わたしに気づいた素振りをしたので、おそらく会ったことがあるのだろう。バリー、エドガー、新顔の若者は、列の先頭にいる人たちのチェックに余念がない。太った警備員はわたしから目を離さなかった。

セキュリティー・チェックまであと六人。

目に滴る汗を拭った。

この列に並んでいる限り、ほかの人たちと同じように調べられる。以前はいつもどのようにしていたか思い出そうとした。裁判所に入るのは、歯を磨くようになにげない行為だった。毎朝やってきた。しかし、どうしていたのかまったく思い出せなかった。列に並ばずにセキュリティー・チェックを通過したのか？　それともほかの人たちと同じように順番を待ち、警備員から手を振られて通過したのか？　列に並びながら、手は震え、口のなかがからからに乾いて苦い味が広がり、今にもパニックを引き起こしそうだ。裁判所の入口をどのように通り過ぎたのだろう？　まったく思い出すことができない。

残り四人。

一歩踏み出すごとに爆弾は大きく重くなっていく。太った警備員は、依然としてわたしに目を向けている。おそらく警報装置は鳴り響くだろう。警備員たちは危険物を見つけ出す訓練を受けているのだ。9・11以後、わずかながらも警察関係の仕事に携わっている者たちは、テロの脅威をはらんだものをいかに察知するか訓練されているのだ。

パジャマ姿のエイミーが涙を拭いながら、行かないでと訴える姿を思った。

だめだ。エイミーを見殺しにすることはできない。すぐに心を決めた。テロリストは列を乱さない。じっと待つ。周囲に溶け込み、人目を引くようなことはしない。そこでぶしつけで横柄な男を演じることにした。出来る限り大声で話し、不愉快な印象を与えて太った男に、爆弾を抱えているかもしれないと疑われるのではなく、嫌な野郎だと思わせることにした。

順番を無視して列の前に出ると、後ろから呼び止められた。レポーターが「クソ野郎」と小声で悪態をついた。動悸がふたたび激しくなった。一歩一歩列の先頭に近づくに従って心臓の鼓動はますます速くなる。

「なあ、バリー。大至急通してくれよ。カムバックの晴れ舞台に遅れてるんだ」そう言いながら金属探知機をくぐり抜けると、大きな音が鳴り響いた。これまでの音とおそらく同じなのだろうが、耳を聾するほど大きな音に聞こえた。太った警備員に目を向けると、この男は動かなかった。ただ、わたしを見詰めているだけだ。一方、エドガーは列の先頭に並んでいた男のボディーチェックに集中していた。

「エディーじゃないか！」バリーは呼びかけてきた。スキャナーのモニターを眺めていたバリーは椅子から立ち上がり、ぎこちない足取りでX線の機械のこちら側に出てきた。「ちょうどよかった。少し、いいか？」

わたしは歩調を速め、玄関ホールへ向かった。しかし、若いブロンドの警備員が両手を上げて行く手をさえぎった。腕を頭上で交差させている。すぐに気づいたが、わたしにも同じにしろと言っているのだ――ボディーチェックをするためだ。わたしは手を降ろしたままでいた。

太った警備員がこちらへ踏み出した。疑っていたのだろうか？

逃げ出そうかと思った。人を払いのけ、人混みのなかに紛れ込む。背後を見ると、顎ひげをたくわえた男が入り口に立っており、なにもかも――外の光でさえ、さえぎっていた。こいつの脇をすり抜けることはできない。走って逃げたいという衝動と戦った。両脚が震えはじめる。

「な、若いの。そういう態度は百年早い」

「両手を挙げてもらえますか？　さっさと終わらせますから」

「いいか、行かなければならないんだ。お目にかかったことはないが、ここで十年暮らしていたようなもんだ。わたしは弁護士だ。バリーに聞いてくれ」そう言って若者の脇をすり抜けようとした。

若造は腰のベレッタの握りあたりに手を持っていった。昔の西部劇の下手な俳優のように指を曲げている。

わたしは不意に立ち止まった。

「おいおい。わたしにも銃を抜け、と言うつもりか、カウボーイ」

背後にいる連中が、後ずさったのがわかった。すべては一瞬で終わるだろう。脳天気な男と職務に忠実な愚かな若造が引き起こす悲劇。

「ハンク、エディーを通してやれ」バリーはそう言って助けてくれた。

ハンクは腕をおろし、目をくるりとまわすと脇へ寄った。太った警備員は立ち止まり、腹の上で両腕を組み合わせた。

バリーはわたしに向かって指を振って笑いながら言った。

「あのろくでなしの聖クリストフォロスのおかげで、そのうち無駄なボディーチェックをされることになっちまうぞ」

なんでそんなことを忘れていたんだ？　胸元のボタンをはずし、銀のチェーンを引っ張り出した。わたしはどぎまぎしながら笑い声を上げ、聖クリストフォロスの白金のメダルをバリーに向かって振った。

なにもかも思い出した。

法曹界で働きはじめ、この裁判所で依頼人の弁護をするようになったとき、毎日、警報を鳴らしていた。バリー、エドガーをはじめとした警備員はボディーチェックをしたが、なにも見つからなかった。そこでもう一度、金属探知機をくぐることになった。ふたたび、警報が鳴るだけだ。聖クリストフォロスのメダルは、十代の頃から身につけている。体の一部のようにはずしたことはない。メダルのことには考えが及ばなかった。脚に金属片を埋め込んでいないか警備員は尋ねた。わたしは服をほとんど脱いだ。それでも警報が鳴り、警備員たちは信じられず、困惑して頭を掻いた。わたしの後ろで列が長くなっていく。ある雨の水曜日、首にかけたチェーンにようやく気づいたのはバリーだった。バリーは警備員全員にそのことを話した。振り返ってみると、それ以後、ボディーチェックされた記憶はなかった。警報が鳴っても、歩き去った。調べるために警備員が席を立ってくると、チェーンを引っ張りだし、通り過ぎながらそれを警備員に振ってみせたのだ。9・11のあとでも、調べられたことはない。すでに顔を知られていたからだ。毎日、通っていた。わたしを調べるのは、裁判官を調べるようなものだった。ふたりほど問題に巻き込まれた警備員を弁護してやったこともあった。警備員たちはわたしをこの裁判所の専属、友人とみなすようになった。友人を調べる必要はない。アドレナリンが大量に分泌していたからだろうか。あるいは今わたしが置かれている状況があまりにショッキングだからだろうか。いや、アルコールの影響、大男のロシア人に頭を殴られたせいか、とにかくなんらかの理由で、バリーに指摘されるまでメダルのことを忘れていた。

「この人のことを知らないのか？」バリーは言った。「ミスター・エディー・フリンだ。そうか。まだここで働き出して日が浅かったんだな。エディーはニューヨーク一の弁護士だ。気をつかうといろいろと面倒を見てくれるだろう。なにか必要だと言われたら、おれを呼んでくれ」

ハンクはしぶしぶ頷き、わたしの後ろにいる人たちに向き直り、金属探知機をくぐるように言った。バリーはおそらくこの若造を毎回しごいているのだろう。

太った警備員は背を向け、歩み去った。

危なかった。まったく間一髪だ。

「バリー、もう行かなければまずいんだ。ずいぶんと遅れている。今朝からはじまるギャングの裁判だよ。どの法廷で開かれるのか知らないんだ」

「あの汚らわしい野郎を弁護しているとは知らなかったよ。とにかく運がよかった。パイク裁判官が担当だ。まだ朝メシを食っているよ。エドガーとおれとで十五分後に呼びに行くことになっている。若造のことは申し訳ない。いろいろと教え込もうとしているんだが。頭が悪くって飲み込めないんだ。さあ、こっちへ。すぐに終わる」

見まわしたが、ヴォルチェックの身内の者は列には見当たらなかった。だが、わたしの気づかないところで目を光らせているのだろう。耳の奥で血管が脈打つ音がした。バリーがなにを求めているのかわからない。ジャックからなにかを聞き出していたらどうする？　バリーとヒソヒソと話をしているところをロシア人どもに見られたら？

バリーと話をする必要がある。わたしだけが知らずに、妙なことが起こっているのかもしれない。

「わかった」そう答えた。

ロビーの片隅へと向かいながら、周囲にくまなく目を走らせた。近くに寄るようにバリーは身振りで示した。

「テリーのことなんだ」バリーは言った。「反復性ストレス障害のことで、あんたと話したがっていた」

無言のまま神に感謝した。仲間のことで無料で相談に乗ってもらいたいのだ。バリーのことは好きだ。六十代で退職間近の元警官だ。X線の機械の向こう側に座って、退社時間を待ち望み、時間が来るとバーに直行する。

「テリーはホリンガー&デューン法律事務所に依頼しているんだが、とんでもなく金がかかっている。最初、あんたに相談するように言ったんだが、組合の弁護士に依頼したいって突っぱねられた。説得できなかったよ。すでに六万ドル請求されている。診てもらっている医者はひとりだけだ。この件の資料に目をとおしてくれないか？」

これでセキュリティーから解放されるのなら、テリーにキスをし、リッツでフルコースの食事をごちそうしてもいいと思った。反復性ストレス障害の件で無料で弁護を引き受けるなど、どうということはない。

「ただで弁護すると伝えてくれ」

バリーは笑みを浮かべた。

「よし、そう伝えるよ。今すぐ電話してやろう。やつの勤務時間は十二時で終わるんだ」

「なあ、ほんとうにもう行かなくちゃいけないんだ、バリー」

「行ってくれ。感謝するよ。テリーには今すぐ話す。信じられないだろうな」

思っていたよりも早く解放された。バリーはスキャナーの向こう側の椅子にふたたび腰を下ろした。

裁判所のなかに入った。

角を曲がると、冷たい大理石の壁に寄りかかった。人々の列が入口であふれているのを眺め、爆弾が背骨に当たるのを感じていた。

腕時計は九時半を示していた。裁判がはじまるまでおそらく三十分ほどあるだろう。

アートラスがセキュリティーを抜け、X線のスキャナーにとおした大きなスーツケースを持ち上げた。床に置くと、背後に引きずりながらこちらへ歩いてきた。

「よくやった」

わたしはなにも答えなかった。アートラスは背後にやってくるとエレベーターのボタンを押した。ドアが開いて乗り込み、わたしは第十六法廷のある十四階のボタンを押した。アートラスは最上階の十九階のボタンを押す。

「十六法廷だ。十四階だよ」

「上に部屋がある。裁判用の服に着替えてもらう」アートラスは答えた。

ドアが閉まった。釣り合いおもりが動き出す音が聞こえ、エレベーターはゆっくり上昇をはじめた。

5

最上階へ上がっていきながら、毎日の生活そのものであったこの歴史ある裁判所のことを考えずにはいられなかった。チェンバーズ・ストリート裁判所は、わたしという人間を作り上げ、打ち砕いた。下級審裁判所で答弁の取引に精を出す古株は、ここを〝ドラキュラ・ホテル〟と呼ぶが、どうしてこのような名前がついたのか、本当の理由を知る者はいない。長年、ここで裁判官を務めた男がベラ・ルゴシにそっくりだったからと言う者もいる。弁護士業務の最後の六カ月、この裁判所はまぎれもなくわたしにとってホテルだった。ジャック・ハローランとわたしは、必死になって不景気にあらがい、街で上昇を続ける犯罪を商売ネタにしていた。犯罪率の上昇は刑事事件専門の弁護士たちにとってまさに宝の山だった。そこでわたしたちも盛んに刑事事件を扱った。昼間は訴訟で予定が埋まり、それからひと息つき、夜間法廷では新たに逮捕された者たちに売り込みをかける。夜間法廷の被告人にはたいてい弁護士がいない。ほとんどの法律事務所は、閉まっているからだ。頼りがいのある刑事事件専門の弁護士で二十四時間緊急に対処できる者の数は、限られている。

わたしたちは九時から五時までの平常業務をこなし、その後は交代で働いた。たとえば月曜日、五時三十分から夜中の一時までの前半の開廷時間はわたし、それから朝までの時間帯はジャックが担当する。翌日はシフトを入れ替え、それを繰り返していく。裁判が終わるのが、午前三時、ときに午前五時などの場合には、家に帰ってもほとんど休めないので、会議室で座ったまままうなだれて眠る。ほかの弁護士が依頼人と話をするため、あるいは仮眠をとるために会議室がふさがっている場合、同僚がオフィスを使わせてくれることもある。〝ハリー・フォード裁判官と一杯飲んでから、裁判官執務室のカウチで眠ることもあった。〝ドラキュラ・ホテル〟のただひとつのよい点は、無料だということだ。

六カ月後、この古びた裁判所は点検されることになっている。市当局は外壁を取り替えるのに予算を割いたが、市政担当官たちから無駄遣いだという報告があがった。上の階の部屋はほとんどが空き室で、とっておく必要がないファイリングキャビネットや家具の置き場になっている。補助職員はたいてい通りの反対側の建物に新しいオフィスをかまえ、これがまた裁判所を保存しようというキャンペーンにとっては打撃だった。

十九階でエレベーターのドアが開いた。この階のオフィスはどれも使われていない。深夜にここに上がってきて、次の審問まで仮眠をとったことがある。しかし、なんとか記憶をたどってみても、裁判所のほかのところで寝たことのほうが多い。この建物のなかには、トイレがほとんどないし、一番の問題は依頼人とふたりだけで話ができる会議室が足りないことだ。わたしも最上階の古いオフィスを依頼人と協議するために使ったこともある。しかし、たまに弁護士が依頼人と話をしたり、ぐっすりと眠りたい者が部屋を利用することはあるが、ここまで上がってくる者はほとんどいない。

壁に永久に染みこんでしまっているかのようにかび臭かった。しばらく掃除をしていないようだ。エレベーターを降りて右へ向かい、広々とした廊下をたどって右手にあるふたつ目のドアの前で立ち止まった。アートラスはコートのポケットから鍵束を出し、そのうちのひとつを鍵穴に差し込んだ。錠前は新しそうだ。最初からわたしをここに連れてくるつもりだったのだろう。アートラスはドアを開け、スーツケースを背後に引きずりながらなかに入った。わたしが室内に入ると、アートラスはドアを閉め、鍵をかけた。なかは広々とし、裁判官執務室への受付となっていた。汚れたデスク、飾り鋲を打ったグリーンの革のカウチ、大昔のコピー機が置かれていた。

デスクの上の壁には、黄色い額縁に入ったモナリザの複製画が飾られている。

カウチの向こうに裁判官執務室へ通じるドアがあった。ドアを開けるとそこは私室で、部屋の奥に細長いサッシ窓が穿たれていた。左手は壁一面が本棚になっている。判例集、時代遅れの教科書などが並んでいた。小さなデスクと椅子が本棚に接して置かれている。反対側の壁に貼られた花がらの壁紙は剝がれかかり、そこに荒涼としたアイルランドの風景を描いたお粗末な絵が二枚飾られていた。その絵の下に、投げ出されたようにカウチが置かれている。古新聞のにおいがたちこめ、あらゆる物の表面には埃が分厚く積もっていた。

受付の部屋に戻ると、アートラスがスーツケースからスーツ携帯用の折りたたみバッグを出していた。バッグのジッパーを開け、きれいにたたまれた黒いズボンを差し出した。ジャケットは椅子の上に置く。それからアートラスはまだ包装を解いていない白いシャツ、新しい赤いタイをスーツケースから出した。

コートの下は、淡い色のチノパンツ、ブルーのシャツにネイビー・ブレーザーという格好だった。

「コートを脱ぐんだ」アートラスは言った。

コートを脱いだ。爆弾を装着した薄手のジャケットもコートから外れ、滑り落ちた。床に落ちていく。爆弾が床へ向かって。わたしは裁判官執務室に駆け込み、頭を腕でかばった。

なにごとも起こらない。

それから笑い声が聞こえた。

間抜け野郎になったような気持ちになって立ち上がり、受付の部屋に戻った。薄手のジャケットは床の上でくしゃくしゃになり、アートラスは笑みを浮かべている。

「心配いらない。通電させなければ爆発はしない。壁にぶつけても起爆しないよ。爆発させるにはこいつが必要だ」

アートラスはブラウンのコートのポケットから小さな黒いものを引っ張りだした。車の集中ロック式ドア施錠装置のように見える。卵型の小さなプラスティックの装置でマッチ箱ほどの大きさだ。ボタンがふたつある――ひとつはグリーン、もうひとつは赤。

「一方を押すと安全装置が外れる。もうひとつを押すと爆発する。それほど強力な爆弾ではない。周囲一メートル半ほどを噴き飛ばすにすぎない」

アートラスは薄手のジャケットを拾い上げ、受付デスクに置いた。

ノックの音が響いた。アートラスがドアを開けると、リムジンにいた背の高いブロンドの男、ヴォルチェックがヴィクターと呼んでいた男が立っていた。大男は室内に入るとドアを閉め、わたしを見据えた。

アートラスは受付デスクへ戻り、薄いジャケットのマジックテープをはがし、生地をとおしてわたしが腰に感じていた装置を取り外した。硬いパテでできたようなふたつの薄い長方形の塊で、回路基盤のようなものが上にくっついている。この回路基盤からコードが他のなにかへとのびていた。過去のポケットベルのような類の機械に接続されているのだろう。ここからはさらにコードがのびていてオフホワイトのプラスティック爆弾につながっていた。このすべては、ポケットに入るメモ帳ほどの大きさだった。人を殺傷するほどの威力を持っている割には、薄く、それほど重くはなかった。アートラスは椅子に置いたスーツのジャケットを手に取り、デスクの上で裏をひっくり返し、両手を裏地にそって走らせた。法廷でスーツが必要になることを知っていたのだ。オーダーメイドのスーツなのだろう。ジャケットの背中の部分に秘密のポケットがあってそこに爆弾を隠すことができるようになっているらしい。爆弾をポケットのなかに入れると合わせ目をしっかりと閉じ、ジャケットを持ち上げた。背中になにか隠されているようには見えなかった。まったくふつうのジャケットだ。

「着替えろ」アートラスは命じた。

ズボン、シャツ、タイ、それに自分のコートを持って裁判官執務室へ入った。

「こっちで着替えてもいいだろ？」

アートラスは頷いた。

ズボンはぴったりだった。しかし、白のシャツは首周りが大きすぎた。今着ているブルーのボタンダウンでもかまわないだろう。脱いだ服とタイは裁判官執務室に置き、ジャケットを着るために受付に戻った。アートラスは店員のようにジャケットを持って着せかけてくれた。わたしはアートラスに背を向けて腕を背後にまわして袖にとおし、縫うように動かして肩まで入れた。シャツと同じく、少し大きいようだ。アートラスはわたしのまわりを一周していろいろな角度から点検し、生地をなでつけるようにしてのばし、ふつうのスーツのように見えることを確認した。

「問題ないだろう。白のシャツはでかすぎたか？」

「ああ。首のあたりがゆるゆるだ」

アートラスは頷いた。

わたしは無言のまま裁判官執務室に戻り、タイを身につけるために襟を立てた。目の縁でふたりのロシア人の姿をとらえていた。アートラスは、ばかでかいスーツケースを閉めた。まだなかになにやらいっぱい入っているようだ。ヴィクターはアートラスを見詰めている。ふたりを眺めていることに気づかれないうちに、コートを手にとって、リムジンにいたもうひとりの大男からくすねた財布を引っ張りだした。ジャケットが一、二サイズ小さければ、新しいスーツの内ポケットに財布を隠すことは難しかっただろう。身幅に余裕があるので、誰も気づかないにちがいない。財布の中身を見るような危険を冒すことはできない。待つ必要がある。役に立つものがなにも入っていないかもしれない。しかし、こいつをスリとることができたのはたいへん喜ばしい。気づかれずに盗み出すことができたということは、大昔に身につけた技術がまったく錆びついていないということであり、これは幾分なりとも希望の光となる。手を開き、結び、肩をまわして気持ちを落ち着かせ、今の状況に心を集中させようとした。

本棚の隅に汚れた鏡が置いてある。その表面から埃を払いのけ、タイが真っ直ぐであることを確かめた。

認めよう——スーツを着、鏡を見るたびに、わたしはそこに弁護士の姿を見ていない。ひとりのペテン師を見ている。

父のような男を。

気づかれずに財布をいただくのは、かんたんにできることではない。完璧なスリの技術を身につけるにはかなりの時間がかかる。素早く、流れるような手の動き、心を平静に保ち、カモを持ち上げ、一杯食わせる能力が要求される。わたしはこの世界で最高のスリから手ほどきを受けた。スリ中のスリ——父、パット・フリンだ。スリはたいてい〝ピックポケット〟と言われるのを嫌う。みずからを〝キャノン〟と称する場合が多い。今も残っている父の思い出は、テレビの前のアームチェアに座り、とろんとした目をし、ゆっくりと呼吸をしている姿で、死んでいるか、眠っているかのように見えたものだ。しかし、そうしながらも、小さく丸くなった水銀の塊がフォークの上を滑っていくように、二十五セント玉を指関節の上で転がしていたのだ。

父は大男にしては、きゃしゃな小さな手をしていた。指が一本一本ダンサーのように動く。速く、流れるように完璧に。母はたいそう不満だったが、父はブルックリンにあるマクゴバガルズ・バーを経営するかたわら、不法な賭博組織を率いていた。ダブリンではペテンや密輸にも手を染め、金を貯めてアメリカ行きの切符を手にしたのだった。船を降りると、一番近いダイナーに直行し、まずはなによりハンバーガーを注文した。十九歳のウェイトレスにはチップを払わなかった。ウェイトレスは四ブロックも父を追いかけてようやく捕まえた。父は法外なチップを与え、神から与えられた魅力をふりまき、ふたりはデートをするようになった。ウェイトレスはイタリアからの移民の二世でイザベラという名前だった。わたしの両親、パットとイザベラは一年後に密かに結婚した。

わたしは放課後バーへ出かけてソーダを飲みながら、父が従業員を統率する姿を見ていた。最盛期には、四十人ほどの使い走りを抱え、犬、馬、ボクシング、フットボールなどの賭けで素人をカモにしていた。使い走りに指示を出し終わると、父はわたしとビリヤードをした。それからバーのスツールにわたしを座らせ、擦り切れた紳士録を傍らに置いて、トランプ、十セント、一ドル、時計を手のひらに隠すやり方、カモの目を見詰めながら懐の革の財布を盗みとる方法、十ドル札を折りたたんで百ドル札に見えるようにするにはどうしたらよいか、金をまきあげようとしているときに相手の注意を完璧にそらすために、さくらに合図を送る方法、誰にも見つからないように服に金を隠すにはどのようにしたらよいのかなど、数えきれないほど多くのことを教えてくれた。今でも思い出すことができる。このとき飲んでいたドクター・ペッパーの味、父がつけていたアフターシェーブローションのシトラスの香り、磨かれたシタンのバーカウンター、その下でマジックを実演する父のきれいな手。

はじめのうち、父はこうしたことを教えてくれなかった。しかし、八歳のとき、わたしは説得力を身につけ、ついに父を根負けさせたのだった。ふたつの条件のもと、教えてくれることになった。条件その一、教わっていることを秘密にすること。母には決して知られてはいけない。その二。こうした技術を覚えると街で使いたくなり、それをやめさせることはできないだろう。そこでたとえば、スリを働くようなときは、身を守ることができなければならない、そのことを肝に銘じておくこと。バーで一時間ほど技術の手ほどきを受けたあと、父に連れられてジムへ行き、ボクシングの練習をした。母はこうしたことをなにひとつ知らない。家から十ブロック離れたレストランでウェイトレスの仕事をし、遅くまで働いているのだ。父とわたしとのあいだの秘密だった。母が帰ってくるときまでには、父は必ず温かい食べ物を用意していた。食事を終えると母はロマンス小説――くだらなければくだらないほどよい――を手にカウチで丸くなり、やがて眠りに落ちる。十四歳になったときには、近所でそれなりの評判が立っている喧嘩好きどもをぶちのめしていた――なかには二、三歳年上の者もいた。わたしは動きが速く、強烈なパンチを放ち、かんたんには倒れなかった。もっと強くなるように父は望み、バーでの訓練が終わるとE列車に乗ってレキシントン・アヴェニューまで行き、五十四丁目にあるミッキー・フィーリーのジムでヘルズキッチン界隈でも名うての若いボクサーとスパーリングをした。後にわたしの仲間になる連中とはたいていここで知り合った。なかでも強烈な右クロスを放つ小柄ながらもがっしりとした男、ジミー・フェリーニとはすぐに打ちとけ、もっとも仲の良い友人となった。ジミーはアマチュア・ボクサーとして有望視されており、彼の試合はどれもこれも見にいった。当時のわたしたちは兄弟のようだった。しかし、プロに転向しようという大事な試合のとき、パンチが決まらなかった。

ジミーには家族との約束があった。

ミッキーのジムに通うようになって二年後、父が病気になった。わたしたちは貧しくはなかった。父は家族全員のために健康保険の支払いを滞らせたことがない。毎月、支払日にきちんと払っていた。しかし、父の体を蝕んでいたのは珍しい癌だったので、保険はおりないと言われた。父は弁護士を雇った。もっとも安く引き受けてくれる弁護士を探しだした。保険会社は大都市の法律事務所を雇い入れ、この件は法廷で争われた。父の弁護士が徹底的にやりこめられるのをわたしは目前にした。彼に落ち度はなかったが、完膚なきまでに叩きのめされた。わたしたちは裁判に負けた。友人やジミーの家族から金を借りたが、病院代を支払うにはまだ足りなかった。適切な治療を受けられず、六カ月もしないうちに父は死んだ。

父が息を引き取ったとき、その場にいなかった。病室で父のきゃしゃでやせ細った手を十一時間握っていた。自動販売機でソーダを買いに行こうと席を立ち、病室を出た。戻ってくると、病室の前で母がわたしを待っていた。死んだのだとぴんときた。母はなにも言わなかった。父の聖クリストフォロスのメダルを手渡し、泣いているだけだった。父の死後、母とふたりきりの生活がはじまった。母は全力を尽くしてわたしを育てた。オールAの成績を維持している限り、ボクシングを続けさせてくれた。わたしはこの約束を守り、クラスで一番の成績で卒業した。母がレストランの仕事から帰ってきたときには、マクドナルドのハンバーガーとチーズ、あるいは卵料理を必ず用意するようにしていた。たいてい母は食べなかったが、礼を言うことは忘れなかった。わたしはまったく料理ができず、母はそのことを知っていた。が、わたしが家事をやろうとしていること、父がやってきたちょっとしたことを引き継ごうとしていることに母は感謝していた。ロマンス小説を読むことはやめてしまったが、寝る前にわたしと一緒に少しテレビを見るようになった。

学校を卒業すると、一年間、もぐりのボクシング巡業トーナメントに参加し、そのかたわら、いくつかの信用詐欺を働いた。一年が過ぎたころ、作戦を実行するのに充分な蓄えができた。十八歳で汚い世界へ入っていき、準備を整えた――完璧な詐欺。父を殺した連中――保険会社とやつらのために働いた金持ちの弁護士どもから最後の一セントまで絞りとる成功まちがいなしの方法。

今振り返ってみても、やつらには望みがなかった。

「弁護士さん」受付の部屋からアートラスが呼びかけてきた。「時間だ。行こう。裁判がはじまる」

6

裁判官の部屋にコートとズボンを残し、新しいスーツを身につけて、戸口で待っているロシア人に合流した。アートラスは背後にスーツケースを引きずっている。

「なかになにが入っているんだ？」

「ヴォルチェックの資料だ――審問のためにジャックが用意した書類がすべて入っている」

「検察側の証人リストもあるか？」

「ああ。ベニーは最後に載っている」

そんなことだろうと思っていた。検察はとっておきの証人を最後まで出してこない。

エレベーターに乗って第十六法廷のある十四階まで下りた。エレベーターのドアが開くと、広い廊下が奥へと続き、白い石壁には四つの大きな飾り板が並び、そこには第二次大戦で戦い死んでいった弁護士と裁判官の名前が刻み込まれている。廊下の角のあたりにはトイレがあり自動販売機が点々と置かれていた。エレベーターの左側には大理石の階段が上の階へと続いている。

真正面にオーク材の両開きのドアが開いており、人で満ちあふれた法廷の様子が見えた。第十六法廷は、この裁判所のなかで最も広い法廷だ。左手の壁には四つのアーチ型の窓が穿たれ、おなじみのスカイラインを望むことができる。大理石の床は、淡い朝の太陽の光を吸い取ったかのように見える。傍聴席には松材のベンチが並んでいたが、これはこの一年のうちに新たに設置されたものらしい。新しいベンチに取り替えなければ辞める、とふたりの裁判官が脅したからだ。劇場にあるような古いシートは、長い年月がたつと蚤《のみ》の住処となる——刑事法廷に出廷しなければならない依頼人たちには当然の報いとなるのだろう。しかし、蚤どもは裁判官の席にも広がり、シートの交換は危急の問題となったのだ。

ベンチは二十五列ほどあり、中央通路によってふたつのセクションに分かれていた。検察官、弁護士が使うテーブルと傍聴席のあいだは手すりで区切られている。検察官用のテーブルは左、弁護士用は右手だ。どちらのテーブルも座ると裁判官と向き合うことになる。検察側には誰もいなかった。弁護士用テーブルの背後の傍聴席の一角はヴォルチェックと取り巻き連中のために確保されていた。弁護士用テーブルに歩み寄っていくと、わたしの名前を囁く人たちがいた。法廷の奥、裁判官用のマホガニーのテーブルの向こうには、革張りの椅子が据えられているが、まだ空席のままだ。検察官用テーブルの前方四、五メートル先には、証言台がある。階段を三段上ると小さな形ばかりのドアがあり、その他の部分は硬いオーク材で囲まれた箱だ。そのなかには、スチール製の安っぽい椅子がひとつ置かれており、クッションの利いた座面はくたびれている。証言台の真向かい、弁護士用テーブルの右三メートルほどのところは、十二の空の椅子が並んだ陪審員席だ。陪審員席は証言台とその向こうの窓に面している。座りながらふとある考えが脳裏に浮かんだ。

「陪審員の選択は完璧なのか？」アートラスに尋ねた。

「ああ。だが……」

アートラスがその先を続けようとしたとき、ニューヨーク郡の地区検事代理ミリアム・サリヴァンが第十六法廷に入廷した。地区検事補、検事助手たちが続き、さらにそのすぐ後ろからダークスーツに身を固めた三人の男たちが足早に入ってきた。その身のこなし、顔つきから判断するに、この三人はFBIの人間だろう。

ニューヨーカーのご多分にもれず、わたしは新聞記事でこの事件を追っていた。二年前、イタリアの犯罪組織と関係のある四十代の男が、自宅のアパートで射殺された。犯行現場で男が逮捕されたが、その身元が公になることはなかった。今のわたしにはわかるのだが、その男はリトル・ベニーだ。ヴォルチェックから聞かされた話の空白を推測で埋めるなら、おそらく現行犯逮捕された。ヴォルチェックは犯行に使った凶器を持って死体のかたわらにいたためにベニーはFBIは何年間もヴォルチェックに目を光らせていたのだろう。そこでベニーと取引するために割り込んできた。実際に手を下した男の罪を軽くして、陰で糸を引いていたボスを捕まえようというのだ。ヴォルチェックが逮捕されると、《タイムズ》は保釈金が五百万ドルであると報じた。三十分もしないうちに、ヴォルチェックは五百万ドルを現金で支払った。

この殺人事件は州をまたがっておらず、わたしの知る限り、麻薬がらみでもなかったので、ニューヨーク市警と地区検事が扱うことになった。FBIは証人を押さえたままでいようとした。訴訟の成り行きを見守ることができるからだ。そう言えば当時、この事件はふつうではないと思ったのだった。新聞で初めて記事を読んだとき、なにか引っかかるものを感じた。起訴内容はひとつだけだ——殺人。麻薬取引、密輸など、ふつう犯罪組織が起訴されるような件でヴォルチェックは訴えられたわけではない。第一級殺人で起訴されただけなのだ。

検察側は、資料でいっぱいになった段ボール箱をテーブルに積み上げ、予備の座席を確保し、書類の砦をデスクに築いた。陪審員に対する心理的な作戦だ——この男を有罪にするために集めた証拠を見てください。州は最高の検察官たちをかき集めた。彼らは限られた予算のなかで、何カ月もかかって有罪まちがいなしのこの事件の準備を進めた。

ミリアムは落ち着き払い、まさにプロ、どこからどう見ても老練な地区検事だった。黒のスーツにスカート姿、典型的な美人というわけではない。平凡な顔立ちだと人々は言っている。しかし、法廷に入ってくると顔つきが変わる。眼光が鋭くなり、いすくめられるほどだ。さらにその脚、引き締まった体、陪審員に与える印象は上出来だ。裁判を有利に進めるために美しさを必要としているわけではない。俳優のダニー・デヴィートに似ているとしても、ちがいはないだろう。ミリアムは手厳しい検事である——それだけのことだ。麻薬がらみの事件の裁判で名を挙げ、それから性犯罪を専門とするようになった。性犯罪者の起訴にたずさわっていた五年のあいだに、レイプ犯罪で有罪の判決がくだされた件数は、ほぼ二倍になった。その後、殺人事件を扱うようになった。つまり、地区検事の選挙に向けて、邁進しているというわけだ。

アートラスは、弁護士用テーブルの下にスーツケースを置き、わたしの背後の列の外れに腰を下ろした。低く重々しい足音が響き、人々のささやき声が聞こえた。振り返るまでもない。ヴォルチェックが入ってきたのだ。スーツケースを開け、なかをのぞきこむと、七つのファイルが入っていた。おそらく全部で六、七千ページほどになるだろう。

傍聴席の低い話し声が大きくなってきた。振り返ると、ヴォルチェックが通路をひとりで歩いてくる。傍聴人の真ん中あたりにいるラテンアメリカ系の男が立ち上がった。男は赤と青のバンダナを巻き、白いシャツにトラックジャケットを着ていた。首から顎、顔にかけてタトゥーが広がっている。目を引いたのは、立ち上がったからだけではなかった。その男がやっていることが奇異だった。ゆっくりしたリズムで手を叩いているのだ。ダークスーツに身を包んだアジア系の男も立ち上がり、この拍手に加わり、ほかにも立った者がいた。この三人目の男もラテンアメリカ系だった。海老茶色のTシャツを着て、むき出しの両腕と首に黒い針金のタトゥーを入れていた。

ヴォルチェックはそばを通るときにこの三人ひとりひとりに丁重に頷き、弁護士席のわたしの隣に腰を下ろした。

「友だちかい?」わたしは尋ねた。

「いや。友だちじゃない。敵だ。おれが有罪になるのを見に来たんだ」

ヴォルチェックに送られたゆっくりした拍手が消えていった。

「で、その敵というのは何者だ?」

「プエルトリコ系とメキシコ系のやつらで、このニューヨークで南アメリカのカルテルのために商売をしている。アジア系の男はヤクザだ。こいつらは、おれが監獄にぶちこまれたら、おれの地位と商売をかっさらってやるってことを言いたくて来ている。ぶったまげることになるな」

7

女性の廷吏《ていり》の数は少ないが、そのひとりジーン・デンヴァーが裁判官執務室の入口から入ってきてわたしにウィンクした。ジーンのことは好きだ。可愛らしく、かしこくて、おまけに話をしていて楽しい。ジーンは重々しい手押し車を押していた。書類で分厚く膨れ上がったバインダーが五冊積まれている。裁判官の判例集だ。パイク裁判官はまもなく入廷するにちがいない。つまり、陪審員とも対面するということになる。世界でもっとも博識な弁護士になって反対尋問をみごとにこなすことはできても、陪審員との話の仕方を知らなければ、大きな困難に陥ることになる。陪審員に話しかける前に、彼らを理解しておくことが必要だ。陪審員は、たいてい、なりたくてなったわけではない。みずから陪審員になりたいと望むのは少数で、こうした連中は敬遠すべきだ。

時がたつにつれ、首筋がますますこっていく。まるで爆弾から伸びたコードが背中を這い上がってきて首を絞めようとしているかのようだ。

ミリアムはこちらへ歩いてきてわたしの隣に立った。わたしは虚空を見つめながら、猛烈な早さで頭を回転させた。ミリアムが微笑み、その熱を感じることができそうだった。手書きのメモを書いた黄色の付箋紙を手に持っており、わたしに向かって振ってからデスクに貼りつけた。

あなたの依頼人は負けるでしょう。五時までに保釈を撤回させるつもり。

口のなかが乾いた。このメモはエイミーへの死の宣告だ。ミリアムの言うとおり、ヴォルチェックの保釈を撤回することができたなら、つまりヴォルチェックに手錠をかけられたなら、その途端、エイミーもわたしも命はないだろう。脚が震えだし、踵が大理石の床の上で上下する。言葉に出さずに悪態をつき、なんとかして落ち着きを取り戻し、考えようとした。

ミリアムがこのように個人的に接してくることはめったにない。優れた検事がたいていそうであるように、ミリアムも超然としている。ミリアムとはこれまでにも数回戦ったことがあり、勝負は互角だった。初めてミリアムを相手にしたときは、過小評価しすぎてしまった。完膚なきまで叩きのめされた。わたしの依頼人は、学校の外でメタドンを売っているところを逮捕されたのだ。被告側の最初の答弁で取引を行なわなかったので、わたしたちは激しい応酬をし、わたしの依頼人であるクズ野郎はかなりの懲役刑を食らった。検事としてのミリアムは申し分なかった。最初から最後まで落ち着き払い、みずからを律し、事実を物語っているだけで、感情に駆られているのではないという印象を陪審員に与えた。裁判から一ヵ月ほどして、ミリアムの息子がその問題の学校に通っていて、わたしの依頼人から麻薬を買わないかと持ちかけられていたという話を聞いた。ミリアムはそのことをわたしにひとことも言わなかった。淡々として悠々と勝利を手にしたのだ。正しい評決が下されたと思うし、陪審員も悩むことはなかったはずだ。ミリアムが勝訴する手並みのほどは、わたしの胸に深い印象を刻んだ。

ミリアムがメモを手渡したのは、弁護側を撹乱するためだ。つまり、不安に思っているということだ。これはふつうの殺人事件ではない。ミリアムのキャリアを決定する裁判が、今日、はじまるのだ。この驚くほど単純明快な訴訟で負けることになれば、ミリアムは今の地位を失うだろう。こうした裁判では検察官は必要以上のプレッシャーを感じる。当然、勝つと思われているからだ。FBIが重要証人を押さえているのだから有罪の評決を引き出すことはできるはずであり、そうなれば、ミリアムの勝利の一報はしかるべき業界内に広がっていく。ミリアムのよこしたメモをヴォルチェックに渡した。爆弾について検察側とメモを交換しているわけではないとわかってもらいたかったからだ。さらに、ヴォルチェックを怖がらせようという意図もあった。恐怖に駆られた者は、いろいろと選択肢がある状況を好む。こうした脅威を突きつけられた人たちに対して、詐欺師のバイブルの第一ページにはこうある——裁判に臨む弁護士のマニュアルの最初のページにもまったく同じことが書かれているはずだ——欲しているものを与えろ。

「まずは保釈の撤回をもとめてくるだろう」わたしは言った。

アートラスは手すりに身を乗り出して聞き耳を立てた。ヴォルチェックは顔を青ざめさせ、アートラスのほうを向いた。

「こいつは予想していなかったんだな」ヴォルチェックがアートラスに言う。

「そんなことはまだできないはずだ。弁護士連中の話だと、検察側は保釈の撤回を求めてくるだろうが、それは無理だと断言した」アートラスは答えた。

「あんたたちの事件を抱えておきたいんで、楽天的な物言いをしようとしたんじゃないのか?」わたしがそう言うと、アートラスは顔をこわばらせ、目を細くせばめた。

「ミリアムは重要な証人を真っ先に喚問しようとしているにちがいない。常識外れのことをやろうとしているんだろう。優秀な検察官は重要証人を真っ先に喚問する。ミリアム・サリヴァンはその優秀な検察官だ。最初の証人を喚問するだけで、あんたに手錠をかけられると思っているんだ」

ヴォルチェックは歯をむき出し、罵り声を上げた。

「アートラス、なにもかも考えたと言ったな。二年も計画を練った。ジャックは爆弾を身につけてリムジンさえ降りることができなかった。セキュリティーを通過するなどとんでもない話だった。そして、今度は……」ヴォルチェックは腕をのばし、アートラスの顔に爪を立てようという勢いだったが、最後に思いとどまったようだ。「また失望させるようなことをしてみろ、そのときは……」ヴォルチェックは頭を振った。

アートラスは頬の傷を撫でた。わたしが見詰めているのに気づき、顔から手を放した。近くで見ると、傷はまだ完全に治っていなかった。目のすぐ下、傷の赤くなり皺になったあたりから、半透明の液体がにじみ出ている。アートラスのような男は、この手の傷を手当してもらうために救急処置室へ行くことはない。誰が傷を縫ったのか知らないが、そいつの腕前はそれほどのものではなかったのだ。裏世界の医者。みずから処方した薬でハイになり、衛生状態に気をつかうことも、傷を縫う技術も身につけていない連中だ。アートラスの傷はケロイドのようになり、感染を引き起こしているように見えるが、おそらくこのまま悪化することはないだろう。損なわれた組織は、完全に治らないこともある。

わたしはこの傷のことを思った。おそらく失敗をしでかしてヴォルチェックから罰を受けたのだろう。アートラスは怒りの矛先をわたしに向けた。

「保釈の撤回を阻止しろ。娘の命がかかっている。電話一本かければ、あの可愛らしい喉はかっ切られる」

怒りがわたしの声から不安をかき消した。

「落ち着け。保釈の撤回などさせない。初日にそんなことをするには、途方もないことをしでかさなければならないだろう。それがどんなことか知らないが、乗り切ってみせる」

裁判官執務室のドアが開く音が聞こえた。まったくなんの準備もないまま、公判にのぞむことになる。ミリアムにどのような奥の手があるにしろ、陪審員への冒頭陳述を聞けば、なにもかもわかるだろう。わたしはタイを真っ直ぐにのばし、ジャケットの着崩れを直し、背中に張りついている爆弾の重みを感じた。

「静粛に！　全員、ご起立願います。ガブリエラ・パイク裁判官殿が入廷されます。訴訟事件記録五五二一九二、検察側対オレク・ヴォルチェック、訴因は第一級殺人罪」

事務官がこう告げていると、黒いローブをまとった小柄で控えめなブルネットの女性が足早に入廷し、傍聴席にいる人たちがまだ起立していないうちに椅子に座った。裁判官パイクは、なにをするにも非常に早い。早口、早足、早食い。弁護士のときのパイクは、恐るべき存在だった。なにごとにも全力を尽くし、驚くほど素早く答えを出すのだ。反対尋問のときには相手を徹底的に打ちのめした。すぐに戦略を変えることができ、見ている人は見ているもので、こうした力量は瞬く間に知れ渡った。功名心に燃えたガブリエラ・パイクが、ニューヨーク州の歴史のなかで、もっとも若い裁判官になるまで時間はかからなかった。元弁護士なので、パイクは誰であろうと弁護士を相手にしたときは徹底的に追い込もうとする。

「裁判官殿の合図で着席してください」事務官が告げ、人々は席についた。

パイク裁判官はわたしに目を向けた。

「ミスター・フリン、本件の弁護人はあなたのパートナーだったはずですが」

わずかながら抜けてはいるがブルックリン訛りがある。もっとも、早口でしゃべるのではほとんどそれとわからない。

頭が脈打つように痛くなった。

「わたしが後釜に座り、本件を担当します――裁判官殿の異論がなければですが」

なによりもまず期待を込めて言った。異論を唱えることはないだろう。思ったとおりだった。弁護人が変わることは、よくあることだ。犯罪を犯した依頼人は、弁護士をお払い箱にして新たに雇い直すことが多い。公判中に五回も六回も弁護士を変える被告人もいる——たいていの場合、弁護士の助言が気に入らないか、莫大な額の請求書を送りつけられたという理由による。

「陪審員を入廷させてください」パイク裁判官は誰にともなく言ったが、陪審員担当事務官はこの指示を受け、脇のドアから出て彼らを呼びにいった。ひと息つける時間が与えられたわけだが、こちらに有利な陪審員でありますようにと祈らずにはいられなかった。裁判官は陪審員ひとりひとりを吟味することだろう。検察側が最初に重要証人を喚問し、陪審がヴォルチェックへの反感を募らせたら、パイク裁判官は然るべき段階でヴォルチェックの保釈を無効にする考えを固めることだろう。頭痛がひどくなり、吐き気がこみ上げてきた。今のところ、目の前に突きつけられたことに対して交渉していくしか選択肢はない。ジャックは優秀な弁護士だった。こちらに有利に働く陪審員を選んでいるにちがいない。

陪審員が入廷し、席についた。前列に六人、一段高くなった後列に六人。

わたしだったら、こうした人たちを選んだだろうか。

最初に法廷内に入ってきた陪審員は、四十代前半の白人男性だった。格子縞のシャツを着て眼鏡をかけている。思いやりがあり、それなりに知的であるような印象を与える。おそらく最悪な人選だろう。残りの十一人もヴォルチェックのような男にふさわしくなかった——

五人の小柄な黒人女性は、五十代後半から六十代前半、花がらのドレスを着て魅力的な装いをした身持ちのよいご婦人たちで、ロシアのギャングに友人はいないだろう。ほかの四人の女性は三十代と四十代、白人がふたり、ラテンアメリカ系がひとり、もうひとりは中国人だ。白いシャツにボウタイをしめた黒人の男がいる。ボウタイをしめている連中は、法廷弁護士にとっては危険な存在だ。彼らほど自分の価値観に凝り固まっている者はいない。最後のひとりはラテンアメリカ系の男で、シャツにはしっかりとアイロンがかけられ、両腕ともに鋭い折り目が走っている。清潔で非常に身だしなみがよく、どこか控えめな知性を感じさせた。この男も陪審員としてはふさわしくないが、ほかがひどすぎるのでこのなかではおそらくいちばん有望だ。少なくとも、こちらの主張に耳を傾けてくれるだろう。弁護側の発言をすすんで聞いてくれる陪審員がいることはとても重要だ。彼らの顔の表情は、弁論がうまくいっているかどうかのバロメーターにもなりうる。重要な点を指摘したときに、思案している表情を浮かべ、時折り微笑み、頷いてくれたら、こちらにもチャンスはある。ほかの陪審員も彼の意見を聞き、考えが誘導されるかもしれない。

「ミズ・サリヴァン、冒頭陳述をお願いします」裁判官は言った。

期待に満ちて法廷内は静まり返った。アートラスはスーツケースのなかから法律用箋と鉛筆を取り出し、メモを取れるように渡してよこした。なにもかも考えて準備をしている。法律用箋を開いたが、鉛筆は返した。パパへ、と彫られたペンを取り出し、いつでもメモをとれるように構えた。

ふつう最初に書くのは、訴訟名、裁判官、検察官の名前だ。法律用箋に目をやると、ひとつの名前を書いていただけだ――エイミー。一年前まで、日曜日を大切にしていた。エイミーと過ごす日なのだ。どのような裁判を抱えていようと、どれほど仕事でヘトヘトになっていようと、日曜日には朝食にパンケーキを作り、午後にはエイミーと一緒にプロスペクト公園を散歩したものだ。ふたりだけの時間だ。ネザーミード・アーチィズ橋まで続く歩道でエイミーは自転車に乗る練習をしたものだ。母親にその成果を話したくてうずうずしていた。動物園の帰り道、肩車されたまま寝てしまい、わたしのシャツをよだれでびしょ濡れにしてくれたこともあった。湖畔でアイスクリームを食べながらボートハウスの上を飛んで行くガンを眺め、エイミーの親友のこと、ちょっとした意見のちがいから辛くあたってきた子たちについて話をした。最近の男の子たちのバンドやヒップホップは聞かなかったし、テレビもそれほど見ない。読書が好きで、ザ・フー、ローリング・ストーンズ、ビートルズのようなクラシック・ロックをよく聞いている。日曜日に雨が降ったら、大量にポップコーンを買いこみ、古い映画を見に行った。わたしはいつも日曜日を楽しみにしていた。しかし、別居してからはふたりの日ではなくなった。日曜日は翌日から学校へ行くために気持ちを切り替える日にしたいとクリスティンは望んだので、土曜日をエイミーとの日にしたのだった。毎週土曜日の午後が終わると、エイミーを車からおろし、さよならのキスをして誰もいないアパートに戻った。

法廷内を見渡した。誰もが検察官が冒頭陳述をはじめるのを待っている。

ミリアムはデスクに両肘をつき、両手をやんわりと顔の下に当てる。このポーズを以前も見たことがある。誰もがミリアムを見詰めている。人々の注意を引き、信頼感を抱かせる顔をきゃしゃな手で縁取る。ミリアムは椅子から立ち上がり、陪審員席に近づき、自信に満ちた態度でひとりひとりの顔を見詰め、検察官然とした眼差しで彼らの視線をとらえた。陪審員全員と意思の疎通をはかろうとするミリアムなりのやり方で、これは効果を発揮する。この時点でヴォルチェックは有罪だと言ったなら、陪審員たちもその言葉を信じただろう――その場ですぐに。

「陪審員のみなさん、ミリアム・サリヴァンと申します。わたしの責任においてミスター・ヴォルチェックを殺人罪で起訴しています。少しお時間をいただき、証拠の概略をお話しさせてください。本殺人事件の真相へいたるルート地図を見ていただこうというわけです。この地図の道をたどることによって、最終的にミスター・ヴォルチェックが有罪であるという評決に達することができるでしょう。本裁判についてはテレビの報道番組をご覧になっているることと思います。ミスター・ヴォルチェックがロシアン・マフィアの頂点に君臨する人物であると、多くの人たちはみなしています。わたしたちの主要な証人は、ブラトヴァ――こうした犯罪組織のことをロシア語でこう言います――その内幕を明らかにしてくれるでしょう。陪審員のみなさん、弁護側はミスター・ヴォルチェックに不利な証拠に山ほど直面することになるのです」

思ったとおり、嘘でないと言わんばかりにミリアムはマニュキュアを施した手を検察側のそれほどの証拠を用意していなくとも、ヴォルチェックが殺人を犯したことを証明できるにちがいない。しかしなんと言っても、印象こそ重要なのだ。

ミリアムは続けた。

「みなさんが判断の基準にしなければならないのは、これ、つまり証拠です。マスコミの報道ではありません。この事件と専門家証人に関して少しお話をします。この専門家証人はミスター・ヴォルチェックが、マーリオ・ジェラルドを殺害するように命じたと証言することになるでしょう」

ミリアムがどのような専門家証人のことを言っているのか皆目見当がつかなかったが、真っ先に喚問する証人だろうということには気づいた。ヴォルチェックの保釈を撤回する試み。

「とはいえ、この専門家証人よりももっと重要な証人がいます。それは実際に引き金を引いた男です。この証人は、ボス、つまりロシアン・マフィアの頂点に君臨する男、オレク・ヴォルチェックから、ミスター・マーリオ・ジェラルドを殺害するように命じられたと証言するでしょう。彼、ミスター・ジェラルドを射殺した男は、FBIの保護下にあります。これまでの、そしてこれからの名前と身分は本訴訟中に明かされることはありません。元ブラトヴァのメンバーだったので、死の宣告を受けているからです。本裁判では、この男を証人Xと呼ぶことにします」

ミリアムはここで効果を狙って間をとった。これまでメモをした内容を読み返す時間ができた。「死の宣告を受けている」というところを再読し、アンダーラインを引いた。二重に。

8

ミリアムは立証責任について一時間にわたって話した。検察側により合理的な疑いを超える程度に証明されないかぎり、陪審員はヴォルチェックの罪を認めてはならないと説明をした。この点に関しては、陪審員たちは納得して頷いた。ミリアムはさらに、どのような証拠が、ヴォルチェックの罪を証明することになるのか説明を続けた。

「陪審員のみなさん、検察側が喚問する最初の証人は、ドクター・アーヴィング・ゴールドスタイン、法や裁判において文章の問題を解決する著名な文章鑑定家です。手書きの文章を誰が書いたのか、突き止めることはできるのです。ドクター・ゴールドスタインは、わたしたち検察側が手に入れた公の文書から、そこに記された被告人の筆跡を知っています。手書きの文章の一部を見てもらえば、被告人がそれを書いたのかどうか、科学的に正確に判断を下すことができるのです」

高価なハイヒールの靴音を響かせながらミリアムは検察側のテーブルへ歩いていき、紙幣のようなものが入った封をしたビニール袋をつまみ上げた。

「これは検察側証拠物件十二です。半分にちぎられた古い一ルーブル紙幣です。一方にはなにも記されていませんが、もう一方にはマーカーペンで名前が書かれています。その名前は、マーリオ・ジェラルド、本件の被害者です。ボス、被告人、すなわちオレク・ヴォルチェックからこの紙幣の半分——なにも書かれていない方——を受け取り、それから正体は不明ながらも使者がやってきて、被害者の名前を記した残りの半分、つまり、名前の男を殺せという命令を手渡されたと証人Xは証言するでしょう。これはロシアのギャングの命令伝達の方法であり、被告人による殺しの指令がこのようにして伝えられると証人Xは説明するはずです。被告人が被害者の名前を紙幣に書いたことをどのようにして知ることができるのでしょう？　そう、ここで登場するのがドクター・ゴールドスタインです。ドクター・ゴールドスタインは、紙幣の文字が被告人の筆跡と一致したと証言してくれるはずです」

ミリアムはここで言葉を切った。紙幣を依然として持って高く掲げていた。これが状況を一変させる手だったのだ。たしかにヴォルチェックの保釈を噴き飛ばしてしまう証拠だ。陪審員の幾人かが、ヴォルチェックに険しい目を向けた。

わたしは椅子の背に体を預け、腕組みをしてから隣に座っているヴォルチェックにささやいた。

「後ろに寄りかかって笑みを浮かべるんだ。陪審員が見ている。落ち着き払っているふりをしろ。そんな証拠など屁でもない、なにもかも考え抜いていると思わせるんだ」

わたしたちは微笑んだ。

「馬鹿にしているのか？　そもそもどうやって保釈を認めさせた？」わたしは尋ねた。

「罪状認否手続きのときに、検察側はその証拠を手に入れていなかった。今年のはじめに手書きの報告書を提出しただけだ」ヴォルチェックは答えた。

わたしは素早く考えを巡らせた。

「どうして殺しの命令を書き記さなきゃいけないんだ？　そんな馬鹿げたことは聞いたことがない。ミリアムは嘘をでっち上げていると言ってくれ。そうすればなんとか乗り切る方法がある」

ヴォルチェックの顔から笑みが消えた。額に皺を寄せ、声が低くなった。

「おれのことや商売のやり方についてなにも知ろうと思うな。昔からやっていることだ。ソヴィエト時代、ギャングは好き勝手なことをやっていたが、いつもボスには忠誠心を持っていた。こうした忠義の心は組織末端の者、ヴォール――あんたらの言い方をするなら、兵隊――までは行き渡っていなかった。兵隊がブラトヴァでのし上がりたいなら、もっともかんたんな方法は、最大のライヴァルを殺すことだ。だが、自分でやることはできない。ほかの兵隊を使う。ボス――ロシア語で〝パカーン〟――から、そのライヴァルを消せと命令されたと兵隊たちに伝える。兵隊たちは命令には絶対に従う。手遅れになるまでパカーンはなにも知らない。こんなふうにブラトヴァ内でお互いに殺しあうのをおれは見てきた。こんなことが起こらないように、おれは古いやり方を採用している。古いやり方というのは」ここでミリアムが掲げていた証拠物を指さした。そのときちょうど、ミリアムは手をおろし、検察用のテーブルへゆっくり戻っていった。

ヴォルチェックは続けた。

「おれの組織では殺しを命じることができるのはおれだけだ。すべての殺しはおれの管理下にある。こうして、ほかのギャング組織と戦争が起こらないようにしているし、組織内で部下が殺し合うことを防いでいる。そうするためには、おれにだけ仕える〝トールピードゥ〟がひとりいる」ヴォルチェックはトール・ピッド・オゥと発音した。「昔ソヴィエトで使われていた殺し屋という意味の言葉だ。こいつはおれのところ、おれだけのところにやってくる。こいつの目の前で、古い一ルーブル札を半分に破り、その一方を渡す。こうしてそいつは〝トールピードゥ〟となる。殺したい人間がいると、そいつの名前を残りの半分に書いて〝トールピードゥ〟のところへ送る。〝トールピードゥ〟は自分が持っている紙幣の半分と、送られてきた半分がきちんと合うか確認する。ぴったり合わさったら、命令は本物でおれから直接発せられたものだとわかる。こうした古いやり方で、おれは部下を信用し、部下たちの忠誠を得る」

「それで、この証人X、リトル・ベニーはあんたの〝トールピードゥ〟だったんだな？　それじゃあ、なぜ、紙幣を捨てずに持っている？」

「ソ連では一ルーブル紙幣を〝ツェルコヴィ〟と言っていた。まるまる全部、という意味だ。つまり、〝トールピードゥ〟はおれの心からの信用と忠誠を得たということを意味する。仕事が終われば、紙幣は焼き捨てることになっている。だが、たいていの連中はそれをやらない。ルーブル紙幣をとっておく。最近じゃあ、古いルーブル紙幣の出番はなかなかない。名誉の勲章みたいなもんだ。背中に一ルーブル紙幣のタトゥーを彫る者もいる。おれはタトゥーは許していない。プライドは目にこそ宿るものであり、皮膚に彫りこむもんじゃない」

陪審員がこちらを見ても、相応の態度をとることができなかっただろう。頭を抱えて叫びたかった。法廷は、もはや広く感じられなかった。部屋は小さく、人目にさらされ、危険に満ちているような気がした。エイミーはどこに捕らえられているのだろう。息苦しい思いをしているのだろうか？　騙されたことに気づき、恐怖に駆られているのではないのか？　エイミーの身になにが起きているか想像すると、気が狂いそうだ。

なんとかこうした思いを振り払い、打開策を考えた。

「訴訟の公式記録を見せてくれ」

ヴォルチェックはスーツケースのなかをのぞきこんだ。記録を見つけるとわたしに手渡した。フォルダーの背に《尋問記録》と記されていた。ページをめくっていった。ヴォルチェックはニューヨーク州の主だった刑事事件専門の弁護士事務所をほとんどすべて訪れていた。文章鑑定家からの報告書も数通手に入れている。この公式記録のインデックスによると、こうした専門家の報告書が十一通あるらしい。ヴォルチェックは捨て鉢になっていたのではないだろうか。それぞれの報告書の最後のまとめに目を通した。どれも同じ結論だった――ルーブル紙幣に記された名前は、ヴォルチェックが書いたものと思われる。

ミリアムは冒頭陳述を続けている。

「陪審員のみなさん、被害者の家族の話を聞くことになります。被害者の従兄弟トニー・ジエラルドの話を。トニーは被害者と被告人との口論について証言する予定です。被告人がマーリオ・ジェラルドの命を奪うと脅迫していたことについて話してくれるでしょう。被告人が従兄弟を殺す、いえ、従兄弟を殺す命令を下すだろうと恐れていたことを語ってくれるはずです」

トニー・ジェラルドという名前に思い当たる節があったが、かなりピリピリしていたので記憶を手繰ることはできなかった。ミリアムの口調は耳に心地よいリズムを刻みだした。

「証人Xを逮捕し、尋問した警察官が証言することにもなっています。取り調べの詳細を話してくれることでしょう……」

ミリアムの話に対する興味が薄れていった。公式記録のなかに証人リストがあった。証人は全部で五人だった。少人数ながらも、厳選され、用意周到な証人だ。ミリアムは犯罪訴追において次から次へと断続的に責めるいつもの戦法、凶と出るか吉と出るか、証人を次々に繰り出し、そのうちなにかが核心をつくだろう、という戦法は使わないようだ。ミリアムはもっとましな手を考えた。文章鑑定家のドクター・アーヴィング・ゴールドスタインを証人として最初に喚問する。戦略としてはなかなかのものだ。退屈な証言を排し、初日に動かぬ証拠を被告人に突きつける。しかし、わたしにとってはここに最大のチャンスがある。ヴォルチェックは、筆跡鑑定の報告書に莫大な金を使ったことだろう。弁護士たちに大金を払い、結局、誰からも同じ結論が返ってくるだけだった――あなたの筆跡です。ヴォルチェックの立場からすれば、この最初の証人に抗《あらが》っても無駄だ。ゴールドスタインの証拠に異議申し立てをするほどの専門家を見つけることはできない。ヴォルチェックが雇ったどの弁護士も、ゴールドスタインは鉄壁だと言ったのだ。

わたしに選択肢はない。ミリアムが希望をつないでいるほどドクター・ゴールドスタインが有力な証人なら、ヴォルチェックは数時間で保釈を取り消されることになるだろう。そうなれば、エイミーは命をもってそれを償うことになる。ゴールドスタインの証言を覆さなければならない。それができれば、ふたつのことを達成できる。まず、二十八時間の猶予を手にし、この状況から逃れる方策を考えることができる。さらに、ロシア人どもがわたしを信用するようになるだろう。ベニーを殺すまで自由の身でいられるように必死で頑張っているとヴォルチェックが思ってくれるなら、ロシア人どものケツを噴き飛ばしてやろうと虎視眈々とその機会をうかがっていることに気づかないはずだ。だが、ヴォルチェックをカモる前に、信頼を得なければならない。

詐欺の世界では、これを〝説得〟という。

ミリアムは話の締めくくりに入った。

「さて、みなさん、こうした証人たちの単純極まりない陳述を正しいとお考えなら、被告人は有罪であるとわかるはずです。そのことをみなさんの前で明らかにしていきます。みなさんは有罪の宣告をしなければならないのです」

ミリアムは座った。陪審員たちはうんざりしたような顔をしていた。

パイク裁判官が口を開いた。

「ミスター・フリン、陪審員になにか言うことはありませんか？　検察側は証拠について述べたわけですが、それについてなにかありますか？」

わたしはゆっくり立ち上がった。

「裁判官殿、陪審員のみなさんはミズ・サリヴァンの冒頭陳述について考える時間が必要だと思います。休憩をとってもらい、少しのあいだ英気を養ってもらったらいかがでしょう？わたしも陪審員に話をする前に、依頼人からの要望を聞かなければなりません」

いつもの戦略だ。弁護士ならたいていこの手を使う。いつも検察側の冒頭陳述を聞いてから依頼人と話をするようにしている。検察側が証拠にどのようなひねりを加えてくるつもりなのか、弁護側が聞くことができるのは、ふつうこの時だけだ。つまり、依頼人と再度状況を検討し、検察側の主張はどれも真実なのか確認できるのだ。さらに陪審員に好感を持ってもらいたいという意図もある。陪審員は二時間近くも座ったまま、ミリアムの話を聞いていた。わたしが救い主となるのだ。陪審員たちのために立ち上がり、短く端的な言葉で話し、コーヒーとお菓子でも食べるようにと主張する姿を見てもらいたかった。陪審員のみなさんに休憩が必要だと思っています。陪審員のみなさんを気づかい、心を通じ合い、話には真剣に耳を傾けるつもりです。まもなく、陪審員はわたしだけに注目するようになるだろう。

ミリアムの呪縛から陪審員を解放しようとするわたしからのカウンターパンチ。ミリアムはそれを受けて陪審員たちの気持ちをふたたび引きつけようとした。

「裁判官殿、午前中の時間を長々と使いすぎてしまいました。コーヒーというよりも、昼食休憩にすべきではないでしょうか」

「それでは一時間後に戻ってきてください」パイク裁判官が宣言した。

法廷から人がいなくなっていった。肩をぎゅっとつかまれた。

「上へ行って話そう」アートラスは言った。

話をしている時間などない。一時間で八千ページの記録に目を通し、これ以上ないというほどの冒頭陳述と人生でも最高の反対尋問を展開する戦略を考え出さなければならないのだ。

座ったまま振り返り、まっすぐアートラスの目を見すえた。

「話は後でもできる。やるべきことがある。手を貸してほしい」

9

ブロンドの大男ヴィクターが、今朝使った十九階の受付の部屋のドアを閉め、鍵をかけた。アートラスは立ったまま腕組みをし、足で床をコツコツと鳴らしている。いらだち、腹を立てている。ボスのヴォルチェックは体を折るようにしてカウチに座り、じっと見つめてくるだけだった。

「インターネットにアクセスできるラップトップかスマートフォンが必要だ」わたしは言った。

「どうしてだ？」アートラスが尋ねる。

アートラスを無視して直接ヴォルチェックに話しかけた——依頼人はヴォルチェックだ。裁判を乗り切らなければならないし、命令するのもこの男だ。

「あんたが雇ったほかの弁護士は、ドクター・ゴールドスタインの主張を覆す証言をしてくれる専門家を見つけ出そうとした。紙幣に殺人を示唆する名前を書いたのはあんたではないと筆跡鑑定の専門家に証言してもらいたかった。訴訟記録のなかにこうした弁護士たちの報告書がまとめられている。それによると、望みどおりの証言をしてくれる専門家はひとりも見つからなかったようだ。そのような見解が存在しないからだ。とにかく、そんなことを求めるのは、理にかなったことではない。筆跡があんたのものではないと証言してくれる専門家を見つけることができたとしても、こうした専門家たちは誰もゴールドスタインほどの肩書を持っていない。専門家による証言が互角になった場合、もっとも輝かしい経歴の持ち主が勝つのがふつうだ」

ヴォルチェックは頷いた。納得してくれたようだが、アートラスはかたくなだ。

「なにができる？　ほかの法律事務所は、この証拠を覆そうと何カ月もかけた。一時間でなにができる？」アートラスは尋ねた。

「だが、なんとかしなければならない。思うままにこの証拠を使わせたら、ミリアム・サリヴァンはあんたの保釈を無効にしてしまうだろう。そうなればゴールドスタインが証言席から立ち上がらないうちに、手錠をかまされることになる。つまり、このままいけば、明日、飛行機に飛び乗るなんていう贅沢はできなくなってしまう」

アートラスが歯ぎしりするのが聞こえた。唇をゆがめて渋面を作り、一方の脚からもう一方の脚へと重心を移し替えた。この裁判を乗り切る方法を長い時間をかけて計画してきたのだ。漠然とした事柄には我慢できないのだ。

しかし、こうした曖昧さこそ裁判における法律というものだ。法廷に足を踏み入れるのは、ラスヴェガスへ行ってサイコロを振るようなものだ――どんなことでも起こりうる。ヴォルチェックは耳を傾けている。自分の自由がかかっているのだ。

「被告人が拘束され、しかも州で用意した証人の身になにごとか起きたら、どのようなことになるか言う必要はないだろう。捜査が完全に終わって疑惑が晴れるまで、保釈でシャバに出てくることはできない。どれくらいかかるか。二年、いや三年だろうか？　ムショのなかではなにが起こるかわからない。爆弾を直接あんたに結びつけることができないかもしれないが、二百キロ近くも体重のある人食い人種と同じ房にぶち込むことはできるんだ。それも、ほかのカルテルの兵隊どもをかわすことができたとしての話だ。そう、法廷にいたあの連中は、房のなかのあんたにかんたんに接触することができる。エイミーの身の安全を保証してくれるなら、わたしはパクられてもかまわない。甘んじて受け入れよう。ほかの選択肢よりもましだからな。だが、あんたがぶち込まれたら――おしまいだ」

ヴォルチェックはアートラスと視線を交わした。アートラスはズボンの皺をのばし、ずる賢い笑みが浮かんでくるのを抑えこもうとした。ヴォルチェックにはいろいろと言ったが、わたしもエイミーも生かしておく気がないのはわかっている。最後には殺されるのだ。娘が誘拐され、爆弾を身につけて法廷へ行くように脅された、そんな告白をＦＢＩにされる危険を冒したくはないはずだ。だが、ヴォルチェックとアートラスには、ふたりのたわ言をわたしが信じていると思わせておくことが肝心だ。

「ほかの弁護士ができなかったことをどうやって成し遂げようというのか知りたい」アートラスは言った。

当然の疑問だ。かんたんに答えた。

「ほかの法律事務所は、証拠を無効にしようとした。それがまちがいだ。フットボールみたいなもんだよ。金のない弱小のフットボールチームが、優秀なクウォータバックのいる裕福なチームと対戦する。まともにぶつかれば勝ち目はない。だが、わたしだったら進んで試合に臨む。才能があって俊足な大男と渡り合うことはできない。ならばことはかんたんだ――そいつを試合に出さないようにすればいい。怪我をさせる。猛烈なスピードで激しくタックルし、シーズンが終わるまで立ち上がれないようにしてやるんだ。昔から言われている――ボールではなく、相手の選手と渡り合わなければならないときもある。訴訟でも同じだ。証拠を無効にできないのなら、その証拠を提出する証人を徹底的にやっつけなければならない。ゴールドスタインが信じられないと陪審員が思えば、どんな証言をしようと気にしなくていい。インターネットでゴールドスタインのことを探りたい。いいか、ほかに選択肢はない。手伝ってくれるか、それとも戒護員があんたに手錠をかけているあいだ、あんたのコートを持って待っているかだ。単純そのもの」

ヴォルチェックとアートラスは頷いた。

「一時間でなにを探り出せる？」アートラスは尋ねた。

「見てみるまでわからない」

ほんとうにわからない。だが、どこを探せばいいのか、考えはある。ヴォルチェックの唇に笑みが浮かび上がろうとしている。興味をそそられたようだ。

「わかった」アートラスは答え、自分のｉＰｈｏｎｅを取り出した。「なにを検索する？」

「ゴールドスタインはウィスコンシン大学の出だ。大学での経歴、それとこなしてきた仕事のリスト。二〇〇〇年、二〇〇四年、二〇〇八年に彼が発表した論文も見たい」

「なぜだ？」

「学問の世界の証人を反対尋問するときには、こうした年度に刊行したものを見なければならない。ＡＲＡＥの年なんだ――〝アメリカにおける研究評価〟という意味だ。ＡＲＡＥの年に研究者は例年よりも多くの論文を発表する。そうすれば大学にはより多くの研究資金が入り、研究オタクたちの個人的な収入もアップする。こうした年度には、誰もが必死になって論文を書き、まったく理性的な研究者が、ふだんなら書こうとは思わないようなくだらない代物を量産する。数多くの論文を書き散らすとなると、まともな理論を展開することなどできなくなり、やがて妖精やらＵＦＯについて書き出す。当時は、論文を書けば金になったからだ。だから、そこを漁れば、ゴールドスタインを攻撃するなにかをつかめるかもしれない。クズ論文が見つかるとしたらこうした年度だ」

これまでにも何人か研究者を反対尋問したことがあり、数年前、ＡＲＡＥについて徹底的に調べた。必ず有利な情報を得られるのだ。人生の縮図のようなものだ――金をたどれば、必ず必要なところにたどり着く。

アートラスが検索しているあいだ、ゴールドスタインの専門的な論文に目を通した。かつて、小切手詐欺で起訴されたアーチー・メイラーの弁護を引き受けたことがあるので、このような論文を読んだことがある。アーチーは、まさに保険金詐欺をしていたときのわたしだった。才能があった。アーチーから押収した身分証明書は、どれも完璧な出来栄えだった。公判のあいだ、アーチーの筆跡と不正小切手について証言した文章鑑定家を反対尋問しなければならなかった。だから文章鑑定家がどのようなところに目をつけるのかいくらか知識はあるものの、長いあいだ、そんなことは考えてこなかった。覚えているのは、単語の最初の大文字に注意を払う傾向があるということだ。ゴールドスタインの報告書を読み飛ばしていると、まさに大文字の〝G〟に注目していることがわかった。ヴォルチェックが紙幣にマーカーペンで書いた〝ジェラルド〟の最初の文字だ。ゴールドスタインの報告書には、鑑識のメモが付されていた。一ルーブル紙幣に残された指紋を分析したのだ。リトル・ベニー、その所有物を没収した管区内の警官の指紋が残されていたが、ほかの指紋はこのふたつのために薄くなり、拭い去られてしまって判別ができなかったようだ。

アートラスは七分後に大学のウェッブサイトから目的のページを見つけ出した——二〇〇八年発表論文リスト——収穫なし。二〇〇四年も調べたが、こちらも無駄骨だった。二〇〇〇年、目当てのものが見つかった。砂に埋もれた砂金のようにわたしの目を引いた。ゴールドスタインは、ほかの研究者の例に漏れず、手に入るときに金を儲けようと思ったのだ。六、七本のくだらない論文を書いていた。論文の数を増やすため、名声を得るため、金を手に入れるために。

特にひどい一本があった。名案がひらめいた。

「この論文のプリントアウトが欲しい。そいつのコピー、紙、ホットコーヒーが必要だ。それとひとりにしてもらいたい」

アートラスが聞き耳を立てているなか、iPhoneで裁判官付きの事務職員ジーンに電話をかけ、甘言を弄して論文をプリントアウトしてくれるよう説得した。ドーナッツ一箱奢る約束をし、どこで論文が手に入るかウェッブサイトのアドレスを教えた。ミリアムはおそらくジーンの名前すら知らないだろう。有能な弁護士や検察官は、たいてい法廷のスタッフを無視し、〝一般人〟と呼んでいる。そんなことをすれば、自分の首を絞めるだけであり、失うものも大きいにもかかわらず。実のところ、〝一般人〟こそもっとも役に立つ人たちであることが多いのだ。

ようやく裁判官執務室で心安らぐことができた。ヴィクターは受付のある部屋で待機し、コピー機の電源を入れようとしている。コピー機を作動させたら、陪審員がしっかりと読めるように数ページ拡大コピーをとる。わたしはデスクに数枚の紙を広げ、虚空に目を据え、段取りが浮かぶのを待った。リムジンで殴られた後頭部がまだ痛かった。ロシア人どもを騙そうとするなら、連中を落ち着かせ、わたしを信用させなければならない――つまり、後ろから覗きこむのをやめさせることだ。父からこう言われた。正直な人間を騙してはならない。だが、正直な気持ちなど薬にしたくもないカモは、信用させるのが難しい。うまくペテンにかけるには、信用してもらえるかどうかにすべてがかかっている。

「ヴォルチェック」わたしは呼びかけた。ヴォルチェックはカウチの隣に座るよう手招きをした。「これまであんたが雇った弁護士は素晴らしく有能なプロばかりだ。そんなことは、今さら言う必要もないだろ？　トップクラスの連中だってことはあんたも百も承知しているはずだ。そんな連中が、筆跡鑑定の専門家によって弁護人は叩きのめされると口をそろえた」

ヴォルチェックの一挙一動は、もたついているようにも見えるが、どれもよく考えた上でのことであり、あらかじめ頭に思い浮かべていた動作のようだ。本性を隠すために、みずからを抑えるすべを学んできたとでも言わんばかりだ。火をつけた葉巻を燃えるに任せ、なんと答えていいのか考えている。ようやく口を開いた。

「それだけでは、おれを有罪になんかできない、と言った」

「そのとおりだ。だが、保釈を取り消すには充分だということや、ベニーが死んだとしても検察側は再度の正式事実審理を要求するかもしれないということには触れなかっただろ？」

ヴォルチェックは無言のままでいた。わたしはもうひと押しした。

「その優秀なる弁護士たちは、何カ月もかけて鑑定家が握っている証拠を調べた、ちがうか？」

「そのとおりだ」

「異議申し立てはできないという結論に達した、そうだな？」

ヴォルチェックはため息をついた。

「ああ、そうだよ。で、なにが言いたい？」

「専門家の証言を退けるつもりだ。リトル・ベニーを噴き飛ばさずに、裁判に勝てるようにするんだ」

ゴールドスタインの論文をヴォルチェックに見せるようにアートラスに言った。ヴォルチェックはアートラスのｉＰｈｏｎｅを指先ではじき、葉巻の灰が液晶画面に落ちた。

「これはクソだ。こんなことをしてなんになる？」

「いいから任せろ。ゴールドスタインを叩きのめしたら、ベニーの件もわたしにやらせてくれ。娘を救うためだったらなんでもするつもりだ。娘はわたしのすべて、人生そのものだ。娘を守るためなら、ムショにだって入る。だが、狭い監獄の部屋のなかで残りの人生を送るのは楽しいことじゃない。ベニーの件もわたしに任せてくれないか？　反対尋問をやらせてくれ。うまくいかなければ、わたしみずから爆弾のボタンを押して噴き飛ばしてやる」

詐欺師のバイブルの第一の規則――欲しい物をくれてやれ。

ヴォルチェックがアートラスに顔を向けるとき、その目に炎が燃え上がっていた。法廷で証人を噴き飛ばすようなことはしたくないのだ。危険が大きすぎる。逃げ出すこともまた大きな危険を冒すことになる。ヴォルチェックはとうの昔に裁判に勝つという望みを捨てていた。今、わたしはそいつを取り戻してやろうとしている。

「この裁判に勝ち目はないんだよ、弁護士さん。あんたより優秀で頭のいい弁護士がすでに検討しているんだ」アートラスが言った。

「わたしにやらせてもなんの損もない。少なくともゴールドスタインについちゃ、ほかに選択肢はないわけだからな。ゴールドスタインの証拠を葬り去らなければ、あんたのボスは保釈を取り消される」

部屋は静まり返った。隣の部屋にいるヴィクターの荒々しい息遣いが聞こえてくるほどだった。コピー機のファンがまわる音がする。建物の外では車がホーンを鳴らした。ヴォルチェックはわたしの提案に乗りたいはずだ。まちがいない。わたしこそヴォルチェックの一縷《いちる》の望みなのだ。

「まだある」わたしは言った。

「なんだ」アートラスは嚙みついた。

「コーヒーを持ってきてもらっていない」

葉巻を叩いて床に灰を落としながらヴォルチェックは言った。

「ヴィクター、ミスター・フリンにコーヒーを持ってこい」

10

ランチの時間はすでに一時間十五分になっていた。

腕時計に目をやった。あと二十六時間。この時計は二十ドルのデジタル時計で画面は液晶表示だ。見るからに派手で安っぽい代物だが、これまで買ったどの時計よりも気に入っている。エイミーとわたしの誕生日は同じだ——九月一日。この前の誕生日の朝、エイミーを迎えに行き、買い物へ連れていった。クリスティンと別れたのは、その年の六月の下旬だ。かつて家族とともに過ごしたクイーンズにある家へ行くのは、なんとも居心地が悪かった。だからエイミーを連れて外出したのだ。十歳の娘になにを買っていいのかわからなかったので、選ばせることにした。ブロードウェイの外れの小さな装身具店を通り過ぎたとき、エイミーが袖を引っ張った。ショーウィンドーのなかにデジタル時計が並んでいた。店内に入り、まったく同じ時計をふたつ買おうとエイミーは言った——ひとつはわたしに、もうひとつはエイミーに。時計はすでに持っていると答えた。母さんからの贈り物だ。エイミーは白味がかった豊かなブロンドをガラスのカウンターの上に垂らし、お目当ての時計を見詰めていた。エイミーはこうと決めたら譲らなくなることがあり、クリスティンはそれをいつも心配していたが、わたしはそのような懸念を無視した。エイミーは同い年のたいていの女の子たちよりも成熟しており、大人のような知的な好奇心の持ち主なのだ。

エイミーは小さな指を曲げてわたしの腕に巻かれた時計の周囲にはわせて言った。

「ねえ、パパ。病気を治すためにお医者さんと暮らさなくっちゃいけないんだよね？」

入院型のアルコール専門クリニックのことを言っているのだ。クリスティンが是非にと言って譲らないので、不承不承、入所契約書にサインしたのだ。店員は一歩退き、わたしたちのために場所をあけてくれた。

エイミーはふたりだけの秘密だと言わんばかりに考えていることを小声で口にした。

「ねえ、ふたりで同じ時計を持っていたら、八時にアラームを合わせることができるでしょ？　そうしたら、わたしに電話をすることを忘れない。ふたりでお話したり、パパに物語を読んでもらったりとか、できるもの」

エイミーはたいそう真剣で心の底からそう思っていた。年の割に背が高くて大人じみて見え、途方もなく可愛い反面、お行儀の悪いところもあるが、なにをしても心の美しさが滲み出る。このときのエイミーの思いやりの心が、わたしの人生を救ってくれた。もし、この誕生日に時計を買っていなければ、リハビリテーションをやり遂げることはできなかっただろう。以後、毎晩、わたしたちの時計のアラームは八時に同時に鳴り出し、わたしはエイミーに電話をかけた。クリニックから電話をかけ、『不思議の国のアリス』を読んでやった。わたしは親として失格だが、エイミーは娘として百点満点だ。

弁護士用のテーブルに向かって座り、ペンを指でもてあそばないように自分を抑えた。ピリピリしていると思われたくなかった。ジーンはゴールドスタインのARAEの論文をわたしの椅子の上に置いておいてくれた。

裁判官はのんびりと昼食を楽しんでいるようだ。それができる状況だった。傍聴席にいるのは大半が報道関係者だ。証人Xの命が危険にさらされているために、この裁判はテレビ中継されることはない。よって報道関係者も新聞雑誌の記者だけだ。裁判官は法廷内にカメラを持ち込まれるとたいてい神経質になる。テレビカメラで撮影されることを嫌い、昔ながらの手を使ってカメラを排除しようとする。法廷内には閉回路テレビも設置されていない。気を許したときに馬鹿な発言をし、それを録音されたらたまらないからだ。

法廷内には期待感が張り詰めていた。ミリアムの冒頭陳述を聞き、誰もが弁護側に勝ち目はないと思ったのだろう。午前中に目にしたアジアのギャングのリーダーは、なにをもたしているんだとばかりに頭を左右に振っている。たしかに、ヴォルチェックは、今頃、有罪を宣告されていてもおかしくはなかった。

もうエイミーのことを考えることはできなかった。そんなことをすれば、頭がおかしくなってしまう。ヴォルチェックは隣りの被告人席に座っている。アートラスとヴィクターはわたしたちのすぐ後ろだ。

感情を抑えこんだ。恐怖も疑う気持ちも。横を向き、恐怖を駆り立てる依頼人の顔に目を向けた。

「娘はどこにいる?」

「近くだ。元気にしているよ。折にふれて確認している。ポテトチップを食いながらテレビを見ている。このままうまくやってくれたら、写真を見せられるだろう」

さらに数分が過ぎたが、裁判官はまだやって来なかった。わたしの冒頭陳述は短いものになるが、ドクター・ゴールドスタインへの反対尋問は荷が重い。頭のなかに反対尋問の様子を思い浮かべる――質問、答え、質問、答え、それが延々と続く。わたしのやり方を貫く。

「なあ、あんたのせいで遅くなっているんじゃなければいいがな」

ヴォルチェックはそう言って非難するような眼差しを向けてきた。この男を説得するのは、思っていたよりも骨が折れるようだ。

「おれの親父は戦争の英雄だった」ヴォルチェックは続けた。法廷の装飾された天井を見詰めながら父親のことを思い起こしている。「スターリングラードの戦いでは、たったひとりで狙撃部隊を殲滅させた。スターリンみずから親父に勲章を授けたんだ。おふくろはポーランド系のユダヤ人で収容所から解放され、親父――戦争の英雄――と恋に落ちた」母親のことを口にするとヴォルチェックの表情は緩んだ。思いにふけるに従って穏やかさが漂うような声になった。「おふくろはおれを〝オレク〟と名づけた。〝守護者〟という意味だ。おふくろは戦後まもなく死んじまった」

「それは気の毒に。ロシアはたいへんだったんだろ？」娘を取り戻したら、あんたは長く生きられない、と言ってやりたかった。

「親父はおふくろの死後、大酒を飲むようになり、糖尿病で両脚を切断した。おれは車椅子を押してモスクワの東地区にあるバーをまわった。親父は胸に輝かしい勲章をぶら下げ、ボトルからウォッカを飲んでいた。おれはまだ十二歳だった。あんたの娘と似たような年齢だ。おれは親父を誇りに思っていたよ」

そう言いながら目はほとんど捕食者のような非情な輝きを放った。

「ひどく酔っ払うようになり、プライドも褪せていった。それから親父は戦いたいと思うようになった。心のなかに巣食うライオンは、脚をなくしたことを忘れてしまった。親父は問題を起こすようになったが、やがて立ち上がることができないと思い知った。こう口にするようになった。息子が黙っちゃいない。親父が侮辱した相手が酔っ払いだろうが、ひも野郎だろうが、おれはそいつらと一戦を交えないわけにはいかなくなった。おふくろからもらった名前に負けてほしくなかったんだ。親父にとっちゃ、おれの名前だけがおふくろの形見だったんだろう。十六歳になると、おれは親父を殺し、勲章を売り払い、最初の銃を買った。だが、親父のことは愛していた。どんなときでもな。喧嘩に負けると、親父からこっぴどく殴られた。おれが負けると、がっくりきちまってそれはもうひどいもんだった。弁護士さん、おれを失望させたら、娘はあんたのために戦うこともできるんだ」

こいつの首を切り落としてやりたかった。怒りを燃え立たせ、目と目を合わせた。

「わたしのことはよく知っているはずだ。監視していたんじゃないのか？　どこに住んでいて、この数カ月なにをしていたか、わかっているんだろう。だがな、わたしの法廷での手腕については、わかってない。あんたが頼ったほかの弁護士たちは誰も彼も、どのように証人を扱ったらいいのかわたしほど知らないんだ。どうすれば検察側がまちがいをしでかすか、陪審員を味方につけるにはどうしたらいいのかわかっちゃいない。だが、わたしはそのやり方を知っている」わたしは今や立ち上がっており、自分を抑えることができず、ヴォルチェックに覆いかぶさるようにして説得しようとしていた。「ゴールドスタインは、この裁判を決定づけ、あんたの保釈を取り消すだけの威力を持った証人だ。わたしはそれを阻止する。リトル・ベニーのことも任せてもらいたい。わかってくれ。裁判に勝つために爆弾なんか必要ない。あんたはすでに爆弾をひとつ手にしている——わたしだ」

ヴォルチェックに向かってこうした言葉を投げつけながら、うなじの毛が逆立つのを感じていた。肩が力みかえる。すでにこの感触を体験している。今朝、トイレでアートラスから背中に銃を突きつけられたときの名状しがたい感触。生きるために必死になる。これは冗談ではないのだ。危険に対する本能が研ぎ澄まされ、第六感が冴え、カモや警官の前で一線を越えないようにこらえる。頭のなかのこうした声を無視したら、死ぬか刑務所送りになるかのどちらかだ。本能は誰にも備わっているが、多くの人たちはそれを受け入れようとしない。わたしたちは見られていると感じることができる。バー・カウンターに向かって座っているときに、背後で後頭部に視線を投げかけられていると知っている。ペテン師はこうした本能をフルに活用する。本能を研ぎ澄まし、それを信頼するすべを覚える。このとき、わたしの警報ベルは大きく鳴り響いた。人に見られているとき、正体を見破られたとき、逃げなければならないとき、わたしの早期警戒システムは反応することが多い。

このとき、ヴォルチェックではない誰かがわたしを見ていることがわかった。

さっと顔を上げ、法廷内を見まわした。人々はこれからはじまる検察と弁護側の戦いを待ち焦がれて緊張し、話し、笑っている。檻のなかの熊に犬をけしかけて早く血を見たいと望む飢えた野次馬のようだ。周囲から浮いた者が視野の端に入らないか、背後の壁に目を向けていた。そのとき、男に気づいた。ほかの者とはちがう。興奮していないし、話もしていない。じっとしたまま動かない——押し寄せる波のなかに屹立する彫像だ。

その姿を目にするや、多くの人たちのなかで、どうしてこの男だけが目立つのかすぐにわかった。百人近くの人たちが座っているなかで、ひとりだけ身動きもせずに座り、じっとわたしを見詰めているからだ。

理由はわかった。

男の名前は、アーノルド・ノヴォセリック。四年前に知り合い、この男のことは忘れたことがない。しかし、ここで顔を合わせるとは思ってもいなかった。アーノルドほど世間に埋没した男も珍しい。人目につかず、人々のなかに埋もれ、孤独な人々が集まった都会で人畜無害な存在だ。髪は額から肉づきのいい首の上の後頭部のあたりまで後退している。初めて会ったときと同じ、ブラウンのスーツ、アイヴォリーのシャツを着て、大きな黒縁の眼鏡をかけているが、この容貌のために覚えているのではない。事実、アーノルドはなるべく記憶に残らないように気を配り、服装にも細心の注意を払っているのだ。その外見と誰からも顧みられない凡庸さは、アーノルドの隠れ家であり、鎧《よろい》だった。

観察こそアーノルドの才能だ。生まれながらの盗視者。いつも目を光らせているが、注意を引くことはほとんどない。だから、誰もがアーノルドのことを無視するのだろう。この才能を持っているということは、裁判では陪審コンサルタント（裁判に勝つことができる陪審員を選定する）として最適なのだ。ある陪審員はどのような主張をするか、陪審員たちのあいだで社会力学がどのように働くか、誰が意見を引っ張っているのか、誰がどの評決を支持するのか、アーノルドは見抜くことができる。人物観察、統計的な分析、人種的分析、そしてなによりもアーノルドが隠しておきたいと思っているある特別な技術によって、こうしたことをなしうるのだ。

アーノルドと出会ったのは四年前、ある製薬会社に対する反論を準備しているときに話をした陪審コンサルタントが彼だった。個人的にはアーノルド・ノヴォセリックにはなんの印象も抱かなかったし、頭を下げることもほとんどなかった。資料によると、アーノルドは陪審コンサルタントとして最高の成績を収めているのは明らかだった。アーノルドはまちがいを犯したことはない。これまでに手がけてきたどの裁判でも、陪審員の評決を正しく予想した。これには考えこんでしまったが、それ以上に首を傾げたことは、アーノルドに相談を持ちかけた四つの裁判で、評決が出る前に、ひとりひとりの陪審員の意見を正確に予測したことだ。つまり、四戦四勝、百パーセント完璧な予想をしたことになる。陪審員相手の商売では、これほど完璧に言い当てることはできない。そこで、わたしはオフィスでその秘密について問いただした。

アーノルドはわたしに隠しごとはできないとさとっていたようで、このときに限り、ほんとうのことを話してくれた。秘密を打ち明けてくれたのだ。ほかの陪審コンサルタントは、陪審員がなにを言っているのか思いを巡らせるにすぎないが、アーノルドは陪審員がなにについて話をしているのか正確につかむことができるのだ。というのも、読唇術を心得ているからだ。

陪審員は、部外者の立ち入ることのできない鍵のかかった陪審員室の外で裁判について話すことを禁じられている。しかし、実際のところ、陪審員たちはお互いにたえず意見を交換している。証人について意見をささやきあい、重大な局面では毒づきさえする。アーノルドはその唇を見詰めて、なにを言っているのか読み取るのだ。そしてその情報を利用する。

ヴォルチェックの背後に視線を投げ、十メートルほど向こうに座っているアーノルドに目を据えた。どれほど目立ちたくないと思っていようと、わたしの目を逃れることも、その表情を隠し切ることもできない。アーノルドの丸みを帯びた小さな鼻から不安の種が滴り落ちてきそうだった。アーノルドはわたしとヴォルチェックの会話を唇の動きから読んでいたのだ。爆弾のことを知ったのはまちがいない。しかし、どうしてアーノルドがここにいるのだろう？　爆弾のことを知ってどうするつもりか。

ヴォルチェックに視線を戻した。

「ちょっと席を外す。話をしなければならない男が――」

しかし、途中でさえぎられた。誰もが起立した。熊の檻のなかにパイク裁判官が戻ってきたのだ。

11

「ミスター・フリン、冒頭陳述の用意があるのならどうぞ」パイク裁判官は言った。

パイクは今日は気分がいいようだ。メディアが飛びつく大きな裁判を抱え、有名なロシア人ギャングを刑務所にぶち込むことでまた箔をつけ、出世への足掛かりとすることになるのだ。

冒頭陳述は、どんな場合でも重要だ。事件をこちらの色に染め、その印象を陪審員に刻みこむ機会だ。ミリアムは多くの情報を繰り出し、陪審員を圧倒した。有罪を証明する証拠は充分すぎるほどそろっていると言った。検察官というよりも、ひとりの人間として語っているという印象を与えた。こうした流れを変えなければならない。わたしは立ち上がると、そわそわとジャケットの裾をのばした。爆弾が気持ち悪く、ずしりと重く熱く感じた。涼しかったが、背中には汗をかいていた。グラスに水を注ごうと水差しを持ち上げた。両手がわずかに震えている。冷たい水を時間をかけて飲みながら、準備を整えた。ミリアムは落ち着き払って座り、弁護側の主張を一字一句メモしようと構えている。専門家証人、ドクター・ゴールドスタインはミリアムの三列後ろに座っている。今日の午後遅く、あるいは明日の朝まで出番はないことになっている。ゴールドスタインの写真は、大学のウェッブサイトで確認していた。できるなら、あのひどい写真よりも、もっとうんとダサイ男だったらよかったのだが。

わたしは陪審員席に向き直り、笑いかけた。

「陪審員のみなさん、このたびはご一緒できて嬉しく思います。ミズ・サリヴァンは、今日、すでに二時間ほど話していますので、わたしは二分少々ですませたいと思います」陪審員席からさざ波のように笑いが広がった。「この裁判では恐ろしい犯罪を裁くことになります。検察側は、オレク・ヴォルチェックがこの罪を犯したと証明することでしょう。評決を下すときに、オレク・ヴォルチェックが罪を犯したのかどうか、合理的な疑いを抱いたとしたら、無罪とすることが厳粛なるみなさんの義務であります。しかし、どのように決断を下すのかは、みなさん次第です。ミズ・サリヴァンはミスター・ヴォルチェックが有罪であるとわかってもらいたいとみなさんに言いました。わたしたちは、こうしてくれと申し上げることはしません。提出された証拠についてじっくりと考えていただきたいとお願いするだけです。本件に関する弁護側の見解について検討してもらいたいのです。みなさんとその懸命な判断力にすべてを委ねたいと思っています。現時点で申し上げたいことはこれだけです」

わたしは座った。

刑事事件では、陪審員が開くべきドアはふたつだけ。有罪か無罪か。ミリアムは有罪のドアへと陪審員を誘導しようとした。わたしはふたつのドアを開けたまま、好きなほうを通り抜けるように言った。陪審員といえども、通りにいる人たちと同じなのだ。強制されるのを嫌う。みずから選択したいのだ。

ドクター・ゴールドスタインはそわそわと書類を見ている。驚かせればそれだけ心の安定を欠き、こちらに有利になる。現時点でわたしは選択できる立場にある――安全な手段を講じるか、ミリアムに罠を仕掛けるか。罠は容易に裏目に出る危険がある。だが、うまくいけば、陪審員の心をつかむことができるだろう。

一か八かの勝負に出ることにした。

わたしがミリアムのほうへ体を傾けると、アートラスは耳をそばだてた。必要なときには、検察に話しかけることもあるだろうが、そのときには気を配ってほしいとアートラスには言ってある。ミリアムに爆弾のことを話しているという印象を与えたくなかった。

「ゴールドスタイン――あの男は筆跡学者だ、証人として喚問しない方がいい。後悔することになる」わたしは言った。

「筆跡学者だからなんだって言うの？」

思っていたとおりの反応だ。すでに答えは用意していた。

「ゴールドスタインは、裁判において文章の問題を解決する文章鑑定家だ。その仕事は手書きの文章からそれを書いた人物を特定することにある。これは科学的な分析による。筆跡鑑定は、手書きの文字からそれを書いた者の性格を読み取ろうとする。こいつはエセ科学もいいところだ。キリスト教に凝り固まった考古学者が、恐竜の骨を発掘して地球が誕生してまだ五千年だと立証しようとしているようなものだ。一度にふたつの流派に所属することはできない。偽善だよ。喚問しないことだ」

わたしは座った。

ミリアムはゴールドスタインを証人として喚問するだろう。

誇りに満ちたミリアムの顔に怒りが広がっていった。裁判官はミリアムに目を向けた。わたしの冒頭陳述は終わっているのだ。検察側が証拠を提出する番だ。ミリアムに不意打ちを食らわせた。法廷内にいる検察側の証人はゴールドスタインだけのようだ。ミリアムは立ち上がった。

「裁判官殿、ドクター・アーヴィング・ゴールドスタインを証人として喚問いたします」

これほど早く名前を呼ばれてドクター・ゴールドスタインは驚いたようだ。あわてて書類をたたみ、ジャケットのボタンをはめると前に進み出た。作り笑いが顔中に広がったが、神経質になっていることは隠しようがなかった。つまり、この裁判はこれまでの経歴のなかでももっとも注目を浴びる仕事なのだ。わたしの戦略が成功すれば、ゴールドスタインの最後の舞台となるだろう。証人台へ行く途中、ゴールドスタインは椅子の脚につまずき、書類をしっかりと抱き寄せた。報告書はゴールドスタインのよって立つところだ。ゴールドスタインはこの報告書に固執している。自信に満ちているのも当然だ。報告書にまちがいはなく、みごとな出来栄えであり、真実を語っているからだ。そこに書かれている一言一句たりとも否定することはできない。

誰も知らないことだが、わたしはミリアムに先見の明があることに賭けている。ミリアムは優れた検察官であると思う。わたしが彼女の立場だったら、おそらくこうするということをやるはずだ。相手がもっとも言いたいことを認め、それを利用するだろうし、ドクター・ゴールドスタインに筆跡学について尋ねるだろう。自分のペースで質問を繰り出すにちがいない。ごくふつうに、なんの気取りもなく、退屈にさえ思われるように。答えるたびに詳細な説明をさせ、弁護側が強力に主張したいことを汚いボロ布のように捨て去る。ミリアムはこのように証人喚問を展開していくことだろう。

わたしはそれに賭けている。

12

ゴールドスタインは五十代だが、この三十年のあいだずっと五十歳だったような男だ。スーツは彼の今の年齢以上に古いものに見え、なんと言ってもボウタイをしめている。

ゴールドスタインは宣誓をするために立っていた。メガネの位置を直して宣誓の内容が書かれているカードを慎重に読み上げている。その言葉がゴールドスタインをわたしの専門領域に引きずりこむ。宣誓が終わると水を二杯飲み、これからはじまる長時間のやりとりに備えて証人席にゆったりと座った。ミリアムは証人喚問をさっさとすませようとするだろう。優秀な検察官、弁護士というのは専門家証人の喚問を短くすべきであると知っている。往々にして死ぬほど退屈な証言になるからだ。提出する証拠はとても重要だが、それを説明する段となると彼らの弁舌はあまりにひどい。だから手短にしなければならないのだ。名前は？ その分野でほかの誰よりも優れているのはなぜか？ 必要なことだけしゃべって、口をつぐめ。証人台には一日いることになるとミリアムは言ったのではないだろうか。一時間か二時間で放免されるとは本人は思っていない。

ミリアムはゴールドスタインの報告書が真実へ、ヴォルチェックを有罪へ導くと言わんばかりに目の前にかざしている。

「ドクター・ゴールドスタイン、あなたの専門と本件との関わりについて陪審員のみなさんにかんたんに説明をしてください」

ミリアムのこの言葉はドクターを安心させる意図がある。〝あなたがいかに頭がいいか、みんなにわからせてやってちょうだい〟。ドクターは話す気になり、肩の力も抜ける。

「わたしは文章鑑定家です。手書きの文字を分析し、誰が書いたのか特定します。これまでの研究は……」

それから五分間、ドクターの華々しい経歴を聞かされた。聞き流す。自分がどれだけ賢いか訴えれば訴えるほど、手厳しい批判を浴びせかけたときに陪審員の目に間抜け野郎に映ることだろう。ドクターはわずかながらも神経過敏になったようだ。おそらく話が長すぎると思っているのだろう。ボウタイをいじりはじめた。ミリアムはそのサインを読み取り、助け舟を出した。

「ありがとうございました、ドクター。よくまとまっていて申し分ありませんでした。では、次に本件において検察側の証人になったいきさつを陪審員のみなさんに説明してください」

「はい。報告書D、二百八十七ページを開いていただくと、殺人に使われた紙幣のコピーが載っています。これは二枚に破られた一ルーブル紙幣で、その一方には被害者の名前が書かれています。証人Xが運転していた車のなかからこの紙幣が見つかったそうです。証人Xはこの紙幣がなにを意味するのか、被害者の殺害においていかに重要な意味を持つか証言する予定であると聞いています。その点に関してはコメントできません。検察側から依頼されたのは、この紙幣に記された手書きの文字が、被告人が書いたものなのかどうか鑑定してくれということでした」

ミリアムは言葉をさしはさまず、陪審員にそのページを見る余裕を与えた。紙幣、そして手書きの文字を眺めさせた。

マーリオ・ジェラルド。

「ドクター、この紙幣をどのように調べましたか？」

陪審員に悪い印象を与えない程度になるべく〝ドクター〟という言葉を使うようにミリアムは慎重になっている。専門家の公の呼称を繰り返すことは、陪審員に信頼を植えつけることになる。

「この手書きの文字については、意見の相違があります。被告人は自分が書いたものではないと否定しています。この問題の手書き文字が被告人が書いたものであるかどうか判定を下すために、これまで被告人が書いたことがわかっている文字を科学的に分析し、識別を行ないました」

「ドクター、被告人が書いたとわかっている文字はどこで手に入れたのでしょう？」ミリアムは尋ねた。

「所得税申告書、社会保障記録、パスポート申請書、グリーンカード請願書など被告人の署名と文字が書かれている公の文書類です」

「裁判において当問題を解決するにあたって分析したわけですね。それで、なにがわかったのでしょう？」

「ほかには見られない独特な特徴があることがわかりました。いや、はっきり言って、参照したすべての文書に特徴的な文字の形がありました。被告人が書いたことを否定した問題の手書き文字にもそれが見られたのです。つまり、被告人が文字を書くとき、ほかの人とはちがう独特のやり方でペンを動かすということですが、それだけで充分に手書き文字の特徴的な癖を見分けることができます。ここからかなりの確実性を持って、お手元の資料にある紙幣の文字は、被告人が書いたものであると言うことができるでしょう」

重要な点。優秀な検察官なら必ずそうするように、ミリアムは間を取り、陪審員を見詰め、ドクターの言葉が彼らの胸に染みこんでいくのを待った。

「具体的な例を挙げていただけませんか、ドクター」

「はい」ゴールドスタインはそう答えて、〝G〟の文字の拡大コピーをつかんだ。これは問題となっている手書き文字〝ジェラルド〟の書き出しの〝G〟だとドクターは説明した。これよりもわずかに小さな似たような〝G〟のコピーも何枚か取り出し、これらは被告人が書いたことが明らかな文書から採取したものだと付け加えた。陪審員がしっかり見て考えられるように、こうした拡大コピーを盤面の広いイーゼルに並べた。

「〝ジェラルド〟の〝G〟という文字の作りを見てみると、非常に目立つ線がこの〝G〟にあることがわかります。上部の弧の部分から切れ目なく曲線が下がってきますが、この文字、つまりアルファベットは、〝G〟の曲線の内側ではじまる水平のダッシュで終わっています。左から右へ、やや上向きに引かれたダッシュです。この文字、アルファベットは、被告人が書いたことが明らかな文書を含め、わたしが調べたすべての文書で同じように書かれていました。こうして、かなりの確実性を持って、この一ルーブル紙幣に被害者の名前を書いたのが被告人であると言えると思います」

「ドクター、かなりの確実性、というのはどの程度でしょう？」

「九五パーセントから九八パーセントの確率で、まちがいないと思います」

「どうしてそれほどまでに確信しているのですか？」

「この文字は、わたしが調べた手書き文書のすべてを通じて必ず現われる独特な癖だからです。紙幣に名前を書いたのは、被告人以外考えられません」

「ドクター、筆跡学とはなんです？」

ミリアムは、この日一日、ゴールドスタインの証拠について質問を続けることもできただろうが、そのような贅沢をする余裕はなかった。冒頭陳述で時間を使いすぎたからだ。陪審員たちのことを思えば、先に進めるしかなかった。さらに、ミリアムはわたしがドクター・ゴールドスタインに対して何時間も費やすとまちがいなく思っている。専門家証人の反対尋問に長時間費やすことは——弁護士のなかにもそうする者がいるのだが——専門家証人を無力にする上で一番効果的な方法だ。あらゆる理論を持ち出す。混乱させ、証言をわかりにくくし、証拠が鋭さを失い、無意味になるまで、ありとあらゆることをあげつらって専門家と渡り合う。だが、わたしにはそのような時間はない。エイミーもだ。

ミリアムの質問にドクター・ゴールドスタインは少し面食らったようだが、なんとか笑みを作った。不快感を覚えたのはまちがいないだろう。座ったまま体の位置を変え、脚を組み、唇を湿らせた。筆跡学はとても大切なものにちがいない。この程度の質問は予期していたのだろう。

「筆跡学とはなにか、ですか？　そうですね、手書きの文書を調べるという意味で使われています。性格なり病なり精神病との関連でそれを書いた人物について明らかになったことを記述する試みです。問題として取り上げた文書を書いた人物を特定することだけではありません。書いた者の性格を読み取ることのほうにより重点があります」

行け、ミリアム。質問をしろ。ぜひとも尋ねたいと思っているはずだ。

「ドクター、裁判において文章の問題を解決する文章鑑定家と筆跡学者をひとりの人間が兼ねることは、地球が誕生してから五千年しか経っていないと公然と宣言する信心深いキリスト教徒の考古学者のようだと言う人もいます。つまり、矛盾するということです」

やってくれた！

「異議あり、裁判官殿」わたしは勢いよく立ち上がった。ミリアムがうまく引っかかり嬉しかったのだが、それを表情に出さないように必死に抑えた。

「どのような理由からです？」裁判官は尋ねた。わたしの異議申し立てによって混乱しているのだ。

「信心という理由からです、裁判官殿。わたしは神を信じています。検察側からわたしの信仰心について問い質されたくはありません。検察側は主イエス・キリスト、われらが父を法廷の場に引きずり出すようなことをしていますが、そのようなことはすべきではないと思います。キリスト教信者に対する差別的な発言です。無神論をにおわせて検察に有利に展開しようとしています。宗教の自由を保障した憲法に反することです。検察官がなにを信じていようとその信じていることを他人に押しつけ、あるいはあることを証明するためにわたしの信仰心を嘲笑するのは正しいことではありません」

わたしを殺してやりたいという表情をミリアムは浮かべた。責めるつもりはない。汚い手だ。ミリアムはそれに引っかかってしまった。

陪審員の浮かべた表情は、大喜びでわたしを肩に担ぎ、家まで送り届けようと言わんばかりのものだった。街のこのあたりに住むクリスチャンの陪審員に賭けたのだが、みごとに吉と出た。四人の陪審員が十字架を首からぶら下げている。陪審員がなにを崇拝しているか見つけ出し、それを眼前に突きつければ、まちがいなく味方につけることができる。ラスヴェガスにいるのなら、崇拝の対象はエルヴィス・プレスリー、サミー・デイヴィス・ジュニアだ。アメリカン・フットボール狂が多いテキサス州なら——オクラホマならサミー・ボー——ミッキー・マントルだろう。ニューヨークのこの辺りでは、どことなくリベラルでキリスト教を敬えば必ずうまくいく。陪審員のほとんどが笑いかけてきた。笑顔を向けてこない陪審員たちは、ミリアムに軽蔑の眼差しを投げるのに忙しかったのだ。

大きく点を稼いだ。

しかし、裁判官はまったく心を動かさなかった。遠くから傍観している風情だ。

「ミズ・サリヴァン、言い直してもらえますか」

ミリアムはそのとおりにした。

「これ以上なにもありません、裁判官殿」

13

小道具を用意して弁護士用テーブルの後ろに立ち、二流の魔術師のようにデスクの下からそれを取り出せると思い込んでいたが、ふと備えはまだ充分ではないと思いはじめた。いつ叩きのめされてもおかしくないのではないか。ゆっくり行けとみずからに言い聞かせる。しばし、目を閉じた。深呼吸をするだけのあいだ。それでもあの女の姿が暗闇に浮かんでくるのだ。ハンナ・タブロウスキー。眠りに落ちるときに、いつもその姿が眼前によみがえる。彼女の姿が浮かんできて、毎朝、目を覚ます。バーボンと冷たいビールでこの幻影を追い払おうとした。ハンナのあの姿を初めて目にしたとき、わたしの心はずたずたになり、永遠に癒《い》えることがないだろうとさとった。それ以来、法廷には立たなかった。わたしの人生はまっぷたつに砕けた。わたしの人生は、バークリー事件の前と後というように、はっきりと識別できるようになった。

　目を開いたとき、頭はすっきりとしていた。ゴールドスタインに目を向け、質問事項がふたたび頭のなかに浮かんできた。

「ドクター・ゴールドスタイン」自分の声が聞こえた。「手書きの文書を比較するときには、同じ種類の文書を比べるのが理想的な方法だと理解してよろしいですね？　たとえば、二種類の履歴書、二種類のパスポート申請書、二種類の運転免許申請書といった具合に」

「はい。しかし、それがいつもできるとは限りません。被告人が人を殺すようにと、それぞれちがうふたつの命令を下せば、比べることができますが、そうでなければ不可能です」

　ゴールドスタインは眼鏡のへりからわたしを見詰めながら言った。引きつったような笑い声が傍聴席に広がっていった。ドクターはみずからの答えに満足し、自信を持っているようだ。慎重に進めなければならない。

「紙幣に文字を書いた人物は正体不明です。提出された文書を書いた人物ははっきりしている。つまりわたしの依頼人です。両者は同一人物であるという結論に達したとおっしゃいました。文字の形、書き方を調べてそのような結論を引き出したのですね？」

「はい」

ゴールドスタインはわたしの質問には簡潔に答えるように言われているのだろう。短くすぐに答えること。反対尋問を乗り切るには、愚かな指示だ――しゃべりすぎるな。そうすればそれほどダメージを受けることもない。

「筆跡鑑定とはそのようなことをするのですね？　文字や単語の組み立て方を分析して解釈する」

「はい」

「分析した結果かなりの共通点があるということですね？」

「ある程度は」

「分析した結果かなりの共通点があるということですね？」

同じ質問を繰り返した。質問の内容を理解してもらおうと、腕白小僧に語りかけるようにゆっくり。ゴールドスタインはもっと明確に答えなければならなくなった。さもないと陪審員の前で嘘をついている、あるいはたんなる間抜けだと思われてしまう危険がある。質問を繰り返したことで、すでに逃げ腰になっているようだ。

「はい。分析した結果かなりの共通点があります」

よし。

「検察官は筆跡鑑定について質問をしようとしました。検察官は、その分析方法が論理的なものなのかどうか質問しようとしたのだと思います。論理的なのでしょうか？」

「はい。もちろんです」

「ある筆跡鑑定家は、ジョン・ウェインのサインのしみを解釈し、彼の無意識が肺癌にかかっていることを告げていたと判断しましたが、これは本当ですか？　事実ですね？」

こんな馬鹿げたことは聞いたことはないというように、陪審員に不信げな眼差しを投げた。その表情を見られないようにゴールドスタインには背中を向けたままでいた。筆跡鑑定家がジョン・ウェインに対してそのような判断を下したのかと問うたわけだが、ゴールドスタインはそうだと答えるだろう。しかし、わたしが強く訴えていた顔の表情を見て、陪審員はこの質問が持つもうひとつ意味に対する答えを聞くことになる。

「はい」ゴールドスタインは答えた。

筆跡鑑定家がそのように解釈したと嘘偽りなく答えただけなのだが、わたしが顔をしかめたために、陪審員はそうした理論がたんに存在している事実があるということではなく、この理論が馬鹿げていることを認めたと解釈したのだ。

「つまり、占いのようなものですね？」

「いいえ。分析による論理的な解釈です」

「ドクター、どういうことかわかりません」

わたしは陪審員の方を向き、両手を虚空に突き出し、高額の報酬を得る弁護士でもこの男がなにを言っているのかわからないというふりをし、彼らの心にその印象を刻みつけようとした。陪審員たちは笑った。

「ほんとうに実証できるものか試してみましょう」

ドクターにわからないうちに、こちらの主張の基盤を固めるときだ。上のコピー機で拡大した〝G〟の文字を持ち出し、陪審員たちの方へ向けて掲げた。ドクターにも見えるようにそちらに振り向け、それからイーゼルの上に置いた。一ルーブル紙幣に書かれた〝G〟という文字の隣だ。拡大コピーを並べると、同じもののように見える。検察官ならたいていここで異議を唱え、専門家の見解について反対尋問に試すことができるかどうか、意見を戦わせることになるだろう。ふつう裁判官は、わずかながらも自由裁量の余地を与えてくれる。ミリアムは異議を唱えなかった。わたしのやり方が許されることも、異を唱えれば陪審員の目に証人をかばっていると映ることも承知しているからだ。できるなら、証人には自分の力で切り抜けてもらいたいとミリアムは思っているのだろう。

「ドクター、この〝G〟は、議論の中心になっている紙幣、それとわたしの依頼人が署名した書類にある〝G〟の文字とまったく同じに書かれていますね？」

ゴールドスタインにも認めてもらいたかった。ゴールドスタインも陪審員も目の前の拡大された文字をただ見詰めているだけである。一分ほど時間が流れたような気がした。ゴールドスタインは顔に緊張した表情を浮かべながら、慎重に文字を見比べている。

あおる必要がある。

「この拡大した〝G〟は、紙幣に書かれた〝G〟と同じに見えますね？」

「そのようです、はい」

「同じですね？」

「はい」

「では、これは？」

わたしはもう一枚、大きな紙を取り出した。〝G〟の文字は同じように見えるが、これは別の資料からコピーしたものだ。〝G〟だけでなくほかの文字の一部もコピーされている。ゴールドスタインは長い時間をかけて入念に眺めていた。しかし、先ほどよりも結論を出すのが早かった。

「はい。とてもよく似ています」

「筆跡鑑定家は、ある人物の〝G〟という文字の書き方をもとに、その人物について評価を下す、そういうことですね？」

「そのとおりです」

「筆跡鑑定家が、この〝G〟という文字を書いた人物を性倒錯者だとみなすのはまちがっているのでしょうか？」

〝性倒錯者〟を強調するために声を大きくした。この言葉が法廷内に響き渡った――誰もを目覚めさせるにはうってつけの方法だ。手書き文字は退屈だ。セックスは興味を引く。性倒錯ならなおさらおもしろい。

「いいえ。この〝G〟を書いた人物が誰であれ、その人の性生活は倒錯的な傾向がありま す」

間をとった。陪審員の頭が活発に働き、この証言に疑問を持ってもらいたかった。

「ニューヨーク郡の地区検事代理ミリアム・サリヴァンに会ったことはありますね？」

ゴールドスタインはいきなりそわそわしだした。

「はい。もちろんあります」

「ミリアム・サリヴァンは性倒錯者ですか？」

「なんですって！　もちろん、ちがいます」

「裁判官殿！……」ミリアムが大声をあげた。

「ええ、わかっています、ミズ・サリヴァン」パイク裁判官は言った。「ミスター・フリン、軽はずみな言動は慎むように」

「申し訳ありません、裁判官殿。とはいえ、お尋ねしてもよろしいでしょうか？　裁判官殿は倒錯的な行為にふけっておられますか？」

不埒なことこの上ない質問だ。陪審員の支持を失い、法廷侮辱罪でぶち込まれる危険もあった。

パイク裁判官は、しっかりと化粧をした鼻の先まで眼鏡をずらし、そのふちからわたしを見据えた。まるで連続殺人鬼が、いかしたシボレーのボンネット越しに餌食を観察し、ちっぽけなウジ虫を踏み潰してやろうと虎視眈々と狙っているかのようだ。

「ミスター・フリン、十秒後には、拘置所にぶち込まれるでしょう」

陪審員は体に一撃を食らったかに見えた。

震えが二度、腰のあたりを横に走った。アートラスが爆弾のスイッチを押したのだ。リモートコントロールによる起爆装置について、今朝、話していたことを思い出す。ボタンはふたつ。ひとつは安全装置の解除、もうひとつは起爆。爆弾の安全装置が外され、いつでも爆発する状態になったのだ。

14

アートラスの目つきは、まるでわたしが彼の母親の喉にナイフを突きつけているというほど敵意に満ちていた。爆弾の安全装置を外したのは警告だ。拘置所にぶち込まれたら、起爆させるというのだろう。

パイク裁判官は、今にも立ち上がりそうだった。頬を赤く染め、怒りは沸点に達し、その熱エネルギーが椅子から体を持ち上げてしまうのではないかと思った。

「裁判官殿、陪審員のみなさん、資料B、七ページを見てください」

あれほど怒りをこめてページをめくる者を見たことがない。パイク裁判長は、ファイルの該当箇所を開き、ふたたび憤怒の形相でわたしをにらみつけた。陪審員たちは当惑しているようだった。

　わたしはイーゼルの横に立ち、要点を強調した。

「裁判官殿、ここにある第一の拡大コピーは、七ページにある名簿を認定する裁判官殿の署名の最初の文字です——ガブリエラ・パイク。まちがいないでしょうか？」

「そのとおりです」まだ怒りは鎮まっていないが、わずかながらも好奇心を刺激されたようだ。

「ドクター・ゴールドスタイン、あなたの見解によると、裁判官殿がこの問題の紙幣に署名した可能性もありますね」

「いいえ」

　わたしはズボンのポケットから黄色の付箋を取り出し、きちんとした身なりのラテンアメリカ系の陪審員に手渡した。

「このメモは、今朝、検察官から手渡されたものです。ほかのみなさんにもまわしていただけますか？」


　あなたの依頼人は負けるでしょう。五時までに保釈を撤回させるつもり。

「〝負ける〟（GOING DOWN）の〝G〟の文字は、ここに拡大したものであることがおわかりでしょうか。問題になっている紙幣の手書き文字の書き手と同じように書いています。

ドクター、ちがいますか？」

「似ているとすでに申し上げています」

「あなたの証言によると、殺人を命じた紙幣に名前を書いたのは、被告人でもパイク裁判官、あるいは検察官、誰でもいいことになりませんか？」

「いいえ。すべてをねじ曲げています」

「陪審員のみなさんにメモを見ていただきましょう。結論を下せるように」

メモが陪審員のあいだでまわされていく。ひとりひとりメモを見ていった。〝GOING〟の〝G〟を拡大したコピーを眺め、それからミリアムに視線を向ける。誰もが同じ表情をしている。ミリアムはお菓子の入れ物に手を突っ込んだところを見つかった子どもだ。両手のなかに顔をうずめた。陪審員はミリアムのことを厚顔無恥で高飛車な女であり、自分たちの仲間ではないとみなしたことだろう。

「はっきりさせましょう、ドクター。筆跡鑑定家のなかには、〝G〟に書かれた非常に目立つ線は、性的倒錯の傾向を示していると主張する人たちもいる。しかし、すべての筆跡鑑定家が同じ意見であるとは限らない、そういうことですね？」

ゴールドスタインは助け舟を出されたと思ったのだろう。飛びついてきた。

「そのとおりです」

「ドクター、わたしたちは子どものころ、家や学校で最初に教わったようにアルファベットを綴っているわけではない、これはまちがいないですね？」

「大きな影響を与えていますが、それだけではありません。成長するに従って筆跡が変わる人たちもいます。しかし、根本的に変わるわけではありません。これは請け合います」

「なるほど。わたしはカトリックの学校で修道女の先生から書き方を教わりました。もし、先生たちが〝G〟に目立つ線を書き入れる癖があり、それを黒板に書き、写すようにと教えたとします。先生は性的倒錯者であることにはなりませんね？」

十字架を身につけている陪審員は、わずかに姿勢を正したようだ。

「はい。そういうことにはなりません」

「では、パイク裁判官もミリアム検察官も性的倒錯の傾向があるということにはならないでしょうし、一ルーブル紙幣にこれを書きつけたのが誰であれ、その人物にもそのような傾向は当てはまらないということになります。書き方を教わったときの影響のほうが大きいようですので。まったく正常な人たちが、こうした字を書くことも多々ある、そういうことですね？」

「そのとおりです」

「このような字を書くことは、まったくふつうのことだと言えますか？」

「はい」

「この法廷にはおそらく二百人ほどの人たちがいます。この中で同じように〝G〟を綴る人はなん人ほどいるでしょうか？　四分の一？　三分の一？」

「このように綴る人は多いでしょう」

ゴールドスタインはすぐに論拠を変えた。水を飲むとき、手が震えていた。わたしはゴールドスタインが行きたくない方へと導いていった。できるだけ早くここから出て、歩み去りたいと思っているだろう。

陪審員はミリアムの書いたメモをまわし終わり、事務官がメモを裁判官へ渡した。願わくは、わたしよりもミリアムに対して裁判官の怒りが募っていきますように。ゴールドスタインへの反対尋問はほぼ終わりだ。棺桶の蓋は閉じられた。あとは釘を打つだけだ。

「筆跡からだけでは、異常な性欲の持ち主であるかどうか判断することはできない、そういうことですね？」

「イエス、と言わざるをえないでしょう。よく考えてみると、不可能です」

変わり身の早いことに、筆跡学とは縁を切ったようだ。残念ながら、ドクター・ゴールドスタインは最後の一撃を食らう。

「不可能だとおっしゃる。しかし、二〇〇〇年、あなたは『筆跡によって性犯罪常習者を特定する』という論文を書いておられます。このなかで、なにあろう所得税申告書からレイプ犯、小児性愛者、倒錯者を見分けることができると主張している。この論文は、あなたが書いたものですね？」

わたしは陪審員へ向かって論文のコピーを掲げてみせた。

ゴールドスタインはまっすぐ前を見詰めている。口を開いたり閉じたりしているが、声は出さなかった。ようやく頷いた。

「〝イエス〟だと判断します。さて、ドクター、本日の宣誓証言では、筆跡だけから性的な傾向を判断することはできないということです。しかし、二〇〇〇年、筆跡だけで性犯罪者を特定できるだけではなく、どのような性的嗜好を持っているか判別できると論文に書いておられる……」ここで間をとった。まだ、はっきりと質問したわけではない。しかし、間をとることによって、陪審員からの質問を持ちだしているのだというように彼らひとりひとりに目を向けることができる。「ドクター、陪審員のみなさんが聞きたいと思っている質問は、こういうことです。二〇〇〇年の論文でいい加減なことを書いたのか、それとも、本日、虚偽の証言をしたのか。どちらです？」

答えることができない質問は、まちがいなく最高の質問だ。ドクターがなんと答えようとどうでもいい。その言葉を信じる者は誰もいないのだから。案の定、ドクターは黙りこんでしまった。ただうなだれただけだ。陪審員席にいるふたりの黒人女性は、少しでもドクター・ゴールドスタインから離れようと体を後ろへずらし、健全なことこの上なく、嫌悪の情を顔に浮かべた。ほかの陪審員は、ドクターに怒りの目を向け、あるいは目を向けることさえできずに足元を見下ろしている者もいた。

ミリアムは再尋問しなかった。彼女が書いたメモによって考えがひらめいたのだ。ミリアムの〝G〟の書き方が、ゴールドスタインが論文で取り上げていた〝G〟と似ていたのだ。裁判資料のなかに同じような文字を発見するのにそれほど時間はかからなかった。幸運なことに、その文字を書いたのは裁判官だった。ドクター・ゴールドスタインはおどおどしながら証人台を降り、法廷背後の自分の席に戻った。

「頭がくらくらしてきました。今日はここまで」パイク裁判官は言った。

武装した警備員が法廷内に入ってきて、陪審員たちを今朝出てきた控室へと導いていった。

「全員起立」事務官が言った。

パイクは執務室のドアを開け、なかに入りながら閉めた。法廷から人が出ていく。四時三十分。ミリアムは仲間となにやら意見交換をしている。ジャケットが重く肩に食い込むように感じた。全力を尽くして乗り切った。うまくことが運んだのだから、ヴォルチェックは喜びのあまり踊り出してもいいだろう。ヴォルチェックに目を向けると、笑みを浮かべていた。

だが、アートラスはなぜか笑っていなかった。

記者が一斉に出口へ向かったが、ひとりこの流れに逆らっている者がいる。アーノルド・ノヴォセリックだ。コートのボタンをはめるとベンチの脇を検察側のテーブルへ向かって歩いて行く。視線はずっとわたしに据えたままだ。

頭を左右に振ったが、アーノルドはためらうことなくわたしを見詰め、決然とした表情を顔に浮かべていた。裁判を傍聴するために来たのではないことだけは確かだ。検察に加担しようとしているのだ。

アーノルドが近づいてくるのに気づくとミリアムは、仲間に背を向けた。アーノルドがテーブルにたどり着かないうちに歩み寄り、ふたりは空いているベンチに腰をおろした。わたしはヴォルチェックに目を向けた。ヴォルチェックは腕組みをしたまま座り続けている。べンチを振り返ると、ミリアムとアーノルドはわたしから視線を逸らした。アーノルドは爆弾のことをミリアムに話したのだ。

ふたりは一緒に立ち上がると出口へ向かった。ミリアムの仲間たちは、リーダーである彼女が出て行くのに気づき、あわてて資料を片付け、その後を追った。ミリアムはドアにたどり着く前に振り返り、当惑したような表情でわたしを見た。悪い兆候としか言えない。ミリアムは大打撃を食らったばかりなので、鍵をかけられて車から締め出されたと言わんばかりにわたしを見詰めてもいいはずだ。ミリアムは視線を逸らすと、人が少なくなっていく法廷内を見渡し、パリッとしたスーツを着た三人の男たちに目を留めた。ＦＢＩではないかと踏んだ連中だ。アーノルドとミリアムはドアのところで待っている。ミリアムは、陪審コンサルタントをＦＢＩの男たちに紹介して五人そろって法廷を出ていった。

わたしはうなだれ、小声で悪態をついた。ここまでは完璧にことを運び、ブラトヴァの信頼を勝ち取ったのではないかと希望を抱いていたが、状況はなにもかも変わろうとしている。ここを出ていくときのミリアムの顔の表情から判断して、わたしが法廷を出た瞬間に逮捕される確率は五分五分だろう。そしてエイミーが少しでも生き延びる確率も。

15

法廷内に人がいなくなるにつれ、不安が募っていった。ロシア人たちは座ったまま立ち上がろうとしない。一分もしないうちに、わたしとロシア人だけになった。

「ヴィクター、誰も入ってこないようにしろ」ヴォルチェックが命じた。

大男のヴィクターはドアをぶち抜くことができそうだった。首筋と肩の筋肉がタイヤのように大きく盛り上がっている。立ち上がるときにヴィクターは手すりをつかんだ。その指関節は形が変わり、傷が走っていた。ヴィクターの鼻は、ひどく破損したあと、いいかげんに取ってつけたように見えた。こいつは、ボクサーだ。わたしはかつてある界隈ではもっとも喧嘩が強く、ブルックリンではすぐにボクシングの才能を発揮してトップの座に昇り詰めた。しかし、ミッキー・フィーリーのジムでトレーニングをはじめるとたちまちのうちに、プロのボクサーに必要なものを欠いているとさとらされた。だが、今もトレーニングは好きだ。十八歳まで、街で詐欺をしていないときは、ジムにいて限界までパンチを繰り出していた。大昔のことであり、今でも少しながらその才能を維持しているが、ヴィクターと対戦してみようなどとは思わない。

ヴィクターはゆっくりと出口へ向かった。誰も入ってこれないように、がっしりとした背中を両開きの扉に向けて立った。どうやらちょっと話をするつもりらしい。

「娘と話したい」

「もう一度同じことを言ったら、娘を犯して殺す」アートラスが言った。

こいつはどうしてご機嫌ななめなのかわからなかった。これだけことがうまく運んだのだから、機嫌がよくてしかるべきだ。わたしは口をつぐみ、心ひそかに誓った。この問題を切り抜けたら、アートラスは苦しむことになる。アートラスと比べヴォルチェックはずっとご機嫌だった。

「よくやったよ、弁護士さん。言われたとおりにすれば、娘は無傷で返してやる」ヴォルチェックはそう言ってアートラスのトレードマークの笑みを浮かべようとした。「もうセキュリティー・チェックを通過する危険を冒さなくていい。裁判所は二十四時間営業だ。夜間法廷の関係者が一晩中建物のなかにいる。あんたは上のオフィスにいてもらうことになる。心配するな。グレゴールがすぐに戻ってくる。たくさんの連中が一緒にいてくれるさ。ヴィクターとアートラスがあんたの見張り役だ」

グレゴールというのはリムジンでわたしを叩きのめした化け物のことだろう。意識を取り戻したとき、あいつはすでにいなかった。

この裁判所で一晩以上過ごしたことはある。今思えば、その一晩一晩が悔やまれる。

クリスティンは結婚してもひとりぼっちのような気がすると言ったことがある。別居する前の最後の年、たしかにわたしは家で眠ることがそれほどなかった。ジャックとわたしは一日二十四時間体制で裁判に関わり、自分の時間などなく、家族の団欒を持つことができなくて寂しかった。しかし、これほど働くのも妻と娘のためだと自分に言い聞かせていた。もっとよい生活を送るためなのだ、と。しかし、クリスティンとエイミーは、わたしと会いたいだけだったのだ。必要以上の仕事をしても、すぐに金は入ってこない。クリスティンはわたしがほんとうに働いているのか、浮気をしているのではないかと問いただした。浮気しているなどとクリスティンは実際に思っていたわけではない。ただ怒っていただけなのだ。あのような生活をクリスティンは望んでいたのではない。バークリー事件の裁判のあと、六カ月間、わたしは弁護士の資格停止処分を食らったが、家にいつかずにバーへ繰り出し、最も愛するふたりと過ごす時間は少なかった。クリスティンと面と向かい、打ち明けるのが怖かっただけなのだと気づいた。ドラキュラ・ホテルで過ごした夜をすべて棒に振ってしまったこと、法廷で裁判官とやりあうのが忙しく、エイミーの学校で催されたお遊びとスポーツの日に出席できず残念だったこと、結婚生活を犠牲にして、結局なにも残らなかったこと。去年まで、わたしたちの結婚生活は順調だった。クイーンズに堂々とした家を建て、賢い娘に恵まれた。大金を稼ぐことはできず、ありえない時間に働いていたが、わたしたちはそこそこに幸せであった。わたしはそう思っていた。

クリスティンとはロースクールで出会った。最初のひと月、クリスティンに話しかけることはなかった。勇気を奮い起こすことができなかったのだ。クラスには可愛らしくて裕福な女の子たちが大勢いたが、わたしのような男子学生は少なかった――たいての連中は穴のあいたジーンズをはき、油汚れのついたTシャツ着て、その息からは前の晩のビールのにおいを漂わせながら授業を受ける。当時、わたしはそれほど見栄えが悪い学生ではなかった。一晩楽しく過ごしたいと思う女の子たちの興味を引いた。だが、わたしはクリスティンと付き合いたかった。初めてクリスティンと話したのは、聖パトリックの日の翌日だった。朝九時に夜を徹して酒を飲んでいたフラナリーズからよろめきながら出てきて——まだ酔っていた——授業に出席するためにタクシーに飛び乗った。車が動き出そうとしたとき、女の子がドアを開け、隣に乗り込んできた。それがクリスティンだった。

「同じところへ行くのよね？」

「ああ」

タクシーが動き出すとクリスティンは服を脱ぎはじめ、下着姿となった。シャツ、ジーンズを床に脱ぎちらし、バッグのなかに手を突っ込んだ。デオドラントスプレーを体にふりかけ、新しいパンツとシャツを身につけた。クリスティンも徹夜で飲んでいたのだろう。着替えているあいだ、彼女は無言だった。運転手とわたしは口を開けたまま、見ているだけだった。ロースクールの外でタクシーは停まった。クリスティンは料金を払い、車から降り、長いブラウンの髪を耳の後ろにかけると言った。

「ごめんね。驚かせちゃった？」

「いや。楽しませてもらったよ」

これがはじまりだった。その晩、わたしたちはもう一度会い、ピッチャーにいっぱいのビールと器に山盛りのエビに舌鼓を打ちながら——わたしは一銭も払っていないのだが——お互いに恋に落ちた。

クリスティンは自由を謳歌していた。わたしはそこに引かれたのだ。結婚し、エイミーが生まれてこの手に抱いてからは、ますます彼女を愛するようになった。エイミーは母親の自由な気風を受け継いだ。背骨の下のほうで、法廷で走ったのと同じ振動を感じた。アートラスが爆弾の安全装置を入れたのだろう。

「今日、なにが一番楽しかったかわかるか？　爆弾の安全装置を解除したとき、あんたはひるまなかった。アートラスがボタンを押すのを見たんだよ。娘を取り戻し、ここから出ていくために、なにをすべきかあんたは理解している」ヴォルチェックは証人台を身振りで示した。「ベニーを反対尋問する機会を与えたとしよう。なにを尋ねる？」

「まだわからない。すぐに頭に浮かぶのは、助かるためにあんたを売ろうとしている、ということだ。終身刑に処されるのが嫌なので検察側と取引した、つまり、監獄内の情報提供者と同じように信用できないという方向へ持っていきたい」

考えているうちにある疑問が浮かんだ。新聞で最初にこの事件について読んだときから気にかかっていたことだ。ヴォルチェックは一件の殺人事件、マーリオ・ジェラルド殺害の件で裁判にかけられている。ヴォルチェックは数百万ドルもの利益を上げる巨大犯罪組織のボスだ。ベニーが殺しの現行犯で逮捕されたのなら、なぜなにもかもすっぱ抜かなかったのだろう？　たったひとつの殺人事件だけではなく、ヴォルチェックのすべての犯罪についてFBIに打ち明け、証人保護プログラム下に入らなかったのはなぜか？　今のままでは、裁判が終了したら、監獄で辛い日々を送ることになってしまう。

「リトル・ベニーが保身のために情報を提供したことを理由に攻撃するのには、ちょっとした問題がある。今回の殺人事件を密告しただけだからだ。あんたのほかの仕事については、FBIにしゃべっていない。これが証人としての信憑性を与えている。なにもかもぶちまけてしまうことだってできるはずだろ？」

ヴォルチェックもアートラスも黙ったままだった。そのとおりだ、という意味に解釈した。

「リトル・ベニーはすでに判決を下されているんだろ？　《タイムズ》には、来るべきロシアン・マフィアの裁判における匿名の証人は、懲役刑に処された、と書いてあった。誰が読んでも、これはあんたの件だってわかる。何年食らったんだ？　十年か？」

「十二年だ」アートラスが答えた。

「じゃあ、どうしてうまい話を逃す？　納得がいかない。あんたのやっていることを洗いざらい話して、FBIの保護のもと新しい身分を手に入れ、自由の身になることだってできるだろ」

ヴォルチェックは床につばを吐いた。顔をこちらに向けたが、アートラスと視線を合わせようとした。

「おそらく、リトル・ベニーにはまだ少し忠誠心が残っているからだろう」

ヴォルチェックは荒涼とした残忍な目を向けてきた。

「大した問題じゃない。この裁判であんたが勝てるとは思っていないよ、ミスター・フリン。やるだけやるがいい。それは認めてやる。だが、明日になったら、座席の下に爆弾を仕掛ける。今夜は危険なのでやめておく。掃除人に見つけられるかもしれないからな。明日、アートラスの計画どおり、爆弾を仕掛ける」

片腕であるアートラスの名前を口にしたとき、ヴォルチェックは暗く血に飢えた表情を目に浮かべた。これまで人を殺してきたこと、これから犯される殺人は、ヴォルチェックにとってサディスティックな喜びの源であるかのように。この男は組織のボスでありながら、ジャックとその妹の拷問にかかわった。アートラスはすべてビジネスとしてこなしているが、ヴォルチェックは殺人を楽しんでいる。

ヴォルチェックがブラトヴァ、忠誠心、信頼についてどんなに言葉を並べようとも、事実は事実だ。手下が捕まり、ボス、つまり〝パカーン〟に反旗を翻した。あのルーブル紙幣を渡し、ロシア語でいう〝ツェルコヴィ〟、一念を託した男に牙を剝いたのだ。大がかりな犯罪組織内部では、ある程度人を信頼する必要がある。忠誠心を強要するか、いつまでも商売を続けないことだ。ヴォルチェックは五十代前半だろう。ここまで長生きするギャングは多くない。ましてや刑務所にも入っていない。この事実は、ブラトヴァの構成員たちのあいだでは忠誠心が保たれていることの証左だろう。忠誠心が極度に尊ばれていることは明らかであり、裏切れば、当然の報いを得るのだ。アートラスの頰の傷は、おそらく組織内のこうした事情を物語るものであろう。ヴォルチェックはリトル・ベニーを嫌悪している。爆弾で噴き飛ばすことは、ブラトヴァの構成員全員、世の中で法の執行にたずさわる者たちにもメッセージを送ることになる。そして敵対するギャングたちにも。どこに逃げようとも捕まえてやる。ロシアン・マフィアを裏切ると死ぬことになるのだ、と。

大きな雨雲が頭上にかかって、黄昏の光をさえぎり、あたりは急に暗くなった。なにやら慌ただしい大きな音が聞こえてきた。ドアがノックされた。

16

ヴィクターとアートラスが膝をつき、靴からなにかを取り出している。ブーツのヒールに穴が穿たれており、そこからなんとも邪悪なカーブを描く刃を取り出した。ふたりの刃はまったく同じ形をしている——かさばる柄はついていない。ほっそりとした灰色のナイフの刀身だけだ。おそらくセラミックでできているのだろう。セラミックなら金属探知機には反応しない。これを作らせるには、かなりの金がかかっただろう。まともなナイフなら七十五ドルはする。おそらく、このナイフも一本七百ドルといったところだろう。

これはいざというときの武器だ。なにもかもうまくいかなくなったとき、ナイフを取り出すのだ。銃ではない。わたしには危険なものを身につけさせたが、アートラス自身は大型のリボルバーを持っていないことは確かだ。こいつらは法廷内に爆弾を持ちこめないのだから、当然、銃を身につけてセキュリティーを通過することはできなかったはずだ。

ヴィクターはドアの前で耳を澄ましている。ナイフを持った左手は体の脇にたらし、刃先は上、天井の方へ向けていた。アートラスはもっとナイフに馴染んでいるようだ。ナイフを引っ張りだすと逆手に持ち、刃を床に向けていつでも戦えるように身構えた。切り裂く、刺す、逃げる。どれにでも対処できる。逆手に持つと、ナイフが目立たなくなるので、攻撃を手に集中されて武器をむしり取られることも避けられる。さらに、ナイフを下に振り下ろすことで、大きな力を加えることができるのだ。刃を上に持ち上げるよりも、動作がずっと速い。過去にわたしもナイフを使ったことがあるからわかる――もちろん、護身のためだ。

アートラスはドアにいるヴィクターの横に並んだ。

ふたりで聞き耳を立てる。

なんの音もしない。

バン！　バン！

アートラスはわたしに来るように身振りで示し、こう言った。

「ドアを開ける。誰だろうとあんたが相手をしてうまくあしらえ」

ヴィクターはドアの左側に立った。アートラスは右側に移動し、左手に起爆装置を握った。

爆弾がふたたび振動した。起爆装置の赤いライトが点灯したことに初めて気づいた。安全装置が解除され、いつでも爆発できるようになったのだろう。

法廷内にはわれわれが呼吸する音が静かに響いた。

「ＦＢＩの連中だったらどうする？」

「なんでＦＢＩがあんたに用があるんだ？」

「検察側は陪審コンサルタントを雇っていた。今日、その男が法廷にいるのを見かけた。アーノルド・ノヴォセリックという名前だ。アーノルドは読唇術ができることで知られている。わたしやあんたらの誰かが爆弾の話をしていたのを読まれたんじゃないだろうか」

ヴォルチェックは首を左右に振った。

「ありえない。誰が来たのか確かめろ」

アートラスとヴィクターはドアノブを握り、視線を交わした。

ふたりは両開きのドアを開けた。光が洪水のように流れこんできた。


彼らは銃殺隊のように一列に並んでいたが、銃口から火が噴いたのではなかった。十数台ものカメラのライトをいきなり浴びせかけられたのだ。とっさに両手で顔を覆い、ふいに猛襲をかけてきた光から目をかばった。

法律事務所をはじめたとき、ジャックは宣伝用の写真を撮るべきだと言って譲らなかった。わたしは明るい部屋で、大きな観葉植物の横に座らされ四十分間も笑顔を作らされた。そのあいだ、フォトグラファーは高すぎるギャラに見合うだけの仕事をし、ポスター、あるいはコーヒーマグに使う写真のなかのわたしは、かなり立派に見えた。後から考えると、コーヒーマグは失敗だった。弁護士の顔が転写されたマグカップを使いたいと思う依頼人などいない。そんなものを見て思い出すのは、自動車事故、レイプ、離婚、殺人容疑、そして――これが最悪なのだが――弁護士料だけだ。フォトグラファーに笑うように指示されたその日の記憶は、退屈だったというだけだ。カード類を引っ張りだし、フォトグラファーと助手にそれぞれ千五百ドルずつ支払った。カードで支払わなければならなかった。当時、わたしもジャックもガス代を払う金さえなかった。まして、写真撮影に割く現金など持ち合わせていなかった。ジャックの身に起こったこと、彼のおかげでこんなことに巻き込まれたことを思い、歯ぎしりせんばかりだった。

両手を前に突き出し、前に一歩踏み出した。カメラを構えた者たちは、わたしが進み出てくるとは思っていなかったようだ。背の高い男が、テレビカメラに取り付けたライトを永遠に当て続けてやろうと思ってでもいるかのようにこちらへ向けていたが、そちらへ踏み込んでいくと、その男はよろけた。すでにわたしの姿は十数台のカメラで撮影されてしまったのだ。あと求められるのは、間抜けな笑みを浮かべてギャングの肩に腕をまわす姿だ。好むと好まざるとに関わりなく、このような事態を引き起こす種を撒いてしまった。依頼人が犯したとされる罪が恐ろしければ恐ろしいほど、写真に映るときには、より近く依頼人に寄り添うものだ。この考え方からすると、わたしはヴォルチェックのすぐ横で尻にでも手をまわして立っていなければならない。寛大な刑事事件専門弁護士なら、新聞に写真を載せることを許し、記者の知り合いもできるだろう。

カメラを構えた連中の後ろには、本物のサメども――記者――が待ち構えていた。カメラマンが脇へよけると、そのとたん、わたしはマイクロフォーン、ヴォイスレコーダー、訴えるようにのばされた手に囲まれた。数日前、ハドソン川で沈没した船の一件を別にすれば、この裁判は注目の的なのだ。記者という記者がなんらかの情報を手に入れたいと思っている。

犯罪組織のボスのなかでもヴォルチェックは、現代の司法制度によって告訴された者のなかでは最大の大物だ。マスコミの連中は法廷内にカメラを持ち込めなかったので、ヴォルチェックが出てくるのをずっと待っていたのだ。エレベーターに乗り込む前のその姿をカメラに収め、コメントを得ようというわけだ。

「エディー、どうしてヴォルチェックを弁護することになったんです？」

「エディー、今日の反対尋問はみごとでした。明日の戦略は？」

「ミスター・フリン、依頼人は証言するんですか？」

十幾つもの質問が、同時に投げつけられた。わたしは廊下をエレベーターまで歩いていき、記者たちに振り向いた。この連中はまだヴォルチェックに気づいていない。ヴォルチェックはヴィクターの後ろに立っていた。つまり動く壁の背後に隠れているようなものだ。エレベーターのドアがチャイムの音とともに開いた。ヴィクターは資料の入ったスーツケースを引っ張りながら、レポーターの背後から歩いてくる。レポーターがわたしに気を取られている隙に、その左側からぐるりとこちらへやって来た。ヴィクターはレポーターの前にそっと姿を現わすと、視線を避けるようにしてわたしの背後へまわりこんでエレベーターに乗り込み、わたしにも乗るように手で合図した。ヴォルチェックは隅に立ち、アートラスとヴィクターは前に立ちはだかっている。記者はふたりの背後にいるのが誰か気づき、カメラマンに来るように呼びかけた。しかし、遅すぎた。

ドアが閉まりはじめた。アートラスとヴィクターは神経をとがらせ、息を荒くした。ふたりともコートのポケットに両手を突っ込んでいる。ナイフを握っているのは明らかだ。目を大きく見開き、危険はないかあたりに視線を走らせる。このふたりは危険だ。アドレナリンと恐怖は、誰にとっても最強の組み合わせだが、アートラスのような男には——極度に作用する。手がのびてきて閉じかけたドアをつかんで動きを止め、開かせようとした。ありがたいことに、取材に夢中になった記者ではなかった。

警備員のバリーだ。一日中わたしを探していたという顔をしている。ふたたびドアが開くと、バリーはエレベーターのなかのわたしの隣に立った。

「エディー、テリーのために弁護を引き受けてくれてほんとうにありがとう。ただで弁護してくれるとテリーに話した。天井にまで舞い上がらんばかりの喜びようだったよ。かみさんに電話をかけていた。夕食に来てほしいということだが、どうかな？」

バリーは立ったままでいることが多い。長い時間そうしていると、ある姿勢をとるようになる。その姿勢でいると体が楽で、痛みも最小限度に抑えられるからだ。バリーは右脚に体重を移し替えた。バリーはわたしの答えを待ちながら、なにげなく右手を四五口径のベレッタの銃把に置いた。

ヴィクターは最上階のボタンを押した。

わたしはバリーの肩越しに向こうを見やった。五、六メートル先にミリアムが立っており、FBIのなかでもっとも背の高い男と話をしていた。男はしゃれたネイビー・ブルーのスーツ、白いシャツ、ブルーのタイという出で立ちだ。髪は真っ黒でおそらく染めているのだろう。ミリアムはわたしを指さした。ＦＢＩの男はまっすぐこちらを見ると、上に目をそらし、エレベーターに向かって歩いてきた。ここにたどり着く前にドアが閉まってしまうのはわかっているはずだ。ドアの上にある階数表示で何階に上がったのか確認するつもりなのだ。何階で降りたのか確かめてから、あとを追ってくるのだろう。

エレベーターのドアが閉まった。

おい、バリー。ここでなにをしている？　爆弾を身につけているんだ。そう言いたかった。もちろん、そんなことは口にしない。

バリーの友人からミートローフとビールの夕食に招待された。バリーはわたしの返事を待っているのだが、その顔を見ることはできなかった。バリーはわたしのためにこのエレベーターに乗っているのだ。テリーの件で相談に乗らなければ、あるいは断っていたら、バリーはここにはいなかったはずだ。アートラスは唇を固く引き結んだ。

目の端でバリーの顔を盗み見た。ガムを嚙んでいる。顎の筋肉が収縮し弛緩する。口のなかでガムを丸めるとき、湿った音を立てた。エレベーターはゆっくりと上がっていった。パネルの十九階のボタンが点灯している。

「十九階？」階数表示を見てバリーは言った。「一晩過ごすつもりかい？」

「ああ。たいへんな裁判だからな。上は静かだし、広々としている。下の会議室は小さすぎるんだ。今夜はほとんどここで依頼人と過ごすつもりだよ。時間ができたら、あとで夜間法廷をこっそりのぞくかもしれない。夜の担当裁判官は誰だい？」

「フォード裁判官だよ」

「テリーのディナーの件だけど、またの機会にってことになりそうだ。ときに、上の階はまだ使えるんだろう？　しばらく裁判所に来なかったからな」

「ああ、もちろん。みんなよく使っている。昨日は十階の会議室に、枕、歯ブラシ、髭剃り道具が置きっぱなしになっていた。ここでずっと暮らすんじゃなければ、問題なしさ。なんて言ったって公共の建物なんだ。二十四時間三百六十五日営業中。遠慮なく。今日は朝と夜の勤務シフトで働くことにしてるんだ。邪魔が入らないように気を配るよ。そう、あとでピッツァを注文することになると思う。食べたけりゃあ、数切れ持ってくるよ」

「ありがとう。でも、けっこうだよ、バリー」

十九階でドアが開いた。バリーはよけ、わたしたちはその脇をすり抜けるようにしておりた。

「ほんとうのことを打ち明けよう。この階の状況から判断して、掃除婦はもうここまで上がってきていないと思うよ」バリーは残念だというように笑った。

バリーはそのまま下へ降りていった。わたしたちは午前中に来た、受付と裁判官執務室のある部屋へ戻った。アートラスが鍵を開け、わたしたちはなかに入った。アートラスはドアを閉めると施錠するために鍵を穴に差し込もうとした。

「鍵はかけるな。ＦＢＩが上がってくる」

アートラスとヴォルチェックは威圧するようにそばによってきた。

「どういうことだ?」ヴォルチェックが尋ねた。

「検察官が青いスーツを着たFBIの男にわたしを指し示した。さっき話した陪審コンサルタントが検察官に爆弾のことを話したんだろう。それをFBIに伝えた。連中は上がってくる。十四階でエレベーターが閉まるとき、男が階数表示を見上げていた。どの階で降りたか確認したはずだ」

「ヴィクター、エレベーターを見てこい。どこで止まるか、どこへ行くのか報告しろ」ヴォルチェックは命じた。

わたしたちは受付の部屋で無言のまま突っ立ち、ヴィクターの報告を待った。

「下へ向かっている。十七階を通過したところだ」廊下からヴィクターの声が聞こえてきた。「十四階に止まったら、今度はまっすぐに上がってくるだろう」

「十六階を通過」

ヴォルチェックとアートラスはわたしを見詰めているが、視線を返すことはできなかった。床を見つめたままでいた。十四階を素通りしてくれたらいいのだが。

「十四階で止まった」ヴィクターの声が響く。

アートラスはわたしの頬にナイフを押しつけた。

ヴォルチェックは携帯電話を取り出して番号を押した。

わたしの脚は震えはじめた。こめかみの血管が脈打つのがわかった。

ヴォルチェックの相手はすぐに応答した。

「オレクだ。娘を殺すことになるかもしれない。このまま切らずにおれの命令を待て」ヴォルチェックは携帯を持った手をおろした。聞き耳を立て、エレベーターがこちらへ上がってくるかどうか、ヴィクターの報告を待っている。

震えは全身に広がっていった。両手を振り、歯を食いしばり、そして待った。

17

パニックを抑えこもうとしながら、頭を猛烈に回転させた。アートラスはより強くナイフを押しつけてきた。

「待てよ。ちょっと落ち着け。FBIはわたしを逮捕しに来るんじゃない。裁判を台無しにするような危険は冒さないだろう。陪審コンサルタントは検察官に爆弾のことを話し、FBIの連中にそのことを伝えたのは検察官だ。ミリアムはロシアン・ギャングのボスに対する夢のような裁判を勝ち取ろうとしている。FBIにわたしを連行させるようなまねは絶対にしないだろう。弁護士がいなくなってしまうからだ。そうなれば、裁判は頓挫する。連中が上がってきても、大した用件ではないだろう。揺さぶりをかけるだけだ。適当にごまかして退散させてやる。エイミーを傷つけないでくれ。頼む」最後の言葉は喉に引っかかった。

「十五階を通過して上がってくる」廊下からヴィクターの声が聞こえてきた。

「終わりだ」ヴォルチェックは言った。「アートラス、殺せ。ずらかるぞ」

ヴォルチェックが携帯電話を耳元へ持ち上げていくのを見て、心臓が止まった。

「だめだ。そんなことするな。FBIはすぐにでもやってくる。時間がない。わたしに話をさせろ。追い払ってやる。嘘じゃない！」

「オレク、ずらかるのは無理だ。こいつの言うとおりだ。時間がない」アートラスが言った。顔は恐れから蒼白だ。アートラスの計画は崩れ去ろうとしている。

「十六階」ヴィクターの声が響く。

「任せてくれ。わたしにやらせてくれ。ここはわたしに賭けるしかないんだ」

ヴォルチェックは迷い、うなだれた。歩きまわり、今にも殴りかかってきそうだったが、ふと歩みを止めた。悪態をつく。わたしは身構え、両腕を広げて足を踏ん張った。右手でアートラスの手首をつかみ、こちらの胸に引き寄せ、ナイフを肌身間近に感じながらそのまま抑えこむのに一秒の半分もかからないだろう。さらに、反対の手でやつの肘をつかみ、上へ押しやって腕の骨を折り、肩を外してやるのに二分の一秒。だが、それでもヴォルチェックが娘の殺害を命じる前に携帯電話を奪うことはできないだろう。

「十七階」ヴィクターが受付の部屋に戻ってきて報告した。

「みんな座れ。アートラス、資料をくれ。わたしたちはここで裁判について検討している。落ち着くんだ――乗り切ってみせる」わたしの声はかすれていた。

アートラスは突きつけていたナイフを離し、逆さまに持って刃が見えないようにした。

「おかしなまね、椅子から立ち上がろうとしただけで娘の喉を掻っ切ってやる。わかったか？」ヴォルチェックが言った。

「ああ」

ヴォルチェックは電話を耳に当てた。

「電話を切る。数分でメールが入ったら、娘を殺せ」

ヴォルチェックは携帯電話になにかを打ち込み、わたしに見せた。メールにはこうあった。殺せ。

メッセージの下には、送信と消去、ふたつの表示が見えた。

「携帯はテーブルの上においておく。ボタンを押すだけで、娘は死ぬ。忘れるな」

チャイムが鳴り、エレベーターのドアが開く音が聞こえてきた。わたしたちは、あわてて椅子に座った。ヴォルチェックとわたしは机に向かって腰を下ろす。アートラスがスーツケースから取り出した資料を放ってよこした。適当なページを開く。アートラスとヴィクターはカウチに腰掛けた。

すぐにスーツを着た男がきびきびした足取りでドアの前に現われた。男は後ろを向き、背後にいる者に合図を送って通り過ぎていった。そのあとにやって来たのは、白いシャツ、ネイビー・ブルーのスーツを着た背の高い男——先ほどミリアムと話をしていた真っ黒な髪の男だった。ドアの前で立ち止まり、先に行った同僚に手をまわして合図を送ると部屋のなかに入ってきた。

「ビル・ケネディー、ＦＢＩ」ネイビー・ブルーのスーツを着た背の高い男が言い、身分証明書をかざした。思ったとおりだ。ＦＢＩの連中は、一、二キロ先からわかる。

「エディー・フリン？」

「ああ、エディー・フリンだ。申し訳ないが、今、依頼人と打ち合わせ中なんだよ。依頼人は殺人容疑で訴えられている。ひょっとしてご存じないかもしれないので言っておくが。ご遠慮願いたい」

ケネディーから顔を背け、ヴォルチェックと目を合わせた。携帯電話は受付のデスクに載っている。メールのメッセージはまだ表示されたまま、送信か消去されるのを待っている。両手を隠した。このような状況では、できるなら手は相手から見えないようにしておいた方がいい。手の動きで心のなかが見透かされてしまう。震える、あるいは拳を必要以上にきつく握り、真っ白になった指の関節をさらけ出してしまう。手はいろいろな色に染まるものだ。不安を隠すためにどれほど手を握りしめるかによる。

「申し訳ないが、一緒に来てもらわなければならない」ケネディーは言った。

「残念だが、ＦＢＩのつまらない冗談に付き合っている暇はない。ドアを閉めてお引取り願いたい」

ケネディーは言い募る。

「ミスター・フリン、来てもらえないのなら、逮捕するしかない」

「地方検事の指示なのか？」

「爆弾の脅威にさらされている可能性があるとの情報を得た。当然、やるべきことをやる。だが、さっさと片付けて逮捕などという手は使いたくない。ちょっと席を外してもらえれば、話ができる。ほんの数分ですむ」

ヴォルチェックはほとんどわからないくらいかすかに首を振り、携帯電話に指を這わせた。

「どこへも行かない」

「ミスター・フリン。席を立ってくれ」

「断る」きっぱりと答えた。緊張のあまり、テーブルの下で両手を動かしはじめる。

ケネディーはジャケットに手を突っ込み、グロック一九を抜き出すと腿に押しつけるようにして持った。

「ミスター・フリン、これが最後の警告——」

その言葉をさえぎって言った。

「あんたみたいな頭のめぐりの悪いFBI捜査官には会ったことがない」

「はっきりさせよう。十秒たってもその椅子から立ち上がらなければ、逮捕する」ケネディーの声は高くなり、荒々しさが滲みでた。

ケネディーの背後にふたりの男が現われた。ひとりはケネディーの左側から、もうひとりは右側からやってきた。先に見かけたFBI捜査官だ。一緒にエレベーターで上がってきて、ケネディーがわたしと話しているあいだに、この階を調べてまわったのだろう。どちらも黒いスーツ、白いシャツを着ている。左側の男はイタリア系のようだ。肌がツヤツヤで清潔感に溢れ、若々しい目をしている。もうひとりは、ずんぐりしていかにも力強そうな赤毛の男で、ぼさぼさの口ひげをたくわえていた。

ヴォルチェックが動くのを目にしたのか、動くのを感じ取ったのかわからない。そんなことはどうでもいい。わたしは携帯電話に手をのばして止めようとした。しかし、ヴォルチェックは携帯電話から手を放し、そのすぐ脇のデスクに載せたままにした。そちらへ顔を傾けて覗き見ると、メールの本文はまだ画面に表示されたままになっていて、送信されるか消去されるかペンディングの状態になっている。表情を読むことはできなかったが、ヴォルチェックは息を吐き、それから腕組みをした。

「この階は他に誰もいない」若く背の高い捜査官が言った。

ふたりの捜査官は、ケネディーが銃を抜いていることに気づいた。

「どうしたんだ、ビル」赤毛の捜査官が言った。

ケネディーはこの問いかけを無視した。

「ミスター・フリン、時間切れだ」ケネディーは両手で銃を支え持ち、前に突き出した。銃口は床に向けられている。

赤毛で小柄の捜査官が続けた。

「ビル、落ち着け。相手は弁護士だ」

ケネディーはこれも無視した。わたしはケネディー捜査官に目を走らせた。両手でグロックを構えている。銃把をしっかりと握った右手の上に左手を重ね、正確に標的を狙えるようにしている。左手の親指のまわりの皮膚は、赤むけて腫れているようだ。爪をかじりすぎたのではないだろうか。神経質で用心深い男だとわかる。ＦＢＩはリトル・ベニーをどこかの拘置所で保護している。ケネディーが重要証人を失うことを恐れているのは明らかだ。神経質になるのも無理はない。

　このようなとき、わたしはたいてい冷静でいられる。以前にもにっちもさっちもいかない状況に陥ったことがあったが、娘の命がかかっていたわけではなかった。娘を人質に取られていると思うと怒りがこみ上げた。リムジンに押し込められたときのようだ。今はこの怒りこそ必要だ。頭をスッキリさせてくれる。下の階で見かけたアーノルド・ノヴォセリックがミリアムに話しかけている姿を思い出した。手を思いついた。

「相当な理由を知りたい」

　ケネディーは答えなかった。ほかに脅し文句を並べることもなかった。そこに立ったままでいる。ぜひとも逮捕しようと思っているのなら、二分前に床に倒され、首の付根を膝で抑えこまれていてもおかしくはないだろう。ケネディーは確信を持てないでいるのだ。もっと強引に出ることにした。

「それで相当な理由はなんなんだ、ケネディー捜査官。憲法上の権利を侵害するようなことを国が強要してきたときは、相当な理由を尋ねる権利がある。どういうことなんだ？」

　銃がわずかにぐらつき、それからケネディーは口を開いた。

「ある人物を法廷で爆殺する話をしていたという情報を得た」

「誤解があるようだな。このことは裁判のあとでなにもかもはっきりさせられる。裁判の妨げになることは遠ざけたい」この言葉が相手に理解されるように少し間をとった。考え、疑いを抱いてもらいたかった。「ケネディー捜査官、その爆弾についての会話というのは法廷でなされたものだと思う。もしかしたら、ミスター・ヴォルチェックと話をしていたときのことを言っているのかな？」

「そうだと思う」ケネディーは答えた。

ゆっくりと呼吸をし、気持ちを落ち着かせてから、うまく丸め込もうと言葉を尽くした。

「それでミリアム・サリヴァンは陪審員を綿密に調べるのに誰を雇ったんだ？　ひょっとしてアーノルド・ノヴォセリックじゃないのか？」

ケネディーは驚いたようだが、それを表情に表わさないように必死にこらえていた。

「そのことはあとでも話し合える。立つんだ、フリン」

〝ミスター〟をつけるのをやめたようだ。状況が動きはじめた。相手の神経に触れたにちがいない。ケネディーは片方の脚へと体重を移し、不安を募らせ、おそらくは人生最大の過ちを犯したかもしれないと思っているのではないか。わたしは椅子の背に体を預け、痛撃の一打を放った。

「ケネディー捜査官、わたしを逮捕したら、連邦政府に一千万ドルの賠償金を支払うよう訴えを起こす。わたしは裁判に勝つだろう。あんたと上司の首を切ってみせる。だが、わたしにとっては思いがけない幸運が転がり込んでくる。審理無効だ。わたしを逮捕したら、依頼人の裁判は審理無効になるはずだ。検察側は、依頼人が新しい弁護人を見つけるまで本件を棚上げせざるをえない。パイク裁判官は、ギャングの裁判のために一年間も陪審員を待たせておくようなことはしないだろう。ヴォルチェックの新しい弁護士が事件の全ての背景を知るまで、それくらいの時間が必要だ。とんでもない話だ。パイク裁判官は審理無効を宣言し、ヴォルチェックの新しい弁護士が準備を整えたとき、つまり来年、新しい陪審員を宣誓就任させるだろう」

ケネディーはいきなり動かなくなった。神経が張り詰め、手脚がかすかに震えていたのだが、それがピタリと止んだ。衝撃を与えたのだろう。

「検察は、街の厳しい予算内でやりくりしている。地方検事が、あの忌々しいアーノルドに大金を支払っていたことがバレたらどうなると思う？　ケネディー捜査官、あんたたちの陪審コンサルタントは、不法にも陪審員をスパイしている。ミリアムがアーノルドを雇うとき、あの男の手口を知っていたのかどうかわからないが、今ではアーノルドが読唇術を使いこなしていることは知っている。あんたにわたしの唇の動きを読んだと言ったのだろう。はっきり言うが、わたしは爆弾のことなどひと言も口にしていない。わたしが爆弾について話すのを聞いたとアーノルドは言っていないはずだ。わたしの唇の動きを読んでいるのなら、いや、読もうとしたのなら、陪審員の唇の動きも読んでいるはずだ。これは法廷侮辱罪だ。陪審員抱込み罪だ。五年から十年の実刑判決を食らう。依頼人と話をしているとき、密かに会話を探っていた。法廷でミスター・ヴォルチェックと話したことは、どれもこの裁判に関わることだ。裁判官を説得することはできないよ。わたしたちが話し合っていることは秘密扱いだ。弁護士と依頼人の特権として保護されている。この特別の権利を侵すことは法律違反だ。最高裁判所で出されている裁判所命令がないかぎり」言葉を強調するために身を前に乗り出した。「要するにこういうことだな。悪辣極まる男の証言に基づいてわたしを逮捕しようとしている。その男は法廷で違法行為を行なった。弁護士と依頼人の特権を侵し、あんたにでたらめを吹き込んだ。これで箔が付くってもんだ。だが、FBIの専門家証人団を苦しめるようになるんじゃないか？　わたしを逮捕すればいい。そして大馬鹿野郎になることだ。喜んであんたの仕事を奪い、政府から金をいただこう。さあ、やれよ。逮捕しろ。わたしに代わってこの裁判に勝ち、わたしを金持ちにしてくれ」

手錠をかけられるように両手を差し出した。堂々として自信満々に見えただろう。実は内心激しく動揺しており、心臓の鼓動があまりに激しいので心拍停止に陥るのではないかと思ったほどだ。

ケネディーは動かなかった。

「ビル、やめろ」背後にいる赤毛の捜査官が言った。

ケネディーは口をゆがめて唸り声をあげた。心を決めかね、苦悩している。救いようのないほど優柔不断なのか、わたしのたわ言が効力を発揮したのかわからないが、ケネディーは身を引いた。

「終わっちゃいないぞ、ミスター・フリン」銃をホルスターにおさめながら言った。

内心の動揺を隠そうと気を引き締めていたが、ほっとため息をつかずにはいられなかった。ケネディーは両手を腿のあたりまでおろした。親指を掻いている。

それから背を向けてドアへ向かった。わたしが両手をおろすと、ケネディーはいきなり立ち止まり、こちらに視線を向けた。

怒りはすでに収まり、優柔不断な態度ももはや見られなかった。肩の力が抜けているのがわかった。

「また話そう」

やって来たときと同じように、さっさと戻っていった。廊下でささやきあっている声が聞こえた。それから鈍い金属音。誰かがエレベーターのドアを蹴飛ばしたのだ。眉に汗が滴った。顔を拭うと、頰に刺すような痛みがあった。両手を見ると汗で光り、わずかながら血で汚れていた。顔にナイフを押しつけられているときに切られたのだろう。シャツの袖口も乾いた血で汚れていた。バーボンのグラスを割ったときの手のひらの血にちがいない。

そんなことはどうでもいい。乗り切った。今はもうそれだけだ。右手を胸に持っていき心臓の鼓動を抑えようとした。指先が小さな膨らみに触れた。リムジンで大男から盗み取った財布だ。あの化け物には、もう少しで頭を引っこ抜かれるところだった。財布のなかを調べる必要がある。誰と戦っているのか知らなければならない。完全にひとりになり、見られていないことが確かになるまで、財布を見る危険を冒すことはできない。今はそのときではない。しかし、すぐにでも。

18

緊張性頭痛にはずっと悩まされてきたが、どうすれば切り抜けることができるか対処方法を身につけた。その方法とはなにか？　身長百八十三センチのブーという売春婦だ。ブーは偽の物理療法士で、わたしが弁護士になる前、保険金詐欺をしているときに知り合った。保険会社から大金をせしめる詐欺をふたりでやりはじめると、ブーは客をとるのをやめた。身も心も役に入れ込んだ。夜学の授業を受けはじめ、それまでは短いスカートをはき、白いコートの下には胸のあたりがV字型に深く切れ込んだ服を着ていたのだが、そんな格好もやめ、上品な服を身につけるようになった。

当時、わたしはほとんど一晩中起きていて、次の詐欺に使うためにぶつけた車の修理をしていた。古い事故車の下に潜り込んで仕事をしていたので肩がこり、首筋が燃えるように痛かった。ブーも一晩中オフィスにおり、解剖学の勉強をしていた。ブーから姿勢について教わった。首をまっすぐにのばし、筋肉をリラックスさせ、背筋を真っ直ぐにして一回一回の呼吸を大切にする。この方法は今も効力を発揮している——首をポキポキと鳴らし、痛みに耐えられるのなら頭を後ろへ二秒ほどそらし、それから力を抜く。ブーから教わったこのやり方を、その後、法廷でも使うようになった。緊張を和らげることができるし、自然体でいることができる。

肩をまわし、ブーに教わったストレッチをした。ＦＢＩの連中が乗り込んだ古いエレベーターのドアが閉まる音が聞こえてきた。

アートラスはふたたび笑みを浮かべた。ヴォルチェックは声を上げて笑った。

「よくやった」ヴォルチェックは携帯電話を手に取り、メールのメッセージを消去した。

無敵の詐欺師は、数多くの技術を駆使する。人を信用させることができなかったら、こうした技術もまったくなんの価値もない。カモを信用させることと、陪審員の信頼を勝ち取ることのあいだには、まったくちがいはない――同じ手口を使えばいい。ゴールドスタインをやり込めたのだから、わたしの使った手は完璧だったわけだ。そして、今度はＦＢＩを退散させた。ヴォルチェックの信頼を勝ち取ったのではないだろうか。あとやることは、そいつを利用することだ。

「娘が生きていることを確認したい」

アートラスが浮かべていた薄笑いがゆっくりと消えていき、唇を真一文字に結んだ。

「話をさせてやる。それだけのことはやったからな。合図のようなものを送ろうとするな。娘は無事だ。一緒にいる男のことを警備会社の人間だと思っている。危険があるのであんたが雇ったとな」

アートラスは携帯電話を出すと番号、それからスピーカーのボタンを押した。アートラスがなにをしゃべっているのか理解できなかった――ロシア語に切り替えたからだ。その口調からするとすべて順調に進んでいるようだ。アートラスも電話の相手も声を高くすることはない。向こうで話をしているのは女だ。話しながらアートラスの表情が緩む。アートラスの女ではないだろうか。話をやめるとアートラスは携帯電話を差し出した。わたしは顔の前十センチほどのところに携帯電話をかざした。

「エイミー、いるかい？」

沈黙。

「パパ？」

声が感情で高ぶらないように必死で抑えた。

「ああ、そうだよ。だいじょうぶかい？」

「うん、平気。なにが起こったの？　パパとママはどこ？　エラーニャが言ってるんだけど、外……外には……出られないんですって」

声が震えている。エイミーは速く、深い呼吸をしており、スピーカーはその音を拾った。エイミーは恐れている。エラーニャというのはアートラスと話をしていた女、おそらくアートラスの情婦だ。ブラトヴァはあの年頃の少女の面倒を見させるために、当然、手近な女を使ったのだ。女は学校側も納得するほど口がうまいのだろう。

「その女の人の言うとおりにするんだ」

一‐六四六‐六九五‐八八七五。

「どうしてそばにいてくれないの？　だって……パパと一緒じゃなくっちゃ、そうでしょ?」最後のひと言は、高く震えるような声音だった。

エイミーらしい――賢く、知りたがりで、あの年頃の子どもらしく、鋭敏に物事を感じ取るようになった。エイミーにはわかっているのだ。なにかがおかしいと感じ、おびえているのだ。

咳払いをし、スピーカーを手で覆って頬を膨らませた。声に恐怖を滲ませるわけにはいかない。喉元にこみ上げる酸っぱくひりひりする塊を飲み込んだ。

「心から愛しているよ、エイミー。すぐに迎えに行く。怖がらないで。なんでもないからね。エイミーはパパの天使だ。そうだろ?」

「パパ」

一-六四六-六九五-八八七五。

「なんだい?」

「ママも一緒なの? お願い……ママと話ができる? パパとママに……迎えに来てほしいの。パパのこと、大好き。迎えに来て、パパ……お願い……」

感情を抑えきれなくなったのだ。一言一言が甲高くなり、ヒステリーの発作を起こしそうだ。すすり泣く声が小さくなり、電話を取り上げられたのがわかった。

涙がこぼれそうになるのをまばたきをして押し留め、エイミーの名前を呼ぼうとしたが、声が喉にひっかかって出てこなかった。アートラスは喉を手で切る仕草をした。時間切れらしい。アートラスは携帯電話をつかんだ。

一 - 六四六 - 六九五 - 八八七五。

「エイミー、心配いらない。泣かないで。パパも大好きだよ」

大きな声で言った。恐怖と怒りで声がかすれた。

アートラスは通話を切った。

こいつらを皆殺しにしてやりたい。すぐに、この場で。意志を総動員して自分を抑えた。ここで歯向かうわけにはいかない。今はまだ。相手は三人だ。いくら素早く動いたとしても、ひとりは電話をかけることができるだろう。エイミーの命を奪う電話を。ほかのことを考えようとした。

「妻はどこにいる？」

「エイミーがいなくなったことに気づいていない。おれたちが知るかぎり、だが」ヴォルチェックが答えた。「学校側はおれたちがエイミーを保護していると思っている。警備会社の偽身分証明書に学校側はなんの疑問も抱かなかった。女房は、明日の夜まで娘が帰ってこないと思い込んでいるよ。彼女のことは心配いらない。おれにとっても脅威じゃない。でなかったら――エイミーと一緒に居てもらってる」

ゆっくりと首を左右に振り、肩から頭に広がった痛みを和らげようとした。エイミーはなにかよからぬことが起きていると感づいている。警備会社の偽社員どもを信用していない。連中が吹きこんだ話を信じちゃいない。あれほどおびえているとは思っていなかった。最後に怖い思いをしたのは、十八カ月ほど前だ。国語の授業の一環として弁論大会があり、大勢の前で話をしなければならなかったのだ。頭がよく、話をしていて面白いということで、エイミーは全校生徒の前で三分間のスピーチをすることになった。家のダイニングルームに座り、静かに泣いていた。原稿を読んでみると、上手に書けていた。問題は何百人の生徒の前に立ち、話をすることだった。言葉を尽くして励まし、わたしを相手にスピーチの練習をしたが、最後までたどり着くことができなかった。体が強ばり、言葉がつっかえ、それから泣きはじめた。

「無理。学校をやめる。ほかに方法はないみたいだし」

そこで人前で上手に話ができるようになる秘訣を教えてあげようと言った——パパは弁護士だからね。

「つま先を小刻みに動かすんだ」

「それだけ？」

「それだけさ。体のことに専念していると、どういうわけか頭が最高に働くんだ。だから運転しているときや料理をしているとき、トイレに入っているときでも、問題を解決したり、いい考えが浮かんでくる人が多いんだ。エイミーの足なんか誰も見ていないよ。どれくらいあがっちゃっているかなんて思わないこと——つま先だけに意識を集中するんだ」

エイミーはつま先を小刻みに震わせながら、もう一度、スピーチの練習をした。完璧だった。

その晩、ダイニング・テーブルに向かって座り、おかしなことをやっていたわけだ。最後にエイミーがハグしてくれたのはいつだったか思い出せない。翌日、学校でのエイミーのスピーチは聞いていない。すっかり忘れていたのだ。ジャックとわたしは武装強盗の弁護を引き受けていた。その晩遅く家に帰ると、クリスティンからエイミーがみごとなスピーチを披露したと聞かされた。しかし、学校からの帰り道、ずっと泣いていたというのだ。わたしが見に行かなかったからだ。

娘をすっかり失望させてしまった。

一‐六四六‐六九五‐八八七五。何度も何度も脳裏に転がした。頭のなかで繰り返し声に出した。

この番号を絶対に忘れないようにしなければ。エイミーと話しているとき、目の前の液晶画面にこの番号が白く光っていた。これをどのように利用できるだろうか？　この時点ではわからない。

だが、とにかく番号を手に入れたのだ。

エイミーのいる場所。アパートか一軒家かオフィスかわからないが、携帯電話のつながった先。携帯電話は持っていない。あんなものは大嫌いだ。だから、必要ならどんな番号でも暗記する。六四六というのがエリアコードであることはわかっている。より正確に言うと、これはマンハッタンの番号だ。これだけでもエイミーの居所が絞られた。マンハッタン島は長さ二十キロ強、幅は四キロほどだ。およそ二百万人の人たちが住み、さらに二、三百万人の人たちが毎日仕事で通ってくる。だが、たしかに、範囲を絞りこんだ。上出来だろう。

携帯電話の番号を追って位置を特定し、エイミーを見つけて助け出すには、手を貸してもらう必要がある。これまで生きてきて、信用できる男がふたりできた。まずは子どもの頃からの親友ジミー・フェリーニ。今では恐れられている男だ。もうひとりは裁判官のハリー・フォード。以前、二回、わたしの運命を握り、どちらの場合も人生を変えてくれた。この世に生まれて三十六年、ふたつのまったく違う世界を生きてきた――詐欺師の世界と弁護士の世界――だが、父から教わった技術のおかげでどちらの世界でも成功することができた。というのも、実際のところ、このふたつの世界に大きなちがいはないのだ。

ジミーとハリーの助けが必要だ。どうやってふたりに連絡し、どの程度事情を話したらよいのかわからない。

時計を見る。あと残されているのは二十二時間。エイミーを救い出し、ギャングどもを欺いてやるまで二十二時間。今は六時だ。最初の夜間法廷はすでに開廷している。警備員のバリーは、フォード裁判官が深夜の法廷を裁くと言っていた。二番目の夜間法廷だ。ということは、ハリー・フォードはすでにこの建物のなかにいるはずだ。訴訟資料を読み、深夜の仕事に備えているだろう。予測できない状況、偶然、運によってわたしの人生は大きく変わった。運命とはなんだろう？　ハリーが法廷に入る前につかまえなければならない。あと七時間。午前一時までにハリーと接触できなければ、助けを得ることはできないだろう。

19

裁判官執務室にいるわたしの目の前に、資料は広げられている。ヴォルチェックには裁判で不利になる思わぬ落とし穴が潜んでいないか確認しなければならないと言ってある。執務室の向こうの受付の部屋で、アートラスとヴォルチェックがなにごとか小声で話し合っている。盗み聞きしようと思ったが、はっきり聞き取ることはできなかった。時刻は七時すぎ、すでに外は真っ暗で激しい雨が降っている。ヴィクターは受付の部屋にあるグリーンのカウチに横になってのんびり寛いでいた。ハリーのことを考えた――このことに巻き込むのはたいへん危険だ。ハリーは、なんといっても裁判官なのだ。しかし、わたしにとってはそれ以上の存在、友人である。ハリーがいなかったなら、わたしは一生詐欺師として生きていただろう。

詐欺をはじめて最初の数年間は、コカインでハイになっているような状態だった。強烈な興奮状態に陥り、中毒にならなくとも、あっという間に金の魔力に取り憑かれてしまう。わたしの標的はほとんどが保険会社だった。父は毎月健康保険料を支払っていたというのに、約款を盾に保険金を支払わずに父を死にいたらしめた会社、そのような保険会社を標的にしていたのだ。健康保険の詐欺は、それほど大きな比重を占めていたわけではなく、車の事故の保険詐欺をもっぱらにしていた。想像できないほど巧妙な相手に対して、リスクは高いが、実入りのいいゲームを仕掛けた。保険会社を相手に詐欺を働くのは、悪魔相手にポーカーをするようなものだ――相手の賭場で、相手のルールに従う。しかし、わたしは必ず勝った。足を洗うころには、詐欺の腕前はほぼ完璧の域に達していた。

保険会社に不正な請求をしてうまくやってのけることは、なかなかの快挙なのだ。こつは、保険会社にしてやったりと思わせることだ。

まずは偽の法律事務所からはじめる。ありもしない法律事務所をでっち上げるのは困難この上ないと思う人もいるだろうが、これはかんたんなことだ。新聞の死亡公告記事にいつも目をとおし、月に一度、死んでしまった三流どころの弁護士になりきったものだ。この手の弁護士は、コレステロールたっぷりの食事をし、アルコール漬けであり、極度のストレスからチェーンスモーカーでもある。身分をいただいた弁護士は、誰も彼も心臓発作で世を去っていた。幸運なことに酒とストレスが原因で、毎年、何百人という弁護士が世を去っている。おあつらえ向きの死人を見つけ、悲嘆にくれる未亡人に会いに行く。花と小切手がわたしの武器だ。未亡人には、ご主人が弁護してくれたおかげで訴訟で大金を勝ち取ったんですが、ご主人は紳士的な方で、贈り物を決して受け取ろうとしなかったんです、と話を持ちかけ、感謝の印に数千ドルを受け取ってほしいと畳み掛ける。小切手を渡してから、偉大な弁護士の思い出の品をもらえないか頼み込む――弁護士の資格証を。故人のことを死ぬまで忘れないように額に入れ、壁に飾っておきたいんです。

必要なのはこの資格証だ。ニューヨーク弁護士会は、会員が死んでも当分気づくことはなく、たいていはその死を知るのはほかの誰よりも遅い。弁護士は同業者が死んでも葬式には出席しない。葬儀に出かければ、法廷に行く時間がなくなるからだ。偽の身分を手に入れ、死んだ弁護士になりすまし、本番スタートということになる。

実際の仕事は、法律的な手続きよりも車の修理といったメカニカルな処理のほうが多い。まずは事故を起こすこと。安く、容易に修理ができる車を信号が赤に変わろうとするときに交差点に進入させ、そのまま直進するのではなく、この時だという瞬間を狙ってブレーキを掛け、後続の車に追突させる。かんたんに仕組める事故ではない。仕事の絶頂期には、ふたりの腕のいいドライバーを雇っていた。ふたりにはさまざまな事故の原告になってもらった。

道路交通法によると、安全な車間距離をとらなければならないことになっている。車が衝突したときには、信号は赤に変わっている。保険金申請を扱う担当者にとっては、悩む必要のない一件だ。賠償金を安く抑え、さっさと一件落着といきたいところだ。ここで原告に依頼された愚かな弁護士の登場だ。インチキ法律事務所から事故を起こした側のドライバーに賠償請求の手紙を送りつける。受け取った本人は、それを保険会社に再送する。こちらの意図が伝わると、保険会社は〝餌《えさ》〟を見ることになる。〝餌〟とは、保険会社、あるいはこの事故を扱う会社の弁護士に宛てたもう一通の手紙のはずなのだが、どうした手違いか封筒に入っているのはこれとは別の手紙なのだ。このおまけの一通は細かい折り目がつき、インクの染みで汚れている。まるで紙詰まりを起こしたプリンターから出てきたような代物で、保険会社に送りつけるような手紙ではない。この皺の寄った手紙は偽の弁護士事務所から偽の依頼人に宛てたもので、母親の手術、子どもの事故、水道管の破裂、いろいろ事情はあるかもしれないが、すぐに解決してしまおうとするな、と依頼人を戒めたものだ。医者の仮診断書によるとおそらくこの件では二十万ドル手に入るだろうから。

この偽の診断書も同封されることになる。ここは高くつくところだ。機材を借りて、見せかけの医療業務を行なう。ブーの出番だ。元売春婦はマッサージ療法士に変身する。ブーは数週間にわたって偽の医療行為を行なうことになる。問い合わせの電話に答え、保険会社の調査員が、〝相当な注意〟（法律用語。通常程度に慎重な人が当該情況において払うであろう程度の注意）で病院を調査したとわたしに報告が入る。調査といってもわけもない。病院にやってくる者は調査員だけだからだ。この病院に患者はひとりもいない。ブーが着ているブラウスの襟ぐりが深ければ深いほど、それだけ早く〝相当な注意〟が実現することになる。

ブーと初めて出会ったのは、わたしの十九歳の誕生日のすぐ後だった。真夜中近く、マクゴバガルズ・バーを出たところ、ものすごい形相をしたふたりの男が、白いドレスを着てケチャップのような色の口紅をつけた背の高い美しい女に襲いかかっていくところだった。女は二十センチはあるかというスパイクヒールの靴を履いていた。男のひとりは、鉄パイプを持ち、もうひとりはベルトを抜いて振っている。わたしは割り込んだ。もちろん、酔っ払っていた。なんとかベルトを持った男になまくらなパンチを食らわせたが、もうひとりの男から鉄パイプで頭の脇を殴られた。意識を取り戻すと、ブーはわたしをじっと見下ろしていた。靴のスパイクヒールが取れ、タバコを吸っていた。ふたりの男はわたしの脇に倒れている。ひとりは、悲鳴を上げている。首にベルトが巻きつき、膝にスパイクヒールが突き刺さっているのだ。もうひとりの男は、声も出さずに横たわっている。すぐ脇に落ちている鉄パイプの一方の端が折れ曲がり、血で濡れていた。女は無傷だった。女はわたしを自分のアパートまで連れていき、傷口をきれいに洗ってカウチに寝かせてくれた。

保険会社あるいは顧問弁護士の事務所がインチキな手紙を受け取って一週間以内に、たいてい、調査員がブーの偽診療所にやって来て調査をする。それから二日ほどすると、十四日以内に和解案が受け入れられるなら、二万ドルから五万ドルのあいだで手を打とうと連絡してくる。

言うまでもなく、偽の依頼人はこの申し出を受け入れる。訴訟費用を天引きするために、法律事務所宛に小切手は振り出される。若い弁護士が、先輩格の歴史ある法律事務所から金をむしりとるようにして小切手を現金化することに銀行はなんの疑問も抱かない。これがわたしの生きがいだった。父の威厳と命を奪った保険会社と弁護士どもに報復する。しかし、運命、幸運――なんとでも好きに呼べばいいが――こうしたものが介入してきて、ガツンと一撃を食らい、ほんの一瞬の判断を誤ったことから、わたしの人生はすっかり変わってしまった。

20

資料に意識を集中しようとした。この事件のおかげでこんな目にあっているのだ。知りえることにはすべて目をとおしておく必要がある。ロシア人を締め上げる切り札のようなものを見つけなければならないが、それはこの資料のなかにあるはずだ。顔がかっかして、長いあいだ、文字を読むことに集中することができない。内容が頭に入っていかなければ、なにも見ていないに等しい。気持ちが動転してきた。そのことだけは確実にわかる。呼吸を整える。息を吸い、吐くことに集中する。

資料のうち、三つはなんの役にも立たなかった。四つの法律事務所による専門的な報告書が集められているものだった。法律的な意見、事件に対する専門家の結論――どれもこれも得るものはなかった。専門家のなかには、ヴォルチェックはこれまで出会ったなかでも最悪の依頼人になるだろうと発言している者もいた。もっともな評価だと思った。どの報告書も専門家の意見も同じ結論だった――ヴォルチェックは有罪である。

残りの四つの資料は、審理の内容についての文書を集めたものだった。資料一は、ニューヨーク市警におけるヴォルチェックの尋問内容と告訴状だった。ヴォルチェックは質問には一切答えていなかった。もうひとつ唯一興味を引かれた文書は、二年前の四月五日付けの《ニューヨーク・タイムズ》の一面のコピーだった。おそらく以前逮捕されたときに撮影されたものだろうが、マーリオ・ジェラルドの顔写真、さらに新聞中央の折り目の下には、法廷から出てくるヴォルチェックの写真が掲載されていた。殺人事件が起こり、ロシアン・マフィアの有力人物が逮捕されたと報じていた。

資料二のほとんどは写真と地図だった。おもに犯罪現場の写真だ。とっちらかったアパートの床に太った男が転がっている。その顔は弾丸で穴が開いていた。左目の二、三センチ下、鼻から五ミリほどのところだ。顔の真ん中を狙ったみごとな一発。検死官による報告書がどこかに添付されているはずだが、まだ見つかっていない。報告書を読む必要はない。被害者の死因は、顔を見ればわかる。一瞬ながら首筋の痛みが引き、肩をストレッチしてこの状態を長引かせようとした。

写真の太った男は、薄汚い白いベストに黒いズボンというでたちで裸足だった。マーリオ・ジェラルド、被害者。その表情は、被害者に特有のものという印象はなかった。スコセッシの最高の映画に出てくるように、新人女優を食い物にしたプロデューサーがカウチから起き上がってきたばかり、という感じなのだ。ニューヨークには四つのイタリア系のファミリーがある。ジェラルドという男を思い出すことはできないが、はっきりわからないながらも、なにかこの名前の響きには心に感じるところがある。

執務室のデスクのランプの下に写真を持っていき、部屋の真ん中に倒れている太った男を詳細に観察した。タトゥーは昔ながらのギャングが彫り込んでいるものなのか、確認しようとした。ある地域に限定して見られるような図柄ではなかった。弾が入っていった射入口のまわりには火薬の焦げた跡が付着している。至近距離から撃たれたのだ。銃はほとんど顔に押し付けられていたのだろうが、皮膚には触れていなかったはずだ。撃たれたときに顔に銃が押しつけられていたら、火薬がこれだけ広範囲に焼け焦げることはない。銃口の熱によって、もっと小さいけれどもよりくっきりとした丸い焼け跡が残るはずだ。

資料に入っている写真をすべて出してデスクに並べ、つなぎあわせて犯行現場を再現した。鑑識の報告書、マルティネスという名前の捜査官による供述などがはさみ込まれてあった。写真を見て自分なりの考えをまとめるまで、どちらも読みたくなかった。ふたりの報告書を読めば、現場をどのように解釈するか、歪められるかもしれないからだ。といって写真から多くの意味を汲み取れるわけではない。まだ熱い銃が床に転がっていた現場のアパートでリトル・ベニーは現行犯逮捕された。答弁の取引にサインした翌日、リトル・ベニーは殺したことを認めた。十二年の刑が確定し、おそらく七年で釈放されるだろう。

被害者の頭部背後の床に血は飛び散っていなかった。さらに三枚の写真を手に取る。ちがう角度からの顔の大写しだ。座っているときか、ひざまずいているときにマーリオは撃たれ、横たわっているときではない。カーペットに血が飛び散っていないからだ。カーペットの血の染みは、死後に滲みだしたものである。

アパートの写真を調べているあいだも、隣の部屋では、ヴォルチェックとアートラスがまだ小声で話し合っていた。

被害者のアパートの壁はクリーム色だった。飛び散った血は容易に見て取れる。写真に目を近づけると、マーリオの死体のすぐ後ろの壁の真ん中に血の染みがついていた。その染みの中央に小さな穴が開いており、弾丸はそこに収まっているのだ。穴の二、三センチ上には絵をかけるための釘が打ち込まれていた。ということは、致命的な一発を撃ったとき、リトル・ベニーは小さなダイニング・テーブルに向かって座っていたにちがいない。テーブルはマーリオの死体のすぐ前に置かれ、ひっくり返った椅子も近くに転がっている。リトル・ベニーが撃つまで、ふたりはテーブルで向かい合って座っていたのだ。

ヴォルチェックはマーリオを殺した理由を明かしていないが、写真番号五十二を見たときにわかったような気がした。ダイニング・テーブルは使ったグラスがそのままほったらかしで天板が見えないほどだった。床には割れた額縁が落ちていた。床の大写しを見る。玄人が撮影したとおぼしき白黒の写真が落ちていた。ハンサムな男が赤ん坊を抱いて写っている。額縁に入っていた写真にちがいない。

被害者は外見に気を使っていたようではなかった。何日かぶんの無精ひげ、ベストには食べ物の染みがついていた。室内は汚れていたが、いくらだらしがないとはいえ、さすがに割れたガラスは掃除するのだろう。脚に切り傷はなかった。マーリオは銃創以外に傷はなかった。ということは、額縁で殴られたのではないだろう。ほかの家具に手をつけた様子はなかった。引き出しも開いていない。アパートが家捜しされたり、荒らされたりした痕跡はなかった。額縁は血の染みの上にある釘に掛けられていたにちがいない。額縁には血が付着しておらず、弾丸による穴も開いていなかった。撃たれる前になんらかの理由で、マーリオは壁から写真を取り外したようだ。

デスクに残りの写真を広げた。マーリオのワンルームのキッチン・シンクに注意を引かれた。一枚目の写真では、はっきりしなかったのだが、シンクのなかで黒い泥のようなものと紙が一緒くたになっているようだった。シンクを写した一連の写真の最後は大写しだった。シンクにあるのは泥ではなかった。一枚、おそらく二枚のポラロイド写真の残骸だ。火をつけたあとで、蛇口をひねり、残骸を粉々にしようとしたらしい。一枚の写真の隅だけが焼け残っていた。腕と手が写っているのがわかる。それだけだった。

椅子の背に寄りかかると、爆弾が肌に食い込んだので体をよじった。アパートでなにが起こったのか、これまで得た断片をつなぎ合わせようとした。マーリオは玄関先で撃たれたのではない。リトル・ベニーは室内に入った。ダイニング・テーブルをはさんで被害者と座ってさえいた。なぜカウチに腰掛けなかったのか？　どうしてダイニング・テーブルで向き合ったのか？　マーリオは壁から額縁をはずした。弾丸が穿った穴と血が飛び散った跡は、壁に浮かび上がったきれいな四角い枠のなかに収まっている。額がかかっていたために埃や汚れから免れ、元の壁の色が残っているところだ。額縁は床の上、テーブルの脇に落ちており、天板の上にはガラス片が散らばっている。写真はありふれたものだが、新しい額縁に入れていた。それからシンクのなかで燃やされた写真。商売上の取引がうまくいかなくなった、というのがもっともありえることではないか。リトル・ベニーは、仕事上の話だと偽ってアパートにやって来た。だからふたりはテーブルに向き合って座ったのだ。マーリオは壁から額縁をはずした。ふたりはなかを開けた。額縁になにか隠していたのだ。父と子どもの写真の裏に隠されていたのが、シンクのなかのポラロイドではないか。

考えは飛躍している。根拠が貧弱でまったく頼りにならない。

しかし、辻褄は合う。

リトル・ベニーを逮捕したタスケスという名前の女性警官の短いコメントがあった。隣人からマーリオの部屋で諍いが起きたようだと連絡が入ったのだという。ニューヨーク市警のパトロールカーがちょうど一ブロックのところにいたので、銃が発射された直後に警官がマーリオのアパートに踏み込んだ。ドアをぶち破ってなかに入ると、マーリオの死体が転がっており、ベニーはじっと座ったままテーブルに向かっていた。銃は床の上だ。玄関のドアをぶち破っているとき、煙探知機が警報を鳴らしはじめたとタスケスは言っている。これは被告側も認めているので、タスケスは証言する必要はないのだろう。

リトル・ベニーはマーリオのアパートへ行き、彼を殺し、写真を手に入れようとしたが、警官の急襲にあい、写真を始末しなければならなくなった。そこでシンクで写真を燃やしたのだ。確認するすべはない。ミリアムもこのことを考えているにちがいない。おそらくわたしと同じ結論に達しているのではないか。しかし、証拠がないために殺害理由として写真を持ち出すことはできない。わたしにとっては、これは当て推量であり、直感にすぎない。

まずストリートで人生を歩みだし、生き抜いていくために大いに必要だったのは、直感に耳を傾けることだった。検察官は勘を陪審員に披露することはできない。動機には証拠が必要なのだ。

冒頭陳述のなかでミリアムは、マーリオ殺害の動機についてそれほど触れなかった。検察官はなにかというと動機を持ち出すが、陪審員がそれに固執するからだ。ミリアムが陪審員に対して強く訴えなかったのは、確かな動機をつかんでいないからだ。リトル・ベニーがマーリオを殺すよう命令を受けたその理由を打ち明けていれば、ミリアムは真っ先に陪審員にそれを話していただろう。しかし、陪審員に勝手に動機を想像させるようなことしか言わなかった。検察官にとっては効果的ではあるが危険の多い手だ。

燃やされた写真にはなにが写っていたのだろう？

どうしてマーリオがそんなものを持っていたのか？　なぜ殺されたのか？

結局、結論はわからない。今のところは。だが、とても重要なことのような気がする。マーリオ・ジェラルドの殺害は、わたしが今こうして陥っている境遇のそもそもの原因なのだ。リトル・ベニーはボスに殺人容疑を着せながらも、それ以外に組織が手を広げている商売の詳細については口をつぐんでいる。どうしてだろう？　仲間に対する忠誠心か？　リトル・ベニーの動機にはどこか辻褄の合わないところがある。

薄汚い水たまりのなかに指を浸したような気がする。マーリオの殺人事件、今のこの状況のなにもかもが表面的な事実にすぎず、その奥にもっとなにか深いものが隠されているのではないか。薄汚い水がどれほど深いものであるか、まだわからない。

21

新しい資料に目を向けると、証言録取書（法廷以外の場所、例えば弁護士事務所などで、宣誓させる権限ある者の前で質問に答えてなされ、書面化された供述）と供述書であった。ともにリトル・ベニーのものではなかった。それはそうだ。検察側が証言録取をさせるためには、いつどこでそれが行なわれるか、被告人に通達しなければならない。となると、リトル・ベニーがどこにいるのか、ヴォルチェックの弁護士に知られてしまう。FBIはリトル・ベニーをかくまうのに大金を投じているはずだ。ベニーが現われる日付、時間、場所を明らかにしてロシアン・マフィアの殺し屋を大っぴらに招待するようなまねはしないだろう。証言録取の現場でベニーを亡き者にしないとしても、後をつけて居所を突き止めるはずだ。証人の命が関わっているときには、往々にして規則は完全に無視される。捜査官の供述書は、読みどころがあった。なかでもラファエル・マルティネスの供述書が出色だろう。事実だけに固執している。警察学校では犯罪に関する仮説を立てるように教わるが、そのようなものはさしはさまず、犯罪現場からなにごとかを推し量り論じることもなく、事実を一切粉飾しなかった。教わったことは基本的になにもかも無視し、そのおかげで証人としては群を抜いた存在となった。この男を反対尋問することは、まず無理だろう。

ちょっとのあいだ資料を閉じた。目がヒリヒリと痛み、喉が渇いた。

「アートラス、なにか飲み物はないか？」

「持っていくよ」

一晩中仕事を続けるなら、気力をかきたてるものが必要だ。

エイミーの姿が眼前によみがえった。震えて泣き、心底恐れているその様子。賢く、勉強もよくでき、読書が大好きだ。エイミーがもっと幼いとき、母親は好んでお姫様の話や妖精の物語を読んで聞かせた。アルコールのリハビリテーションを受けているとき、八時になると腕時計のアラームが鳴った。エイミーも同じようにアラームを鳴らしているはずであり、ふたりはつながっているのだという実感を得ていた。話をし、『不思議の国のアリス』を読んでやる。エイミーひとりでも充分に読みこなせるのだが、わたしの声が好きなのだという。落ち着くらしい。アルコールの治療をはじめたばかりのころは、アリスになったような気分だった。わたしは奇妙な国へ転がり落ちていた。そこから抜け出すため、法曹界から逃げ出すため、起こってしまったことを変えるため、酒ならば手当たり次第になんでも飲んでいたのだ。リハビリテーションが終わるころには、酒に埋もれてもなにも解決しないことを実感するようになっていた。施設を去るときには、もう弁護士業に戻ることはないと確信していた。アルコール依存症治療センターを退院する日、クリスティンとエイミーが迎えに来てくれた。すぐ近くのちっぽけな店でハンバーガーと揚げ物を食べた。気分は上々だった。昔に戻ったみたいだ。必要なときに妻はいつもそこにいてくれる。それまでのわたしは、妻のそばにいてやれなかったのだが。妻とわたしのあいだには張り詰めた空気が漂っていたが、エイミーのおかげでそれも和らいだように思った。本を読んだり、本の話をすることで、娘との絆はゆっくりと回復しているのだった。もっとも、エイミーがほんとうはどのようなたぐいの本が好きなのか、クリスティンには言わないように気をつけていた。わたしのアパートの小さな書棚には、奇術のテクニック、手品のトリック、ポーカー、そしてなによりもわたしのヒーロー――ハリー・フーディーニ（脱出奇術で一世を風靡した奇術師）に関する本がズラリと並んでいた。

エイミーが二度目にわたしのアパートに泊まっていったとき、夕食の準備を整えてキッチンから出てくると、エイミーはフーディーニの伝記を読んでいた。クリスティンはわたしの過去をなにもかも知っているので、その手の本をエイミーには読ませなかった。悪い影響をあたえると思ったのだ。エイミーがフーディーニに興味を持っていることはクリスティンには伏せていた。友だちから喝采を浴びることまちがいなしのコインを使った手品も、いくつかエイミーに教えたが、これもまたクリスティンには話していない。十歳のとき、エイミーは魔法にかかったような青春期の時の流れのなかにいたのだが、わたしは依然として娘の人生でもっとも大切な男だったのだ。友人のハリー・フォード裁判官はこうした時期を楽しめと教えてくれた。あと一、二年もすれば、無料の車点検サービスを追いかけるような男になりさがるだろうと。

唇が震えはじめた。エイミーの人生はこれからだ。

咳をし、顔をごしごし拭い、ふたたび資料を開いた。

警官、それから言うまでもなくベニーのほかには、ふたりの証人がいた。まずはニッキ・ブランデルという女。二十六歳のナイトクラブのダンサーだ。マーリオが殺される前の晩、東七番街にあるシロッコ・クラブで、ヴォルチェックとマーリオが喧嘩しているところを目撃していた。わたしと同じようにミリアムも知っているが、バーで喧嘩したくらいでプロの犯罪者は人を殺さず、それでは動機として充分ではない。しかし、証拠であることは確かなのだ。

もうひとりの証人は、被害者の従兄弟トニー・ジェラルドだった。ふとその名前をどこで聞いたのか思い出した。トニー・Gは、わたしの子どものころの仲間ジミー・〝ザ・ハット〟・フェリーニのところで働いていた。ジミーはアマチュアのボクシングで経験を積んでいたが、家族の稼業を継ぐことになってその世界から足を洗った。家族の稼業とは、組織犯罪だ。トニー・Gとはずいぶん昔、ジミーのところで一度会っている。ジミーの集金係だった。トニーの顔を思い浮かべることはできないが、自分の足元をじっと見詰めていた男ではなかったかと思う。取り立て屋は、車で長距離を走る。長いあいだ、時間潰しをする。金を集め、身を守ることに人生の長い時間を費やす。金のために生きているのだ。高い信用を得る部下というのは、えてして年齢のいった男たちだ。一週間も車に乗り続け、さらに二日ほどかけて金をかき集め、一日は支払いを渋った相手を半殺しの目にあわせる。こうした仕事をする連中というのは、外見など気にしない。ただし、ひとつだけ妥協できないことがある。爺さんが愛用しているような柔らかくて軽い、値段の張る昔風の靴を履くことだ。イタリア製の先の尖った革靴は彼らの好みではない。こうした靴は、最初に集金で訪れた場所で金を手に入れる前に台無しになってしまう。八十代の男と生粋のマフィアの男たちは、仕事のときには履きやすいアメリカ製の靴を履く。

トニーの証言は、従兄弟マーリオのこと、彼がヴォルチェックに対して抱いていた敵意に終始していた。出だしはなかなかのものだった。マーリオの少年時代が語られる。学校を卒業し、留置所送りになるが、これまでの素行を改めて新規まき直しをはかる。マーリオは借金のことで長年にわたってヴォルチェックとは不和だった。マーリオがナイトクラブでヴォルチェックと喧嘩したときのトニーの目撃談。ナイトクラブでのできごとは、このほかにもニッキ・ブランデルの証言もあって裏付けられている。トニーの証言はヴォルチェックには不利だ。動機をさらに強固にすることになる。殺人にいたるまでの経緯が明らかとなり、ニッキ・ブランデルの話とも一致している。これはまずい。

証人リストをもう一度見返した。

捜査官は大きく立ちはだかっているが、その証言には論争の余地がない。リトル・ベニーを現行犯逮捕した女性警察官は、なんの証拠もあげていない。ヴォルチェックの罪になるような事実はなにもなかったからだ。

ナイトクラブの女はなんとかなるだろう。

被害者の従兄弟――こいつが問題だ。おそらく、ミリアムもトニー・ジェラルドに期待をかけているだろう。わたしがまだ知らないなにかがある。

そして最後の証人――もっとも重要な証人X。どのような身分を新たに与えられるにせよ、マスコミに発見されてすっぱ抜かれないように匿名でしっかりと守られているが、ヴォルチェックは自分の顔のように、裏切った男が誰であるかわかっている。

トニー・ジェラルドとリトル・ベニーは、ヴォルチェックを叩きのめすことができる。このふたりは、致命的だ。検察側を悩ませてやるだけの材料はそろったように思った。ヴォルチェックの頭をいっぱいにするだけの材料。これでわたしに対して懸念を抱くことはなくなるだろう。

トニー・Gがトニー・ジェラルドだったら、突破口を見つけたことになる。

椅子に座ったままわずかに体をひねった。アートラスとヴォルチェックは小声で話し合っている。小さな音を立て、少し動いた。ヴォルチェックはこちらに目を向けた。裁判官執務室と受付の部屋を隔てるドアをヴォルチェックは閉めた。ふたりきりでいたいのだろう。わたしに会話を盗み聞きされたくないのだ。ふたりの話はなにも聞こえないのだが、聞いているのだと思わせたかった。そうすればドアを閉めるだろうと踏んだのだ。向こうから見られずにふたりを観察できる。

オーク材の古びたドアにはノブの下に鍵穴がある。

覗きこんだが、鍵がさしてあるのだろう。視界はごく限られたものになった。ヴォルチェックがヴィクターに話しかけているのが見えるだけだ。ヴォルチェックは振り返り、アートラスを抱擁すると部屋から出ていった。アートラスは椅子に腰を下ろし、ヴィクターとロシア語で話しはじめた。わたしのほうもこれでひとりきりになれた。ひざまずくと、爆弾が腰に食い込んだ。こいつを身につけていることを忘れていた。

ジャケットのポケットに手を突っ込み、リムジンでわたしを叩きのめした大男から失敬した財布を取り出した。折りたたんだ革の財布のなかには、百ドル紙幣が六枚、さらにクリップで留めた金の束がふたつ、それぞれ百ドル紙幣で千ドルあった。〝グレゴール・オブロースコン〞名義のクレジットカードのなかに妙なものを見つけ、頭のなかは疑問符だらけになった。裏に電話番号が走り書きされた名刺だ。電話番号は青いインクで書かれている。携帯電話の番号だ。名刺には名前が入っていなかったが、印刷されたものであり、それがなによりも不安をかきたてた。名刺には住所と組織の名称が印刷されていた。組織の名称は見るまでもなかった。住所——〝ニューヨーク州ニューヨーク、二十六フェデラル・プラザ、二十三階〞。周知の住所だ。ブロードウェイのカナル・ストリートの南、シティホールの北、FBIの根城だ。

誰も信用できない。警官も、当然、FBIの連中も。

腕時計が鳴った——八時だ。エイミーの時計も鳴っていることだろう。ふたりだけの時間。エイミーのことを思わないではいられないが頭を鋭く働かせておく必要がある。集中し、怒りをたぎらせておくこと。不安のあまり取り乱すと、娘を救うことはできなくなる。

ハリー・フォードが法廷に入るまであと五時間。ロシア人に気づかれずにハリーのオフィスへ行く方法はひとつしかない。それを思うとぞっとした。

22

ドアの外に足音が聞こえたので、財布をポケットに戻し、椅子に座って広げた資料の一部を手にとり、読みふけっているふりをした。

ドアが開き、アートラスが脇に立った。水の入ったボトルをテーブルの隅に放った。

「ヴォルチェックは帰った。あんたをここに閉じ込めることになる。ヴィクターとおれも休まなくちゃならない。少し寝ることだ。逃げ出そうとしたら……」

「どこに行くっていうんだ？　ジャケットぐらい脱いでもいいだろ？」

「だめだ。とにかくちょっと寝ろ。夜が明けたころに見に来る」

「頼むよ」

わたしは立ち上がってアートラスの右腕をつかみ、懇願する眼差しを向けた。アートラスは手を振りほどこうとして遠ざかろうとしたが、わたしは体をひねり、素早く腰でその動きを止めた。アートラスはバランスを崩して倒れかかり、わたしは右手を相手のジャケットに滑りこませた――この日、二度目のスリだ。アートラスは尻餅をつき、悪態をついた。踵を腿の下に持ってくると、勢いよく立ち上がった。わたしはアートラスの手首を握ったまま、助け起こした。

「いや、すまない。わざとやったんじゃない」

そう言って弁解がましく両手を上げた。手を開く。指を広げたまま、手のひらをアートラスに向ける。戦利品は右手首のシャツとジャケットのあいだに収まっている。前腕と手の甲のあいだ。ここに隠すのは慎重を要するが、長年うまくやってきた。手首の屈曲部に一ドル銀貨を隠し、気づかれないままポーカーを続けたこともあった。

恐れているふりをした──実際には怒りで手脚は緊張していた。アートラスは右のフックを繰り出すまねをした。わたしは大げさに尻込みした。アートラスは笑みを浮かべ、ドアを閉めた。隣の部屋でヴィクターが大声で笑った。

「ビビってやがる」

鍵がまわされてドアが施錠される音を確認し、しばらく動かないでいた。手の甲を天井に向けてひねると、小さな黒い代物が滑り出てきた。起爆装置を右手でつかんだ。これがなくなっていることにアートラスが気づくまで、どれくらい時間があるだろう？　起爆装置が必要だった。たまたまドアを開け、わたしがいないと気づいても、こいつのボタンだけは押させたくなかった。ハリー・フォードに会いに行くが、爆弾は身につけていかねばならない。こいつが爆発しないようにすることができる男がいるとしたら、上級裁判官、元アメリカ陸軍大尉、ハリー・フォードしかいない。

23

なにかしようとするときには、お目付け役がすぐに戻ってこないか確認しなければならない。ヴォルチェックはすでに帰った。アートラスとヴィクターは小声でなにか話しあっている。それから廊下へ出るドアが開く音がし、エレベーターへ向かう足音が聞こえてきた。ドアが閉まる。施錠する音が聞こえた。鍵穴から覗くとヴィクターがカウチに寝そべり、目を閉じていた。アートラスは出ていったばかりだ。ヴィクターはひとりで寛いでいる。

それから一時間以上、ヴィクターを注意深く観察していた。カウチに横になって荒い息を吐き、目を閉じ、両手を腹の上に載せている。小さなランプが灯っているものの、通りの向こう側にあるデジタル・ビルボードからの光だけがわたしのいる部屋を照らし出していた。赤、青、白の光が数秒おきに部屋のなかをリズミカルに踊り、入っては出ていき、生き物のような妙な形の影を壁という壁に投げつける。

ヴィクターの鼾がさらに大きく聞こえるようになった。

指の間に挟んでいるFBIの名刺を裏返しながら、今朝リムジンのなかでヴォルチェックと交わした会話を思い出していた。

ベニーは厳重に守られ、どこにいるのか不明だ。おれの情報源もつかむことができない。

〝おれの情報源〟の意味がこれでわかった。

ヴォルチェックはFBIの悪徳捜査官を飼っているのだ。FBI内部にいる何者かを。その捜査官が誰であろうと、そいつにもベニーの居所をつかむことができないのだ。誰も信用できない。ギャングがFBIの捜査官を買収できるのなら、ニューヨーク市警の警官なら百人は手懐けられるだろう。もう一度鍵穴から向こうを覗き、ヴィクターがまちがいなく寝ていることを確認した。今夜、アートラスは戻って来ないのではないか。朝に様子を見に来ると言っていた。コートを着た。

午後九時十分。

お暇《いとま》する時間だ。

上下に開ける窓にそっと忍び寄った。下の窓ガラスの鍵を外しているとガラスが息で曇った。窓枠に両手をかけ、屈みこんで勢いよく持ち上げた。

びくともしない。

一センチたりとも動かなかった。

調べてみると、掛けがねと鍵はどれも開いていた。もう一度、試みる。まったく動かない。乏しい光ではなにがどうなっているのかわからなかった。そこで指先で窓枠を探った。溶接されたような跡はなかった。窓はおよそ二十年前に塗装を施され、そのままずっと閉められていたのだろう。その間、誰も開けようとしなかったのだ。ポケットを叩いた。鍵がジャラジャラ鳴ると思ったのだが、なんの音も聞こえない。鍵の尖ったところを使ってペンキを剝いでいこうと思ったのだ。ポケットに手を突っ込むと、鍵はなかった。どこかに落としたのか、アートラスに取られたのかわからなかったが、そんなことを考えている時間はなかった。ペンを取り出し、その先端を窓枠に沿って走らせた。一周巡らせると、固まったペンキの丸い塊がペン先を覆った。乾いてゴムのリボンのようになったペンキが窓の縁からつながって取れてきた。

幅の広い窓台に這い登り、窓を押し上げた。大きな音がしたが、どうしようもない。塗装されているところが引き裂かれ、鋭い音を立てているのだ。窓枠が台から引き剝がされ、乾いた小気味よいギシギシという音がして窓は開いていき、街の喧騒、音楽、車の音、ニューヨークの不協和音が流れ込んできた。雨は止んでいた。夜間法廷はフル稼働だ。建物のこちら側をタクシーが長い列をなして進み、正面玄関のある右手へと曲がっていく。月曜の夜は、のんびりしているものだが、罪状認否手続きの法廷はいつも忙しい。九時以降に保釈金を納める者は、車が必要になる。

少し窓を閉め、特に大きな騒音をさえぎろうとした。ヴィクターに聞かれたくない。しゃがみ込み、横へ四歩移動すると、外の窓台へと身を乗り出していく。顎を胸に押しつけ、窓枠の下をくぐり抜けた。頭が外へ出た。自然と目を閉じている。なんとか目を開き、すぐに後悔した。十九階の幅一メートルもない窓台に屈みこんでいるのだ。コンクリートを厚く覆った緑色の苔と長年にわたって堆積した鳥の糞から腐ったような悪臭が漂っている。足元が滑る。右側は行き止まりだ。エレベーターが張り出していてその向こうへ通り抜けることはできない。左へ行くしかなかった。階を下り、目当ての窓までたどり着かなければならない。あとは、ハリー・フォードが以前からの習慣を変えていないことを望むばかりだ。

ふたたび目を閉じ、建物の様子を頭に思い描きながら、目的の窓までどのようにして行ったらいいのか考えようとした。裁判所のまわりに建物はない。南側と西側を小さな公園に囲まれている。わたしは東側に立っていた。真下はリトル・ポートランド・ストリートで、この道を行ってチェンバーズ・ストリートを曲がり込むと北側にある裁判所の入口だ。ハリー・フォードの執務室はこちら側、東にあるのだが階がちがう。いや、それよりももっと難しい問題がある。建物のこちら側には、行く手を阻むものがあるのだ。およそ九メートルの高さはあろうかという代物。その上の三分の一はわたしのいる階にまでのびている。頭部、腕、剣――こうしたもののおかげで、前途は多難だが、切り抜けられないわけではない。

目的の窓にたどり着くには、灰色の正義の女神像を降りていかなければならないのだ。

窓を囲むアーチのレンガを両手でゆっくりと握りしめ、その場に立ち上がると、恐怖に身がすくんだ。高いところでは、いつもこうした奇妙な感覚に囚われる。地面から百数十メートルだとか、千五、六百メートルまで上がってもなにも感じないのだが、天井が間近に迫っていると、いつも気分が悪くなるのだ。三メートルほどのバルコニーに立っていても、天井が目に入ると取り乱してしまう。どこまでも続く空があれば、まったく問題はないのだ。どうしてなのか理由はわからない。

アーチのなかに入って立っていると、花崗岩でできたくぼみの天井が頭の上数センチのところにあるので、気が動転しているのだろう。壁に貼りついた。空気を求めて喘ぎながら、取っ掛かりを探してはわせる指の爪はギザギザになって割れそうだった。身を刺すような寒さも、恐怖を打ち払ってはくれなかった。風でコートがはためいた。息を吸うたびに恐ろしさが募っていく。車のクラクションとエンジン、バスのエアブレーキ、タクシーのドアが閉まる音などが下から聞こえてきて、十九階下で営まれている日常が絶えず眼前に迫る。一歩まちがえば死が待ち受けていることを思い知らされた。

呼吸を速くして、手脚をすくませる恐怖を吐き出し、一歩進んだ。そうしながら、頭のなかでこう叫んでいた——なにをやらかすつもりだ？　気にするな。眼前にエイミーの姿を思い浮かべる。わたしにとってのエイミーの姿。ふたりで新しい腕時計を身につける前に、誕生日のケーキを吹き消すエイミーの髪をなでたときの姿。突き出た台は窓のへこみの向こう側では狭くなっていた。おそらく幅七、八十センチといったところか。呆然として右脚を見詰めながら、しっかりと一歩進み、左脚をそれに添える。

顔でなにかにしがみつこうなどとこれまで思ったこともなかった。建物の壁を抱くようにして左脚を踏み出した。レンガの隙間をつかんでいる指が震えだした。さらに一歩進む。

十分後、女神像から一・五メートルほどのところまで来た。

女神像はよく見知っている。この姿を見ればたいていの人はピンとくるだろう。目隠しをされ、トーガ（古代ローマ市民が着たゆったりした衣）を着、片手に剣、もう一方の手には天秤を持っている。両腕は床と平行に持ち上げられ、両手のバランスをとるように慈悲と懲罰との重さを測っている。目隠しをされているのは、人種、皮膚の色、宗教に対する中立、こうした事柄に目をつぶることを象徴している。

ああ、そのとおり。

女神はユスティティアという名で知られている。ギリシャ・ローマ神話の正義の神々の凡俗版だ。いつも目隠しをされているわけではない。ロンドンの中央刑事裁判所の頂上に据えられた女神像は目隠しをしていない。学者は、目隠しが不適切であると主張する。なんといっても女性なのだから、公明正大にちがいないというのだ。こうしたことを口にする連中は、当然、パイク裁判官のもとで審理したことがない。

ふたたび脚をぎこちなく先へ繰り出す。ほんのわずかだけ。胸が苦しくなるほどゆっくりとしたペースだ。眉間に皺を寄せると、頭と胸がいきなり熱くなった。怒りよ、ようこそ。アドレナリンも大歓迎だ。気持ちが高ぶり、さらに五、六十センチほど進み、女神の持つ剣のつかへと手をのばした。届かない。これ以上、動くことはできなかった。突き出した窓台が途切れているのだ。心も体も壁にしがみついていろと叫んでいるのだが、剣を握り締めなければならない。エイミーのために。右脚に重心をかけ、左脚を持ち上げてバランスを取った。

足元で低く鈍い音がした。重心がぐらつき、体が落下する。ジャンプした。

24

右手が剣をつかんだ。女神の腕をつかもうとした左手は滑った。両脚を振って花崗岩でできたトーガの襞に足掛かりを見つけようとする。両脚が彫像の上を激しくはいまわる。

「大丈夫だ。乗りきれる」そう繰り返した。

両腕が猛烈に震えている。女神の肩の向こうを見ると、下の階の幅広いアルコーブが目に入った。女神の腕を乗り越えるか、その下をくぐるか。足掛かりを探り当て、左手で女神の腕をしっかりつかみ、ぶら下がる体勢を整えた。本能に抗い、体を振り、女神の腕の下にある窓台に足をつこうというのだ。これ以上はないというほど脚を振り切った瞬間、手を放した。

十八階のアルコーブの張り出しに着地した。激しい羽ばたき、甲高い鳴き声が起こる。ふたたび女神の像をつかみ、花崗岩に顔を寄せた。街に生息するカラスどもが、いきなり巣に闖入してきたわたしに抗議の声を上げ続けた。

アドレナリンの分泌が高まっても、いつも平然としている。それを利用するすべを身につけているからだ。講堂などで何百人もの人たちの前に立ち、注目を集めたようなとき、アドレナリンが大量に分泌されるのがわかるだろう。そうでなければ人間ではない。なにもかもがゆっくりと進行するようになる。アドレナリンが体を駆けまわっているときは、一秒が三分の悪夢となる。こうなるのが当たり前だ。ゆっくりと時間が進行するとき、戦うことも逃げることもできる。アドレナリンは反応を早め、時間と空間の感覚を完璧に歪める。すべての感覚がきわめて鋭敏となり、肉体のありとあらゆる反応がカミソリの刃のように鋭くなる。

わたしは体のギアを数段下げた。エンジンを冷まし、降りてきた彫像を見上げた。ジャンプした窓台は消えていた。レンガはほぼ崩れ去っていた。下の通りに目を向ける。倒れている者も、わたしを見上げている者もいない。レンガの破片は舗道に落下していた。怪我をした者は誰もいなかった。ありがたい。ここはニューヨークだ。生粋のニューヨーカーは頭上を見やったりしない。冷たいレンガの壁に寄りかかり、女神の背中を見上げた。女神はわたしの方針のある種の代弁者だ。弁護士は、有罪になるとわかっている者をどうして弁護するのか、よく尋ねられる。わたしも数えきれないほどこうした質問を受けてきたが、答えはいつも同じだ――有罪かどうかなんてわからない。実際、アメリカ軍が長年ゲイの兵士を扱ってきた態度を踏襲しているのだ――訊くな、話すな。有罪になるとわかっている者を弁護したことはない。罪を犯したのか依頼人に尋ねたことがないからだ。依頼人が真実を話してしまうかもしれず、それを避けるためになにも訊かないのだ。法廷では、ほんとうのことなどどうでもいい。気にかけるべき唯一の問題は、検察側がそれを証明できるかということだ。刑事責任を問われた人物から依頼を受けたとき、警官あるいは検察官はどのようなことを証明できると考えているのか説明し、事件についてどう思っているのか尋ねる。そうすると、依頼人はそれぞれの反応を示す。警官が正しいとほのめかすようなことを言う者は、白状する。あくまで抵抗したい者は、無実だと答える。依頼人はみな理解してくれるのだが、罪を認め、それでも裁判で争いたいという者を弁護することはできない。これがわたしの方針だ。

訊くな。話すな。

十一カ月前、この方針には、人の命がかかわっているのだと気づいた。もうこんなことをしようと思うな、そう心に決めた。

心臓の鼓動が落ち着いてきた。進んでいく先を見やった。ふたたび窓台――同じように狭く、グラグラと安定に欠く。

街の喧騒が耳に入る。そのとき、馴染みのある音が聞こえてきた。通りを見下ろすと、車が数台走り去っていった。歩いている者は多くはない。風雨にさらされた窓台に寄り、おずおずと足をのばして強度を確かめる。少しずつ体重をかけていき、安全だと確認した。一歩踏み出し、ふたたび耳を傾ける――ドラムの音、ヴォーカルの声。自分の名前のようによく知っている。ローリング・ストーンズだ。《サティスファクション》。遠いところからかすかに聞こえてくるのだが、まちがいない。この曲は知っている。バンドも知っている。このレコードの持ち主も知っている。音楽がなんとしてでも必要な最後の力を与えてくれ、建物の壁に貼りつきながら、その場を離れ、一歩、また一歩、先へ進んでいった。歩いていくにつれ、キース・リチャーズのギターが冴え渡ってくる。まもなく、窓が見えてきた。心あたたまる光が漏れてくる。そこまで一メートル半ほどだろう。

足の動きが速くなった。

窓にたどり着くと、ふたたび屈み込み、窓を開けようとした。施錠されている。室内はこぢんまりしていた。ここまでたどり着く勇気を与えてくれた音楽が、隅にあるレコードプレーヤーから流れていた。デスクのランプは隣に置いてあるウィスキーのボトル越しに温かい光を投げ、床の上では絶え間なく金色に輝く妖精たちが舞っていた。赤いプルオーバーを着た年配の黒人が、酔いつぶれているのか、寝ているのか、はたまたその両方なのか、顎を胸につけたままデスクに向かって座っている。白い髪が逆立ち、目を引いた。音楽のベースラインを髪の毛でしっかりと捕まえ、それから音楽の魔法を頭のなかにまっすぐ導き入れようとでもしているみたいだ。

窓をノックした。

反応はない。

もっと大きな音を立てて、ふたたびノックする。

酔って眠っているのはまちがいない。

もう一度ノックする。窓ガラスは割れそうだった。ハリー・フォード上級裁判官殿は目を覚まし、一瞬、おずおずと部屋のなかを見まわした。それからまた眠りを貪ろうとうつむいた。もう一度、強く窓ガラスを叩く。今度は、どこから音が聞こえてくるか気づいたようだ。まっすぐわたしを見据え、口を開いた。くぐもった悲鳴が聞こえ、ハリー・フォードは脚を上げて後ろへひっくり返り、椅子から派手に落ちた。顔を怒りで歪めながら立ち上がった。酔っ払っていたずらをしているとでも思ったのだろうか。窓が開いた。

「警官を呼ぼうか？　それとも　突き落としてやろうか？　このいかれ男めが」

気を引き締めた。事情を話さなければならない。ハリーが酔っ払って戯言を吐くのを楽しんでいる余裕はない。この苦境と背中のプラスティック爆弾がずしりと重みを増した。

「ハリー、困ったことになった。絶体絶命だ。エイミーが誘拐された」

「誰にだ？」

「ロシア人のギャングども」

25

わたしは窓を閉め、外の冷たい風をさえぎった。ハリーはレコードプレーヤーの針を持ち上げ、盛り上がったミック・ジャガーの歌声をいきなり中断させた。窓からハリーに向き直ったが、アドレナリンによる興奮は覚めていなかった。ハリーの怒りは鎮まり、思慮深い視線を投げてきた。

「一杯やらないと」ふたり同時に言った。

ハリーは汚れたグラスにスリー・フィンガー分ウィスキーを注ぎ、こちらに差し出した。わたしのグラスだ。最後にここに来たときから使われていない。リハビリテーションの施設に入る前の晩。ウィスキーは温かく、滑らかにのどをすべり落ちていった。アルコールが必要だと自分に言い聞かせる。ふたたびアルコール中毒の地獄に落ちていくのではなく、気持ちを落ち着けるためなのだ。ハリーは椅子の下に落ちているグラスを見つけるとなみなみと酒を注ぎ、両手で包みこむように持って飲んだ。それから倒れた古い回転椅子を立て、腰を下ろすとわざとらしくため息をついた。

「どういうことなんだ、エディー？」

もう一ロバーボンを飲み、なにもかも説明した。今朝、テッズ・ダイナーのトイレでアートラスに銃を突きつけられてから起こったことをすべて話した。

ハリーは黙って聞いていた。話をさえぎるようなことはしない。分別がある。すべてを聞いたあとで疑問点をあげていく。

話し終わると、愚か者を見るような眼差しを向けてきた。

「それでいったいここでなにをしている？　警官を呼ぼう」

ハリーは受話器を持ち上げ、外線の九を押した。わたしは手をのばして電話を切った。

「警察へ行くことはできない。ＦＢＩの捜査官ですら買収されている。やつらの息がかかった警官が何人かいるのはまちがいないだろう。警察に駆け込んだところで、ロシアン・マフィアに魂を売ったやつにぶつからない保証はない」

「だが、よく知っている警官がいる。フィル・ジェファーソンに電話しよう」

「娘の命がかかっているんだ。警官がまともかどうかなんてことに賭ける気はない。フィル・ジェファーソンが誰と知り合いかなんてことは——あんたと気心を通じあっていようと——どうでもいい。世の中のシステムはうまくまわっていない。そんなことはわかっているだろ。それに証拠はなにもないんだ。爆弾を身につけているのはわたしだ。信用できる警官を見つけ出しても、ロシア人ではなく、わたしを逮捕するだろう。警官あるいはＦＢＩの捜査官が、わたしの言葉を信じてくれたとしても——ありえないだろうが——ヴォルチェックが電話をかけ、娘を殺させるのにほんの数秒あればいい。今日、ひとつ学んだことがある。直感を無視するなってことだ。わたしのやり方で解決しろと本能が告げている——少なくとも今のところは、だ」

ハリーは電話をおろし、部屋のなかに視線を走らせた。顔が引きつっている。胸の上下動が激しい。

「エイミーは無事なのか？」

「娘にはわたしに雇われた警備員だと言っているらしい。命を奪うという脅迫をわたしが受け取ったので、用心のためにこうしていると説明し、騙しているんだ。最初は信じたんだと思う。だが、電話で話をしたとき、作り話だと見破っていることがわかった。エイミーは知っているんだよ、ハリー。誘拐されたってことに気づいている。助け出さなければならない」

ハリーはグラスの中身を飲み干した。わたしの剣幕にたじろいだようだ。古い回転椅子の木製の脚をきしませてハリーはボトルに手をのばした。

「クリスティンは？」

「三日間、移動教室でロングアイランドをハイキングしていると思っている。わたしの知る限り、まったく気づいていないようだ。クリスティンのことは知っているだろ？　取り乱して警察に電話するなんてことだけはしてもらいたくない。クリスティンにはなにも話すつもりはない」

「警察に電話をしろ」

「そんなことをしたら、やつらはエイミーを殺す。言っただろ。警察になんか行けない。やつらはFBIも買収しているんだ。そんなことができるんだから、警察管区の全員を金で買うってことも不可能じゃない」

「FBIの捜査官を買収していることはどうして知っているんだ?」

「言っただろ。財布のなかに名刺が入っていたんだ。リムジンのなかで、やつらのひとりから財布を失敬した。FBIの名刺だったよ。本物さ。裏に電話番号が書いてあった」

「財布を盗んだのか?」

「驚いたなんて言うなよ。わたしの過去を知っているんだからな」

「足を洗ったのかと思っていたんだ」

ハリーは頷き、ため息を漏らした。ハリーの言うとおりなのだろう。わたしは過去の自分を引きずっている。まだ詐欺を働いている。だが、相手は保険会社ではなく、陪審員だ。

さらにバーボンに口をつけ、首筋と背中をのばした。張り出した窓台を歩いてきたおかげで、頸椎《けいつい》がひっきりなしに痙攣するようになってしまった。アルコールを飲むと楽になるが、一時的なものだ。

「名刺に名前は入っているのか?」

「いや」

「そのロシア人のほうが裏切っているのかもしれない。FBIに連絡しようとして名刺を持っていた」

「いや。裏切るようなやつじゃない。あれほど卑劣極まる男にはお目にかかったことがない。わたしを人形みたいに持ち上げたんだ。やつがタレコミ屋だとしても、名刺を持っているのはおかしい。世界一間抜けな密告屋でないかぎり、FBIの名刺の裏に接触相手の電話番号なんて書いておかない。ともかく、その考えはちがうと思う。隠そうともしていないんだ。名刺の裏の電話番号は、金で雇っているやつのものだ。で、その雇われている者は、FBIのなかにいるんじゃないか。名刺に電話番号を書いておく理由はほかに見当たらない。なにか意見があるのなら聞かせてくれ」

ハリーは無言でいた。

「処理できるかどうか、爆弾を見てほしい」

「長いこと、そういうことはやっていないんだよ、エディー」

その言葉を聞きながら、ハリーの顔に影が動くのを見たように思った。しかし、おそらく薄明かりのなかで顔を動かしただけのことだろう。ヴェトナム戦争のとき、ハリーは大尉にまで昇進した最初のアフリカ系アメリカ人のひとりだった。敵の地下トンネルに潜入して攻撃を仕掛ける部隊の指揮をした。ヴェトナムには三度従軍したが、軍での経験を話したことはないし、多くの勲章を授与されたにも関わらず誰にも見せたことはない。それがハリーだ。

わたしはジャケットを脱いで裏返し、ハリーのデスクに置いて綴じ目を開いた。爆発物に関するわたしの知識はゼロだ。

ハリーは手を腰に当てて慎重に近づき、爆弾の上に屈みこんだ。詳細に調べているのだと思ったが、すぐににおいを嗅いでいるのだと気づいた。

「C4だ。雷管が二本挿しこまれている。回路としては完璧だ」

「においを嗅いだだけでわかるのか？」

はじめのうちはわからなかった。

「馬鹿言うな。C4はにおいでわかる。嗅いでみろ」

プラスティック爆弾からあるにおいが漂っていた。だが、それがなんのにおいであるのか、はじめのうちはわからなかった。

「ガソリンか?」

「惜しい。潤滑油だ。C4は多くの化学物質と化合物からできている。ある理由から、潤滑油で薄めるんだ。だからヴェトナムでは使いやすかった。敵のトンネルを塞がなきゃならなかったんで、おれたちもずいぶん持っていったよ。だが、たいていは軍用食を温めるために使ったがな」

「軍用食を温める?」

「ああ。嫌なにおいを放つが、雨のなかでもよく燃えるんだ。嫌なにおいのなかにいても、冷め切った軍用食を食うよりましだ。いいか、ちょっとしたことでこいつを爆発させることができる。火をつけたり、ハンマーで叩いたり。だが、前段階の小爆発を起こさなければ、ドカンというわけにはいかないんで、子どもの工作用粘土みたいに安全だ。この小さなペンのように見えるシリンダーは雷管だ。だが、ほかにも回路が組み込まれている。偽装が施されているかもしれないんで、いじりまわすことはできない。起爆装置を失敬したと言ったな?」

「ああ」ポケットから出してハリーの椅子の上に置いた。

「かんたんなのは、こいつからバッテリーを取っちまうことだ。どこかにドライバーがあったはずだ……」

それからドライバーを探しはじめた。しばらく、いくつかのダンボールの箱をあさり、部屋の隅にある本棚を見にいった。本棚には法律書のほかに、道具類やショットグラス、ウィスキーなどが置かれている。ハリーはドライバーセットを持って戻ってきた。起爆装置は、ガレージのドアをあけたり、車のキーを操作するどこにでもあるリモートコントロール装置のように見えた。長さは五センチほど、幅はその半分、厚みは一センチ強。一方の脇にボタンがふたつついている。その反対側で、三つの皿ビスが装置の外装を留めている。わたしは一番小さなマイナスドライバーを選ぶと、ケースから取り出し、起爆装置の皿ネジをまわそうとした。うまくいかなかった。マイナスドライバーが大きすぎるのだ。

ハリーはいくつかの引き出しを開けては閉め、戸棚のドアを開け、ぶつぶつと悪態をついた。数分すると、カッターナイフを手に戻ってきた。刃先がちょうどネジ頭部の溝にフィットした。これ以上ないというほど。刃が薄いことに注意しなければならなかった。折れてしまうとめんどうだ。

ボタンに触らないように用心しながら左手に起爆装置を持ち、ネジをまわしはじめた。ゆっくりと慎重に一本目のネジを緩めていく。デスクランプの明かりの下での作業は、部屋が暗かったので目が慣れず、苦労する。ハリーが肩越しに覗きこんできた。もどかしげに見詰めているのがわかった。

ランプの明かりとヒーターから暖かさが伝わってくるが、部屋は寒くなっていった。ハリーはヒーターの設定温度を上げ、ウィスキーを注いで飲んだ。わたしにもお代わりを注いでくれた。なにも腹に入れずにアルコールを飲み過ぎたせいで頭がふらふらしはじめた。

最初のネジを手のひらに載せ、慎重にデスクに置く。

ハリーは屈みこみ、頭をさすりはじめた——首筋から乱れた白髪の毛の上を滑らせて頭頂まで左右交互に。友人として長年の付き合いがあるので、このちょっとした動作がなにを意味しているのかわかる。心配事があるときや問題を考えているときに頭をさするのだ。驚くほど多くの人たちも同じことをする。頭のなかにある事柄を、体の外へ追いだそうとでもしているかのようだ。

「言いたいことがあるんなら、はっきり言ってくれ」

「ヴォルチェックから訴訟資料はもらってるのか？」

「ああ。ほとんど目をとおした。とにかく読む価値のあるものだけは」

「証人のことは？　つまり、取引のようなことはあるのか？」

ハリーがなにを考えているのかわかった。

「ヴォルチェックのほかの罪には触れず、マーリオ殺しの犯人としてのみ証言するのはどうしてかってことだろ？　わかるよ。わたしも同じことを考えた。ヴォルチェックにそのことを尋ねてみた。リトル・ベニーにはまだちょいとした忠誠心が残っているからだろうって言ってたよ。わたしの印象では、リトル・ベニーは仲間の兵隊を巻き込みたくないんだと思う。ボスを売ろうとしているが、仲間に対してはまだ誠意があるんだろう。そんな気持ちは、よくわからないがね。リトル・ベニーは死刑になってもおかしくないことをＦＢＩに話したにもかかわらず、釈放を勝ち取るようなことはあまり口にしていない」

ハリーは頷き、最後のワンフィンガー分のウィスキーを飲み干した。ボトルを本棚に戻し、コーヒーを淹れはじめた。コーヒーを淹れるという日頃の動作をすることで、どういうわけか、頭が活発に働くようになるのだ。口を出さずに考えさせることだ。考えがまとまったら話してくれるだろう。

「ペンディチ兄弟のことは知っているか？」ハリーは尋ねた。

母はイタリア人だ。一番古いわたしの友人は、ニューヨークのマフィアのボスである。もちろんペンディチ兄弟のことは聞いたことがある。

「もちろん。悔い改めた連中。シチリアの警官はそう呼んでいるな。殺し屋と取り立て屋だった。逮捕され、マフィアを売る証言をした。マフィアのすべての構成員を、だ。なにが言いたいんだ、ハリー？」

「おれの知るところじゃ、あのふたりの極悪非道ぶりは、ほかに類を見ない。容赦なく人を殺す。組織を裏切ったとしても、そこは変わらない。要するに、リトル・ベニーが仲間のことで口をつぐんでいるのは、なにか理由があるってことだ」

コーヒーメーカーから蒸気が漏れる音がし、コーヒーができあがった。ハリーはふたつの大きなマグカップにコーヒーを注ぎ入れた。ハリーと友人であることはなんと幸運なことであるか。ヴェトナムでハリーの部下だった者たちもどれほど運がよかったことか。ハリーは頭がよく、生まれながらの指導者であり、今や六十代だが、恐れるものはなにもないという逞しさが滲み出ている。

「それでなにをやろうとしている？」ハリーは尋ねた。

「娘を探し出し、助け出すことができる友人がいる。このことについては、なにも知らない方がいいだろう。顔を合わせる前に、その男と連絡を取る必要がある。面倒なことになるかもしれないんで、あんたに迷惑をかけるようなことはしたくない。電話が盗聴されているたぐいの男だ。ここからは電話ができない。でも、やってもらいたいことがある。いくつか必要な物があるんだ。で、それを集めてある場所へ持っていってもらいたい。この階の使いものにならないトイレがいいだろう。誰にも気づかれない場所にそいつを隠してほしい。十九階にトイレはない。ここまで降りてきてトイレを使うことになる。広々とした個室がひとつだけだ。完璧だよ。一番近いトイレでもある。ロシア人は外で待つことになるだろ。ほかに個室がないんだから、なかにまで入ってこない。必要なもののリストとどこで手に入るか、今から書く。関わりは最小限にとどめるべきだ、ハリー。エイミーを監禁しているのがどんなやつか知らないが、そうかんたんに手放すことはない」

ハリーは頭をなでさすった。

「それでその手を貸してくれる男だが、ヴォルチェックに気づかれずにどうやって会うつもりだ？」

「それは無理だ。だが、その男のところへロシア人に連れて行ってもらうように説き伏せられると思う」

26

風が出てきて窓枠のなかでガラスが揺れ、音を立てた。ハリーはお気に入りの椅子に座っている。古い木製の回転椅子だ。この椅子はハリーそのものだと思う。古くて箔がつき、堅牢だ。

ふたつ目のネジをハリーのデスクに置くと、あたりを転がってから止まった。

ハリーは眼鏡を外し、目と目のあいだの鼻梁を揉んだ。これもハリーのひとつの癖だ。

「気に入らない。なにか臭う」ため息をつき、続けた。「なにをやろうと、やつらはおまえとエイミーを殺すつもりだ。証人を噴っ飛ばした罪でおまえが逮捕されるのを黙って見ているわけにはいかない――やつらの言いなりになるとしても、おまえを生かしちゃおかない。真相をばらされるかもしれないからな。やつらはそんな危険を冒さない」

わたしは最後のネジを外すことに意識を集中した。

「だが、そんなことはとっくに考えているんだろうな」ハリーは続けた。

頷き、カッターの刃先を最後のネジの頭にある溝にぐっと押しつけ、持ち上げた。

ハリーはわたしの隣に椅子を持ってきた。ふたりともランプの光のなかに屈みこみ、もどかしい思いにとらわれていた。わたしはそっと起爆装置を手に取り、時間をかけてそのケースを左右にずらしていった。

ケースはふたつに分かれた。

指が震えていたが、起爆装置を落とすことはなかった。なかが露出した部分を上にして、ふたつのプラスティック・ケースをデスクに並べた。

このときまで、ある計画を思い描いていた。何時間も考えていたものだ。

警察もFBIも信用できない。だが、いったんエイミーを取り戻したら、ヴォルチェックはもはやわたしを操ることはできないのだ。エイミーを助け出してやつらの手の届かないところへかくまうことができるようにするためには、なんとしてでもこの計画を実行する手立てを考えださなければと思っていた――ブラトヴァを騙してジミー・〝ザ・ハット〟・フェリーニのところへわたしを連れて行かせること。ジミーならヴォルチェックの携帯電話の液晶に浮かび上がった番号から、その場所を特定することができるだろう。エイミーを見つけられるのだ。エイミーの身の安全が確保できれば、FBIに連絡し、なにもかも打ち明け、ヴォルチェックとその組織の成員をひとり残らず逮捕するのに協力し、小さな違反には目をつぶってもらう。

これが計画だった。

起爆装置のリモートコントロール装置を見て、すべてが変わった。

なかにはなにもなかった。ICチップも回路もバッテリーも。空っぽだ。たんなるプラスティックのケースだった。

「本物は別にあるのか?」

「訳がわからない。アートラスは二、三回、起爆できる状態にした。信号が発信されたことを示す赤いライトが光るのを見たんだ。先にあるこのライトだ」そう言って小さなライトを指し示した。しかし、このライトは光ることはないだろう。電源がないのだ。「アートラスがスイッチを入れたとき、爆弾が振動したんだ」

わたしは腕組みをして毒づいた。

「こいつはいったいなんだ?」

このとき、さらにいくつかの疑問が頭に浮かんだ。どうしてアートラスは、ふたつの起爆装置を持っているのか——偽物と本物と。

「ほかにもなにかが、起こっているんだ。もうひとつ、よからぬことがな。どういうことだと思う?」ハリーは尋ねた。

「動かぬ事実はふたつ。まず、本物の爆弾があり、そいつをわたしは身につけていること。もうひとつは、本物の起爆装置があることだ。もっとも、そいつを手に入れてないが。アートラスが二種類の起爆装置を持ち歩いているとは知らなかった。知っていたら、本物の方をいただいただろう」そう言って、空のプラスチック・ケースの一方をつまみ上げた。

その手を止め、凍りついた。

ハリーも同じことに気づき、喘ぎ声を漏らした。

「急げ」ハリーは言った。「部屋にいないと知ったら、やつらはボタンを押す……」

27

ふたつのプラスチック・ケースをひとつに合わせながら、指は震えていた。ネジは取り外してから縮んでしまったのではないか。つまみ上げることができない。

「落ち着け。まだ、居なくなったことに気づいていない」ハリーは言った。

「どうしてわかる？」

まるで愚か者を見るような眼差しを向けてきた。ハリーに説明をしてもらう必要はない。わたしはただ話をしていたいだけだったのだ。この状況から心をそむけることはなんでもしたかった。そうすれば指も思うように動かせるだろう。

「わかってるよ、ハリー、わかってる」

最初のネジを穴に入れ、締め付けはじめた。

ハリーは部屋を行ったり来たりしながら、ふたたび、ぶつぶつとつぶやきだした。

「それで、いくつか物を集めて置いてくればいいんだな。必要な物はなんで、どこに行って集めるんだ？」

一瞬、息が止まり、祈った。床にネジを落としてしまい、床にあいた穴の方へ転がっていったのだ。手をのばし、深淵のなかに落ち込む前につかんだ。

呼吸を荒くしながら、ネジ穴になんとか突っ込み、カッターナイフの刃でねじ込んでいく。

「書き取ってくれ」

ハリーは鉛筆を手に持ち、わたしの指示を走り書きする。

「電話をかける必要がある。ジミーに連絡して手はずを整え、あんたと連絡もできるからな。海賊版の携帯が必要だ」

「海賊のなんだって？」

「使い捨て携帯電話の特別版ってところだ。心配しなくていい。すべて一軒の店で買えるよ。ベイカー・ストリートにある〝AMPMセキュリティー〟という小さな店だ。ポールって男を呼び出してくれ。店に行っても閉まっているようにみえるが、そうじゃない。ノックし続けるんだ、そうすれば誰か出てきてドアを開け、顔に銃を突きつけてくる。わたしに頼まれてきたとポールに言うんだ。この手の代物についてはよく心得ている。不可視インク（紫外線を当てると蛍光するインク）を使用したマーカーが欲しい。SEDNAでもセキュリテイー・ウォーターでもメーカーは問わない。さらに痕跡をたどるのにブラックライト（目に見えない光線を発射するライト。物体に含まれる蛍光体だけが光る）も必要だ」

ハリーは訳が分からないという顔をした。

「心配いらない。ポールはすべて理解できる。ちゃんと品物を用意してくれるよ」

ポール・グリーンボーは〝AMPMセキュリティー〟を経営している。昼間は合法な商売、夜は違法な品々を数多く商っている。ポールによると、利益のほとんどは夜の商売からのもので、わたしもこれまで長いあいだ、ポールの店で買物をしてきた。ほとんどが非合法の品物だ。詐欺師は、道具に頼らなければ腕を発揮できないこともあるのだ。

「これで全部か？　さあ、エディー、急げ」

ハリーは歩いていって窓を開け、街を見下ろした。ふたたび降りはじめた雨もやみつつある。

最後のネジを止めると、偽物の起爆装置を確認した。アートラスはこいつを開いたとは気づかないだろう。爆弾を爆発できない状態にするか、起爆装置が機能できないようにしたかった。アートラスから失敬した起爆装置が偽物だとは思いもしなかった。ある考えが浮かんだ。

「ハリー、あんたの携帯にカメラ機能は付いているか？」

「ああ」ハリーは押上式の携帯電話を取り出した。

「起爆装置の写真を撮ってくれないか。これとまったく同じものがほしいとポールに言うんだ」

親指と人差指で起爆装置を支え、ハリーはあらゆる角度から撮影し、リストに記すと確認のため読み上げた。

「さあ、行ってかき集めてきてくれ。すぐにでも行動を起こしたいが、そのためにはリストの品物が必要だ。ベイカー・ストリートは遠くない。一時間で戻ってこられるか？」

「できるだけやってみよう。こうした物をなにに使うのかよくわからない。知りたいとは思わないがね」

爆弾を折り畳んで元の場所に戻し、ジャケットを着た。

「大丈夫だよ、ハリー。知ることにはならない」

28

本能に耳を傾けなければならないときというのが確かにある。どんなことが要求されようとも、仕事をこなさなければならないときというのが。ふたたび窓の外に出て窓台に立ったとき、本能という本能がこんなところを歩くなと告げた。なかに戻り、別に戻る方法を考えろ。今回はうまくたどり着けないかもしれない。

恐れる心を無視し、エイミーのことを考えた。ハリーはわたしの思いを感じ取ってくれたようだ。

「エイミーはしっかりした子だよ、エディー。やつらは殺しはしない。きっと無事に取り戻してみせる。明日、民事裁判がある。ちょっと時間がとられるが、終わったら援護に駆けつける。パイク裁判官の隣に座っておまえから目を離さないようにするよ」

感謝の言葉がこみ上げてきたが、喉元でつかえてしまって口に出すことができなかった。心の重荷が軽くなり、嬉しさがこみ上げ、そしてハリーのような友人がいることがとてもありがたく思った。

「どうやって――そんなことができる？」

「上訴裁判所の裁判官の資格はあるか評価するためだとパイクに言うつもりだ。その点は任せておけ。心配だよ。いろいろとよからぬことが、起こっているようだ。法廷でおまえひとりにはさせない。おれがついているよ」

わたしは頷き、ふたたびハリーの手を取った。何年も前にこの大きく柔らかい手を最初に握ったときのことが思い出された。

はじめて握手したとき、詐欺からは足を洗っていた――完全にではなかったが。

ハリーは手を放し、窓を閉めた。窓台を進みながら、もう一度あの大きな手を握ることができるだろうかと思った。ハリーはわたしのためにたいへんな危険を引き受けてくれた。ハリーにとってはモラル、名誉、友情の問題なのだろう。だが、どこかでわたしに対する責任を感じているのではないか。ハリーはそういう男だ。

ありがたいことに雨はあがっていた。ただでさえ滑りやすい張り出した窓台は、雨に洗われて光っている。足を踏み出すと滑った。左脚が宙に舞った。

一瞬、体が何百キロもあるように感じた。レンガの壁に手がかりを探したが、指はつかむことができなかった。右足も滑りはじめた。ずるずると落ちていく。必死にもがいて真っ逆さまに落ちることだけは避けようとした。ありがたいことに窓台に胸がぶち当たり、肺から空気が絞り出された。滑り落ちていきながら両手で手がかりを求めた。左脚が大きく揺れる。右手が風雨にさらされたレンガをつかんだ。急いで体をひねった。崖のような垂直な壁に両脚がぶつかりながら大きく揺れ、それを抑えようとして背中が痛くなった。

腰のあたりの筋肉が裂けてしまったのではないだろうか。なんとかぶら下がっていた。

体の揺れがおさまり、動かなくなると呼吸も落ち着いてきた。体を持ち上げて狭い窓台に顔を下にして横たわった。下にニューヨークが見える。通りは静かになったようだ。夜間法廷へ向かうタクシーの列は、建物のこちら側にはすでにない。車はほとんど走っておらず、人は誰も……ひとりだけ。この眺めのよい場所から、街灯の下にスキンヘッドの痩せた男が立っているのが見えた。オレンジ色の光が毛のない頭を照らしている。黒いコートを着、なにかを待っているようだ。通りの反対側に白いリムジンがやってきて停まった。今朝、わたしが乗ったリムジンだ。街灯の下の男はアートラスだろう。リムジンの後部のドアが開き、大男が降りてきた――グレゴールだ。グレゴールが大きなスーツケースを手にしているのを見て、あいつの盗んだ財布が熱くなってポケットを焼くのではないかと思った。上の受付の部屋に置いてある、資料が入ったスーツケースとまったく同じに見える。あのスーツケースはヴィクターのところに置き、中身の資料だけを受付の隣の裁判官執務室へ持っていった。

街灯の光のなかでグレゴールがスーツケースの鍵をあけ、わずかになかを開いたのが見えた。アートラスがさっと中身を確認するとグレゴールはふたたびスーツケースを閉めた。このふたりに三人目の男が加わった。ネイビーブルーの制服を着ている。胸のバッジが街灯の光を照り返した。今朝、ロビーにいた太った警備員だ。

三人は待っている。まわりの建物は、ほとんどがオフィスなので、夜のこの時間は静まり返っていた。白いバンが二台、通りに曲がり込んでくるとリムジンの後ろに停車した。グレゴールが運転手に手を振ると、一台目のバンは裁判所の地下駐車場へと消えていった。もう一台は停車したままだ。運転手が助手席のドアを開けると、グレゴールはスーツケースを押してバンにまわりこんだ。両手を使ってスーツケースを持ち上げると、助手席に押し込んだ。あの男は、今朝、わたしの体をボロ人形のように持ち上げた。なかになにが入っているにせよ、ずいぶんと重いのだろう。ドアが閉まり、バンは裁判所の地下駐車場へ降りていった。グレゴールとアートラス、さらに太った警備員は、街灯の光のなかから出ると建物の壁に寄った。なにかを待っている。リムジンは停車したままだ。二、三分後、ふたりの男が地下駐車場から出てきた。バンの運転手だろう。ふたりはグレゴールに歩み寄った。

一瞬、息が止まった。

グレゴールはコートの内ポケットに手を突っ込んだ。それから反対側のポケットも調べた。ズボンの腰まわりを叩き、それから同じ動作を繰り返した。とうとう大きな指でコートをまさぐり、訳がわからないというように両手を広げた。財布がなくなっていることに気づいたのだ。アートラスが札入れを出すとバンの運転手それぞれにひとつかみほどの札を手渡した。ふたりが後部座席に乗り込むとリムジンは走りだした。財布に入っていたクリップで留められた金は、運転手へ支払うものだったのだろう。アートラスとグレゴールは冗談を言い合ったようだ。大男が両の手のひらを持ち上げ、金を使い込んでいないことを示した。財布をなくしたか、いつもとはちがうところに入れ忘れたのだと思っているのだろう。わたしがスリとったことがばれるはずはない。やつらにとってわたしはたんなる弁護士にすぎない。わたしの過去を知らないのだ。弁護士は財布を盗んだりしない。ふたりのロシア人と太った警備員は通りを歩いていき、右に曲がって見えなくなった。裁判所の入口へ向かったのだ。

アートラスとグレゴールは、今朝、わたしが入っていったように建物のなかに入るのだろう。セキュリティーを抜け、ロビーを通ってエレベーターへ向かう。どう見積もってもそこまで九十秒だ。エレベーターに乗って十九階までたどり着くのにさらに六十秒。そこから受付の部屋に戻るまで十秒だ。ヴィクターを起こし、わたしがいるはずの部屋を調べる――おそらくさらに十秒から十五秒。余裕をみて、二分半ほどで部屋に戻らなければ、わたしがいないことがバレてしまう。そうなれば、やつらは電話をかけ、エイミーの命を奪い、本物の起爆装置のスイッチを入れる。

反対尋問のタイミングをはかることには慣れている。体内時計も驚くほど正確だ。足を引き寄せて立ち上がり、歩き出した。女神の像にたどりついたとき、四十五秒が過ぎていた。灰色の彫像は窓台よりも滑らず、その肩まで這い登り、両脚を背中に置き、両手で側頭部をつかんだ。ここまで二十秒。行くときにレンガが崩れ落ちてしまったために、彫像と窓台とのあいだに一・五メートル弱の隙間ができてしまった。

女神にへばりついたまま五秒が過ぎた。片足を女神の右の肩にかけて立ち上がり、剣をつかんでバランスを保った。

今日の朝、アートラスが言ったことは、なにもかも嘘だったのだ。そうと望めば、裁判所内にグランドピアノを持ち込むことだってできたのだ。セキュリティーを通さずに二台のバンとスーツケースをなかに運び入れた。腰に貼りついている爆弾など、グレゴールがバンに積んだスーツケースのなかにかんたんに隠しておける。爆弾を法廷内に持ち込むのにわたしもジャックも必要としていない。自分の間抜けさを思って悪態をついた。FBIの捜査官を自由にできるのなら、警備員を買収し、セキュリティーを通過させて荷物を持ち込むことなどわけないだろう。事実、裁判所の警備員全員を億万長者にすることができるほど、やつらは金を持っているのだ。今朝、裁判所に入ってきたときの様子を思い浮かべる。バリーがわたしの名前を呼んだ――ハンクという名前の金髪の警備員がボディチェックをしようとしたときだ。X線スキャナーの手前ですでに太った警備員がわたしに目を向けていた。あのとき、この男はわたしを知っている、と思ったが、見覚えのない男だった。ロシア人がバンを地下駐車場へこっそりと導くのに手を貸しているのを眺めながら、今朝、ロビーでのこの男の役目を改めて考えた。ハンクが両手を上げるように言ったとき、太った男はわたしたちの方へやってきたのだ。ハンクの手助けをするつもりだとそのときは思った――だが、わたしが無事セキュリティーを通過できるように注意を払っていたのだ。ハンクにしろ誰にしろ、爆弾を見つけないように。

もう用はないと判断されたら、すぐにエイミーは殺されてしまうだろう。わからないのは、どうしてかということだ。いったいどうしてわたしを巻き込んだのか？

すべてを見通してからでないと詐欺を働くことはできないと父に言われたことがある。今のこの状況は、さっぱり訳がわからない。思っている以上に大きなゲームが進行しており、わたしはそのひとつのコマにすぎないのではないか。プレーヤーが誰であるかということだけは、わかりかけてきた。全く新しいわたし自身のゲームをはじめなければならないということになる。

剣を握っていた手を放し、息を吐き出してジャンプした。

29

窓台にうまく着地できたが、足元のレンガがまた崩れた。壁にしがみつき、開け放している窓へと精一杯急いだ。裁判官執務室に転がり落ち、立ち上がって窓を閉めたとき、二分二十秒が経過していた。コートを脱ぎ、手のひらで埃を払っていく。ズボンもそうだが、湿っている。部屋の隅にあるヒーターは切られていた。設定温度を最高にしてスイッチを入れ、その上にコートを載せ、湿った膝も押しつけ、ひと息ついた。あえいでいると、廊下から足音が聞こえてきた。古いヒーターからドアへと歩み寄り、鍵穴から隣の部屋を覗くと、ありがたいことにヴィクターは先ほどとなんら変わることなく、カウチの上で寝ていた。資料が入っていたスーツケースは、わたしが置いた場所から少しも動かされておらず、開いたまま空っぽの中身をさらしていた。資料は裁判官執務室のデスクに載っている。

かすかな金属音が静寂を破った。廊下の向こうでエレベーターのドアが開く。ジャケットへと汗が滴り、額を拭う。足音が聞こえた。そのうしろから、もっとずっと重々しく床を踏み鳴らす音が響いてくる。アートラスは受付の部屋に静かに入ってくるとそっと椅子に腰かけた。グレゴールが続き、ヴィクターを蹴って起こした。グレゴールは場所をあけろと言い、ふたりの大男はカウチに背を預け、ともに目をつぶった。こちらの部屋にあるのと同じようなランプが、柔らかな光を放ち、受付の部屋は穏やかにさえ見えた。ドアのノブをまわしてみると、まだ施錠されていた。様子を見にこの部屋に入ってきてはいない。このドアを開け、わたしがいないことに気づいたなら、ふたたび鍵をかけるようなことはしないだろう。

できるだけそっとヒーターまで戻り、ズボンを乾かした。次にどうするかは考えていた。ロシア人どもの思う壺にはまる前にジミーと話をしなければならない。そうするためには、ハリーに頼んだ携帯電話が必要だ。車を使わなくとも、一時間もあればリストアップした品々を手に入れ、トイレに隠すことができるだろう。待つしかない。脚をのばし、背中を壁に押しつけた。鍵穴から向こうの様子を探る。

ロシア人どもは休憩をとっている。

顎が胸を打ち、はっとした。三十分ほどたっている。うとうとしていたらしい。コートとズボンは乾いていた。ありがたいことに、黒っぽい色をしているので染みが目立たない。小さな部屋は暑くなっていたので、ヒーターを切り、ふたたび考えはじめた。

ハリー・フォードにはこれまで感謝してもしきれないほどの恩義がある。ハリーがいなければ、今頃は刑務所にいるか、死んでいるかのどちらかだ。詐欺師の避けられない宿命だ。引退後の年金生活はない。健康保険もない。死ぬまで保険金詐欺を続けていくしかなく、やがて独りよがりという悪魔が忍び寄ってくる。こうした道をたどるか、逮捕してもらうかだ。もちろん、当時はそんなことを思わない。あのことが起こると、まちがった判断をしてしまったのだと、一瞬ながらも自分を責めた。重さ四キロほどの大きなハンマーが失敗に導いたのだと思った。しかし、ハンマーは関係のないことだ。ハンマーをふるった男のせいでもない。他人の妻と寝た運転手のせいだった。

わたしはカモをしばらくのあいだ偵察しており、ある金曜の朝、フェンダーがへこむ程度の軽い衝突事故を計画した。正確無比の運転手ペリー・レイクは、ナスカー（アメリカの改造を施した車のレースの統括団体）で競ったレーサーだった。木曜の夜、ペリーは嫉妬に狂った夫に痛めつけられた。夫はペリーを椅子に縛りつけ、道具箱を持ってきて、重さ四キロほどもある大きな真新しいハンマーを取り出した。それを打ち下ろし、ペリーの両膝、両手、両肘、歯を打ち砕いていった。仕事を中止すべきだった。だが、そうしなかった。ゲームのルールを忘れていたのだ。金を手にしたら、ずらかれ。詐欺師としての最後の数年間、二十万ドルほどの金を貯めこんでいた。もう金のために仕事をするのではなかった。詐欺のために詐欺をしていたのだ。大手保険会社とその顧問弁護士たちを騙して数千ドル稼ぎ、バーで亡き父に乾杯してから事故の賠償金の小切手を現金化する、そのためなのだ。そこで、わたしがペリーの代役を務めることにした。ペリーを運転席に縛りつけ、任せておいたほうが、ずっとうまくことは運んだだろう。最悪だった。ブレーキを踏むのが早く、強く踏みすぎた。交差点のすぐ手前でメルセデスが背後からぶつかってきた。わたしのミスだ。ペリーが悪いのではない。裁判沙汰にするとメルセデスの運転手を脅すどころか、怪我をしたと訴えられた。実際、チェンバーズ・ストリートの民事裁判所へわたしを引っ張っていった。結局、この件を担当したのが、誰あろう、ハリー・フォードだった。

通常、このような事故の場合、法廷にまで持ち込まれることはない。事故はわたしのせいだが、嘘をつき、目の前に人が飛び出してきたのであわててブレーキを踏んだと言った。通りを渡っていてこの事故を目撃したという警官がいた。わたしの車の前を走って横切った通行人などいなかったと警官は証言した。事故現場に警官さえいなければ、事故後、すぐに解放されたことだろう。ところが、警官は詳細をただしはじめた。持っていた身分証明証はわたし自身のものだった。これがまたまずかった。

その日のうちにわたしは法廷に出頭し、一万ドルをメルセデスの運転手に払って解決しようとした。ところが、相手の弁護士が金を受け取るなと助言し、この一件は法廷に持ち込まれることになった。事故のとき運転していた車は保険に入っておらず、わたしが弁護士を雇えば、金銭的に余裕があるとメルセデスの運転手は思い込んでしまう。そこで自分で弁護することにした。裁判がはじまると裁判官ハリー・フォードは、退屈しきっているように見えた。目撃者の警官がいなければ、裁判はわたしとメルセデスの運転手の主張のぶつけあいになっていただろう。わたしが質問をはじめると、ハリーは興味を持つようになった。メルセデスの運転手は、わたしがブレーキを踏む前、通行人などいなかったと証言した。わたしはひとつだけ質問をした。

「わたしがブレーキを踏むのがわからなかったので、停車できず、追突してしまったということですが、わたしの運転に注意を払っていなかったのなら、通行人のことも目に入らなかったのではないですか？」

答えは返ってこなかった。

警官ははっきりわたしを見ており、事故がどのように起きたのか、隅々まで思い出すことができると言い、わたしの車の前を通行人が横切るところは目にしていないと証言した。この警官を振り払うことができたら、わたしにも勝つチャンスがあるとわかった。そこでほんとうになにを覚えているのか試すことにした。

「あの日のこと、六カ月以上前に起こったできごとを完璧に思い出すことができるというのですね？」

「そうです」

わたしは目の前に資料を広げていた。メルセデスの運転手の弁護士からの手紙で、十万ドル支払わなければ訴えるという脅しが綴られている。警官は資料に目を通しているわたしを眺めていたが、資料の中身までは見えない。

「事故を目撃したあと、次にどのような電話を受けましたか?」

警官は嘘が口まで出かかったようだ。適当に言い繕おうとしたのだ。答えを待ちながら書類に目をとおしているわたしの姿を見ていた。事故後にどのような電話がかかってきたか、わたしが知っていると思っているのだ。目をとおしている書類にそのことが書いてあるのだと。

「思い出せません」警官は無難な答えを返した。

次もまた同じような質問をした。事故の直前に受けた電話の内容は? 同じ答えが返ってきた――いきなり、警官は思い出すことができなくなった。

子どものころ、父が同じ手を使っているのを見てきたのだ。支払額が滞ると、集金人に質問をしながら赤い小さなノートを手に取る。事情はすべて飲み込んでいる、証拠も握っているという態度だが、もちろん、そんなものはなにもない。はったりだ。

さらに二、三質問を続けると、ハリーが笑い出した。

はじめてわたしに向かって声をかけた。

「もう質問はけっこう。本件を却下する」

現金を失わずにすんだ。かろうじて。メルセデスを運転していた男は、地団駄を踏むようにして法廷から出ていき、猥褻な言葉で弁護士を罵った。このちょっとした勝利は驚きだった。これまで仕掛けた詐欺と同じような甘美な感情に酔った。裁判所から通りをはさんで反対側にタパスを出す小さなバーがある。わたしは有頂天になり、急に空腹を覚えてその店に入った。テーブルが用意されるのを待っていると、低い声で背後から話しかけられた。

「今日はみごとだった。弁護士じゃないのが惜しい」

ハリーだった。

わたしたちは一緒に食事をした。弁護士を雇わない原告が、あそこまで健闘したのを見たのは初めてであり、法廷でお目にかかるたいていの弁護士連中よりもみごとな手並みだったと言った。ハリーのような男とは、会ったことがなかった。ここまで出世していながら、二心なく、妙にねじ曲がったユーモアのセンスがあり、しかも善良だったが、どこかしら危険なところがあるような気がした。なにをやって食べているのか訊かれたので、両親に蓄えがあるのでちょっとした金があり、仕事のことはまだ考えていないと答えた。

ハリーは指についたソースをなめとって言った。

「まれに見る才能の持ち主だ。ロースクールへ行くことを考えたらどうだ？　あの質問の仕方は気に入った。ほんとうに才能があると思う。この仕事に向いているよ。警官への質問ときたら。やつを噴っ飛ばしてしまった」

「正直な話、事故の日、どんな電話を受けたのか、知らなかったんですよ。ペテンにかけたようなもんです。そんなこと、ロースクールじゃあ教えないでしょ」

ハリーは声を上げて笑った。

「クラレンス・ダロウという名前を聞いたことがあるか？　昔の弁護士だ。おまえさんを見ていると、やつのことが頭に浮かぶ。クラレンスは裁判がはじまる前、でかいキューバ産の葉巻の真ん中に長いハットピンを突き刺すんだ。法廷内で葉巻を吸うのが好きでな。検察側の主張がはじまると、葉巻に火をつけた。検察側は証拠を並べていき、クラレンスの葉巻は燃えていくが、ハットピンのおかげで灰はくっついたまま、落ちることはない。ピンが建築物の中央に走る支持梁の役目を果たしているんだ。灰がますます長くなっていき、やがて陪審員は検察とその証人の話が頭を素通りするようになる。そんなことより、陪審員はクラレンスの葉巻の灰を眺め、いつ崩れ落ちて白いリネンのスーツを汚すのか待ち構えるんだ。灰が崩れ落ちることはなく、クラレンスは裁判に負けたことがない。ダロウとおまえさんが今日警官に対してやってのけた芸当とのあいだに大きなちがいがあると思うか？」

「そんなふうに考えたことはなかったな」

「だから才能があるっていうんだ。ロースクールにいく気になったら、電話をくれ。わたしの推薦があれば有利だろう。卒業したら、助手としていつでも雇うよ」

こういう顛末だった。しかし、弁護士になるという考えを植えつけたのはハリーだが、最後のひと押しをしてくれたのは母だった。

隣の部屋から響いてくる鼾がいきなり途絶えたが、ふたたび聞こえてきた。

真夜中だ。

残りあと十六時間。

すでにハリーは品物を手に入れ、十二時前に法廷に入ったことだろう。

探しにいく時間だ。

詐欺を行なうときは、相手を引っかける直前が、一番神経質になる。もう引き返すことができない。実際に行動に移すまで、神経は張り詰めている。動きはじめたら、緊張は吹っ飛ぶ。

立ったまま背中と首の筋肉をのばし、最後に服とコートを再点検する。コートの裾に泥がついていたので、アートラスが寄こしたボトルの水で拭った。そのボトルの水で手をきれいにし、こすりあわせて乾かした。問題なさそうだ。汚い建物を這い降り、よじ登ってきたようには見えない。決然としてドアをノックするときも、手は震えていなかった。

「おい、開けてくれ。話したいことがある。再審がいやなら、もうひとり、証人を排除しなければならない」

鍵穴から覗くと、向こうの部屋で動きがあった。ヴィクターが立ち上がった。今朝、向こうの部屋に初めて入ったときに目にしたモナリザの複製画が、ヴィクターの後ろに隠れて見えなくなった。どういうわけか、絵が見えなくなったことである考えが浮かんだ。偽の起爆装置とグレゴールがバンに積み込んだスーツケースに関係したことがひらめいたのだが、このときはまだ明確な形をとっておらず、靄のなかでかすんでいた。

30

金属のひっかく音がして鍵が開き、ドアが内側に開いた。三人の男が目の前に立っていた。

「リトル・ベニーを殺しても、検察側はトニー・ジェラルドの証拠で再審請求を出すことができる。トニーを取り除かないとあんたたちの計画は頓挫するよ。問題は、トニー・ジェラルドを撃ち殺せば、イタリア人たちとの全面戦争になる危険があるってことだ。だが、あんたたちは運がいい。撃ち殺す必要はないんだよ。トニーがわたしが思っている男なら——金で沈黙が買える」

アートラスはわたしに目を向け、頷いた。

「ああ。ほかの法律事務所もあのイタリア野郎の証拠のことを言っていた。かなりのダメージを受けるだろうが、その証言だけでヴォルチェックを有罪にすることはできないだろうということだったが」

「そのとおりだよ。だが、主席検事が再審請求するには充分だ。金を出せば逃れられる。まあ、大金が必要だが。トニー・ジェラルドはトニー・Gという名前で通っているんじゃないかと思う。このふたりが同一人物なら、ファミリーのボスを知っている。大昔、弁護したことがあるんだ。話をつけることができる。だが、四百万ドルは必要だな。二百は仲介手数料としてボスへ、残りの二百がトニーだ」

この数字にアートラスは反応を示さなかった。ショックを受けた表情は表わさなかった。こいつらにとって四百万ドルは、大金ではないらしい。二、三時間もあれば調達できるのだろう。そういえばヴォルチェックは保釈金として五百万ドルをキャッシュで払ったと新聞に書いてあった。四百万ドルなど問題ではないのだろう。わたしはそれに娘の命を賭けている。

「トニー・Gはトニー・ジェラルドのことだ。たしかに、おれたちはあいつらに話を持ちかけることはできない。おまえならできるかもしれないし、できないかもしれない。どうでもいい。ベニーを殺せば、再審が行なわれようとヴォルチェックに不利な証拠を出そうというやつは現われないだろう。このことは忘れろ」アートラスは言った。

「それは無理だ。あんたのボスは、ベニーを叩く機会をくれた——誰も殺さずにこの裁判を乗り切る機会をだ。だが、トニー・ジェラルドに対しては打つ手がない。やつを買収するしかない」

「忘れろ、と言った」今度は強い調子で言った。

「あんたのボスの裁判で検察側の証人を叩きのめすと言っているのに、忘れろっていうのか?」

動揺がすぐにアートラスの顔に表われた。目の周りの皮膚が張り詰め、それから例のゾッとする笑みを浮かべた。

「これはおれの計画なんだよ、弁護士さん。あんたの出る幕じゃない」

「そうなのかもしれない。だが、これはわたしの裁判だ。ヴォルチェックはわたしの依頼主だ。わたしは娘を救うために必死になっている。ボスにこのことを話すつもりがないのなら、わたしが話す。あんたがおれを黙らせようとしたと言ってやる。どんな印象を与えるかな?」

隣のビルに据えられたビルボードの青いネオンの光が、部屋を横切っていった。いきなり走った光が、アートラスの頬に湿った輝きを与える。頬の傷――ふたたび膿が滲んでいる。作り笑いを浮かべているが、頭では計算しているのだ。選択肢を秤にかけている。

「あんたの娘をあずかっているのが誰か忘れるな」アートラスはそう言って携帯電話に番号を打ち込んだ。

多くの言葉を交わさなかったが、お互いに理解した。アートラスを追い込めば、やつはエイミーを持ちだして押し返してくる。

ロシア語でヴォルチェックと話をしているのに耳を傾けた。ボスの言うことを聞きながらアートラスは、時折、こちらに視線を走らせた。

数分後、電話を切るとアートラスはカウチに体を投げ出すように座った。決定が下されるのを待っているのだろう。わたしは隣の部屋でデスクに向かって座って返事を待った。トニー・ジェラルドの証言によって検察側は再審請求をするかもしれない。動機の面で決定的な証言となることはないだろうが、死の直前にマーリオ・ジェラルドに対してヴォルチェックが憎悪を抱いていた状況証拠としてはかなり強力だ。ミリアムは家族を殺された人たちの姿を再現してみせるだろう。残酷なロシア人ギャングによって将来を約束された若者を失った悲劇を描き出すにちがいない。しかし、そんことは出鱈目だ。アートラスが言うとおり、トニー・ジェラルドがほんとうにトニー・Gなら、従兄弟のことなどなんとも思っていないだろう。犯行現場の写真でマーリオとそのアパートを見たが、どこからどう見てもこの男は堕落した麻薬の売人だ。トニーはファミリーのなかでも、イタリア人コミュニティーのなかでも大物だ。それなりの地位がある。おそらくヴォルチェックもトニー・ジェラルドには一目置いているのではないだろうか。トニーはファミリー内で高い地位へと上りつつあり、社会の底辺で這いずりまわる従兄弟は、トニーの足を引っ張ってきたのだ。トニーはそんなことは望まない。トニーは尊敬を勝ち取りたい。まずは家族のなかで。結局、従兄弟を律することができないのなら、トニーを信用して部下を統率させようと思う者がいるだろうか？

それでもマーリオは家族の一員なのだ。殺されたのは侮辱であり、なんとかしなければならない。家族の一員を殺し、お咎めなし、というわけにはいかない――どんなことがあろうとも。トニー・ジェラルドは、メンツが立てばいいと思っている。戦争をはじめることは望んでいない――とにかく、問題ばかり引き起こす従兄弟のために戦争は起こしたくない。そのためにおそらくジレンマに苦しんでいるだろう。ヴォルチェックに不利な証言をするのも、マーリオの報復のためだ。理由はともかく、トニーの証言が昔からの友人ジミー・〝ザ・ハット〟――ファミリーのボス――に会うためのチケットなのだ。

窓台の冒険をしたおかげで、右腕と腰が痛かった。痛み止めがあるかアートラスに尋ねようと思ったがやめておいた。

携帯電話が着信音を鳴らした。

アートラスは電話に出るとこちらに目を向けた。しばらくなにも話さず、ただ聞いていた。

三十秒ほどで電話を切り、立ち上がるとヴィクターにロシア語でなにかを伝えた。ヴィクターは険しい目でわたしを見た。

「嘘をつきやがって」ヴィクターはそう言うと、ポケットからナイフを取り出した。

31

わたしとヴィクターとのあいだは三メートル弱、そのあいだには障害物はなにもない。わたしは裁判官執務室に置かれたデスクに向かって座っている。ヴィクターは黙ったままカウチの前に立ち、わたしに視線を突き立てていた。左手にナイフを握っている。ヴィクターの厳しい視線を見返すことができなくなった。そわそわとヴィクターとナイフの周囲に目を泳がせる。

ヴィクターはこちらに近づいてきた。

相変わらず無言のままだ。

眼前で起こっていることに対してさまざまな想像が頭を駆け巡る。細部にこだわり、綿密なものになっていく。なにかよからぬことがバレてしまったのだろうが、それがどうしてなのかわからなかった。目はますますせわしなく動き出し、頭のなかで揺れ動く考えをなでまわす。指を口に当てた。なにかバレてしまったのなら、はっきりさせてくれ。

頭がブレーキを掛けた。

父の教え——落ち着け。

バレていないとしたら？

「いいか、ヴィクター。わたしはここに座って、なんとかしようと考えていたんだ。ヴォルチェックに誤解されるかもしれないと思ったが、あえて提案した」

ヴィクターは一歩前に進み、聞き耳を立てた。

「わたしは頭が働く。あんたらが自分勝手な解釈をしているのなら、愚かなことだと言っておこう。あんたたちのボスのためを思っているんだ。ヴォルチェックが理性的に考えているのなら、誤解するなんてことはありえない。わたしがはったりをかましているなどと思わないはずだ。慎重すぎる。わたしの意見に対して用心しすぎなんだ。危険を冒さずに金なんて手にすることはできないだろ？　とにかく、わたしは嘘をついていない。まちがっているのは、あんたたちだ。脅して秘密を明かせと迫っている。ボスを裏切っているのではないかと探ろうとしている。はっきり言おう。秘めた動機なんてない。ヴォルチェックの金をいただいて、娘を見捨てるというのか？　そんなふうに考えているのなら、いかれてるよ」

ヴィクターは一メートルほど手前で立ち止まった。ナイフは握ったままだ。

「どうかな？」わたしは促した。

「やれ」アートラスは命じる。

「馬鹿げている。あんたらはなにもわかっちゃいない。わたしは状況に応じて対処しているが、その姿しか見ていない。わたしが取り乱して馬鹿なことをしでかすか、心に秘めた計画を暴露すると思っているんだろう。心配いらない。にっちもさっちもいかない状況じゃないか。今日一日、あんたらの間抜け面と付き合ってきた。娘のことしか考えていない。娘が無事であればいい。そのために勝たなければならない。娘を助けるために裁判に勝つんだ」

　ヴィクターは動かなかった。一瞬ではあるが、なにも起こらなかった。

　それからヴィクターはナイフを横に構え、足早に向かってきた。脚が根を生えたように動かず、椅子の肘掛けを握りしめた。ヴィクターが次の一歩を踏み出したとき、左側に飛び、椅子を振り上げようと思った。

　ところが、ヴィクターは途中で歩みを止め、ナイフをひらめかすと声を上げて笑い出した。一歩後ろへ下がり、アートラスの方を向いた。

「はったりをかましちゃいないな。糞をもらすところだった。肝っ玉のかけらもない」

ひどいスラヴ訛りでそう言うと、腹の底から笑った。

　少し肩の力を抜く。試験に合格したようだ。これは重要なことだ。

アートラスは電話をかけ、またロシア語を使いはじめた。おそらくヴォルチェックと話しているのだろう。電話を切るとこちらを指さした。

「お行儀よくすることだ、弁護士さん。四百万ドルは大金だ。おれたちにとっちゃ大した額じゃない。だが、大金であることに変わりはない。そんな金がなくなったら、そりゃ動揺する」

「いつまでに用意できる？」

「ちょいと出かけて調達する。二、三時間ってところだろう。それ以上はかからない。金を持ってどこへ行く？」

「ジミーのレストランへ朝食を食いに行こうと思う。連れて行ってくれ。そこでジミーに会う。あんたらはジミーと顔を合わせない。ジミーがあんたらを見たら、死ぬことになる、わかるな？　この話し合いはヴォルチェックには必要なことだ。これができるのは、わたしだけだ」

アートラスは言葉を返さなかった。

「ジミーがどんな男か知っているな？」わたしは尋ねた。

「デブのイタリア野郎だ」アートラスが答える。

「そうだ。しかし、ニューヨーク最大の犯罪組織のボスでもある。ファミリーの秩序を乱すやつが嫌いだ。関係が深かろうが浅かろうが、だ。なんであんたらがまだ死んでないのか、わからないよ」

「マーリオのようなクソッタレなジャンキーのために戦争をおっぱじめたくないからだ。いいか、下手すると戦争になる。最後に勝つのは、ジミーだろう。だが、戦争をおっぱじめるとやつの手下どもが死に、大金を使うことになる。たったひとりのジャンキーのためにそれだけの犠牲を払う価値があるか？　いや。ジミーはおれたちに目をつけている。だから、このひと月、売人どもをやつの縄張りに入れないようにしている。なによりも商売第一だって思わせておく。すぐにジミーは忘れちまうだろう」

マーリオはギャング同士の争いで死んだとマスコミは報じた――縄張り争いだ。トニー・ジェラルドはヴォルチェックとマーリオ・ジェラルドがナイトクラブで喧嘩をしていたことを裏づけ、殺しは借金が原因だと言っている。どうやらわたしが知らないことが、とても重要なようだ。壊れた額縁の裏に隠されていた写真が原因でマーリオは殺され、警官がドアをノックしはじめると、リトル・ベニーがそれを燃やした。犯行現場写真から判断して、これがもっとも妥当だと思う推理ではないか。写真にはなにが写っていたのだろう？　どうしてマーリオを殺してまで、写真を手に入れなければならなかったのか？　写真のことがなにもわからないので、はっきりしたことは言えない。

「わかった。今度のことでは、ジミーは血ではなく、金を拝むことになるわけだ。いや、ジミーは金で解決できると思わせたいのかもしれない。今回の殺しが、個人的な問題にすぎないとジミーが思うかどうかだ。で、どれほど個人的な問題なんだ？　どうしてマーリオは殺された？」

「ヴォルチェックに楯突いた馬鹿なジャンキーだったから殺された」

「だが、トニー・ジェラルドは、借金のことを言っている」

「みんな、ヴォルチェックから金を借りてるのさ」アートラスはそう答え、一瞬、目が遠くをさまよった。

「借金のことだったのか、それともバーでの酔っ払った挙句の喧嘩だったのか？　いや、シンクのなかに焼けた写真があるのを警官が発見したが、リトル・ベニーがマーリオを殺したのは、その写真が理由なのか？」

アートラスはこちらに目を向け、驚きを露わにした。

「死ぬべき運命だったのさ。それだけ知っていればいい。質問しすぎるなよ、弁護士さん。そうやって根掘り葉掘りしていると、娘が死ぬことになるかもしれない」アートラスはそう言いながら、頬の傷に手を触れた。

傷を触るのを見たのは二回目だ。おそらく無意識のうちに触れているのだろう――ほかの人たちの場合と同じように、本人が意識していない所作というのは、心の声が外に現われたものだ。傷つけられたのは、比較的最近のことのようだ。傷口がピンクで炎症を起こしている――一年半もたっていないだろう。リトル・ベニーが不利な証言をするとヴォルチェックが知ったころに傷つけられたのではないだろうか。

32

眠れなかった。

古い執務室に置かれた小さなカウチは、ごつごつしていてところどころ落ち窪んでいた。スプリングや支柱が壊れていて脚に食い込んでくる。とはいえ、豪華ホテルのキングサイズのベッドに寝ていたとしても、寝つくことはできないだろう。いろいろと考えないわけにはいかなかった。ある意味、それが助けになった。山積みの問題について考えを巡らせることで、エイミーのことから意識を逸らしていられる。さまざまな仮説を追っていく。たいていは突拍子もないものなのだろうが、真相に近いものがあるかもしれないし、ひとつかふたつは真相を穿つものであるかもしれない。

ギャングの訴訟で、仲間を裏切らずに中途半端な証言をするなど聞いたことがない。たいていは完全な免責を得るために、組織のすべての犯罪について宣誓証言するものだ――こいつらが供給元だ。これが流通ネットワークで、こいつがおれたちの金をきれいにする。誰が誰を殺した。いつ、どこで。こうした証言がなされる場合、ふつう詳細な地図が提出される。どこに死体が埋まっているか。マフィアを売ったペンディチ兄弟の場合がそうだった。

今回の訴訟は、これとはまったくちがう。それだけなのだ。この裁判のあとで証人保護プログラム下に入ることはないのだ。懲役刑が待っている。これまでのところ、FBIの保護下で拘留され、刑期を消化してきた。

どうしてリトル・ベニーは刑に服するような馬鹿なまねをするのか、理解に苦しむ。組織を売り、洗いざらいぶちまけて免責を手に入れ、証人保護プログラムのもと、政府に新しい生活を保証してもらう、そうしないのはなぜか？

なにかもっともな理由があるはずだ。まず考えられるのは、家族だ。これに関する証言はまったくないが、リトル・ベニーに家族がいるとしたら、ロシアに残してきているにちがいない。いくらＦＢＩといえども、ロシアでの保護を約束するほど愚かではないだろう。いや、ベニーはロシアの家族のことを心配しているのではない。ロシアに家族がいるとしたら、そもそもヴォルチェックが殺しを命じたことを口にするはずがない。ロシアの愛する家族を守ることはできないからだ。家族がアメリカに住んでいるのなら、組織の企みをすべて暴露し、家族を保護プログラム下に置くだろう――あるいは、まったくなにも証言しないか。家族がいるという考えは、仮説にそぐわない。

リトル・ベニーが証言しようとした主な動機はなんだろう？

ムショにぶち込まれたくない、これが唯一の動機にちがいない。

となると、事実と齟齬をきたす。リトル・ベニーはまだ十一年ほどの刑に服さなければならない。どうしてヴォルチェックに償いをさせ、終止符を打つべく証言をしないのだろう？みずからの首に賞金をかけるようなことをし、賠償金を得て自由の身でいることを選ばないのはなぜか？

もちろん、根本から状況を覆す仮説は無視している――まったくの間抜け野郎だということだ。

知的で良識のある人間は、常に別の立場からものごとを見ることができる。実際にはそのような見地はありえないとしても。その人物がまったくの愚か者だった場合、どうして妙な決断を下したのか合理的に考えることができず、こうなればお手上げだ。

だが、ベニーはそこまで愚かなのだろうか？

現行犯で逮捕されている。

ヴォルチェックが言っていたことが、一番真相に近いような気がする――リトル・ベニーはまだ忠誠心を捨てていない――アートラスに対して。これが重要な点だ。アートラスとリトル・ベニーとの関係を見つけ出さなければならない。

ゆっくりと立ち上がった。動くと腰が痛かった。

もう一度、証拠をすべて見直す。写真、証拠、警官の証言。

なにかがおかしい。

入口ロビーにいた太った警備員のことを思ったとき、隣の部屋にあるのと同じスーツケースをグレゴールが一台目のバンの助手席に積み込み、それから地下駐車場へ降りていったこと、FBIの名刺、こうしたことが眼前に浮かんだ。これがすべてなにを意味するのか考えに組み込もうとして頭のなかは七転八倒。しばらくすると、あるイメージが浮かんできて意識の水面《みなも》に漂った――エイミー。心のなかでエイミーの顔の隅々まで思い浮かべ、抱きしめ、なにもかも問題はない、危険はないんだよ、すぐに迎えに行くから、と言い聞かせた。体が震えた。歯をきしらせ、涙をこらえ、椅子にへたりこんだ。資料の上に突っ伏して意識を失っていたようだ。どれくらい寝ていたのだろう？　だが、ドアが開くとすぐに目を覚ました。

「出かけるぞ」アートラスが言った。

ヴィクターとグレゴールがロシア語でアートラスになにか言っている。アートラスは怒気を含んだ声でふたりに答えた。なにを言っているのか理解できなかったが、なにか議論しているような声だ。コートの袖に腕をとおし、裾を持ち上げて腰の上にストンと落とし、襟をきれいに折った。

「ちょっと待ってくれ」アートラスはそう言い、またヴィクターと言い争いをはじめた。ヴィクターはわたしを指さす。

「声を小さくしないと、警備員が様子を見に来るぞ」わたしは言った。

「黙れ。そいつを脱いで——」アートラスは言いかけ、ヴィクターがさえぎった。

爆弾をこの部屋に置いていくか、それとも身につけたまま外に出て、ふたたび危険を冒して裁判所に持ち込むか、そのことで言い争っているようだ。わたしとしては、爆弾を身につけたままセキュリティーをかいくぐるようなことはもう御免だ。しかし、ギャングどもが言い争っているのは、まったくちがう見地からだ。ここに爆弾を置いていけば、外に新しい鍵をつけたとしても、FBIか警備員に発見されるかもしれない。さらに爆弾を身につけていないことで、わたしが勝手な振る舞いをするのではないかと危惧しているのだ。爆弾を身につけたままであれば、安心だ。ジミーと会ったまま、戻ってこなければ、起爆装置のスイッチを入れればいい。わたしがずっと爆弾を身につけていると思っているのだろうか。もちろん、ジャケットを脱いでしまうに決まっている。

「脱いでほしいのか？」わたしは尋ねた。

ふたりは口をつぐんだ。

「脱げ」アートラスが命じた。「戻ってきたときにまた危険を冒したくない」

わたしはコート、それからジャケットを脱いだ。ジャケットは慎重に執務室に置いてある椅子の背にかけ、ふたたびコートを着込んだ。

「ジミーに電話しろ」アートラスは携帯を差し出した。

「あとにしてくれ。まずトイレへ行きたい」

ハリーが〝AMPMセキュリティー〟で必要な品物をかき集め、滞りなくトイレに隠しておいてくれていることを祈った。

33

そのうちトイレへは行かなければならず、アートラスもそのことはわかっていたようだ。

「下のトイレを使え。ヴィクターが付き添う」

「ずっとトイレにはひとりで入っていたんだが」

「減らず口を叩いていると、一生糞を垂れ流すことになる」アートラスが応じた。

ヴィクターが階段の先に立ち、一階下へ降りていった。暗闇のなかの階段は足元が危なっかしい。夜の九時を過ぎると裁判所内の電気はほとんど消され、夜間法廷が開かれる二、三の階だけが明るい。

ゆっくり時間をかけて階段を下った。トイレにたどり着くと、すぐになかに入り、ヴィクターにはとやかく言わせなかった。トイレは廊下の外れにある大きな一室だ。鍵はゆっくり静かに動き、百八十度回転して無事なかに閉じこもることができた。だがこれで安全が確保されたわけではない。ヴィクターは数秒もあればドアを開けることができるだろう。

便座を音を立てて下ろし、聞き耳を立てているにちがいないヴィクターに情景を思い浮かべさせた。しかし、なかに入って来ようとしているというのは、わたしが勝手に思いこんでいるだけなのだと言い聞かせる。

ハリーはどこに隠したのだろう？

個室のなかを見まわした。探しはじめてドジをやらかした。陶器のタンクの蓋を持ち上げたのだが、落としそうになり、大きなこすれるような音を立ててしまった。

その場に凍りつき、息を止めた。

ヴィクターはなにも尋ねてこなかった。

洗面台の下の棚は開かなかった。天井の羽目板が動かないか、タイルの目地がずれているところがないか確認をした。それからペーパータオルの脇に隠し場所を見つけた。

完璧だ。ペーパータオル・ディスペンサーが壁に設置されているのだが、長年使われていない。カバーを開け、なかを手さぐりした。紙袋が入っていた。かんたんに取り出すことができた。タオルホルダーは壊れて久しいらしく、紙袋のそばにはペーパータオルはなかった。音を立てないようにゆっくりと紙袋を開けた。必要な物はすべて入っていた。ひとつずつ取り出す。

スプレーはＳＥＤＮＡという呼称だ。香水のテスターのように小さな黒いボトルなので隠すのに便利だ。それからふつうの懐中電灯のように見えるライト。これはＳＥＤＮＡでつけた印を浮かび上がらせるブラック・ライトだ。ＳＥＤＮＡは紫外線に当てないと浮かび上がらない。

携帯電話は信じられないほど小型だったが、サイズが問題なのではない――その機能こそ必要なものだ。非合法の海賊ネットワークに接続するために信号と通話の痕跡をたどることができない。隠すのもかんたんだ。起爆装置のダミーは、まったく同じように見える。アートラスから盗んだ起爆装置を取り出して見比べた。見分けがつかない。

電話の呼び出し音が響き、慌てたあまり、危うく携帯電話を落とすところだった。呼び出し音が止まり、ドアの外でヴィクターが話しだした。やつの携帯が鳴ったのだ――わたしのではない。声がわずかに遠ざかった。話しながら廊下を歩いているのだろう。

ハリーはよくやってくれた。携帯電話の電源を入れ、電話がかかってきても音が出ない設定になっていることを確認し、番号を押し、十秒ほど待つと相手が出た。

「誰だ？」

「大至急ジミーと話したい、エディー・フリンだ」

「ちょっと待て」

電話の向こうで話し声が聞こえた。

「この番号にかけ直せ」ジミーが言った。

盗聴の心配のない電話回線にかけ直した。

「どうした?」ジミー・〝ザ・ハット〟・フェリーニは、柔らかなイタリア風のアクセントで尋ねた。

わたしは声を低くして言った。

「最悪の事態だ。エイミーが誘拐された。数分後にもう一度電話することになる。そのとき、初めて話をした風を装う。取引したい、すぐに会ってくれ。誘拐犯たちは電話をしているところに立ち会うことになる。おまえだけが頼りだ」

「エディー、金が必要なのか?」

「ちがう。レストランへ行くが、金を持っていく。攻撃部隊を雇いたい」

34

十秒ほどなにもせずに静かにしていた。ジミーと話をしたことはバレていないはずだ。ヴィクターの野太い声が数秒ごとに聞こえてくる。近くから、少し遠くから。トイレの外の廊下を行ったり来たりしているのだろう。息を吐き出した。呼吸を止めていたことさえわたしは気づいていなかった。

あと二箇所に電話しなければならない。

ハリーの携帯電話の番号を押し、メッセージを残した。午前四時になろうとしており、ハリーはおそらくまだ夜間法廷にいる。紙袋を手に入れたと報告してから、礼を述べた。ほかになにか欲しいものが出てきたら、メールを入れると付け足した。

最後の電話は、信じられないほどの緊張を強いるものだった。携帯電話のキーパッドが小さく、番号を何度も押しちがえたが、それはキーの大きさではなく、精神的に圧迫されて指先がうまく動かなかったからだろう。ほかのふたりの番号は支障なく押すことができたのだ。両手が震えていたが、この二十四時間で初めてのことではない。正しい番号を打ち込むのに十秒かかった。FBIの名刺の裏にメモされた番号と比べ、まちがっていないことを確認した。これでよし。送信のボタンを押した。

電話をかけたのはまちがいだったかもしれない——だが、かけなければならなかったし、それができる電話を手にしているのだ——特別なSIMカードを挿入し、徹底的に改造を施したノキア製携帯電話。この電話はとても高価だが、それなりの理由はある。電話をかけた相手の携帯電話のネットワークを捕らえることができるのだ。技術的に言えば、わたしの通話の相手が誰であろうと、その者はみずからに電話をかけていることになるのだ。固定電話に関しては、この特殊な携帯電話は無作為に電波を放出し、ブロードバンドに接続した最も近い固定電話の通信線を探し出す。通話はその固定電話の番号で登録される。同じ回線を二度つかまえることはない。

電話がつながった。

「もしもし」アメリカ人らしいアクセントの男の声が応じた。

「オペレーターをお願いできます？」

「なんだって？　オペレーターだと？　番号ちがいだよ」

声から判断してタバコを吸う男のようだ。低く唸るように呼吸し、ニコチン好き特有のバリトンで引きずるような話し方だ。

「申し訳ない。また業界用語を使ってしまいました。この部署に来て新しいもので。やめろと言われているのですが。電話機の持ち主と話がしたいのですが」

「おれだよ。で、そちらさんは？」

「電話会社の者です。申し訳ありませんが、ちょっとお知らせしたいことがあってかけています――まもなくこの回線は遮断されます。緊急の通話があれば、すぐになさってください。急ぎの電話をするか、かかってくる予定がありますか？」

くだらないマニュアルを読んでいるように話した。なにが書いてあるのか、しゃべっている本人が理解していない口調だ。つまり、電話会社の職員そのもののように。

「回線を切るだと？　どうしてそんなことをする？」

「料金が未払いです」

「騙そうたってそうはいかない。これはパッケージ契約の電話だ――ＦＢＩが払ってるんだよ、兄さん」

男ははっきりとＦＢＩと言った。

「申し訳ありませんが、未払いです。数分以内に六千六百八十ドル払っていただかないとサービスを停止します」

「勝手な真似はできないぞ。言っただろ、FBIが払ってるんだ」

「申し訳ありませんが、ここのところ、支払いがありません。総額払っていただけますか？」

「いや。すでに支払い済みだと言っている」

「では、回線を遮断しなければなりません」

「そんなことできるわけがないだろう。いったい、どうすればそんな無茶ができるんだ？」

「もうすでに回線は遮断してしまいましたよ。信じられないのなら、この通話を切ってから、どこかにかけてみてください」

そう言った途端、電話は切られた。わたしはそのまま通話状態にしていた。相手の携帯電話のネットワークを補足し、それを利用しているのだ。男が電話をかけようとしても――まちがいなくかけるだろう――発信音が聞こえないはずだ。

三十秒待ち、ヴィクターが笑い声を上げるのが聞こえたので、ふたたび電話をかけた。

「言ったとおりでしょ？」

「いったいどうやったんだ？」

「ここにあるボタンを押しました。それだけのことです。遅延料金を払っていただけますか？」

男はため息をつき、しばし無言でいた。一瞬ながら、失敗したかと思った。この電話はあまりに危険だ。やめればよかった。通話を切るボタンに親指を当てたまま待った。今日、ロシア人にもっとも必要とされるかもしれず、そんなときに、携帯電話が通じなくなるような危険は冒したくない、そう思ってくれることを祈った。

「クレジットカードでの支払いはできるか？」

やった、とばかりに空中に拳を突き上げそうになった。

「もちろんです。番号をおっしゃっていただく前に、カードに記載されているお名前をいただけますか？」

しばし間があり、男はこう言った。

「だめだ。こいつは詐欺だ」

「ゴロツキの詐欺師が、電話回線を遮断できますか？」

「いや、しかし……」

「では、お名前を」

「どうしておれの名前を知らないんだ？　電話をしてきたじゃないか。おれは客だろ？　なんのために名乗らなくちゃいけない？」

「カードに記載されたお名前を確認したいだけです。これはアルカーイダの陰謀じゃありませんよ」

この計画ではここを叩かれるのが一番痛い。しかし、当然予想されることだ。答えを待った。

「お客様に関する詳細は手元にありますが、今、その方とお話しているかどうか、わたしにはわかりかねます。この電話を取ることは誰でもできますから。ですから、カードに記載されたお名前をうかがいたいんです」

またしても沈黙が流れ、苦しい思いをさせられた。

「電話会社からかけていると言ったな。会社の名前は？」

液晶の一番上に表示された受信信号インジケーターをチェックする。AP&Kの信号を捕捉していた。

「AP&Kです。何色のパンツをはいているか、当ててほしいですか？」

「なんだ――」言葉を途切らせた。歯のあいだから息を吸い込んだようだ。このまま頓挫してもおかしくないが、この男はだまされやすいことに賭けた。ありがたいことに、この男は麻薬取締局ではなく、FBIの人間だ。警官とFBIの捜査官は、往々にしてだましやすい。警官とFBI捜査官ばかりをカモにしている詐欺師がいる。権威があると思いこんだものに対しては、ほかの人たちよりも信じる気持ちが強いからだ。老婦人とパトロール警官はスリの格好の餌食だ。

「カード名義は、トーマス・P・レヴィンだ」

「ありがとうございます。ミスター・レヴィン。カードの種類と住所の番地をお願いします」

ヴィクターがドアを叩いた。必要なことは手に入れた。

支払いを確認したふりをして電話を切った。

35

薄暗い階段を手さぐりしながら上っていった。背後にヴィクターがついてくる。トーマス・P・レヴィンがどのような男か想像しないわけにはいかなかった。裁判官執務室に戻り、アートラスの携帯電話で話をしているときもそのことを考えていた。

「ジミーをお願いできるかな？」

「誰だ？」

「弁護士だと伝えてくれ」

ジミーが電話に出た。

「何時かわかっているのか？」

「エディーだ」

沈黙。わたしはなにも言わなかった。ジミーの言葉を待った。

「久しぶりだな。今から言う番号にかけ直してくれ」

番号を暗記し、すぐに携帯電話に打ち込んだ。

ジミーはすぐに応答した。

「よし。これで誰にも聞かれずにすむ。どうした？」

「あんたのために四百万ドル用意した。仕事がある。楽に稼げる。口を閉ざしておいてもらいたい者がいる」

「口を閉ざさせるのは得意だよ。いつ来る？」

「まずは現金を用意する。時間はかからんよ」

「六時に来てくれ。朝メシをご馳走しよう。ちょうど勤務交代の時間だ。店の近辺はのぞき屋が多くってな。いろいろな機関の連中だ。ちょっと脇にまわってくれ。通用口がある。ノックは三回。にっこり笑え。じゃあな」

電話は切れた。

わたしが足を洗ってから、ジミーとは別の世界を生きてきた。ふたりとも多少なりともわかっていることだ。ＦＢＩ、ニューヨーク市警、検察局、国税局、ほかにもどのような機関がマフィアに目をつけているかわかったものではない。ジミーと一緒にいるところを見られたら、背中に目印を貼るようなことにもなりかねず、まっとうな生活を送ることが難しくなるだろう。電話ではたびたび話をするが、通話時間は長くはない。忘れていたが、密かにジミーと会うことは、かなりの厄介ごとなのだ。政府機関の連中に気づかれずに四百万ドル持ちこむことは、ほとんど不可能に近い。落とし穴からなんとか出られそうだと思った途端、まったく新しい問題をいきなり抱え込んでしまった。これまでの人生で蓄積してきた疲れが一気に出てきた。悪態をつき、床に置かれた空のスーツケースを蹴った。スーツケースは部屋を横切ってドアの向こうへ滑っていった。

「問題がある」

「なんだ？　もっと金を要求されたのか？」アートラスは尋ねた。

「いや。お仲間がいるのさ。FBI、アルコール・タバコ・小火器局、麻薬取締局、よりどりみどり。やつの店を見張っている連中がいる。慎重に近づく必要がある。現金の入ったでかいバッグを持ち込もうとしているところを見られたら、すぐに逮捕される。ニューヨーク・マフィアのお歴々とな」

「じゃあ、中止だ。すでに相当な危険を冒している。ベニーのことではやるだけやって運に任せるしかない。ヴォルチェックに電話して、やめたと伝えよう」

「ちょっと待ってくれ。難しいと言ったが、不可能じゃない。なにか手を考える。証人を殺さずに切り抜けたいと思っていることはわかるだろ？　娘を無事に取り戻したい。リトル・ベニーを殺さずにヴォルチェックを釈放させるためにはなんだってやるつもりだ。やってやる。あんたのボスにとっては、こうするのが一番なんだ」

ふたたびロシア人のあいだで議論が持ち上がった。このときは、いくつかの単語をそこで聞き取ることができた。〝ベニー〟が数回、口にされた。これに興味を引かれた。アートラスは怒り心頭のようだ。首、頬が赤く染まり、ヴィクターに向かって怒鳴りながら唇から唾を滴らせる。〝ベニー〟、〝ニェット、ニェット、ニェット〟という言葉が繰り返される。〝ニェット〟とは〝ノー〟のことであるのはまちがいない。それから〝ベネディクタ〟、そのあとはなにを言っているのか皆目見当がつかなかったが、最後にアートラスは〝モイ・ブラット〟と大声で言った。この最後の言葉が部屋に響き渡った。リトル・ベニーのことを話しているのだろうが、内容は理解できない。

ヴィクターは黙り込んだ。アートラスが言い負かしたようだ。

「よし。金を取りに行く。あんたも一緒に行ってジミーのところへ直行だ」

午前四時。金を取りに行き、レストランへ行くまで二時間。

36

裁判所を出るのは、入ってくるときよりもはるかに容易だ。ロビーは人でごった返していた。逮捕され、保釈金を支払ってもらおうとしている者たちの友人や家族だ。階段の下では警官たちが集まり、冗談を交わしながら、コーヒーから立ち昇る湯気に向かって息を吹きかけている。夜間勤務の警備員に顔見知りはひとりもいなかった。別にかまわない。出て行くときには、ボディチェックは行なわれない。

外にでると風が吹いていた。ありがたかった。アドレナリンが体内に満ちあふれていたのだが、風に当たったことでしだいに消えていった。冷気が気持ちを引き締めた。グレゴールは上の部屋に残った。わたし、アートラス、ヴィクターの三人だけが通りの向こうに停まっているリムジンに乗り込んだ。まずわたし、続いてヴィクターが向かい側に座った。最後にアートラスが腰を下ろすと、わたしは前に屈みこんでやつと肩をぶつけ、脚の下に巻き込んだコートの裾を引っ張りだすふりをした。

アートラスはぶつぶつと文句を言った。

わたしの手が内ポケットに入ったのに気づいていない。

コートのポケットから本物の起爆装置をすりとり、先ほど盗んだ偽物を戻し、さらにハリーがポールの店で買ってきた新しい偽起爆装置を入れた。これでアートラスは前のようにふたつの起爆装置を持つことになる。どちらも偽物だ。ポケットに収まった本物の起爆装置は少し重いようだ。二十年前、手先の敏感さで鳴らしたころの自分がよみがえった。手に持っただけで、二分の一グラムのちがいを感じ取り、十セント白銅貨が偽物であるか判定できたのだ。アートラスにはふたつの起爆装置の重さのちがいはわからないだろう。いや、少なくともそう願いたいものだ。アートラスは混乱しないように、本物の起爆装置を左ポケット、偽物を右側に入れていたのだった。

リムジンが動き出した。小さなタパスの店の前に停車していたのに気づいた。ハリーとわたしが最初に出会い、昼食を共にした店だ。あのとき、ハリーはわたしに仕事をくれたようなものだった。それまでまともな仕事をしたことがなかった。必要なかったし、仕事がほしいと思ったこともなかった。母はわたしが弁護士補助員として働いていると思いこんでいた。

初めてハリーと出会った翌日、病院に母を見舞った。父が死んで数年、母は次第に衰弱していった。毎週金を渡したので働かなくてすむようになったのだが、それがかえって悪かったようだ。母は昼前にベッドから起きなくなり、友人との付き合いもやめ、本さえ読まなくなってしまった。

息を引き取ったあの日、母は疲れきっているようだった。顔の皮膚は向こうが透けるほど薄く見え、今にも裂けてしまうのではないかと思ったほどだ。唇は乾き、ヒビ割れ、髪の毛は油染みて青白い皮膚にへばりついているようだった。体重の減少、痛み、咳の原因がわからないと医者は口をそろえた。メニエール症候群から癌までさまざまな診断が下され、はっきりわからないまま行ったり来たり。

母がどうしてそうなってしまったのか、心の底ではわかっていた。

喪失感。

父が死んだとき、母はわたしのために頑張った。それほど泣かなかったし、わたしに心の痛みを見せまいとした。どれだけ努力をしているか、わたしにもわかっていた。しかし、心のなかはすでに死んでいたのだ。わたしが金を稼ぎはじめ、立派な仕事に就いているのだと母は思い込み、たちどころにすべてが膠着した。仕事をやり終えたと言わんばかりだった。わたしを育て、もう旅立ちたいと思っていたようだ。そうすれば父と一緒になれる。母は傷心を抱えてゆっくりと死んでいった。

花を持って行くと母は目を輝かせた。花が大好きなのだ。

わたしの手を握り、涙で頬を濡らした。

「気分はどう？　痛むかい？」

「いや。痛みはないよ。嬉しいね。立派な息子を持って。そのうち弁護士になるんだから」

母に笑顔を向けられ、パンチを食らったような気分だった。正直に話すことはできない。弁護士補助員が弁護士になれるとは限らないと何回話しても、わかってもらえなかった。聞く耳を持たなかった。息子の将来を夢見たかったのだ。結局、母の好きなようにさせた。弁護士補助員ではなく、弁護士を装った詐欺師であり保険会社を食い物にしているのだと言えば、母が人生に残したものが、たとえ些細なものであろうと、それが薄れて消えていくだけだろう。ある意味、嘘をつくことでわたしは母の死に責任があるように思った。弁護士補助員ではなく詐欺師だと知ったら、人生に愛想をつかしただろうか？　真実を話したら、嘆き悲しんで涙を流し、そんな生き方はやめろと頭ごなしに叱り、父さんはもっとまともな人間になってもらいたかったんだよと言うだろう。ベッド脇に座り、死にゆく母を見詰めながら、母の頭のなかにあるわたしでいようと決めた。つまり息子を誇らしく思ってもらう嘘偽りのない理由を手に入れることだ。

握りしめた母の手から力が抜けた。眠ったのではないことがわかった。心臓モニターが警告音を発した。しばらく、誰も現われなかった。やがて看護師がそっとドアを開け、モニターのスイッチを切り、母の頭をなでて言った。

「お亡くなりになりました」

父と同じ墓に埋葬した。詐欺の仲間に払うべきものをすべて払うとハリーに電話をかけた。ハリーはロースクール入学の準備を整えてくれ、以後、テッズ・ダイナーのトイレでアートラスに銃を突きつけられるまで、過去を振り返ることはなかった。詐欺師としての人生を過去に葬り去っていた。だが、今はありがたいと思っている。当時の技術をいまだに身につけていたからだ。

ハリーから仕事をもらった日、わたしは救われた。ハリーはわたしの運命を握り、人生を変えてくれた。ひょっとして、ハリーはわたしに責任を感じているのではないだろうか。

車のホーンの音で、リムジンに乗っているという現実に引き戻された。窓ガラスは濃い色に染められているので、どこにいるのか確認するのが難しい。

数分後、南へ、ブルックリンへ向かっていることがわかった。ブルックリン＝バッテリー・トンネルを抜けるのに時間はかからなかった。先のニューヨーク州知事に敬意を表してヒュー・L・ケアリー・トンネルと名称が変わっているのだが、わたしはまだこのトンネルをバッテリーと呼んでいる。父はよくケアリーのことを敬虔なカトリック教徒だと言って引き合いに出した。そうだろうとも。なんといっても子どもが十四人いるのだ。

「どこへ行くんだ？」

「シープスヘッド・ベイだ」

シープスヘッド・ベイはよく知っている。育ったところからそれほど遠くない。ブルックリンとはコニーアイランドをあいだに隔てられている。海岸沿いに建ち並ぶロシアン・バーには荒っぽい連中が集まるが、そこから少し奥まったところへ行くと静かな環境が広がっている。三十分ほど走り、車の修理工場裏の駐車場に乗り入れた。グレーヴゼンド・ネック・ロードと東十八番ストリートの角で、駐車場は古い倉庫に面していた。

「一緒に来い」アートラスが言った。

車を降り、あたりを見まわす。付近はアパートと夕方五時には閉店するような店が建ち並んでいた。朝のこの時間、通りは静まり返っていた。地面は凍りついて滑った。鋼鉄製のドアへと向かう。倉庫の歩行者用入口だ。ドアを開けると家具が配された広いオフィスだった。東側の壁際にカウチがふたつ、反対側の壁の高いところにテレビがはめこまれている。テレビはニュース・チャンネルを映し出していた。キャスターはハドソン川が現在どのような様子なのか語っている。画面下の字幕が流れ、水上警察は貨物船サシャ号から遺体を引き上げはじめた、とある。サシャ号は土曜日の夜、乗組員とともに沈んだのだ。船体と数人の乗組員を発見、これまでのところ全員死亡、というタイトルが映し出されていた。キャスターによると、船が発見されたのは通勤する人たちにとっては朗報だという。沈没船からの漂積物が問題になることがなくなり、ホランド・トンネルの通行も再開できるらしい。どうやらキャスターは亡くなった乗組員の家族よりも車の流れのほうを気にしているようだ。このキャスターは明らかにニューヨーカーではない。ニューヨーカーはお互いに気づかう。

隣の部屋から音もなくふたりの男がオフィスに入ってきた。どちらも大きなダッフルバッグを持っている。床の上にバッグを置くとふたりは出ていった。窓台にへばりついて見下ろしたバンの運転手ではなかろうか。確信はないが。

「四百万ドルだ。バッグを持て。行こう」アートラスが言った。

「いや。一ドルでも少ないとわかったら、殺される。金を数えて確認するまで、どこへも行かない。ジミーには四百万ドル持っていくと言った。まちがいなく全額あるのか確かめる」

ひざまずき、ふたつのバッグのジッパーを開け、厚さ十五、六センチほどにしっかりと束ねられた札束を数えはじめた。

バッグに向かってひざまずき、金をめくっていきながらアートラスとヴィクターから目を離さなかった。

数分もすると、床の上に札束の大きな山ができた。アートラスはヴィクターに向かって首を振り、一緒に廊下に出るように伝えた。膝の位置を変え、ふたりの男を視野に入れる。アートラスはこちらに背を向けて立っている。アートラスの体が邪魔になってヴィクターはオフィスの中がよく見えないはずだ。

液体の入った小さな黒い瓶を隠し持っているのはわけないことだったが、大きなポケットのなかに入れたのですぐには見つからない。そっと蓋を取り、スプレーのノズルを四回押し、一番上の札束に霧となった液体を吹きかけた。蓋を閉め、小さな黒い瓶をコートのポケットに戻した。

四十五分後、金を数える振りを終えた。立ち上がり、痛む首を伸ばして悪態をつき、アートラスを呼んだ。

「なあ、ヴィクターはそこに立っているだけか？　金をバッグに戻すのに手を貸すように言ってくれ」

ヴィクターはわたしの隣でひざまずいた。スプレーを振りかけた札束がヴィクターの近くへいくようにした。札束を取るたびにそこに残っている液体の残留物がヴィクターの手に付着する。これは痕跡を残す。化学的で特異な署名をしたことになり、ヴィクターと金を結びつけることができる。

37

リムジンは倉庫からジミーのレストランへ向かった。ニューヨークの早朝、交通量が少なく、三十五分ほどで着いた。この三十五分は人生最悪の経験であったことはまちがいない。足元に大金を置き、今まで出会ったなかでもっともタフな男に支払い、娘を見つけてもらうのだ。

ローワー・マンハッタンを走り抜けながら、ブリトー売りたちが街角に屋台を設営し、ニューズスタンドの主が新聞の束を開くのを目にした。街は新たな一日を迎えようとしている。ビルとビルのあいだから今にも太陽が顔をのぞかすだろう。疲れていた。アドレナリンのおかげでここまでなんとかやってこれた。この二十四時間まともに眠っていない。そう思ったとき、あくびが出た。

ジミーのレストランは素晴らしい。マルベリー・ストリートのリトル・イタリーでも最上級の店だ。街中から集まってきた法執行機関の連中から写真を撮られずに、どうしたら店に入ることができるか、考えがあった。

「右へ曲がってモット・ストリートに入ってくれ」

「どうしてだ？」アートラスが尋ねた。

「レストランを監視している連中の注意をそらす必要がある。金を持ったままジミーの店には入れないよ。モット・ストリートには魚市場がある。そこへ行ってくれ。何人かに声をかけ、手を貸してもらう」

アートラスはしばらくなにも言わなかった。ヴィクターと素早く視線を交わすと、運転手にモット・ストリートへ行くように伝えた。

「いいかよく聞けよ、弁護士さん。逃げようなんて考えているのなら、それは無駄だってもんだ。まず、娘を殺してやる。ゆっくり時間をかけてな。苦しむことになる。それからあんたを見つけ出し、殺す。クルチクルという男は知っているか？」

「いや。知っていなくちゃいけないのか？」

「元ソヴィエトの司令官だ。ソ連が崩壊したあと、おれはヴォルチェックとアメリカへきて商売をはじめた。クルチクルは武器とヤクの流通ラインを提供していた。旧ソヴィエトの浄化運動のさなか、やつは捕らえられたが逃げた。おれたちの金と積み荷のほとんどを持ってな」

アートラスは座ったまま体の位置を変え、背筋をのばし、わたしの方へ屈みこんだ。

「一年後にブラジルで見つけた。まず妻と息子が死んだ。やつにその場面を見せた。この地球上どこにも逃げ場がないってことだ。わかったな」

この話にはなんの粉飾もなかった。たんに事実を述べただけだ。感情もこもっていなかった。言いたいことは明確。

「逃げない。娘を見捨てるわけがないだろ。とにかく、わかってもらいたい。こんなことをしているのは、娘を取り戻したいからだ。娘はわたしのすべてだ――だから逃げるなんて心配はしなくていい」

リムジンはゆっくりとモット・ストリートを進んでいった。レストランの通用口は安全だとは思わないとアートラスには言っておいた。実際のところは、わからない。しかし、ジミーによい印象を持ってもらう必要がある。とてつもなく大きな好意を寄せてもらわなければならない。ジミーもわたしも昔からの友情をどれほど重んじていようが、おそらくこの金では危険を冒すには見合わない。裏口からこっそり入っていったら、信用してくれということはできないだろう。表裏のない裸のままのエディー・フリンが戻ってきたと知ってもらわなければならない。そのためには、堂々と登場する必要がある。警官に見られずに正面入口から入っていかなければならない。

「ここで停めてくれ。五百ドル必要だ。四百万ドルには手を付けられない。監視の目をかいくぐってレストランへ入るのに手を貸してくれる男たちを知っている」

ヴィクターから丸めた五百ドルを受け取った。リムジンから降り、魚市場へ入っていった。

十分後、ジミーのレストランから半ブロックほどのところにある建物の角にわたしは寄りかかっていた。リムジンは通りで待っている。わたしは店に近づいていき、監視チームを探してあたりを見まわした。ジミーがレストランを開いて一年、その前から通りの向こうには二軒のダイナーがあった。一軒はごくふつうの料理を出していたが、もう一軒は特別に味がいいことがわかった。ジミーはレストランをオープンさせたが、夜の客の取り合いはしたくなかった。そこでダイナーは夜七時には閉店することになった。それでもその店との関係は良好だった。みかじめ料もなく、ジミーのレストランからは月ごとに寄付金が入った。数カ月のあいだ、その店は早めに閉店した。そのほうが店を開いているよりも金になったのだ。だが、結局、ジミーはふたつの店を買い取ることになり、今では倉庫として使っている。FBI、アルコール・タバコ・小火器局ほか、ジミーに興味を持っている機関の人間には都合が悪くなった。ダイナーのブースが奪われてしまったのだ。テーブル席についてコーヒーを飲みながら通りの向こう側のジミーの店を見張ることができなくなった。新たな監視方法を考えだす必要に迫られたのだ。

歩調をゆるめた。一分もしないうちに当局の車を見つけた。窓を黒く染めた茶色のバンだ。助手席の窓の外の舗道にはタバコの吸殻が散らばっている――この車が司令室となっている。この車がチームを統制し、監視にあたっている捜査官の動きを調整しているのだ。通りの地形からすると三人一組でチームを組んでいるのではないか。ひとりはすぐに車を出せるように待機し、ひとりはジミーの店へ入って行く者を監視し、最後のひとりは高いところから店を出て行く者をチェックする。歩道に黒いホンダのバイクが停まっている。乗り手は持ち帰りのコーヒーを長い時間をかけて飲んでいるようだった――監視人その一。ほかのふたりは、それぞれ最適の監視スポットにいるのだろう。車の行き来が見通せ、地下鉄の駅へもすぐに行けるコインランドリーがある。そのなかにいる男がおそらくもうひとり――監視人その二だ。残りは高いところにいるはずだ。見上げると、いくつかの窓辺に人影が見えた。目立つものはなにもない。しわくちゃのシャツを着た男が窓の向こうに見えた。まるでそのまま寝ていたかのようだ。この窓が一番高いところにあった。上から目を付けられたら、これ以上都合の悪いことはないだろう。レストランの前の通りを渡って消えていくしかない。あらかじめ考えていた場所へ向かう。そこにはバスを待つ人たちのベンチがある。腰を下ろして口笛を吹き、計画が滞りなく進められるのを眺めた。

二年前、ピート・トゥリシをはじめて弁護した。ピートはモット・ストリートの魚市場で一日中働き、金曜になると稼いだ金を持ってバーへ行き、一セントにいたるまですべてをウォッカに費やし、喧嘩をはじめる――これがピートのいつもの金曜日だ。ピートの前科は、暴行、治安紊乱《びんらん》行為であり、ほかの罪はそれほど多くはない。罰金の支払いに苦しむようになると、ピートは弁護料を払わなくなった。そこで取り決めをした。金が払えないときは、新鮮な魚で支払ってもらう。依頼人が罰金を支払うことができなくなるのであれば、わたしは弁護士料を払うように強要はしない。罰金が払えないと、懲役刑になるからだ。先ほどモット・ストリートへ行き、ヴィクターからもらった五百ドルをピートに渡した。そこで、今、ピートはわたしの計画を実行してくれようとしている。

ピートの仲間、港から魚を運搬してくるトラック運転手が、ジミーのレストランの前で立ち止まり、靴紐を結び直した。わたしが吹いた合図の口笛を聞き、その男はピートに目を向けた。ピートはちょうど角をまわって姿を現わしたところだ。ふたりは、お互いに視線を突き立てながら、上着とシャツを脱ぎはじめる。ピートと仲間は、すぐに殴り合いをはじめた。ふたりとも大男だ。野球のミットのような手、フットボール選手のような肩、ともに百二十キロほどの体重、力を抜いてパンチを繰り出すことはない。父なら、本物の〝熱い〟戦い、と言っただろう。

まもなくふたりは歩道を転げまわり、お互いに生ごみを投げ合った。それからまったくの幸運が訪れた。ニューヨーク市警の警官がやって来たのだが、ふたりに近づこうとはしなかった。マルベリー・ストリートを転がり、レストランから離れていきながら、喧嘩は激しさを増していった。ピートと仲間は駐車している車に体をぶつけあい、警報装置を作動させ、精一杯騒々しい修羅場を演じていた。お互いの応酬が激しさを増していけば、ニューヨーク市警の警官は後ろへ下がり、ふたりの怪物たちが疲れきるのを待つことになる。これだけの巨体のふたりをなんとかしなければならないのだ。テーザー銃を使っても効き目があるという保証はない。

監視の目を完全にそらしてくれるのだから、五百ドルなど安いものだ。

地上で監視しているふたりと建物の上にいる男に目を向けた――誰もが喧嘩から目を離さない。リムジンがわたしの目の前に停まり、助手席が開いた。

「札を一枚一枚数えても、三十分はかからない。一時間で戻らなければ、電話して娘を血まみれにしてやる」アートラスは言った。

「忘れたか？　今日の法廷でどのような証言をするか、トニーを説き伏せなければならない。二時間は必要だ」

「一時間。それ以上は待てない」

一時間はまずい。急がなければ。

わたしの時計で、午前六時一分。最終期限まで十時間を切っている。

現金の詰まったバッグをふたつアートラスから受け取ると、ジミーの店へ向かった。誰にも気づかれることなく、正面入口から入ることができた。四五口径コルト・オートマティックがこちらへ向けられる。

38

ドアを開けてなかに入ると用心棒に出迎えられた。ジミーの手下ふたり。黒の革ジャケット、注文仕立てのズボン。背の低いほうが、コルトを脇に構え、わたしの胸に銃口を向けていた。金の重さをずしりと肩に感じた。
「ジミーが待っている。エディー・フリンだ」

「手を壁につけ」コルトの男が命じた。

こいつは相棒ほど醜くはなかった。穴居人のような眉の下にかろうじて濁った茶色の目がのぞき、隈ができている。相棒のほうは背が高く、おそらく生まれたときには鼻があったのだろうが、噛み切られたようだ。顔の真ん中で傷が赤く盛り上がり、その下にふたつの黒い切り込みが並んでいる。おそらく鼻孔だろう。

わたしは動かなかった。

「おまえが誰だろうと関係がない。ボディチェックしないで通すわけにはいかない」コルトの男が言った。

「体にもバッグにも触るな。四百万ドルを持ってここにいるのには理由がある。ふいにしたらあんたも相棒も痛い目にあうことになる。このまま出て行ったら、あんたらのうちどっちの間抜けがそんなことをしてかしたか、ジミーは知りたがるだろう。よだれの出そうな仕事だと言ってある。さあ、通してくれ、兄さん、それとも起き上がれなくなるほど、キスしてやろうか？」

ふたりは顔を見合わせた。

「おかしなまねをしたら、噴っ飛ぶ」

ふたりから後頭部に銃を突きつけられて、食事をするスペースへ向かった。この時間、ひとつのテーブルだけが埋まっていた。ジミーが朝食を食いながら、打ち合わせをしているのだ。要するにちょっと飲み騒いでいるのだが、食べ物はきれいに並んでいる。

映画やメディアでどのように描かれていようが、ギャング組織のなかには位も役職名もない。とにかく、最近では。相談役のような人物はいるが、マフィアのドン、ボスのなかのボスなどというのは、スコセッシやコッポラの映画に任せていればいい。

もちろん、組織はコミュニストが寄り集まったように平等に運営されているわけではない。ボスはいる。ジミーがそうだ。しかし、ファミリーのほかのメンバーは誰もが上下関係なく働き、組織を代表して話す人物を選ぶ。十人ほどの男がテーブルを囲み、おそらくその誰もが一度は人を殺したことがあるのだろう。なかでもジミーがダントツであるにちがいない。

しかも、すぐに人と打ち解ける。きわめて親密に。それが仕事なのだ。個人の役割というのは、たいてい――できうる限り――その人物が持っている特別な技術によって決まる。たとえば、従兄弟のアルビー――ファミリーの構成員の出身に関係なく、みんなの従兄弟――は、高校から大学へと進んで卒業し、会計士として認められている。金の流れを処理している。膨大な額の預金、金を引き出すこと、こうしたことはすべて従兄弟のアルビーの役目だ。さらに〝三十の汚い仕事〟がある。金を洗浄するには三十の絶対確実な方法があるとアルビーは言う。だが、三十の方法を同時に使わなければならないのだ。ひとつの方法だけでやろうとすると捕まってしまう。三十ものプロセスを経ることによってリスクは減り、ほぼ内密にことを進められるのだ。アルビーは身だしなみがよく、若く、知的職業に就いているように見え、まったくギャングらしからぬ風情だ。

従兄弟のアルビーは、シリアルを食べていた。ジミーの左側に座っている。ジミーの右には従兄弟のアルビーとは正反対の性格の持ち主、フランキーがいた。フランキーは、現場で活躍するタイプの男としてまわりから認められている。フランキーの手の皮膚は、目の細かい紙やすりのようだ。指関節の話を思い出す。中指関節のざらついた皮膚は、三日でますます硬くなったのだ。その三日間、フランキーはポーランド人のスパイを痛めつけていた。すべてを白状させたとき、哀れなポーランド人には歯がなくなっており、顔は二倍の大きさに膨れ上がり、血まみれだった。フランキーは手が痛くて一週間車の運転ができなかった。家にこもり、骨が折れて紫に染まった両手を氷水に浸けていた。五十代後半、フランキーの顔も、手と同じように百戦錬磨のつわものであることを物語っていた。それなりの顔つきをしている。その朝、フランキーのおなじみの危険な手には、サンドイッチが握られていた。

レストランのヒーターは、一番強い設定になっているにちがいない。額に汗が浮かんでくるのがわかった。レストランには、五十ほどのテーブルが並べられており、百人近い人たちが食事できるようになっている。グレーと赤みを帯びた藤色の分厚いカーペット、レトロな装飾が目を引くが、これとは対照的に、十二の大きなシャンデリアがあたりを照らしだしている様子は、昔の映画館のようだ。

ジミーはいつもと変わらず地味ななりをしていた。たいてい黒いズボンにセーターといういでたちで、どこへ行くにも帽子をかぶる。だから、名前に〝ハット〟が入っているのだ。その帽子は祖父が、六〇年代にシシリー島で買ってかぶっていたものだった。平たいグレーの帽子だ。祖父がシカゴで警官に殺されてから、ジミーの頭には毎日この帽子が載っかっている。帽子をかぶったまま寝ている、と言う者もいる。尊敬の念からの習慣だ。帽子からは短い黒い髪の毛がはみ出していた。ジミーは小柄だが、ボクサーの体型をしている。太い腕、胸と首筋には分厚い筋肉。ミッキー・フィーリーのジムで一緒にトレーニングしたものだ。重いサンドバッグを叩き、古い階段を駆け上り、駆け下りた。父に連れられて初めてこのジムを訪れたとき、ほかの子どもたちのことはなにも知らなかった。アイルランドからの移民ばかりで、一世、あるいは二世だった。誰も近くに寄らない子どもがいた。ジミー・フェリーニだった。わたしもイタリア人の血が半分流れているので、ジミーと仲良くなった。わたしたちはすぐに競って握りこぶしを作って腕立て伏せをし、指関節から血を流し、色が塗られたコンクリートの床を汚して喜んでいた。知り合って十五年、ジミーはもっとも仲の良い友だちだった。最後に会ったときから、一、二キロしか太っていないのではないか。わたしは体重を八十三、四キロに保っている。痩せてもいなければ、太り過ぎでもない。

ドアマンに促されて歩み寄った。テーブルのすべての動きが止まり、全員の視線がわたしに注がれた。

「どうしたんだ、エディー？」ジミーが尋ねた。

「助けて欲しい」

「バッグの中身は？」

「四百万ドル。オレク・ヴォルチェックに娘を誘拐された。救いだしてもらいたい」

「ほんとうか？　この何年か、会っていないよな。ロシア人のために働いているんじゃないって、どうしてわかるんだ？」

「おまえの手下を殺したいと思ったら、一瞬のうちにできるからだよ」ポケットから起爆装置を引っ張りだした。「二百万ドルと仕事が欲しいか？　それともここを改装してもらいたいか？」

テーブルに沈黙が降りた。誰も動かない。全員の目がジミーに向けられている。待った。

ジミーのひと言で、わたしはこの連中に八つ裂きにされてしまう。

ジミーの唇に笑みが浮かんだ。わたしのおかげでジミーは悩んでいる。

ジミーは立ち上がり、シルクのハンカチで口を拭い、それから破顔一笑した。

「エディー・フライ、会いたかったぞ」そう言ってわたしを抱擁した。エディー・フライ。この名前で呼ばれるのはずいぶん久しぶりだった。

ジミーはわたしの背中に手をまわして、軽く叩いた。友情を表わす仕草だが、盗聴器と銃を探っているのだ。爆弾を置いてきてよかった。ジミーの店に来て、家に帰ったような気持ちになった。しかし、こうした思いはあっという間に消えていった。ここに来たのは、娘の命を救う一か八かの賭けなのだ。娘を愛している。娘を取り戻したい思いはあまりに激しく、歯がうずくほどだ。

わたしもジミーをきつく抱擁し、声に感情が表われないように抑え込んだ。

「ジミー、やつらはわたしの娘を人質にとっているんだ」

「それももうすぐ終わりさ」

39

テッズ・ダイナーからこのレストランに来るまでの昨日の経緯を話すのに、それほど長くはかからなかった。テーブルを囲んだ男たちから、二、三声が上がった。疑いが顔に表われた者もいる。ジミーの両側に座っているふたりは、石のように無表情な顔をして黙っていた。

いつものようにジミーは、なにを考えているのかわからない。話にまったく反応しなかった。座ったまま、時折、コーヒーを飲んでいたが、わたしの言葉ひと言ひと言に油断なく注意を払っていた。視線がまわりの男たちの方へ走ることもあった。反応を見ているのだ。話し終わると、ジミーは半分ほど平らげた朝食の皿を見下ろした。

「整理しよう。証人席に爆弾を仕掛け、密告しようとしているベニーを消す手伝いをさせられているんだな。エイミーは誘拐され、どこかに監禁されている。どこかわからないが、マンハッタンであることは確かだ。警察やＦＢＩに行くことはできない。さらにヴォルチェックの裁判でトニーが証言しないようにしたい。そういうことだな？」

「完璧だ。だが、ハリーは巻き込みたくない、上級裁判官フォードのことだ。ハリーは必要な物をそろえてくれた――おまえに連絡したときに使った電話もそうだ」

ジミーはいろいろな可能性を脳裏に転がしているような表情をしている。

「二百万ドルのほかに、買収されているFBIの捜査官を教えよう」

「悪徳捜査官に興味はない。信用できないからな。さっきは四百万ドルと言ったが？」

「すまない。一方のバッグは、SEDNAを振りかけて紫外線に反応するようになっている。SEDNAというのは、独特な化学的組成を持った液体で目に見えない。主なデータベースにはその組成が登録されている。このバッグは預かっておいてくれ。なにもかも終わったらFBIに届けてもらいたい。賄賂の金に印をつけてある。FBIは容易にロシア人にたどり着くことができる。金をバッグに詰めるのを手伝った大男がいるんだが、そいつの手にはこの液体が付着している。トニーの口止めのための賄賂は百万ドルだとFBIに言うつもりだ。百万は没収されるだろう。残りはいただけばいい」

テーブルには封を切ったタバコが置いてあり、ジミーはそこから一本抜き出し、従兄弟のアルビーが差し出したマッチの火に先端を近づけた。ジミーが長々と煙を吸い込むと、タバコは一センチほど灰になった。天井へ向けて勢いよく煙を吐き出すと、ジミーはふたたびわたしに注意を向けた。

「ということは三百万ドル残るというわけだな、エドワード」子どものときのように言った。

母は叱ったり、たしなめるとき、わたしをエドワードと呼んだのだが、ジミーもよくこの名前を使った。母がエドワードと呼びかけるので、母が近くにいるときやわたしをからかうときにジミーもそれにならったのだ。ニックネームの「エディー・フライ」は、わたしが仲間を引き連れるようになってからのものだ。

できれば金の問題は今は避けたかったが、避けてとおれないようだ。

「百万は借りということにしてくれ。借金だ。エイミーを取り戻すのに手を貸してくれ。三百万ドルは保証する。今すぐに二百万ドル。あとの百万も問題なく払う」

「どうして、今すぐ三百万ドル手に入らない？」

「それは無理だ。百万ドルでやらなければならないことがある。がっかりさせたことはないだろ」

ジミーは考え込んだ。優秀なビジネスマンとして、ジミーはリスクを好んだ。ロシア人と戦争のようなことをしたいと密かに思っているのだろう。連中を攻撃するきっかけがほしいのだ。マーリオが殺されただけでは充分な動機付けにはならない。誰も気にかけないからだ。今、その動機を与えられた。

「頼りにしていいか。ジミー。詐欺を働こうなんて気はまったくない。捕まっているのは娘なんだ。娘の命をおまえの手に委ねたい」

ジミーは長い間わたしを見詰めていた。

「信用しよう、エディー。どうやら、家族のようだ。おれとおまえは、な。同じ連中を相手に闘いながら大きくなった。つまり、エイミーも家族ってことだ」

ドアマンがバッグを持ち、裏の部屋へ消えた。

「それでなにをしてほしい？」

椅子を引き寄せ、腰掛けた。ふたりの取り巻きのあいだに割り込み、コートのポケットをあさった。ざわめきが聞こえたので振り返ると、またもや銃を向けられていたが、それはほんの一瞬のことだった。ジミーが手を振って引っ込めさせた。ポケットからゆっくりとグレゴールの財布を引っ張りだす。

「エイミーを探し出して安全を確保してほしい。ロシア人どもの別のチームがエイミーを見張っている。こいつはグレゴールの財布だ」そう言ってテーブルに置いた。「なかには運転免許証が入っていて、判明している最後の住所が書かれている。そこに監禁されているのかどうかはわからないが、取っ掛かりにはなるだろう。ここに来る前、シープスヘッド・ベイの倉庫に立ち寄って現金を受け取った。そこにはふたりの男がいた。吊るしあげれば、住所を吐くかもしれない。だが、ヴォルチェックやアートラスに通報されないよう身柄を拘束しておく必要がある。もうひとつの手がかりは、ヴォルチェックがかけていた携帯電話の番号だ。エイミーはエラーニャという女がいると言った。この番号がその女の携帯電話のものなのかどうかはわからないが、とにかく番号はわかっている」

番号を伝えると、ジミーをじっと見詰めた。ジミーはわたしを失望させたことがない。ジミーはアルビーにまっすぐ視線を向けた。ちょっとのあいだだったが、目を向けたことは確かだ。アルビーは組合にコネがある。どんなことも入手できる男を知っている。

わたしは続けた。

「電話か財布の持ち主のグレゴールから場所を手繰れると思うんだが」

「携帯の番号だと言ったな。電話の種類はわからないか？」アルビーが尋ねた。

「わからない。アートラスはｉＰｈｏｎｅを持っている。ヴォルチェックの小さな黒い電話には、カメラが搭載されていて、液晶は大きい。それしかわからない。番号から住所を割り出せるのか？」

「登録されていれば、わかる。だが、連中の使っている電話は、闇で出まわっているものだろう。つまり、書類として残っていない。だが、新しい機種を使っているのなら、方法があるかもしれない」

「新品に見えた。エラーニャも同じような機種を使っているかどうかはわからない」

「二〇〇五年以後に生産されたものであれば、ＧＰＳ機能が搭載されている。アメリカで生産されている新しい機種には必ずな。９・11と関係があるんだろう。住所を割り出したり、通話を聞くことは無理だろうが、ＧＰＳをたどることはできる。その技術を持った男を知っている。電話しよう」アルビーは言った。

「よし。その番号を当たることにしよう。よし、みんな、配下の者に連絡するんだ。エイミーが監禁されている場所を突き止めなければならない。ふたりほどブルックリンにいる。シープスヘッド・ベイへはあっという間にたどり着ける。フランキー、連絡してくれ」ジミーが言った。

フランキーに倉庫の住所を伝えた。

陽気なウェイトレスが温かいコーヒーを持ってきてくれた。ありがたく頂戴した。長い黒髪、大きな愛嬌のある目。数多くいるジミーの女のひとりだろう。ジミーは口元へカップを持っていき、なにか思いついたとでも言うように手を止めた。

「昨日は何時にエイミーと話した？」

「午後だ。四時か五時くらいだったと思う。どうしてだ？」

カップをさらに口に近づけ、ふたたび手を止めた。立ち昇る湯気の熱が顔に伝わっているだろう。

「場所を移していたらどうする？」

確かに。隠れ家を転々としているかもしれない。だが、それはないと思っている。十歳の少女を連れまわせば、それだけ人の目を引くだろう。ひとつの場所を動かないほうが賢明だとやつらも思っているのではないか。

「それはどうかな。目立たないように一箇所に潜んでいたいんじゃないのか。やつらを一網打尽にするには、手勢を各所に散らばらせ、同時に襲わなければならないだろう。電話のGPSをたどることができるのなら、そこへ行くべきだ、エイミーは動いていないと思う」

ジミーも納得したようだ。

「トニーのことも忘れないでくれ。警官に話したことをすべて否定する必要がある。さもないと、ロシア人は四百万ドルをドブに捨てたと思うだろう。おそらく、わたしは殺される」

「ミッキー、トニー・Gを呼んでこい」

ジミーの顔の表情が柔らかくなり、子どものころ、はじめてジムで出会ったときのことを思い出した。タバコの煙の向こうからジミーの視線はたゆたいながらわたしを貫き、こうして過去を思い出していることを見とおし、それと戯れる。隣近所に迷惑をかけ、四ドル騙しとるごとに乱痴気騒ぎを演じたものだ。

ジミーは笑みを浮かべていたが、それが凍りつき、なにやら不都合なことを思いついたかのように顔をしかめた。

「去年のことは聞いた。気の毒にな」

驚いた。ジミーが知っているとは思わなかった。

「大変だっただろう」

「ああ。大変だった。今だってこたえている。夢に見ることもある。彼女は許すと言ってくれると思う。まあ、そう信じたいんだろうがな」

ジミーは、マフィアのボスではあるが、寛大な父親のように振る舞っている。

「ブラトヴァについてはなにを知っている？」わたしは尋ねた。

「それほど知らない。ソ連が崩壊し、九〇年代にアメリカにやってきて商売をはじめた。相当数の連中がアメリカに渡ってきた。ヴォルチェック一味は、おそらく最大の組織だろう。これほど長く生きながらえているんだからな。やつらは元軍人だと聞いたことがある。最初から商売がうまかった。ＡＫをギャングに売りつけたんだ。それからドラッグ、売春、人身売買、お決まりの商売へと拡大していった。ほかの犯罪カルテルがこれに便乗しだすと、やつらはロシアの供給網の多くを断ち切り、カルテルを買収したんだ。あいつらがばら撒いた金ときたら、そりゃあもうすごいもんで、とても真似できない。聞いたところによると、敵対するカルテルを抑えこまなくちゃならないんで、かなりのプレッシャーらしい。やっとのことで今の地位を確保しているんだ」

「敵対する連中ってのが、法廷に来ていた。叩きのめされるのを見に来ているんだとヴォルチェックは言ってたが」

「そうなんだろう。たいていの組織は犯罪カルテルの傘下に入る。数の上でヴォルチェックの組織にはかなわないからだ。ヴォルチェックはここまで生き延びてきたが、長くは続かない。近いうちに、ほかのカルテルが潰しにかかるだろう。ヴォルチェックを川底に沈めれば、好きなように動けると思っているんじゃないのか」

どれもこれも納得することばかりだ。ヴォルチェックとアートラスには、確かにヤケになっているようなところがある。

「どれくらい時間がある？」ジミーが尋ねた。

「四十九分。急がなければ」

「アンソニー、ウォンのところに電話して、五分でニンジャを二台待機させるように言ってくれ。リザードにも電話するんだ。マンハッタンへ行き、どこへ行くか指示があるまで流しているように伝えろ」

背が高く、ハンサムなアンソニーは二十代で、ジミーの甥だ。アンソニーは電話をかけはじめた。ジミーがリザードと言ったとき、フランキーが嫌悪の表情を浮かべた。

「リザードというのは何者だ？」

「友だちさ。うちの連中は、迅速なフットワークが要求されている。リザードはバックアップ要員だよ」

40

トニー・Gが来るのを待った。ジミーの配下の者たちが、軍隊のようにてきぱきと動くのを見て驚いた。ブラトヴァの隠れ家がどこにあるのか、当たりをつけられそうな売人やジャンキーに電話をかけて尋ねる。テーブルにいる全員が手に電話を持ち、大声でまくしたて、番号を押し、聞き耳を立てている。ウェイトレスは朝食の残りを片付けた。すぐにテーブルクロスには、紙片、ペンが散らばり、煙草の灰もそれに加わった。アルビーは電話番号を追跡した。電話会社で働いている組合員とコネがあるのだ。相手が電話に出るのを待っている。

ジミーの部下がラテックスの手袋をして金を紫外線に当てた。明るい紫色の斑点が浮かび上がったのは、液体を振りかけた紙幣だ。液体で汚れていない金は選り分けなければならない。そうしなければ、イタリア人の取り分の出所がバレてしまうという愚を犯すことになる。

すぐに結果が出はじめた。

「波止場で精肉会社を経営しているらしい」

「クイーンズに連中の隠れ家がある」

「やつらの下で働いている売人をふたり見つけた。住所は知らないようだ。もっぱら車に乗ってヤクを売りさばいているだけのようだ」

「倉庫を二棟、クラック製造所、サンドイッチ店を発見」

「可能性のありそうなところを三箇所に絞ってくれ。そのなかからこれはという場所を選ぶんだ。五分で頼む。決めたら報告に来い。アンソニーとフランキー、なにがなんでも電話先の住所をさぐりあててほしい。とにかく片っ端にあたってみるんだ。ちがったら次の番号にかける。住所のリストが尽きるまで続けてくれ。エイミーの場所を突き止めたら、生きていようが死んでいようが、知らせろ」ジミーはここで言葉を切った。失言に気づいたのだ。

わたしは恐慌状態に陥りそうになり、罪の意識に囚われ、恐怖で胸がつぶれそうになった。殴られたように、一瞬、体のなかから空気が絞り出された。

ジミーがこちらを振り返って言った。

「すまない、兄弟。いつもの口癖だ。探しださなければならない連中は、たいてい死体で見つかるもんでな。エイミーは生きているよ。絶対だ」

アルビーは電話会社の男をつかまえたようだ。右手がメモ帳の上を素早く走る。ペンが大きく大胆に動き、住所を書き取っていく。

「わかったぞ」

ジミーは住所に目をとおした。

「裁判所から六ブロックのところだ。リザードに電話して、アンソニーとフランキーとそこで落ち合うように伝えろ」

「わたしもだ。一緒に行く」

「いや、エディー、それはだめだ。自分を抑えられるのはわかっているが、おまえは殺し屋じゃない」

「ウォンに電話をしてくれ。ニンジャが三台必要だと言うんだ。わたしも行く。娘に会わなくちゃならないんだ」

ジミーはため息をつき、頭を左右に振り、ウォンに電話しろとアンソニーに命じた。

このとき、光沢のあるグレーのスーツを着た男が入ってきた。黒い髪を逆立てている。髪をツンツン突き立てるのにスプレー一本を使ったのではないか。トニー・G。この男がトニー・ジェラルドだ。山ほどある質問に答えてくれる男。トニーの靴に目をやった。これでもかというほど磨き上げている。革は柔らかそうで、横幅が広く、履き心地がとてもよく見える。取り立て屋だ。

「トニー、エディーを覚えているだろ?」ジミーが声をかけた。

「もちろん。エディー・フリン、詐欺師、弁護士。ガキのころは、あんたたちふたりはスティックボール（棒切れやゴムまりを用いて路上などで行なう略式野球）でズルをやらかして、トラブルばかり起こしてた」そう言ってトニーはふざけてジミーのあばらのあたりにパンチを入れた。

「元気か、エディー」トニーはわたしの向かい側に座りながら尋ねた。

「そうでもない。時間がないんだ、トニー。オレク・ヴォルチェックが従兄弟のマーリオを殺した理由を知りたい」

「グズグズしてられないんだな。わかった。こういうことだ。マーリオはもてあまし者だった。十代のころは馬鹿なことばかりしでかし、二、三回ほどほんとうにヤバイことになったが、おれになにができる？　やつは身内だ。で、めんどうをみてやることにしたのさ。建設関係の仕事に使ってやったんだ。いくらマーリオでもヘマをやらかさないと思ったんだよ。どうなったと思う？　金を貯めこみやがった。カタギの男を脅したんだよ。で、FBIにとっ捕まった。だが、口だけはつぐんでいたよ。リッカーズのムショに五年食らい込んで、二年前に出所した。馬鹿なことをやらかしたんで馘首だって言ってやった。で、どうなったか？　大馬鹿野郎になっちまった」

「なにをやったんだ？」

「とんでもない大胆なことを考えてたんだよ。リッカーズでは写真のクラスをとっていたんだ。腕はよかったようだ。出所すると、どこへ行くにもカメラを持って歩くようになった。最初になにをやったのかは、わからない。ある夜、マーリオとおれ、あと二、三人でシロッコ・クラブにいた。マーリオはバーへ行ったんだ。そうしたら、ヴォルチェックの連中がやつを取り囲んだ。おれがいることに気づくと、やつらは引き下がったよ。次の日、マーリオは死んだ」

「供述書に書いてあるとおりだな、トニー。だが、あんたは写真のことには触れていない。どうしてヴォルチェックとのあいだに問題が起きたんだ?」

トニーは口を拭い、ジミーに目を向けた。ジミーはトニーに向かって頷いた。ひと押ししたほうがいいと思ったので、トニーに推理を披露した。

「犯罪現場の写真を見た。床の上に額が落ちていてガラスが割れていたし、シンクには燃やされた写真らしきものもあった。ヴォルチェックにとってまずいものをマーリオは撮影し、やつに売りつけようとしたんじゃないかと思っている。あんたが言うとおり、マーリオが大馬鹿野郎なら、そんなこともしでかすんじゃないのか」

「ああ、あいつは大馬鹿野郎だ」

「じゃあ、どうして警察に事実を話さなかった?」

「マーリオは写真を売りつけようとして殺された。焼き増しした写真をおれが持っていることを知られたくなかったんだよ」

「写真を持ってるのか?」

「ああ。コミュニストどもと戦争がおっぱじまるかもしれないんで、そのときに備えて写真が必要だと思ったのさ。圧力をかけられるかもしれないだろ」

「どうしてヴォルチェックはそこまでして写真を手に入れたいんだ？　マーリオはなにを見たんだ？」

「写真を見たが、わからん。どうしてあんなものを手に入れたいんだか」

「写真はどこにあるんだ？」

「家に隠してある。ところで、今日、証言しないようにってことだが、それはちょっとまずい。できないんだ。供述書に書いてあると思うが、その証拠を提出しなければならない。いくら金を積まれても、無理だよ」

41

「エディー、時間内にかたをつけたいんなら、もう行かなくちゃだめだ」ジミーが口をはさんだ。

わたしは手を上げた。

「ちょっと待ってくれ。トニーが協力してくれないと意味がない」

トニーは椅子の背に体を預け腕組みをした。なにも言うつもりはないらしい。この沈黙がなにを意味するか、はっきりとわかっている。

「誤解していないか、はっきりさせておこう。トニー、あんたは逮捕され、取引を持ちかけられた、そうだな？　あんたのような男は、警察のために証言することはない。証人になることに同意したのには理由があるにちがいないんだ。どれほどのコカインを持っていたんだ？」

シャンデリアの光がトニーのスーツに吸い込まれていくように見えた。椅子の上でトニーは体を前後に揺らした。

「それほど大量ってわけじゃあない。五百グラムほどだ。警察に協力して、模範的市民のように証拠を提出しなけりゃあ、ムショ行きだ。選択肢はないよ」

これは予測していなかった。四百万ドルもトニー・Gにはなんの意味もなさない。刑務所に入れられたら金があってもしかたがない。二倍の額を出すと言っても、決心を変えられないだろう。状況を考え、解決策を思いついた。紙ナプキンを何枚かとり、数行走り書きをすると、紙を百八十度回転させて、光り輝くスーツへと差し出した。

「質問されたらこう答えてほしい。迷惑がかかることはない。あんたが当局と交わした答弁の取引は、ごくごく標準的なものだ。よくわかっている。そこに書いてあるとおり、それだけを答えてくれ。訴追されることはない」

トニーは紙に書いてある言葉を読んだ。

「これを言うだけでいいのか？」

「それだけだ。うまくいく。約束するよ」

ジミーがトニーの肩越しにのぞきこんだ。

「言われたとおりにしろ、トニー。エディーが持ってきた金の大半をまわしてやろう。もしもの場合は、おれがおまえの家族の面倒をみる。だが、そうなることはないだろう。エディーがうまくいくと言うのなら——問題ない。うまくいくさ。エディーはおれの兄弟みたいなもんだ。こいつの約束はおれの約束だ」

トニーは頷き、立ち上がった。

「わかったよ、エディー。だが、おかしなことになったら、殺してやる。わかったな？」

わたしも立ち上がり、トニーと握手した。

「そんなことになれば、わたしを殺すのに順番待ちをすることになるだろうさ。それで、その写真を見る必要がある。ほかのなにかが進行中なんだが、それがわからない。写真を見ればに、なにかつかめるかもしれない」

「家にあるんだ。家までは車で片道一時間半かかる」

「写真は必要だが、待っている時間はない。あとで法廷に持ってきてくれ」

「どうやって手渡す？」

「信仰に篤いだろ、トニー。わたしはちがう。信仰心の一端を示したらどうかな？」

トニーはわかってくれた。

ジミーは困惑しているようだ。

「ちょっと待ってくれ。その前にエイミーを救い出すことができれば、法廷へ行く必要はないんじゃないのか、エディー」

わたしは肩を落とした。エイミーを救いだしたら、そのときはあの電話をかけることになるだろう。

42

アンソニーとフランキーのあとについてレストランの奥へ向かった。スイングドアを抜けてキッチンに入る。二倍の規模のレストランを賄えるのではないかと思うほどの広さがあった。中央に長いステンレスの作業台が走って、通路を二分しており、片方の通路に沿って大きなオーブンが四台並んでいた。アンソニーには以前会ったことがある。母親の膝に座っている子どものころにだ。こうした仕事を任せるほどジミーがアンソニーを信頼しているのなら、子ども時代から才能があったのだろう。人が出入りできるほど大きな冷蔵庫のドアをアンソニーが開け、ふたりのあとに続いてわたしもなかに入った。息が白く凍りつく。フランキーは、右奥の隅へ行き、そこに積み上げられていた肉の箱を移動させた。すぐに秘密のドアがあるのがわかった。そこを開けると向こうは小さな貯蔵室だった。両側の天井まである棚には、あらゆる大きさの銃、コカインの袋、セロファンでくるまれた札束などでいっぱいだ。

アンソニーとフランキーは、長い金属の棒を手にとった。棒の先に鉤《かぎ》が付いている。部屋の真ん中に下水溝の鉄蓋がある。蓋の両側に穴が穿たれており、ふたりはそこに鉤爪を差し入れた。力を込めて蓋を持ち上げると、鋼鉄製のはしごが下水道へと降りていた。

「おいおい、冗談だろ」

「気づかれずに抜け出すには、ここを通るしかないのさ」フランキーはそう応じて、棚から懐中電灯を取った。

アンソニーは床からバッグを取り上げ、わたしには懐中電灯を渡した。三人は悪臭漂う暗闇のなかへ降りていった。下水道のトンネルのなかは意外なことに湿度が高くなかった。懐中電灯をつけたが、十数メートルほど闇を押しのけるだけだった。

十字路が二箇所あり、最初を左、次に右に曲がった。それから一分ほどまっすぐトンネルのなかを進んだ。壁に鋼鉄製のはしごのあるところまで来てアンソニーが立ち止まった。フランキーが上っていき、蓋を叩いた。数秒ほどすると、トンネル内に光があふれた。蓋が取り除かれたのだ。アジア人の男がフランキーに手を差し出した。

そこは別の店のキッチンの貯蔵室だった。積み上げられた箱には漢字が書かれており、さらにニンニク、ショウガ、レモングラスの香りが漂ってくるところから、ここはアジアン・レストランだろう。下水溝から出るのに手を貸してくれた男は、ついて来るように合図した。狭い廊下を行った先は荷物の積み下ろし場で、その向こうは路地だ。ジミーが手配した三台のニンジャが待機していた。ライダーは三人とも黒装束で、カワサキのバイク、ニンジャ六五〇にまたがってエンジンの回転音を響かせている。ヘルメットを手渡された。アンソニーが一台目のバイクの後部座席にまたがった。

「これが一番早いんだよ、エディー。車じゃ、時間内に行って帰ってくることはできない。サミー・ウォンはおれたちのためになにかと便宜をはかってくれている。こうして街じゅうを動きまわることもあるんだ。目立たないし、速い」アンソニーが言った。

「危険だけどな」わたしは応じた。

「落ち着けよ。こいつらはプロだ。任せておけば大丈夫だよ」

きついヘルメットをかぶり、最後尾のバイクにまたがるとライダーの肩をたたいた。

「バイクに乗るのは、はじめてなんだ」大声で言った。

「おれもさ」ライダーは答えた。

わたし以外の全員が笑った。

「エディーだ。殺さないでくれよ」

「おれはタオ。約束はできないよ」

タオの腰にしっかりと手をまわした。タオがエンジンをふかすとバイクは急発進して右に曲がり、路地へ入った。

路地は百二、三十メートルほどあったのではないか。しかし、バイクはそこを三秒ほどで走り抜けた。胃が背中の方へすっ飛んでいき、ヘルメットのなかで悲鳴を上げた。

アンソニーのバイクが先頭を走っていた。あっという間に路地が尽き、ブレーキをかけるものと思っていた。ところがバイクはまったく減速しなかった。アクセルをふかしながら大通りへと突っ込んでいく。ライダーがなにを考えているのか、すぐにわかった。ブレーキをかけるどころか、バイクはスピードを増した。大通りを突っ切って早朝の太陽の光の届かない反対側の路地に入っていくつもりなのだ。

「おいおいマジかよ」

前方の大通りには車がひっきりなしに行き来している。突っ切ろうとしている手前側の車線は車と自転車が左から右へ、その向こうの車線は右から左へ。四百ポンドミサイルがニューヨークの四車線の通りを横から直撃するように、バイクが路地から飛び出していくとタオは興奮して雄叫びを上げた。バイクはジグザグに進んでいった。両側から突っ込んでくる車をかわしながら、ブレーキをかけ、アクセルをふかしていく。

目を閉じ、うまく切り抜けられますようにと祈った。

急ブレーキをかけたので胸がタオの背中に押しつけられた。ブレーキディスクから立ち上る煙のにおいを鼻に感じた。目を開けると、黒いフォードのタウラスが左からスリップして突っ込んでくるところだった。運転手は真っ青になってホーンを鳴らしている。わたしたちはTボーンステーキになろうとしていた。

「後ろにそれ」タオが叫び、ふたりのヘルメットがぶつかった。背中が痛くなるほど、すべての筋肉を使って上半身を後ろにそらし、前に引っ張ろうとする力に抗った。タオがなにをしようとしているのか、わかった――ブレーキ、後輪のブレーキを解除し、バイクは前輪へとつんのめっていく。タオは右へ体を傾けるとバイクは九十度回転し、後輪がタウラスのサイドに接触せずにすんだ。バイクは停止し、わたしたちは体勢を整え、危機を乗り切った。後輪が跳ね上がって、タウラスのサイドからはなれた。恐ろしいことにアクセルをふかすと車体がスピンして両輪が通りをとらえ、バイクは前方へ飛び出し、タイヤから煙を立ち上らせながら、タウラスを迂回し、またたく間に路地の暗がりへと消えた。

43

ウォンの店の荷物積み下ろし場から、わずか九分で裁判所の前を通過した。時速百六十キロを超えて走っていることもあったのではないか。大通りはスピードを上げて突っ切り、路地に入り込んで監視カメラと警官に遭遇するのを避けた。

前方でアンソニーのバイクが減速した。目的地に着いたのだ――セヴァーン・タワーズ。裁判所から数ブロックしか離れていない新しいアパートだ。地下駐車場の青いバンの隣にバイクを停めた。ひどく力をこめてしがみついていたにちがいない。腿を溶接されたような感じで、なんとか両脚を動かし、バイクから降りた。

あと二十七分で、ジミーのレストランの外で待っているロシア人と合流しなければならない。

「通りの角で待っている」タオはそう言い、バイクは静かに駐車場を出ていった。平日にもかかわらず、駐車場はがらがらで、数台の車があちらこちらに停まっているだけだった。使い捨ての携帯電話でジミーに連絡した。

「到着した。どの部屋へ行けばいい？」

「ちょっと待ってくれ。わかった、アルビーが言うには、現在、携帯電話がある場所を割り出すことができるだけらしい。セヴァーン・タワーズだ。地上より上の階に携帯電話があるときは、GPSはあまり頼りにならない。でもどうやら、五階よりは上のようだ」

「ジミー、このアパートはとてもでかい。三十階はあるだろう。もっと絞り込んでもらわないと」

「シープスヘッド・ベイから電話が入るまで待たなくてはならない。はっきりした情報をつかんだら連絡する」

電話は切れた。

青いバンから黒いTシャツに黒いズボンをはいた、背が高く狼のように引き締まった体の男が降りてきて、アンソニーと握手した。それからフランキーに手を差し出したが、フランキーは頷いただけだった。男も頷き返す。髪は軍人のように丸刈りだ。丸太のような腕に血管が浮かび上がっている。太い首でもかんたんにへし折ることができるだろう。

「どうしてこんなに時間がかかった？　リザードはお待ちかねだ」

アンソニーは声を上げて笑い、わたしを紹介した。

「エディー、こいつはリザードだ。これからはこいつの出番だ」

リザードと握手を交わした。獲物を絞め殺すヘビ、ブラジルボアのように力強く手を握ってきた。筋肉隆々の体をしているが、その動作は優美で、ダンサーのようだった。

「二十五階まではわけなく行ける。そこから上の階は難しい。階段は二十五階で鋼鉄製の門で閉ざされている。門はキーコードを打ち込まないと開かない。エレベータも最上階まで行くにはキーコードが必要だ。あんたの娘が二十五階より上にいるんなら、キーコードなしじゃあ、どうしようもない。門を噴き飛ばせば、その音を聞きつけてやつらは娘を殺すだろう。下の階に囚われていることを祈るだけだ。フランキー、通りの向こう側にアートギャラリーがある。屋根に登ってリザードに様子を報告してくれないか？」

自分のことを他人のように呼ぶのが微笑ましく、わたしは笑みを浮かべた。

「わかった」

リザードは双眼鏡と携帯電話をフランキーに渡した。

「電話会議に設定してスピーカーから声を流すようにする。急げ、フランキー」リザードが言った。フランキーは駐車場を走り出て通りを渡る。

アンソニーはバッグを床に置き、ジッパーを開け、銃身を短くした十二番径のショットガンと弾薬の入った箱を取り出した。

「あんたは一緒にいく必要はない。おれたちに任せろ」

「いや、行く。一挺くれ」

「それはまずいだろ」リザードはそう言い、バンの後部ドアを開け、床に置いてある鋼鉄製の箱の鍵を開けた。箱のなかからアサルト・ライフルを出すとチェックしはじめた。ライフルの銃身は真っ黒で短く、銃床の弾倉が突き出ている。

「新しそうだな」

「ああ、新品だよ」リザードは頷いて笑みを浮かべた。

わたしはバンの反対側にまわり込み、アンソニーと小声で会話した。

「こいつは何者だ？」

「元海兵隊。従兄弟がジミーのところで働いているんだ。リザードがイラクから戻り、仕事を探していたんで従兄弟が斡旋したのさ。信じてくれ。リザードは信用できる。一匹狼だよ。アパートからあんたの娘を連れ出すことができる者がいるとしたら、ビリーをおいてほかにいない」

「ビリー」わたしはその名前を繰り返した。「どうしてリザードと言うんだ？　フランキーが避けているのはなぜなんだ？」

アンソニーは赤い弾薬をショットガンに挿入していきながら、一瞬、うなだれた。

「実は、やつを恐れている者は大勢いる。ビリーは爬虫類《リザード》が好きなんだ。背中にはトカゲのでかいタトゥーを彫り込んでいる。クイーンズの自宅にはありとあらゆるヘビや、なにやらうす気味の悪い生き物を飼っているんだ。庭にはコモドオオトカゲの番《つがい》がのし歩いている。だが、恐れられているのはそれだけが理由じゃない。なかなか白状しないやつがいるときには、リザードに連絡する。爬虫類ってのは、大きくなると脱皮するだろ？　それがビリーの得意技なのさ。口を割ろうとしない男がいたら、バナナの皮をむくようにそいつの皮膚をはがしていき、ペットにその皮膚を食わせるんだ——誰もがこれにはぞっとする。個人的には、やつのことは好きだよ。クイーンズのいかれた家には絶対に近づかないようにしているがな」

44

リザードの携帯電話が振動した。リザードは応答し、スピーカーから音声を流したが、わたしは聞くことができなかった。ジミーから連絡が入ったからだ。

「倉庫にいた男から住所を聞き出した。最上階のペントハウスだ。その場所でまちがいない。心配しなくていい。シープスヘッド・ベイの倉庫にいるやつらは、誰にも連絡することはできないし、すぐにどこにも電話できなくなるだろう。おれの男たちはきれいに仕事をする。プロだよ。ロシア人どもが倉庫に戻ったとしても、やつらが叩きのめされたとはわからないだろう。すぐに戻ってこい。ロシア人のところに戻るまで、あと二十分しかない。ウォンの店の前で待っているよ、兄弟」ジミーは電話を切った。

脚の力がなえ、ひざまずいてしまった。エイミーは最上階にいる。防犯ゲートが行く手を阻んでいるのだ。悪態をつき、両手を握りしめた。手は湿っていた。手のひらの傷口が開いてしまったのだ。

「娘はペントハウスにいる」

「フランキー、聞こえたか？　ペントハウスだ」

フランキーの声がスピーカーから流れてきた。

「わかった。今、見ているところだ。リビングルームのブラインドは開いている。四人の男が見える。正面のドアの右にあるカウチにふたり、ひとりはキッチン、もうひとりは椅子に寄りかかって座り、新聞を読んでいる。左の壁に一挺ライフルがたてかけてある。女がキッチンにいる。ブロンドだ。おそらく三十代。バタフライナイフを振りまわしている。ほかには誰も見えない。右手にベッドルームが三室。そのうちの二部屋のドアが開いているが、ひとつは閉まっている。バスルームはキッチンの向こう側だろう。以上だ。子どもの姿は見えないよ」

気持ちが沈んだ。思いどおりにならない。エイミーがまだ生きているか、知りたいだけなのに。

「ドアの閉まったベッドルームにいるんだろう。ライフルもある。マンションのなかになんでそんな武器が必要なんだ？　エイミーの話では、女がめんどうをみているということじゃないか。エラーニャとか言ったな。ナイフを持った女がそうだろう」アンソニーが言った。

わたしは立ち上がり、頷いた。ここにまちがいないだろう。もう少しでエイミーを取り戻せる。終わらせてしまいたい。そうすれば娘を抱きしめ、誰の手も届かない安全なところにかくまうことができる。

「フランキー、リザードだ。ほかになにか見えないか？　防犯ゲートを抜けるために暗証番号が必要だ。どこかに番号を書いた紙でも貼っていないか？」

「探してみる」

無言のままリザードと視線を交わした。

「いや、なにも貼っていない」

「ほかになにが見える、フランキー」わたしは尋ねた。

「壁には絵がかかっている。モダンアートだ。おれの趣味じゃないな。家具もモダンだよ。すわり心地の悪そうな白い革のソファーだ。キッチンのテーブルには宅配のピッツァの箱が積み上がっている。どうやら女は料理をするタイプじゃないらしい。テレビがついていて――」

「ピッツァの箱にはなんて書いてある？　見えるか？」

「ああ。ビッグ・ジョーズ・ピッツァ。ここから遠くないところに店があるよ。なかなか美味いらしい」

「ビッグ・ジョーズの箱なのか？」わたしは聞き返した。

「ああ、六箱ある」

「注文したにちがいない」

自分の携帯を引っ張りだした。

「フランキー、ビッグ・ジョーズの番号はわかるか？」

フランキーが読み取った電話番号を押した。三回目の呼び出し音で相手が出た。

「ビッグ・ジョーズ・ピッツァです。ご注文ですか？」

「ああ。セヴァーン・タワーズのペントハウスまで頼む。いつものやつを。だが、三十分で届けてほしい。昨日は、遅かった」

「それはすみませんでした。お名前は？」

「エラーニャの彼氏だよ。昨日、宅配の兄さんが暗証番号ってやつを忘れてた。ショートパンツ姿でエレベーターで降りていかなけりゃあならなかった。昨日のことは責めないが、宅配の兄さんに伝える暗証番号を読み上げてくれないか？　そうすりゃあ、重いケツを持ちあげなくてすむからな」

「すみませんでした。今後そのようなことがないようにしますので、エラーニャにそう伝えてください。ちょっと確認します……大丈夫です。四七八九。そうですね？」

「ああ、ありがとよ」

「三十九ドル五十セントになります。二十分でうかがいます」

「そんなに慌てなくていい」そう言って電話を切った。

リザードは微笑み、グロックに弾倉を挿入してからズボンにさしはさみ、オートマティック・ライフルを肩にかけた。

「リザードはあんたのことが気に入ったよ、ミスター・フリン」

「行こう」わたしは促した。

アンソニーがわたしの背中を叩いた。

「エディー、あんたはだめだ。時間がない。タオが外で待ってるよ」

「時間はある――」

リザードが口をはさんだ。

「時間があったとしても、娘がいる保証はない。娘がいなくて、あんたが時間どおり戻れなければ……失敗だ。やつらは娘を殺すだろう。それに、リザードはあんたを必要としていないんだよ、エディー。部屋のなかでエイミーを見つけ、あんたが下手に動くと、一斉射撃を食らうことになるかもしれない。いや、もっと悪い。エイミーも撃たれるかもしれない。心配するな。エイミーが部屋にいたら、ジミーのところに連れ帰る」

リザードは手を差し出した。わたしはその手を握った。そのとおりだ。ふたりに任せておいた方がいい。危険が大きすぎる。わたしは帰るべきだ。

「エイミーには、傷ひとつつけないでくれ。助けだしたら、ジミーにメールを入れてほしい」

振り返り、青いバンの車体をコツンと叩き、タオのところへと駐車場を走り出た。

タオがウォンの店の荷物積み下ろし場にバイクを停めた。ジミーは寄りかかっていた壁を蹴ると、タバコを弾き飛ばし、携帯電話をチェックした。

「なにも入ってない」

残り時間はあと六分。

「わかったらメールを入れてくれ。連中のところへ戻らなければ」

「取り戻してくれるよ、エディー。まちがいなく。メールする。そうしたら逃げろ。あとはおれたちが保護してやる」

肩を落とした。目を閉じ、頭を振った。

「そんなに単純じゃないんだよ、ジミー」

「どうしてだ。エイミーを確保して連れ出し、警察に電話する。なにか複雑なところがあるのか？」

「いや。警官やFBIは、まだ信用できない。頼れるのはおまえとハリーだけだ。それに、今のところ、まったく証拠がない。まともな警官、あるいはFBIの捜査官に巡りあったとしても、信じてもらえないだろう。かたをつけなければ」

「どうしてだ？　かたをつけたいんなら、リムジンが角を曲がって姿を現わしたときにリザードのライフルが火を噴けばいい。やつらに勝つ望みはない」

「そのとおりだ。だが、それだけじゃあ、数人、始末できるだけだ。FBI、アルコール・

タバコ・小火器局、麻薬取締局、それにおまえの店を見張っている当局者どもすべてを視野に入れて解決をはかりたい。エイミーがあのマンションにいなければ、もう見つけ出すことはできないだろう。そんな危険を冒すわけにはいかない。それに、まだ事件の全貌をつかんでいないんだ。やつらがなにを企んでいるのかほんとうのところはわからないが、あの裁判所にいる誰もが危険な状態にあると思う。ハリーも含めてな。ちょっと考えてくれ。二台のバンが地下駐車場に停まっている。グレゴールがスーツケースをバンに積み込んだ。アートラスは偽の起爆装置を持っていた。裁判所の警備員を抱き込んでいる——なにかが行なわれようとしている。そいつを突き止めなければならない。トニー・Gは午前中にマーリオの写真を持ってきてくれる。とりあえず、そこからはじめる。なんとかして真相を突き止めてやる。そうしなければならないんだ。ロシア人どもはわたしの居所も、家族がどこに住んでいるのかも知っている。娘が通っている学校もな。すべてお見通しだ」

ブラジルへ逃げた元ソヴィエトの司令官を追い詰めたアートラスの話が、何度も頭によみがえる。

「ジミー、どこにいようがロシア人どもはわたしを見つけ出す。逃げても——見つかって家族は皆殺しにされるだろう。逃げられないってことはおまえもよくわかってるだろ。決着をつけなければならないんだ」

一瞬、マクゴバガルズ・バーの奥のスツールで父とともに座っていた。あそこで父とちょっとした取り決めを交わしたのだ。

「いいか、これだけは守ってくれ。おまえにはペテンの手口を教えたし、おまえも習熟した。いつか実地に使ってみようと思うだろう。教えたことを忘れるな――困った状況に陥ったら、なんとか乗り切れ。うまくいかなければ、逃げるんだ。教えたようにな。逃げられないときは――戦え。徹底的に叩きのめすんだ」

父からもらった聖クリストフォロスのメダルが首で重さを増した。父がアメリカへ渡ってきたときに、唯一ダブリンから持ってきた物がこのメダルだ。父ならどうするかわかっている。父なら戦うだろう――家族を守るためならどんなことでもしただろう。これは復讐ではない。生き残りを賭けた戦いだ。かたをつけなければ、エイミーはもう安全に暮らすことができなくなる。

「エディー、やめておけ。ほかにも方法はあるにちがいない」

あと残り時間は二分だ。荷物積み下ろし場のスロープを降り、走りだしかけた。

「このことは嫌というほど考えた。ほかに方法はない。なにが起こっているのか突き止めるつもりだ。それで、充分な証拠をつかんだら、FBIに持ち込む。だが、ロシアのギャングと通じている捜査官どもは居座っている。どいつもこいつも永久に葬らない限り、なにをやっても結局、自分の首に賞金をかけ、世界の一流の殺し屋が、わたしと家族を一生追いまわすことになる。こいつを終わらせるか、または、わたしが殺られるか、だ。エイミーの身柄を確保したら、すぐにメールをくれ。これを渡してほしい」

パパへ、と彫られたペンを取り出してジミーに渡した。

「父の日にこれを買ってとエイミーは母親にせがんだ、そう言ってくれ。おまえのところの連中を怖いと思ってほしくないからな。家族と一緒にいること、わたしがおまえの仲間を送り込んで救い出したって娘にわかってもらいたいんだ」

「わかったよ、兄弟」

ジミーに背を向け、レストランへと走った。アスファルトの上で足が滑り、精神的な緊張と疲労からとても息苦しい。腰と首筋が痛み、それが溶けて鉛にでもなってしまったかのように重く、走る速度が鈍った。痛みを意識から追い払う。約束の時間にレストランへ戻らなければ、アートラスはエラーニャに電話をかけるだろう。電話が通じなければ、様子を見に行くはずだ。優位に立っていなければならない。まだすべてのカードを握っているとブラトヴァに思わせておく必要がある。全速力で角を曲がって腕を思い切り振り、間に合いますようにと祈った。

速度を上げて走っていると、パトロールカーがサイレンを鳴らしながら通り過ぎていった。

白いリムジンが見えてきた。

46

後部座席のドアが開いた。黒い革のシートに体を押し込む。

「どこから来たんだ?」アートラスは尋ねた。

息を整えてからようやく答えることができた。

「裏の方からだ。素早く移動し、尾行されていないか確認するためにレストランのあるブロックを一周しなければならなかった。つけられていないよ。だが、確かめなければならなかった——一日に二回も注意をそらすような出来事に引っかかるほどFBIも馬鹿じゃない。あんたらにとってはずいぶんとでかい出費だったろうが、その甲斐があったよ。トニー・ジェラルドはこちらに寝返った。イタリア人の心からの好意を得ることができた」

「そうであればいいが」アートラスは答えた。

「そうだな」ヴォルチェックも相槌を打つ。

リムジンのなかは暗く、ヴォルチェックも乗っていることに気づかなかった。わたしを待っているあいだに、拾い上げたのだろう。ヴォルチェックがリムジンに乗っているとわかっていたら、車に銃弾を浴びせかけるというジミーの提案をじっくり検討したかもしれない。

「心配いらない。検察側にとっちゃ、地獄の日となるだろう」

あんたにとってもな、ヴォルチェック。

「これを着ろ。体にもっとよくフィットするはずだ」アートラスはまだ包みに入ったままのシャツを寄こした。タイの結び目は、汗で湿っていた。リムジンのなかで着替えをした。新しいシャツを着ると気持ちがよく、今回は襟まわりもちょうどよかった。アートラスからタイも受け取る。今日は青だ。さらに電気カミソリも手渡された。アートラスの計画は細かいところまで配慮が行き届き、ずっと驚かされている。法廷に立つにあたり、服を着たまま寝たと思われないようにしたいのだ。

会話が途切れ、わたしにはありがたかった。頭を椅子の背に預け、目を閉じたが、眠りは訪れなかった。頭はすでに時間外営業だ。アートラスと初めて出会った瞬間から、殺し屋であることはわかったが、ヴォルチェックとはタイプのまったく異なる殺し屋だ。アートラスは整然と物事を考え、冷酷な男だが、ヴォルチェックは相手を苦しめることに情熱を注ぐ。詐欺師のときも弁護士になってからも、こうしたふたつのタイプの男たちに出会ってきた。アートラスのような男は、とても稀だ。ヴォルチェックのような連中のほうが多い。そういえば、ヴォルチェックはテッド・バークリーとの共通点が多い――バークリーは一年ほど前、わたしの弁護士としてのキャリアを終わらせた男だ。

バークリーは、ある夜、地下鉄から降りた十七歳のハンナ・タブロウスキーを暴行しようとしたのだ。地下鉄の出口にたどり着こうというとき、ハンナは腰を強く抱きしめられて体を持ち上げられ、寒く真っ暗なトンネルへ連れて行かれた。夜のこの時間、乗客はほかにいなかった。ハンナが防犯カメラの死角に入るのを待ってバークリーは襲ったのだ。ハンナが悲鳴をあげるとバークリーは手で口を塞ぎ、騒いだら殺すと耳元でささやいた。

ホームレスの男が悲鳴を聞きつけ、アラームボタンを押した。バークリーは逃げた。地下鉄に常駐している警官が駆けつけ、ハンナを落ち着かせようとした。連れ去られたホームの床に一カ月間有効のチケットが落ちていた。警官は職務として当然このチケットを拾い上げたのだが、これが鋭い洞察以上の結果をもたらした。十分前にホームが掃除されていることがわかったのだ。つまり、このチケットは犯人のものである可能性が大きい。一カ月間有効のチケットはクレジットカードで買われていた――テッド・バークリーのクレジットカードで。夜間法廷でバークリーの一件を引き受けることにした。刑事弁護士がついていなかったのだ。わたしはバークリーを保釈させる気にさえなっていた。

裁判では、一カ月間有効のチケット、それから面通しによってバークリーが犯人だと認めたハンナの証言が、検察側の主張の根拠だった。ニューヨーク市警は、バークリーのオフィス、マンション、夏用の別荘を家宅捜査したがなにも見つからなかった。テッド・バークリーは三十代前半、金持ちで美人のガールフレンドがおり、ハンプトンズに家を持っていた。よくいる誘拐犯というタイプではなかった。依頼人としては申し分なかった。丁重であり、弁護士料はきちんと払い、わたしを信頼してくれた。わたしもバークリーにならって、ハンナがまちがっている、思いちがいをしているという気になった。地下鉄のチケットの入った財布を、事件のおよそ二十四時間前になくしたのだとバークリーは言った。

ハンナ・タブロウスキーは音楽大学の学生で、リサイタルが終わり、地下鉄に乗って家に帰る途中だった。才能があるチェリストであり、奨学金を獲得するために励んでいた。長い茶色の髪、青白い肌、裁判で証人席に座っている姿を見ると、恐れているのがわかった。どのような裁判であれ、証人として出廷するのは恐ろしいことだ。しかも、自分を襲った犯人と顔を合わせる状況ほど、若い女性の神経を逆なでするものはない。

ハンナの反対尋問をするにあたり、座ったまま行なうことにした。そのほうが怯えさせずにすむ。咳払いをし、安心させるように微笑んでから、最初の質問を口にしようとした。ちょうどそのとき、バークリーがささやいた。

「クソ女を叩きのめせ」

裁判の当日まで何度もバークリーと会って話をしたが、このような言葉、敵意をむき出しにするような言葉を投げつけることはなかった。

バークリーを無視し、弁護の方法を変えることにした。陪審員はハンナに好意的だった。彼女に対して攻撃的な態度に出れば、すべてを危険にさらすことになる。そこで父親のような態度でのぞみ、注意深く穏やかに、しかも念入りに答えを引き出そうとした。ハンナが嘘をついているわけではないと示そうと証言の矛盾点を突いた。ハンナは被害者だが、無理からぬことながら思いちがいから、わたしの依頼人を犯人だと思い込んでいる。

ほしいと思っている物を与えろ。

陪審員は被害者に感情移入したがるものだ。それならば――わたしのやり方でもあるが――ハンナとともに、ブルックス・ブラザーズのスーツに身を包んだ依頼人である素敵な若者にも感情移入してもらおう。

反対尋問が終わると、穏やかにやったつもりだったが、ハンナは泣き、必死の思いを込めて陪審員たちを見詰めた。わたしはみじめな思いに駆られた。依頼人に向き直ると、バークリーはうんざりしたような表情を浮かべていたが、ほかにもなんらかの感情も動いていた。

そのときは、不安か恐れにとらわれているのかと思った。しかし、さらにその表情を見詰めているうちに、感情の正体がわかってきた——興奮しているのだ。背後から抱き取られて暗闇へ引きずられていき、死ぬほど取り乱したことを話す十七歳の娘を見て、テッド・バークリーは心の底から興奮しているのだ。評決を下すために陪審員が別室に引っ込んだ。ハンナに対するバークリーの反応を見て、有罪だとさとった。数カ月後、マンハッタンのバーをはしごし、飲んだくれているとき、評決が出るまでできることはなにもなかったのだと自分に言い聞かせていた。

陪審員は全員一致で無罪の評決を出した。ハンナは被害者であるにもかかわらず、犯人を正確に指摘することができなかったというのだ。

評決が出てから一時間後、捜査官から電話がかかってきて、ハンナが行方不明になったこと、ふたたび家宅捜査をしたいむねをバークリーに伝えるつもりだと言ってきた。バークリーはこれを受け入れた。ハンナがいる形跡はなかった。

翌日の土曜日、バークリーの家を訪れた。先の家宅捜査で没収したラップトップ・コンピューターを捜査官から渡されていたのだ。ニューヨーク市警の専門家が調べたが、コンピューターにはなんの証拠も見つからなかったので、返却するというのだった。わたしが返しに行くと申し出た。バークリーのことはできるだけ早く忘れてしまいたかった。陪審員が正しい評決を下したとは思えなかったからだ。第六感がバークリーは危険だと告げていた。非の打ち所のない生活の陰になにかを隠している。

マンションにはいなかったので、週末に行くという夏の別荘へ断りもなく訪れることにした。

ノックをし、待った。邸内路にはバークリーのポルシェが停まっていた。シャワーの音が聞こえる。二、三分ほどすると、バークリーが玄関のドアを開けた。髪と胸が濡れ、腰にタオルを巻いている。へそのすぐ下、タオルには新しい赤茶色の染みがついていた。

「エディー、なにか問題でも?」荒い息を吐きながらバークリーは尋ねた。

「警察からラップトップを預かってきた。返そうと思って」

「わざわざ持ってきてもらう必要もなかったのに。オフィスに取りに行ってもよかったんだ」

身近な場所には来てもらいたくなかった。オフィスにも。

「かまわないさ。どうせ……」ここまで来た苦しい言い訳をしようとしたとき、叫び声が聞こえた。

バークリーは微笑んで言った。

「テレビをつけっぱなしなんだ」

「そんなこと、訊いちゃいない」そう言って足をドアと側柱のあいだに差し入れた。

バークリーはドアを閉めようとした。わたしは相手の体を押し、肩をドアの隙間にねじ込んだ。バークリーの顔にドアがまともにぶつかり、目の上を切り、床に転がった。

叫び声は悲鳴になった。

玄関ホールに駆け込んだ。通り過ぎるときにバークリーの顔を蹴った。

悲鳴は家中に響き渡っているようだった。一階には誰もいない。二階へあがるとベッドルームのドアが半開きになっていた。ベッドの端からのぞいている脚が赤く染まり、支柱に縛りつけられていた。

ドアを大きく開いた。このときから、この動作を何度も何度も繰り返すことになる。ほとんど毎晩、夢のなかであのドアを開け、彼女の姿を見るのだ。

ハンナ・タブロウスキーの両手足はベッドの支柱に針金で縛りつけられていた。針金は肉に深く食い込んでいる。口に詰め込まれたボール型の猿ぐつわは、折れた顎から滑り落ちてぶら下がっていた。わたしが玄関口にやって来たのを聞きつけて、バークリーはハンナを殴って気絶させたのだろう。強く殴りすぎた。それで顎の骨が折れて関節が外れ、猿ぐつわのボールが口から落ちて悲鳴を上げることができたのだろう。真っ青な唇に血が点々とついている。

裸だった。

乾いた血が股、下腹部を覆っている。乳房と首には噛み跡が残っており、その周囲は黒ずんだ紫色に変色し、バークリーの歯が皮膚を食い破ったところに血が凝固していた。左目は完全にふさがっている。右目は大きく見開かれ、恐慌状態を呈しているのがわかる。

結び目をほどくことはできなかった。針金を切る必要があった。とにかくわたしはひざまずき、もう大丈夫だ、警察がこちらに向かっていると言った。

キッチンにあった電話で九一一にかけた。この地域の警察の応対はとても早く、おそらく五分で到着するのではないか。そんなにかからなかった。警官は三分もしないうちにやってきた。到着するのがもっと遅ければ、バークリーは死んでいたのではないか。

バークリーはまだ玄関ホールに倒れていたが、意識を取り戻すところだった。わたしはバークリーにまたがり、膝で両腕を押さえつけ、顔を殴りはじめた。左の手が折れたことに気づき、肘を使った。全身に力をこめて一発ごとに体を前方に倒し、肘でバークリーの頭をタイル張りの床に叩きつけた。折れた手に痛みを感じなかった。一撃を喰らわせるごとに血が生温かく顔に飛び散ってくるのがわかっただけだ。警官に引き剝がされたことは覚えていない。逮捕されたことも記憶になかった。だが、保釈金を積んでわたしを釈放してくれたときのクリスティンの顔は思い出すことができる。地区検事局はわたしを起訴しなかった。ハンナが命を落とさずにすんだのは、わたしが救ったからだ。しかし、ハンナを拷問し、犯させたのはわたしだ。バークリーに対する本能的な反応を無視したからあんなことになった。

州裁判所はすぐにわたしのライセンスを取り上げ、依頼人を半殺しの目にあわせたことで弁護士資格を剝奪した。懲戒委員会の前に行なわれた審問では、ハリーが弁護してくれた。いかに優秀な弁護士であるか力説することはせず、ハリーはハンナが負った傷の数々を列挙していった。片方の目は失明した。顎は何度も折れ、そのたびに接いでいるが、もう元のように治ることはなく、その顔は死ぬまで歪んだままだ。肉体的にも精神的にも生きていくことを恐れている。

内臓もかなり損傷を受けており、ハンナは子どもを産めない体になってしまった。またもやハリーに助けられたが、わたしの世界は静かに崩れ去っていった。ハンナの人生を台無しにしてしまった責任はバークリーだけではなくわたしにもあるのだ。

バークリーは懲役二十年の刑に処された。わたしは六カ月の職務停止だ。わたしが無罪を勝ち取ってしまったために、バークリーはハンナをあのような目にあわせることができた。この事実とともにわたしは生きていかなければならない。わたしが悪いのだ。いくら酒を飲んでも、なにも変わらない。

陪審員が無罪を言い渡す前、バークリーが有罪であり、同じことを繰り返す可能性があるのではないかと心の奥底でぴんときていた。今回、手酷い失敗をしたのだから、また若い女を連れ去ることはないと信じ込もうとしたのだ。しかし、直感的に思ったのは反対のことだった。だからこそ、あの血に塗られた日、バークリーの家を訪れたのだ。

もう同じミスを繰り返すつもりはない。バークリー、ヴォルチェック、アートラスのようなやつらの暴走を止めなければならない。さもないと、人の命が失われていくことになるだろう。

リムジンは裁判所へ向かって突っ走り、わたしは目を閉じて座りながら、今のこの方針はまちがっていないと確認した。ロシア人を破滅させることこそ、家族を救う唯一の道なのだ。

携帯電話はバイブレーションにセットしていた。車の揺れ、波打つような通りを走るタイヤの音で振動したのに気づいていないのかもしれないが、確かめようがない。目を開くと、ヴォルチェックは脚を組み、目を閉じていた。今日、これからのことを考えているのか？　わからない。アートラスは窓の外を眺めている。ボスを見ることができないのだろうか。携帯電話に手をのばしそうになった。チェックするだけ。確かめたいだけだ。タイの曲がりを直し、咳払いしてなんとか通りに目を向け、次の手立てに思いを馳せた。アートラスは相変わらず外を見詰めたままだ。そろそろ真相を探り当てなければならない。

チェンバーズ・ストリートに近づくにつれ、地下駐車場に停まっている二台のバンのなかに答えがあるという思いが強くなっていった。

47

七時三十分をまわったころ、チェンバーズ・ストリートにたどり着いた。裁判所の冷たい階段も太陽の光を浴びて暖かくなってきている。

ヴォルチェックがアメリカから逃げ出すまで八時間を切った。ヴォルチェックについて手に入れられるものはなんであろうとかき集め、四時前には信用できるＦＢＩ捜査官を見つけ出さなければならない。

ヴォルチェック、アートラス、ヴィクター、全員がわたしとともにリムジンを降り、一緒に入口へ向かった。

「先にいけ」アートラスに言われて先頭に立ち、階段をセキュリティーへ向かった。

階段を上っていくと、ロビーへの入口が見えてきた。警備員はひとりとして馴染みがなかった。全員が初めて見る顔だ。わたしはブリーフケースも持っていなければ、弁護士らしい格好でもなかった。爆弾を見つけられる心配はない。身につけていないからだ。しかし、不法な水溶液のスプレー、おそらく本物の起爆装置、紫外線を照射する懐中電灯、携帯電話を持っている。このどれかひとつでもロシア人に見つかれば、なにもかも終わりだ。

入口から五、六メートルのところまで来ると、知っている警備員がひとりいた。ブロンドで若く、やる気満々の警備員——ハンクだ。昨日の朝、ボディチェックをすると言い張り、バリーに救われた。

ハンクはわたしが入っていくのを見ている。セキュリティー入口のドアの前に立って関節をぽきぽきと鳴らしていた。その気になれば、徹底的にボディチェックをするだろう。

そのとき、背後から急ぎ足で階段を駆け上ってくる音が聞こえた。振り返ると、ビル・ケネディー特別捜査官がこちらへ向かって駆けてくる。昨日のふたりの捜査官を従えていた。

「よかった、なんとか追いついた。ミスター・フリン、昨日は申し訳なかった。ちょっと内密に話したいことがある。車に乗ってくれないか。長くはかからない。約束する」

ヴォルチェックは捜査官たちに目をやり、それからわたしを見た。

「かまわないよ、ミスター・フリン。一緒に行けばいい。上のオフィスで待っている。裁判の時間には遅れないようにしてくれ。電話をかけさせたくないだろう？」ヴォルチェックはそう言い、屈みこんで小声でささやいた。「なにか企んだら、娘を切り刻む」

「心配いらない。すぐに戻る」わたしは応じた。

ヴォルチェックに背を向け歩き出すと、視線が突き立てられるのを背後に感じた。ケネディー特別捜査官が引き連れているふたりは、まったく無言のままだった。赤毛で背の低いずんぐりした捜査官はケネディーの前を歩き、運動選手のような体格の背の高い方はわたしの後ろだ。

「どこか素敵なところへ連れて行ってくれるのか？」

「川へ行く。四〇番桟橋だ。ところで」ケネディーはそう言って背後にいる背の高い男を指さした。「コールター特別捜査官だ」

「よろしく」わたしは言い、握手をした。

ケネディーは前を歩いている赤毛を紹介した。

「こっちはトム・レヴィン特別捜査官」

レヴィンは手を差し伸べてこなかった。頷いただけだ。わたしは頷き返したが、なによりもこれでわかった。ヴォルチェックが、突然、ＦＢＩの車に乗ることを快諾したのがなぜなのか。ヴォルチェックの息のかかった悪徳捜査官とドライブすることになるのだ。わたしの話はすべてヴォルチェックに筒抜けになるだろう。

「ケネディー捜査官、どうして四〇番桟橋なんだ？」

「行けばわかるよ、ミスター・フリン。行けば、な」

48

四〇番桟橋への道中、ほとんど会話はなかった。運転手はレヴィンだったが、ひと言も発しなかった。コールターは助手席に座り、わたしはケネディーとともに後部座席におさまっていた。

「桟橋が重要なのか？」

「今朝の『タイムズ』を読んだかな？」

「時間がなくってね」

ケネディーから『ニューヨーク・タイムズ』を受け取った。わたしの写真が一面に載っている。ロシアン・マフィアの裁判、継続中、という見出しだった。

「折れ目の下の記事を見てくれ」

新聞をひっくり返すと、日曜日に見た写真が目に入った。貨物船サシャ号が川岸に停泊していた。土曜の夜、乗組員ともどもハドソン川に沈没したあの貨物船だ。付近にいた船の乗組員たちが、行方不明の船員と船体のありかを突き止めるのに手を貸してくれたことに当局が感謝の意を捧げたという内容だった。

「四〇番桟橋付近でサシャ号が沈むのを目撃した船員を見つけた。ハドソン川はでかい川だが、昨夜、沈んだ船と乗組員を発見した。さて、着いた。自分の目で確かめられるよ」

高々とそびえる鉄製の通用門の前で車は停まった。警官が手を振って通してくれた。ニューヨーク市警のパトロールカーの背後に停車する。コールターとレヴィンが降り、桟橋への歩行者用入口でわたしたちが来るのを待っている。通用門の向こう、遠くに朝日に輝くハドソン川が見えた。広大な川は、三角波が立っているようだ。同僚のところへ行くまでにケネディーが身を寄せ、ささやいた。

「言いたいことがあるのなら、今しかない」

「話すことなんかないよ」そう答えてケネディーの肩越しにレヴィンを見た。レヴィンはコールターと軽口を叩いているように装っていたが、わからぬようにわたしを観察していたのは確かだ。

「わかった」ケネディーは溜息とともに言った。

ひとつの疑問が頭のなかにこだましていた。どうしてジミーは連絡をよこさない？　なにかよくないことが起きたにちがいない。エイミーはあそこにいなかったのだろうか。ロシア人どもが、リザードとアンソニーを殺していたら、どうなるだろう？　ポケットのなかの携帯電話を握り、振動してくれとばかりに力をこめた。精神的な重圧があると、決まって体が反応する。ニシキヘビが背骨に巻きついているようで、まずは鋭い痛みが走る。深呼吸をして首筋をのばして凝りをほぐし、考えに集中しようとした。疲れきっていた。眠っていない。体は今にも音を上げそうだ。

ケネディーは底の硬い靴を履いており、四〇番桟橋のボートハウスへ続く砂利道を踏むたびに音を立てた。わたしはうつむき、ケネディーの歩みについていった。足音が止んだので顔を上げると、犯罪現場を表わす黄色いテープが張られて行く手をさえぎっていた。そこをくぐった。

小さな音がして、携帯電話が振動した。

メールだ。エイミーは生きているのか、まだ行方がわからないのか——それとも殺されたか。

頭に血がのぼり、空気を求めて息を吸おうとした。結果が知りたい。だが、レヴィンが近くにいるので、携帯電話を引っ張りだす危険を冒すわけにはいかない。

前方で、コールターとレヴィンはボートハウスに背を向けている。ケネディーは、鑑識班からきた白い合成樹脂の上っ張り姿のふたり組みに声をかけた。沿岸警備隊の船が桟橋に舫《もや》われ、川のなかにはダイバーたちがいた。ケネディーはテントのなかに来るようにわたしを呼んだ。なんのテントであるか、なかでなにに対面することになるのか察しはついていた。世界中の警察で使っているテント、発見した遺体が損なわれないようにするためのテント。テントの床にふたつの遺体袋が並んでいるのが見えた。入口のジッパーを床まで下ろす。なかにはわたし、ケネディー、そしてふたつの遺体袋だけ。

ケネディーはわたしに背を向け、遺体のかたわらにひざまずいた。

携帯電話を引っ張り出し素早く目を通す——身柄を確保。問題なし。四人の男、そして女は始末した。エイミーは震えているが、元気。

　脚が萎えた。砂利にひざまずき、両手で顔をおおった。ありがとう、という言葉を何度も繰り返した。首の痛みが消えていくようだ。真っ黒で毒を放つ鉛が心臓を押しつぶすのではないかと恐怖にとらわれていたが、それがいきなり消えた。胸いっぱいに空気を吸い込むと、いきなり、やってやるという気になった。

　ヴォルチェックを叩きのめす。

「三十分ほど前、死体運搬車に運び込んだんだが、ここに戻すように言った。あんたにも見せられるからな」

「感謝するよ──朝メシを食う前に見るには、うってつけだ。わたしとなんの関係があるんだ？」

「知りたいのこっちだ」

　ケネディーはひざまずき、片方の袋に手をかけた。ジッパーから水滴が滴っている。湖や川で発見された死体は、ふつう水のなかで袋に入れられる。まわりに証拠があるかもしれず、それを保存するためだ。死因や死んだ時間を特定できる手がかりが手に入ることもある。

　鈍い灰色の死体袋のジッパーが、光を照り返している。男の死体が収まっていた。ケネディーがジッパーを動かす。ひとつ目、さらにもうひとつの袋を開く。どちらも白人で、二十四時間以上水中に放置されていたようだ。ルーのカバーオールを着ている。ふたりともネイビーブルーのカバーオールを着ている。殺されたのは明らかだ。ひとり目の胸にふたつの銃傷が見られ、これはもうひとりも同じだった。殺したのが誰にせよ、銃の扱いに慣れている者の仕業だ。二発の弾丸を一箇所に集中させている。それぞれの死体の三発目を見れば、プロの殺し屋であることが歴然とする。三発目は、とどめの一発だった。どちらも至近距離から頭部をぶち抜かれている。

「肺に泡がたまっているとは思っていないんだろ？」

「おぼれたってのは、ありえない。処刑されたんだよ、ミスター・フリン。殺されてから川に投げ込まれた。最近、川での海賊行為は多くない。こういう事件はお目にかかったことがないな」

「積み荷は見つかったのか？」

「まったく」

「サシャ号になにを運んでいたんだ？」

ケネディーは答えずに、手前にある死体の胸のあたりをひっくり返した。カバーオールの背中に会社のロゴマークが書かれていた――マクラグリン解体作業社。

「整理してみよう、ミスター・フリン。今回の裁判がはじまる二日前の夜、サシャ号の乗組員が殺され、荷物が行方不明になった。昨日、爆発物の情報をつかんだ。両者はなにか関係があるのかもしれないし、ないのかもしれない。こいつを見てもらいたかった。偶然ってものを信じていないんでね。あんただってそうだろ？　まずはどんな連中を弁護しているのか知ってもらいたかった……」

ケネディーの言っていることに意識を集中することはできなかった。言葉がまったく耳に入ってこなかったのだ。ある考えが、なにもかも心中から追い出してしまった――裁判所の地下駐車場に入っていった二台のバン。

「やつらはどれほどの爆薬を手に入れたんだ？」

「ニューヨークのほとんどのビルを噴き飛ばせるほど。非常にまずい」

ケネディーはやや体をそらしてこちらを見詰め、わたしがすべてを打ち明けるのを待っている。

結局、わたしはなにも言わなかった。背後で合成樹脂のテントが音を立て、朝日を浴びて男のシルエットが浮かび上がった。レヴィンだ。喫煙禁止にもかかわらず、タバコを吸っている。

「いいかい、はっきり言おう、ミスター・フリン。昨日、あんたが依頼人と爆弾の話をしていたという情報を得た。今日、船一隻分の爆発物が盗まれ、乗組員が射殺されているのが見つかった。あんたがふたりを殺したとは思っていないが、より詳しい事情を知っていると思っている。それに血の件もあるしな」

「血？」

「昨日、シャツの袖に血がついていた。殺されたふたりのどっちかの血じゃないのか？」

血の染みのことはまったく忘れていた――手のひらの傷の血だ。昨夜、解放してもらいたいばかりに最後の最後にケネディーを牽制し、手錠をかけてくれと両手を差し出した。そういえば、あのときケネディーはわたしの両手をじっと見ていた。

「昨日、手のひらを切ってしまったんだ。持っていたグラスを割ったんだよ。あれはわたしの血だ。ほら。これが傷口だよ」

ケネディーはわたしの手に目を向けた。

「はじめて本当のことを言ったようだな。くだらないことはどうでもいい。それでなにがどうなってる？」

「もう話すことはないよ」

「いいか、神経質になっているのはわかる。依頼人を守ろうとしているだけなんだろう。だが、今や守る必要に迫られているのは、自分なんだよ、ミスター・フリン。まずは、あんたを排除したい。そうすればロシア人の依頼主どもに集中できるからな。そこで、家宅捜査することを認めてほしい」

ケネディーはコートのポケットから折りたたんだ書類を出して開き、わたしの前に差し出した。家宅捜査に同意することを認めるごくふつうの書類だ。昨夜のことを思い出した。ペンキが固まって開かなかった窓の前に立ち、ポケットを叩いて鍵を探した。その朝、リムジンで叩きのめされたとき、ポケットから落ちてしまったのか、それとも……。恐ろしい考えが浮かび、パンチを食らったかのような衝撃を受けた。アートラスはわたしを爆弾魔に仕立てあげたいのだ。鍵を抜き取り、アパートの部屋に有罪を証明するような物、爆弾と結びつくような物を置いてきたにちがいない。ケネディーにはなにも話すことはできない。この場では、時期尚早だ。レヴィンに聞かれるのはまずい。それに証拠をつかむまでは話すべきではない。レヴィンがロシア人と通じている証拠、ロシア人どもがなにを部屋に置いてきたにせよ、そいつが罠であることを申し分なく証明できる強固な証拠。

レヴィンはわたしの視線を感じていることだろう。テントの入口まで来ると、ジッパーを開けた。

「時間どおりに戻るなら、もう行ったほうがいいだろう」レヴィンはそう言って笑った。

ケネディーは死体袋を閉じ、立ち上がるとジャケットの右側の内ポケットから携帯電話を出した。

「同意書にサインしろ。そうすれば、あんたを捜査対象から外し、悪の塊みたいなやつらに集中できる。最後のチャンスだ」ケネディーは携帯電話を掲げながら言った。

「話すことはなにもない」

ケネディーは携帯電話を開くと番号を打ち込んだ。

「ケネディーだ。フリンと一緒にいる。同意書に署名することを拒んだ。宣誓供述書の最後のところを書き換えてくれ。〝エディー・フリン弁護士は、連邦捜査官の理にかなった協力要請を拒み、その結果、容疑事実に関与している疑いを払拭すべき家宅捜査を行なうことができなくなった〟」ケネディーはここで言葉を切り、電話の向こうの相手が書き取るの待った。電話で話をしながら、目はわたしからそらそうとしなかった。「〝協力を拒むことは理不尽であり、連邦当局の捜査の進展を妨害し、遅らせることにもなるだろう。重要な証拠を押さえて保持するため、裁判所には令状の発行を再検討願いたい〟。書き取ったか？　よし。

大至急ヒメネスに渡してくれ」

音を立てて携帯電話を閉じるとケネディーは、満足気ないやらしい笑いを抑えることができないでいた。今の電話はなんだったのだろう。いろいろと考えられる。FBIは家宅捜査の令状を請求したのだが、却下されたのだ。ケネディーは〝再検討願いたい〟と言った。FBIがすぐにでも令状が必要なら、勤務中の連邦裁判官に電話をし、令状を依頼することもできるはずだ。ケネディーは、昨夜、電話で令状を請求しようとしたのだが、正当な理由により却下されたのだ。当然だ。なんといっても、もっともらしい根拠を並べたてたところで、説得力などない。読唇術によって〝爆弾〟という言葉を読み取ったこと、連邦側の証人が死の脅迫を受けていること、解体作業会社の爆薬が強奪されたこと、こうしたことがらをわたしと結びつけることはできないし、おそらく結びつける充分な根拠がなかったのだろう。第二に、ある階級の人たち——そのリストの一番上にくるのが法曹界の人たち——を国会は特別に保護してきたからだ。

弁護士のオフィスや家を捜査することは危険だ。弁護士には依頼人の秘密を明かすのを拒否する権利があるが、それを明らかにしてしまうものが見つかってしまう恐れがあるのだ。連邦の下級裁判所裁判官は、憲法修正第四条（動産の不法な捜索や押収を禁止した修正条項）に認められているわたしの権利を喜んで奪い取りたいのだろうが、依頼人の権利の侵害になることを恐れているので、聴聞を行なわずに令状を発行することはないだろう。聴聞が行なわれない場合、令状は電話で請求して発行されることはほとんどなく、たいていは書類手続きが必要だ。捜査官は宣誓供述書を作成することになり、捜索する理由、なにを探しているのか、こうしたことを書き連ね、十中八九受理される。弁護士の家を家宅捜査するなど、難しい問題がある場合、連邦検察官は聴聞会で申請書を検討しなければならない。これは時間がかかる。一日、運がよければ半日で令状が発行されることもあれば、ＦＢＩが令状を申請するまで、数週間、準備が必要なときもある。

ケネディーはにやにや笑っていたが、今や顔中に満足気な笑みが広がった。

令状が発行されるのはまちがいないと思っているのだ。わたしもそれに手を貸したというわけだ。弁護士としてわたしは、裁判所に協力しなければならない義務を負っている。家宅捜査を拒んだことによって、ケネディーに令状を手渡したようなものだ。この家宅捜査令状の申請を却下する裁判官はいないだろう。悪徳弁護士を擁護しているという印象を与えたくないからだ。

「申請書を審問する裁判官は？」

「ポッターだ。昼に予定されている」

今は午前八時五分。

これからの行動を頭に思い描いていたが、すべてご破算になった。正午になると、連邦検事補ヒメネスは、ＦＢＩが申請した令状を手にするだろう。おそらく、ＦＢＩはすでに捜査官をアパートのドアの前に配置し、わたしの部屋には誰も立ち入りができないようにしているのではないか。証拠が持ち出されないよう目を光らせ、ポッターのサインが入った書類が届くのを今か今かと待ち構えているにちがいない。ポッターが申請を認めたら、十分、いや、おそらく十五分で令状にサインがなされ、事務員がスタンプを押し、それから四十分ほどで書類の原物がわたしのアパートへ届けられ、合法的に家探しが行なわれるのだ。午後四時までに決着をつければいいと考えていた。だが、多く見積もっても五時間の猶予はない。テントの外に出ると、ケネディーはわたしの腕を取った。もう一方の手で名刺を差し出した。

「おれの連絡先だ。よく考えろ。今やお手上げの状態だろ」

レヴィンが携帯電話を取り出した。

「いや、けっこうだよ。引っ込めてくれ」

ケネディーはジャケットのポケットに名刺を戻した。

ビル・ケネディーは、神経質だが、まめな捜査官のようだ。細部まで気をつかい、こうした態度はなかなか装えるものではない。このとき、ケネディーはまちがいなく信用できると思った。最後にはなにもかも打ち明けることになるだろうが、まずはすべての事情をつかむ必要があり、それからケネディーの元へ赴こう。ケネディーの名刺を持っていることをロシア人に知られるのはまずい。ほかの方法で接触することを考えなければならない。

ロシア人が思ってもいない方法で、だ。

49

ＦＢＩの車で裁判所へ戻った。帰りの車中は誰もが無言だった。ありがたい。少しでも考える時間ができた。

ロシア人をぶち込むのに必要なものは、すべてあのスーツケースのなかにある。バンの一台の助手席に積み込まれたスーツケース。二台のバンは、サシャ号が積んでいた爆発物を運んできたのだ。

帰りの車のなかで、レヴィンはリアビュー・ミラーを使ってわたしから目を離さなかった。ケネディーともうひとりの捜査官コールターは、レヴィンがロシア人と通じていることに気づいていないようだ。ケネディーは自分のやり方に自信満々のようだ。だが、ひとつだけわからないことがある。レヴィンがこの件に関わっているのなら、ベニーをどこに隠しているのかわからないというのはどういうわけだろう。

「今日、証人Ｘを法廷に連れてくるんだな？」

こう尋ねると、コールターとレヴィンは耳をそばだてた。ケネディーの答えを興味津々に待っていると言わんばかりだ。

「必須の基礎知識ってやつだな、そうだろ、諸君？」ケネディーは応じた。

「ああ」レヴィンとコールターが同時に答えた。

「たしかに、今日、出廷する。特別編成のチームが獄中からずっと証人Ｘ――証人保護プログラム下にある男——に付き添うことになる。証人をどこにかくまっているのか、わたしも知らない。そのほうがいい。特別編成チームは、法廷にたどり着くまで証人に対して責任を負う。そのあとを引き継ぐのがわたしだ」

これでよくわかった。レヴィンはヴォルチェック側の男であることはまちがいない。ここにいる誰もがベニーの居所を知らないのだ。抜け目のない措置だ。なにもかも告白する相手として、ケネディーはふさわしい。

「ミスター・フリン、今日は目を離さないでいるからな」ケネディーは言った。「部屋でなにか見つけたら、逮捕してやる」

わたしは首を左右に振り、なんとか笑い声をあげて自信があるところを見せつけようとしたが、ケネディーには通じなかった。

「あまり堅苦しく考えるなよ。裁判所に爆弾が持ち込まれようとしていることがわかったら、知らせろ」

「すでに仕掛けられているかもしれないだろ?」

「あの建物の上から下まですべて調べた。見つからなかったよ」

地下駐車場のバンを見落としているのはなぜだろう。だが、すぐにわかった。駐車場に車が停まっているということは、警備記録に登録され、各車両は法律的に縛られる。FBIは合法的に調べることができない。憲法修正第四条によって禁止されているのだ。アートラスはこうした細部にいたるまで考えぬいていたのだ。有り金すべてを賭けてもいいが、あの二台のバンは入庫記録に記載されているはずだ。地下駐車場の建設は七〇年代にはじまった。昔からあった地下の独房を上の階へ移し、処刑室をつぶした。この広大な地下駐車場には、おそらく二百台ほどの車を停めることができるだろう。すべての車の持ち主を追跡しようと思ったら、FBIといえども一週間はかかるにちがいない。そのくらいの時間が必要なのだ。捜査令状を請求するにあたり、車の登録者に連絡しなければならないからだ。車を合法的に一台一台調べるには、ものすごく時間がかかるものなのだ。捜査班は外から車をざっと見ただけで終わりにしてしまう。窓を割って調べるのは、とても危険だ。弁護士や裁判官の車かもしれないのだ。

FBIの車は裁判所の前で停まり、ケネディーはわたしを解放した。

「話したことを忘れないでくれ」

これには答えずに勢いよく階段を上がっていった。外壁の修復作業をしている男たちは、頭上高く揺れている足場に立ってすでに仕事をはじめている。足場は屋根から太いワイヤーで吊り下げられ、屋根から二、三階下のあたりで揺れていた。作業員はレンガ壁に圧縮空気を吹きかけ、一世紀分の汚れを噴き飛ばしていた。セキュリティー・ゲートの前に並んでいる人たちの肩に、なんともすてきな茶色い雪が降り落ちてくる。ハンクの背後に立っている口ひげを生やした太った警備員は、わたしが戻ってきたことに気づいたようだ。ロシア人たちは、問題なくセキュリティーを通過できると思っているようだ。爆弾を上の階に置いてきたからだ。だが、携帯電話、スプレー、懐中電灯、本物の起爆装置を持っている。あの太った警備員には、どれひとつとして見られたくない。今回はセキュリティーまで待たずに、列を飛び越した。並んでいる人たちを尻目にまっすぐに太った警備員のところへ行ったのだ。昨日ほど神経質になっていない。それほど注意を引くことなく列の先頭までできた。

金属探知機を通り抜けると警報が鳴った。ハンクに呼び止められたが無視し、アートラスの息のかかった男のところへ歩み寄り、小声で言った。

「お友だちのハンクをなんとかしてくれ。見られたくない金を持っているんだ。金はきみの懐に入る――ボーナスだってアートラスが言ってたよ」

「ハンク、問題ない。おれに任せろ」太った警備員は言った。名札にはアルヴィン・マーティンと書かれていた。

昨日に引き続き、ボディチェックせずに通すことにハンクは異を唱えようと口を開きかけたが、わたしは建物のなかに入り、アルヴィンについてくるようにと頷いて合図し、それから言った。

「静かなところへ行こう。ロビーには監視カメラがある。地下にいい場所がある」

地下にエドガーの小さな仕事場があったのを思い出したのだ――隠れ家のような部屋で、元セキュリティー部門のチーフ、エドガーは内密に酒を醸造していた。味のわかる客――たとえば、わたしや数人の弁護士仲間、裁判官も二、三人――に配っていたのだ。ハリーはエドガーの〝ルートジュース〟の味が病みつきになったと言っていた。

アルヴィンを背後に従え、ロビーの西側にある両開きのドアを抜け、階段を地下へと下りていった。

地下駐車場に入り、左へ曲がった。照明の灯っていない長い通路を歩く。壁のくぼみのなかに隠れるようにドアがあり、その向こうがかつてのエドガーの醸造所だ。ありがたいことにドアは施錠されていなかった。醸造のための器具類はもう片付けられてしまったようだ。ここはかつてボイラー室だったが、今は埃のかぶった折りたたみ式の椅子が積み上げられ、ふたつ三つテーブルが置かれているだけだ。エドガーは逮捕されたが、ぶち込まれることはなかった。ハリーが懲戒委員会で口利きをしたのだ。裁判官が後ろ盾になっていたので、エドガーは馘首《くび》にならずにすんだ。降格され、責任ある仕事は大半を失ったが、仕事は続けた。見返りにハリーは、貯蔵していた酒の残りをすべて手に入れた。

ドアを開けて手で支え、アルヴィンを通した。

「今、金を渡すべきなんだろうが、求められているものがわかっているのか確かめたい」

アルヴィンは少し驚き、狼狽したようだ。しかし、金をもらえるとあって、暗い部屋に入った。部屋のライトをつけると、アルヴィンはわたしの前を通り過ぎた、そのとき、右手を彼の銃にのばした。ホルスターのストラップのホックを外し、ベレッタを抜き取った。しかし、アルヴィンはホックが外され、金属が革をする音を聞きつけ、わたしの前腕をつかんだ。左手をまっすぐ首すじに叩きこむと、アルヴィンの膝が床へと崩れ、腕を握っていた手が放れた。

「落ち着け。言うとおりにすれば死ぬことはない」後頭部に銃を突きつけながら言った。「座れ」

このような状況に陥ったにしては、取り乱していないようだった。

部屋の隅に積み上げられている椅子をひとつ引っ張り出し、わたしから二メートルほどのところに広げて座った。わたしはドアを閉めた。

「ロシアン・マフィアのバンを駐車場に入れたな。どうしてそんなことをしたんだ、アルヴィン」

「あんたと同じ理由。金だよ。警備員の仕事じゃあ、雀の涙しか稼げない。離婚して扶養料を払わなくちゃならないんだ。賄賂を受け取っていないだなんて言うなよ」

「そいつはちょっと見当ちがいだが、金をもらっても人を殺すようなことはしない。バンにはなにが積まれている？」

「問題なく出ていくためにバンが必要だと言っていた。ヴォルチェックに有罪の判決が出たら、バンで逃げるつもりだ。あとでバンについて尋ねられたら、二台のバンを駐車場に入れ、記録したと言えばいい——誰の車かなんてどうしてわかる？　仕事を失っても、アパートには十万ドルある。警備員のくだらない仕事をしていたら手にできない金額だ」

「ヴォルチェックは今どこにいる？」

「みんな十九階にいる。あんたを待っているよ」

「バンの鍵は持っているか？」

「いや。なあ、すべて話した。もう解放してくれ。なにもかも忘れちまおう」

「そんな危険を冒すことはできない。手錠は持っているか？」

「もちろん」

「隅にあるラジエーターのところへ行け」

アルヴィンは立ち上がり、右を向いてラジエーターに目を向けた。それから体を回転させた。こちらに向き直り、椅子をわたしの顔へと横ざまに叩き込もうとした。両腕で顔をかばう。椅子の脚が肘と手首を直撃し、銃が床に落ちた。アルヴィンはすでに回転しているベレッタのほうへ身を翻していた。アルヴィンは床に向かって飛び込み、ベレッタの銃身をつかんだ。わたしは左脚を踏み込み、右脚を背後で曲げてからアルヴィンの顔に叩き込んだ。軽く四十ヤード。フィールドゴールを決めたようなものだ——肩の上でやつの頭が後ろへそっくり返り、反動で顔面からコンクリートに突っ込んでいった。体はすぐに動きが鈍くなり、そのままぐったりした。

床からベレッタを拾い上げてから、アルヴィンの喉に指を当て力強い脈を感じ取った。死んだように横たわっているが、まだ生きていることはまちがいない。ラジエーターまで引きずっていき、パイプに手錠でつないだ。ベルトから慎重に無線機、携帯電話、ベレッタの予備弾倉を引き抜いた。無線機と携帯電話は壁に叩きつけて壊した。電気を消し、ドアを閉めた。アルヴィンはしばらく見つからないだろう。ベレッタと予備弾倉をコートのポケットに滑りこませた。

まず北西の隅にバンを一台見つけた。迷うことなくこの場所に停めたようで、助手席のドアは壁から一メートルほどのところだ。後部ドアは予備の南京錠で施錠されていた。サスペンションはふつうよりも沈み込んでいる。荷物を満載しているかのようだが、はっきりわからない。窓ガラスには色が付いているので、なかをのぞき見ることはできない。警報装置やエンジン始動ロックが装備されていれば、ダッシュボードで赤いライトが点滅しているはずだ。濃く着色された窓ガラスを通してでもそれはわかる。しばらく注意深く観察していたが、それらしき光が見えなかったので安堵し、昔ながらのやり方でドアを開けることにした。行動に出る前にもう一度駐車場を調べ、誰もいないことを確認した。警備員の詰め所はここからは見えない。詰め所にセキュリティー機器が装備されているなら、警備員は理想的なことをしているだろう――つまりケーブルTVばかり見て、閉回路TVのモニターなどには目もくれない。バンのところに戻ると、ベレッタの握りを助手席の窓ガラスに二回叩きつけた。二度目でガラスが割れた。警官、あるいは警備員が駐車場の外れまで来て、車の助手席側を調べない限り、車に押し入った証拠は見つからないだろう。音を聞きつけられなかったか、一分ほどじっとしていた。駐車場のなかで動くものはなにもない。

バンの後部は床から天井まで荷物でいっぱいだった。荷物は防水シートで覆われている。シートを取り払うと、明るいブルーのビニールで包まれた樽が山をなしていた。最初、なにを目にしているのかわからなかった。左端の樽からワイヤーがのびているのを見て、息を呑んだ。ワイヤーをたどると、大きな黒いプラスティックの箱につながっていた。何本ものワイヤーを連結させる装置のように見える。この箱からは一本のワイヤーがのびていて回路基板に接続されている。回路基板にはデジタルタイマーがついていて、〇〇：二〇：〇〇：〇〇と表示されている。おそらく二十分ということだろう。ほかのところは、時間、秒、十分の一秒を表わしているにちがいない。無線受信機のようなものは見当たらなかったので、タイマーは手動で動かさなければならないのだろう。ほかに考えようがなかった。ひとつだけはっきりしていることがある――これは逃走用の車両ではない。

もう一台のバンは、反対側、南東の隅に停まっていた。バンは裁判所の両側を支える壁の下に駐車している。二台目のバンの窓ガラスは一台目ほど濃くなく、後部に同じような荷物が山積みになっているのが見えた。サスペンションは同じように沈み込み、おそらく似たような荷を積んでいるのだろう。昨夜、グレゴールが助手席に置いたスーツケースがあった。銀色のスーツケースは、上の階にあるもの、昨日の朝、資料を入れて法廷に持ち込んだスーツケースと同じだった。窓ガラスを割ってドアを開けた。スーツケースを手に持ち、床に置いた。思いがけずスーツケースは軽かった。大男のグレゴールは、昨夜、これを両手で持ち上げていた。

これはおかしい。

ケースを開けようとしてふと思った。上の階へ行ってケネディーを捕まえ、バンのところまで引っ張ってこようか。だが、ふたつの理由でやめることにした。まず、警備員アルヴィン。やつの体中からわたしのDNAが検出されるだろうし、顔にはくっきりとわたしの靴型が記されているはずだ。第二に、二台の車の窓を割っていること。わたしの指紋がドアハンドルに付いているだろうし、ロシア人とバンを結びつける証拠はなにもない。

すべてはスーツケースになにが入っているかによる。留め金に沿って親指をはわせて外し、蓋を開けながら、なかに起爆装置か、アートラスがこのバンでなにを計画しているのか手がかりとなるもの、あるいは今度の件がすべて明らかになるようなものが見つかるのではないかと期待した。なかにあるものを目にしたとき、思わず両手のなかに顔を埋めてしまった。

目を閉じ、頭を二回叩いた。

二十四時間でこれで二回目、呆然としてしまった。

空だった。

それからある考えが浮かんで、脳裏を去らなかった。スーツケースは空だ——アートラスから盗み取った起爆装置がそうであったように。

唯一考えられることがある。今回の出来事の一部を説明できるにすぎないが。エレベーターへ行き、十九階のボタンを押した。少し考えてからなかに乗り込む前に、ベレッタをゴミ箱のなかに隠した。エレベーターは上昇していく。ヴォルチェックに会うのだ。

50

食をとっていた。

十九階の小さなオフィスで、ヴォルチェック、アートラス、ヴィクター、グレゴールは朝食をとっていた。

「わたしにもなにかないのか？」

グレゴールからテイクアウト用の箱を手渡された。パンケーキの残りが入っている。

「FBIはなんの用だったんだ？」ヴォルチェックが尋ねた。

「あんたが証人を脅しているってしつこいのなんの。なにか知っていれば、打ち明けるのが一番の利益になるって説得されたよ。依頼人は無罪だ、善人の見本だって言ってやった。あんたを弁護できて嬉しいってね」

ヴォルチェックは声を上げて笑った。

受付のある部屋の隅にスーツケースが置かれていた。バンにあったのと同じものだ。床の上に広げられている。

地下駐車場にあったものと同じように空だった。

いや、少なくともそのように見える。

パンケーキは脂が多すぎだが、力の素になった。二十四時間なにも食べておらず、空腹の苦痛を忘れさせてくれた。パンケーキを口に運びながら、改めてスーツケースのことを考えてみた。

地下駐車場にあったケースは、縦一メートル強、幅五、六十センチ、奥行き四十センチ強の大きさがあった。今、床に置かれているものもだいたい同じサイズだが、なかを見ると、奥行きは三十センチほどしかなさそうだ。考えられることはただひとつ。あと十センチ強の余裕がある、つまり、今見えている底板は見せかけだということだ。思ったとおりだ。地下駐車場でエレベーターに乗り込む前、バンのスーツケースを念入りに調べたが、隠されたスペースはなかった。

禁酒法の昔から、アメリカでは当局に見つからないように荷物を運ぶ方法がいろいろと工夫されてきた。スーツケースに偽の底板を張るのは、古い手だ。このトリックの巧妙な点とは、スーツケースのなかを探っている者は誰もが、ケースの中身にしか興味がないということだ。スーツケースの外側には注意を払わない。偽の底板があるかどうか、外見からしか見破ることはできない。だが、ケースの模様から目が錯覚し、隠されたスペースがあることがわからないことも多い。目の前のスーツケースが二重底であるとわかったのは、地下駐車場で同じタイプのものを見ていたからだ。どれくらいの容量があるか、目にしっかりと焼きついている。

スーツケースのなかに探しているものが絶対にあるはずだと確信を持っていれば、そのうち二重底に気づく。これが唯一の欠点だ。これまで考えてきたことを試してみることにした。

空になったパンケーキの箱を捨てると、スーツケースにひざまずき、蓋を閉め、持ち上げた。地下駐車場にあったスーツケースと比べると重い。そのまま隣の部屋へ行こうとしたとき、アートラスがうまく引っかかってくれた。

「なにをしている？」

「このなかに資料を詰める。法廷へ持っていかなければならない」

「そいつを下ろせ。ヴィクターがやる」

「いや。大丈夫だ。ひとりでできる――」

「下ろせ」

アートラスは冷静さを失った。スーツケースをいじりまわしてほしくないのだ。秘密の隠し場所を見つけられるのを心配している。ヴォルチェックもわずかながらも当惑しているようだ。

「アートラス、落ち着け。弁護士さんは、仕事をしようとしているだけだ。この件をうまく切り抜けてくれるかもしれない。ピリピリしないでも……わかるな？　ちょっと休んでもらおう」ヴォルチェックが言った。

スーツケースを置き、カウチに腰掛けた。受付のデスクの上に飾られたモナリザの複製画に意識を向ける。ふとある考えが浮かび、それは確信へと変わっていった。

偽の起爆装置。太った警備員アルヴィン。二重底のスーツケース。モナリザを見詰めながら、こうしたものの役割、なにがどうなっているのか輪郭がはっきりと見えてきたのだ。

すべてを解く鍵は、モナリザだ。詐欺師の視点から見ると、モナリザには引きつけられる。世界中でもっとも複製画が出まわっている。有名なギャラリー、美術館に複製画が飾られているのだ。数年ごとに、化学的に分析して新発見があったと報じる記事を新聞で読む。複製画が実はオリジナルであったという内容だ。わたしはこのことにずっと興味を持っている。

どんなものであれ複製を作ろうと思い立つ唯一の理由は、すり替えを行なうことだ。ほんとうは複製なのだが、それを見ながら本物はほかに存在しているのだと思わせること。偽物を作る者たちは、詐欺師の親友といってもよい。

昨日の朝、アートラスがセキュリティーを通過したときに持っていたスーツケースには、裁判の資料が入っており、それは今、地下駐車場にある。グレゴールは、ひと晩中、裁判所を離れなかった。アートラス、ヴィクター、わたしの三人で金を受け取り、ジミーのところへ行っているあいだも、グレゴールは裁判所にいた。夜のあいだにグレゴールは地下へ行き、スーツケースを取り替えたにちがいない。昨日、裁判所に資料を入れてアートラスが持ち込んだスーツケースは地下駐車場に、グレゴールが昨夜バンに積み込んだスーツケースは目の前の床に置かれている。つまり、二重底の下になにが隠されているかわからないが、それは、昨日の朝、セキュリティーを通過するときに金属探知機の警報を鳴らすような代物であったということだ。しかし、なんと言っても、X線スキャナーを通せば二重底であることがすぐにばれてしまう。

ヴォルチェックはスーツケースには少しも興味を払わなかった。スーツケースが入れ替わったことすら知らないのではないか。そうであるなら、バン、アルヴィンのこと、さらにアートラスが本物と偽物ふたつの起爆装置を持っていることも知らないのはまちがいないだろう。

どうして本物と偽物の起爆装置があるのか。同じスーツケースがふたつあるのはなぜか。

モナリザの複製がある理由は？

気づかれずに入れ替えることができるからだ。

当初から、ロシア人をずっと騙していると思っていた。

だが、アートラスはわたしを、いや、もっと重要なことに、ヴォルチェックをも欺いているのだ。ふたりのあいだに流れる緊張した空気を感じ取っていたし、アートラスが顔の傷をいじるのも見てきた。

ヴォルチェックがわたしの前に立って言った。

「裁判まであと五分だ、ミスター・フリン。金が物を言えばいいな。あんたのためにも。マーリオの殺害におれが関わっているようなことをトニー・ジェラルドが口にしたら、アートラスはガールフレンドに電話をかけることになる。あんたは娘に恨まれるだろう。おれの仲間を楽しませることになるんだからな」

「トニーは余計なことはしゃべらない」

アートラスは椅子の背にかけていたスーツのジャケットを手に取った。

「こいつを着ろ。昼の休憩時間に爆弾を仕掛ける」

ふたたび腰に爆弾の重さを感じた。こうした死を招く代物が肌に密着していることを思うとゾクゾクするような不安がこみ上げてくる。ＦＢＩはわたしのアパートを家捜しする令状を取り付けようとしている。おそらく昼の休憩までに決着をつけることはできないだろう。

わたしの考えが正しく、アートラスがボスを欺くようなことをしているにしろ、結局、なにをしでかすつもりなのかわからない。あのスーツケースの二重底の下に答えがあるという思いは変わらない。アートラスの目を盗んでなかをのぞき見る必要がある。どうしたらいいだろう。

「こいつを」アートラスはそう言って、ヴォルチェックに手渡した。ヴォルチェックはそれをじっくりと眺めてから、ポケットに入れた。アートラスは起爆装置を渡したのだ。

偽物の方を。

51

シャツとタイは新しいが、それ以外は昨日と同じものを身につけている。とはいえ、ふだんからこのようにわずかに着ている物を替えるだけだ。裁判では二日目も同じスーツを着、シャツとタイは新しいものに変えることにしている。さすがに三日目には、スーツも着替える。七日目にもスーツを替える。だが、一カ月以上続くのではないかぎり――その場合、五着のスーツを着ることになるが、それが限界だ――どのような裁判でも身に付けるスーツは三着までにしている。アパートには十五着ほどのスーツがある。必要なら毎日ちがうスーツを着ることはできる、かつてはいつもそうしていた。ところが陪審員がそれに気づき、見とがめているとわかった。これはまずい。

陪審員がわたしのスーツのことでささやきあっていた。つまり、証人の言葉には耳を傾けていないということだ。陪審員たちはこう思っているのだ。毎日、ちがうスーツで仕事をするのは、さぞかし気分がいいことだろう。あのスーツはいくらするのか。この裁判でどれくらい稼ぐのだろう。罪を犯した者は、自由の身でいるためにいくらでも払うにちがいない。弁護士は証拠から証拠へと舞うように審理を進め、陪審員を楽しませる。しかし、陪審員は、さまざまな理由をつけて、あっという間に依頼人を有罪にしてしまうこともあるのだ。超一流の弁護士でさえ、仕立てのよいスーツを着ていたばかりに失敗することもある。アルマーニのスーツを着て法廷に立ったなら、依頼人もわたしをお払い箱にして公選弁護人を雇うことになるかもしれない。

ふだん法廷に着ていくのは、無地の黄褐色のスーツ、替える必要があるときは濃紺のスーツだ。スーツを取っ替え引っ替えしなければ、陪審員たちは銀行にどれくらい金があるのか気にしなくなり、わたしがまともな男であり、高潔で弁護士にふさわしく、信頼できると思ってくれるのだ。

陪審員たちは裁判官が入廷するのを辛抱強く待っていた。パイクは法廷係官に命じて陪審員を入廷させ、すぐに戻ると告げて出ていった。陪審員たちは無言だった。下を向いている者が多かったが、ひとりふたり、こちらに視線を走らせた。その朝、読唇術ができるアーノルドは見かけなかった。おそらくミリアムにこう言ったのだろう。弁護側に気づかれた、まずい状況にある、と。

陪審員の誰ひとりとしてミリアムに目を向けなかった。昨日、わたしが徹底的に叩きのめしたからだ。とはいえ、立ち直る時間はたっぷりあった。裁判における消長、絶頂とどん底。無罪を勝ち取ったと思った瞬間、有罪が確定してしまう。証拠はそのように作用する。直接尋問、反対尋問、弁論、反論。うまくやってのけられるのならば、弁護士ならたいてい反対尋問に数日かけるだろう。証拠の細部や微妙な言葉のあやまで詮索し、証人のちっぽけな矛盾を鬼の首を取ったように責め立てる。JFKが殺されたときに小高い丘の草のなかで見物することを許されたかのようにだ。わたしに言わせれば、そんなことはどれもこれもまちがいだ。言葉の応酬が長引けば長引くほど、証人が有利であるような印象を与える時間が長くなるのだ。

うまくやるには、すばやく打ちのめすこと。そうすれば記憶に残る。

裁判の資料を机の上に広げていると、ふと忘れ物があることに気づいた。ペン。ポケットを叩いていった。舌打ちをし、ヴォルチェックにどこかにペンを置き忘れたので、法廷係官から借りる必要があると言った。ヴォルチェックは頷いた。ジーンは予備のペンを貸してくれ、そっと愛らしい笑みを向けてきた。

今日は四人の証人を尋問することになりそうだ。乗り切らなければならない。ケネディーは家宅捜査の令状にサインをもらうだろう。アートラスはわたしのアパートにどのような証拠を残してきたのか。おそらく、非常に都合の悪いもの、アートラスの企みにわたしが関与していることを証すもの、一生刑務所で過ごすことになるような証拠だろう。

「全員、起立!」

誰もが立ち上がった。アートラスが大きな声で毒づいたので後ろを振り返った。携帯電話での通話を終え、ヴォルチェックになにごとかささやきかけるとグレゴールとともに法廷から出ていった。ヴォルチェックは弁護士用のテーブルに向かってわたしの隣に座り、ヴィクターはわたしたちの背後で目を光らせている。なにが起こったのだろう。アルヴィンとは接触してもらいたくない。おそらく今ごろは意識を取り戻しているだろうが、手錠でラジエーターに繋がれ、動けないはずだ。なにか別のことだと直感は告げている。アートラスはエラーニャと連絡を取ろうとしたが、つながらなかった、そういうことではないのか。セヴァーン・タワーズのペントハウスは近い。様子を見に行ったのなら、全員が殺され、エイミーもいなくなり、すべてがご破算になったことを知るだろう。アートラスはわたしの家族に復讐し、それから逃げて身を隠そうとするのではないか。だが、それはないだろう。エイミーは安全だ。マフィアの本拠地にかくまわれ、おまけに法の執行機関の人間がその場所を見張っているのだ。少なくとも、当分のあいだは身に危険がおよぶことはない。

裁判官の座席に向き直った。ハリーがパイク裁判官の隣に座っているものと期待していた。いなかった。もしもの場合に備えて、ハリーにいてもらわなければ困る。

ミリアムは立ち上がった。慎重にわたしを避け、言葉をかけないようにしている。こちらに注意を向けることもなければ、笑みも浮かべない。おかげでミリアムはわずかながら厳しく見えた。スカートは、昨日のものよりもわずかに短いようだ。

「トニー・ジェラルドを証人として喚問いたします」

これはミスだ。ミリアムはまだ知らないのだ。被害者に同情してもらおうという戦法なのだろうが、早すぎる。女の証言を先に持ってきたほうがよかった。二十六歳のナイトクラブのダンサー、ニッキ・ブランデルは、マーリオが殺される前の晩、ヴォルチェックとマーリオが喧嘩しているところを目撃しているが、口論の内容は聞いていない。つかみ合いをしているところを見ているだけだ。そこで陪審員は、なにをめぐって口論していたのだろうと思うはずだ。そこでミリアムはトニーを喚問して、それを説明させるべきなのだ。陪審員はふたりの証言を関係づける。与えられた条件から正しい結論を導くようにしてやる。これこそまさに陪審員が望んでいることだ。

法廷を見まわした。トニーがゆっくりと証人台へ上がっていった。気取った顔をしているところから、ミリアムがどうして真っ先にトニーを喚問したのかわかった。トニーが協力的でないのを見て取ったので、被害を最小限度にとどめるために方針を変えたのだろう。出だしではつまずくかもしれないが、なんとか乗り切り、強い印象を残して終わる、という戦法だ。

ヴォルチェックはじっとトニーを見詰めている。四百万ドルの結果がどう出るのか、思いを巡らせているのだろう。手には起爆装置を握っていた。一部が見える。うまく隠しきれていない。本物の起爆装置はわたしが持っているので危険はない。

トニーの光沢のある銀色のスーツは、目を引かずにはいられない。履き心地のよさそうなクリーム色の靴、真っ黒なシルクのシャツ、白いタイ――どう見ても安っぽいポン引きだ。陪審員が好意を抱くことはないだろう。自信過剰とも思える態度で一歩一歩階段を上るたびに、大きな金属的な足音が響いた。

トニーは証人台に立った。裁判官付きの事務職員ジーンが歩み寄った。トニーがチューイングガムを嚙んでいるのがわかると、ジーンは嫌悪に顔を曇らせた。トニーの口の前にハンドタオルを差し出した。トニーは音を立てて口を動かしている。ジーンは宣誓を真剣に受け止める。それこそ心の底から。そのような気持ちを忖度《そんたく》したかのように、トニーはハンドタオルにガムを吐き出した。

「そいつはプレゼントだよ、かわい子ちゃん」

トニーは片手を聖書に載せ、カードに書かれた宣誓の言葉をなんとか読み上げ、裁判官が許可を出す前に座ってしまった。

「ミスター・ジェラルド」ミリアムが呼びかけた。「陪審員の方々に、本件の被害者マーリオ・ジェラルドとの関係を説明してもらえますか」

沈黙。

「ミスター・ジェラルド?」ミリアムは促した。

答えは返ってこなかった。トニーは座ったままだった。陪審員は身を乗り出しているようだ。

わたしはうつむいたままでいた。ミリアムの視線が、対のレーザー光線のようにわたしを貫いた。

「ミスター・ジェラルド、記録に残しますので誕生日を教えてくれませんか？」

答えを聞きながら、わたしはますますうなだれずにはいられなかった。ジミーのレストランでこう答えるよう紙に書いた文言、トニーが暗記した文言を聞くことになった。

「みずからを罪に陥れるかもしれないので、その質問には答えられません」

陪審員はミリアムに目を向け、それからわたしを見た。ミリアムは片方の尻に体重を移し替え、口をわずかに開いた。傷ついたかに見えるが、超弩級の報復攻撃を仕掛けようとしているようだ。なにかうまく進まなくなると陪審員は必ずそれを感じ取る。今回のように尋問が頓挫してしまうと、目の前で地下鉄が脱線したかのように見まちがえようがなく、まさに混乱の極致となる。

「お忘れですか、ミスター・ジェラルド、あなたはわたしのオフィスで免責合意書にサインしました。今日、証言を拒んであの合意書を破棄するというのなら、刑務所へ行くことになりますよ」

トニーはなにも言わなかった。いや、ミスを犯してしまった。笑みが顔に浮かび上がったのだ。

ミリアムは顔を赤くし、一瞬、言葉を失ったようだ。なにか言おうとして言葉を飲み込んだ。裁判官が助け舟を出した。

「ミズ・サリヴァン、敵性証人として申請したいと思っているようですが、その前に五分間、それについて考えてはどうでしょう」

　こう言うとパイク裁判官は法廷を出ていった。

　わたしは立ち上がり、弁護側のテーブルの端に腰を掛け、腕組みをした。ミリアムが猛烈に抗議してくるのは明らかだ。長くは待たなかった。

「エディー、このろくでなし野郎。なにをしているのかわかってる？　連邦の証人に悪知恵を吹き込んだのよ。どうかしてるんじゃない？」

「そうかな。トニーの弁護士でもあるんでね。麻薬の容疑で起訴されたときにたまたまトニー・ジェラルドの弁護を引き受けた。最近、また依頼を受けたとしか言えないね」

「最近っていつ？」

「今朝、会って話をした」

「あなたを馘首《くび》にして、もっとまともな弁護士を雇ったほうがよさそうね。トニーは麻薬の供給、運搬、売買、ほかにも思いつくかぎりの罪によってぶち込まれることになるんだから。こんなことをしてどうなるか、あなただってわかるでしょ。証拠と取引、お互いに結びついているのよ、エディー。証拠を提出してくれなければ、取引もなし。そのことをどうしてトニーに言わないわけ？」

「おいおい、ちょっと待ってくれ。免責合意書を見せてくれないか？」

　一緒に寝ようと誘いかけられたと言わんばかりの表情を見せた。わたしの頭をかじり切ろうとするほどの勢いだったが、ミリアムの助手が合意書をわたしの手に押しつけた。連邦の典型的な免責合意書だった。まっとうな弁護士の手に渡れば、いくつかの穴を大きく広げることができる。実際、大きな穴だらけの内容だった。

「これは典型的な免責合意書だ。本裁判で証拠を提出するのと引き換えに、わたしの依頼人トニーはいかなる罪にも問われない、ということになっている。どのような証拠を提出しなければならないのか、その詳細が記載されていない。記載しなければならないというものではないが。証人を指導すると法曹資格が剝奪される」

〝指導〟という言葉にミリアムは目を大きく見開いた。弁護士は裁判にのぞむにあたり、証人に準備をさせるが、内密にどのような証言をするのかあらかじめ取り決めが行なわれる。弁護士が証言するわけにはいかない。

「わたしが証人を〝指導〟していると思っているの？　手垢のついたような憲法修正第五条（法の手続きなしに市民の生命、自由、財産を奪うことを禁じた）をトニーはどこで知ったんでしょうね、エディー。そう言えと教えたんじゃないの？　しかも証人を指導するってことでわたしに講義するつもり？　こんなことをしてトニーが罪を逃れることはできない。あなただって、うまくやりおおせることは無理よ」

「トニーは問題なく切り抜ける。きみだってわかっているだろ。裁判官はアメリカの国民誰もを法廷に引っ張ってくることはしない。憲法で守られた権利があるからだ。みずからを有罪にするような証言をしない権利は、基本的なものであり、奪うことはできない。憲法で保障された権利を行使して契約違反になるかもしれないが、そんなことはどうでもいい。憲法はどのような同意書、重要度の低い法律よりも優先されるべきものだ。わたしがきみなら、敵性証人だなんて呼ばないだろう。トニーはひと言もしゃべらないよ。敵性証人だなんて言うときみの立場がもっと悪くなるだけだ。陪審員は、些細な証拠にすがっていると思うだろう。きみの論拠は貧弱だとみなすからだ。このまま先に進めろ。マフィアに利用されているって？　それがなんだというんだ？　そんなことはたいていわたしたちの身に降りかかってくるものだ。次の証人を喚問することだよ、ミリアム」

頭がよく、タフで情け容赦がない人間でない限り、ミリアムの今の地位につくことはできない。トニー・ジェラルドをどう突いてみたところで、証言を引き出すことができないとミリアムはわかっているのだが、そう簡単にわたしを放免するつもりはないようだ。

「昨日、なにがあったの？　爆弾の話をしていたでしょ？」腕組みをして迫ってきた。

「きみが雇った陪審コンサルタントは、軽蔑すべき人間だ。そんなことはあの男のでっち上げか、唇の動きを読み誤ったか、わたしの言ったことを勝手に解釈したかだ。やつを頼りにすることはできないよ。ところで、どうしてアーノルドのようなやつを雇ったんだ？　きみはもっとストレートに勝負すると思っていたんだが」

「読唇術ができることは知らなかった。結果を出す男だってことはわかっていた。アーノルドはあなたにそっくりよ、エディー。結果がどうなろうと知ったこっちゃない。勝ちたいと思っているだけ。あなたは爆弾について話をしていたんだと思う。おそらく本物の爆弾のことではないのでしょう。想像上の爆弾。審理無効を狙っているんじゃないの？」

「冗談じゃない。わたしは自分の仕事をしているだけだ」

背を向けてその場を去ろうとすると、ミリアムに腕をつかまれた。

「あなたこそ見下げ果てた人ね、エディー。あんなゲス野郎の弁護を引き受ける、それがあなたの仕事ね」そう言ってトニーを顎で示した。

陪審員は列を作って法廷の外へ出ていき、最後のひとりがいなくなるとトニーは証人席から立ち上がった。

「よお、お姉さん、おれが犯罪者かなにかのように話すのはやめてくれ。敬虔なカトリック教徒なんだ」

ミリアムはとがめるような目でトニーを見た。

「そのへんでやめておけ。トニー。傲慢な態度はとるな。どのみち、犯罪者なんだ。罪がないのなら、こんなことには巻き込まれなかったはずだろ。罪ってことに関して聖書にはなんか書いてあるのか？」わたしはそう応じた。

トニーは聖書をつかむと証人台から飛び出してきた。警備員がトニーへと駆け寄ったが、わたしは手を上げ、首を振って、心配ない、と伝えた。トニーはわたしの腕に聖書を押しつけて言った。

「時には、この素晴らしい本を読むべきだな、ミスター・フリン。学ぶところがあるだろう」

トニーは証人席に戻った。わたしも弁護士用のテーブルから腰を浮かし、目の前に聖書を置いた。今朝、ジミーの店で打合せたとおり、宗教にかこつけてトニーは約束どおりのものを手渡したのだ。ヴォルチェックはトニーがいきなり感情を爆発させたことを楽しんでいるようだ。わたしは深々とため息をつき、立ったまま左側に体を曲げて背中をヴォルチェックに向けた。裁判の資料を開き、マーリオの医学報告書を引き抜き、両手で聖書の上に置いた。資料で聖書を隠しながら、右手の小指を資料の下に差し入れ、聖書をめくっていき、ページのあいだにはさまれているものを探り当てた。二本の指で引っ張り出し、聖書の表紙と医学報告書のあいだに差し込んだ。報告書を手に取り、下に指を添えた。そうすれば封筒も一緒に持ち上げることができる。下に隠した封筒とともに資料をテーブルに置き、聖書を係官に手渡した。

これは〝物乞いの盗み〟と呼ばれるやり方だ。完璧な技術を身につけた連中はたいていバルセロナに住んでいる。この街は詐欺師の世界の首都だ。数日の休暇でクリスティン、エイミーとともにバルセロナを訪れたとき、わたしはこの目で〝物乞いの盗み〟が行なわれるのを見た。カフェのテラス席に座り、陽光を満喫していると、雑誌と同じ大きさの厚紙のカードを持ったホームレスがあたりをうろついていた。ホームレスは、隣テーブルにいた中年のイギリス人カップルに近づいていった。夫は本当に嫌なやつで、妻に向かって、そのサマードレスを着ていると太って見える、と言っていた。この手の男は優しくふるまえないのだろう。ホームレスは厚紙をテーブルに置き、両手を組み合わせて祈る格好をして言った。

「これ、読んで。わたし、英語、できない」

夫はカードに目をやり、読んでいる。ホームレスの家族の悲惨な生活をつづったものであることはまちがいない。最後には、このカードを持っているかわいそうな男に金をめぐむようにと書いてあるのだろう。イギリス人の男は読み終わると手を振りながら言った。

「だめ、だめ。向こうへ行け、薄汚いやつめ」

薄汚い男は礼を述べて、厚紙のカードをテーブルから持ち上げた。カードは盗みを隠すために使われていた。カードと一緒に携帯電話と財布を手にしていたのだ。最初に盗もうと思う品の上に慎重に厚紙のカードを置き、意図を覚られないようにする。

ホームレスがわたしたちのテーブルに近づいてきた。わたしは金を差し出し、クリスティンの財布の上にカードを置かせなかった。ホームレスに向かってウィンクをした。男は金を受け取るとウィンクを返した。そのとき、わたしはすでに詐欺を働いていなかったが、男の手口を目の当たりにして賞賛せずにはいられなかった。

ミリアムがテーブルに屈み込み、わたしは資料をめくりながら、犯罪現場の写真を抜き取った。素早く医学報告書をめくっていく。報告書の下に隠した封筒は誰にも見えない。指を差し入れて封筒を開け、なかの写真を犯罪現場の写真のあいだにはさみこんだ。報告書を脇に置き、テーブルの上の写真の山を見詰める。ちょっと見ただけでは、どの写真が元からあったもので、どれが新しく加わったのか識別することはできない。ヴォルチェックはわたしには注意を払っていない。こちらに目を向けるかもしれないので、写真の束をまとめて、顔に近づけた。

今回の複雑な事件を引き起こす原因となった写真だ。この写真のためにマーリオは死んだ。写真は二枚。一枚目には、ヴォルチェックがアートラスともうひとりの男とテーブルについてディナーをとっているところが写っている。暗いレストランで撮影されたもので、おそらくシロッコ・クラブだろう。ヴォルチェックはマーリオにこの写真を撮られたのに気づき、その場で脅したにちがいない。ナイトクラブのダンサー、ニッキ・ブランデルが目撃したのはその場面だ。

写真のなかの第三の男は、ネイヴィー・ブルーのスーツ、白いシャツを着ている。薄くなった赤毛をきれいに整え、口ひげの手入れも充分になされ、その顔には笑みが浮かんでいる――トム・レヴィンだ。ヴォルチェックはFBI捜査官と食事をしているところを写真に撮られたのだ。マーリオはレヴィンを知っていたにちがいない。そういえば、今朝、ジミーのレストランで、マーリオはFBIに逮捕され、リッカーズに五年食らい込んだ、とトニーから聞いた。その後でレヴィンを知ったのか。マーリオを逮捕したのがレヴィンだったのか。後者のほうが可能性が高い。ヴォルチェックは時間と金をずいぶんとかけてレヴィンを抱き込んだのだろう。貴重なスパイをマーリオのような間抜け野郎にすっぱ抜かれることをヴォルチェックが黙って見過ごすはずがない。マーリオが間抜け野郎であることは確かだ――ロシアのギャングを脅迫しようとするなど、間抜け野郎の何者でもない。

二枚目の写真は、別の場所で撮られたものだ。夜の駐車場。アートラス、レヴィン、ほかに三人の男たちが写っている。最初、この三人が誰かわからなかった。後ろを向いたとき、この三人が法廷にいることがわかった。日本人――ヤクザ。ほかのふたりはカルテルのリーダー。昨日の朝、ヴォルチェックが法廷に入ってきたときに拍手で迎えた三人だ。ヴォルチェックは他の組織から歓迎されていないとジミーは言っていた。他の犯罪組織と取引することをヴォルチェックは拒んだため軋轢を生じ、商売の足を引っ張ることになった。レヴィンはアートラスと三人のギャングのリーダーとのミーティングをお膳立てしたのだろう。どのような目的で顔を合わせたのかはわからないが、アートラスがボスになにかを仕掛けようと陰で動いていることを証す写真であることはまちがいない。

目の前にトニーがいたらキスしていただろう。レヴィンとヴォルチェックが一緒に写っている写真を見せれば、ケネディーを説得することができるだろうし、おそらく命を救ってくれるだろう。法廷を見まわすと、ミリアムの後ろ、数列のところにケネディーは座っていた。レヴィンとコールターはいなかった。わたしにとっては都合がいい。しかし、ケネディーと内密に話をするにはどうしたらいいのか。

もうすぐ時間切れだ。行動に出なければならない。ケネディーと話をする前にスーツケースの中身を見たいが、時間を無駄にすることはできない。

スーツケースに目を向けたのをヴィクターが見てとった。この場でスーツケースの中身を確認することができたら、すべての答えがわかるのではないか。だが、今は危険が大きすぎる。まわりに人が多く、ヴィクターはスーツケースに近づくことも許さないだろう。

腕時計を見ると十時五分だった。家宅捜査の令状が発行されるまで二時間。振り返ってケネディーに視線を向けた。時計を見ている。ケネディーは時間を大げさに伝えたのではないかという気になってひどく落ち着かなくなった。連邦検事補ヒメネスは、今ごろ、ポッター裁判官とじっくり話し合っているのではないか。もしそうなら、一時間もしないうちに捜査官はわたしのアパートのドアをぶち破るだろう。ロシア人がアパートになんらかの証拠を置いていったという思いがますます強くなった。わたしを検挙するに充分な証拠。リトル・ベニーを噴き飛ばそうとしている確たる証拠。わたしの勝手な想像にすぎないことを祈るばかりだ。ケネディーが正しく時間を伝えたこと、ロシア人がわたしのアパートへ行っていないこと、それを祈るのみだ。しかし、心の奥底で、少なくともどちらか一方は、わたしが懸念しているとおりなのだと思っている。

52

パイク裁判官と陪審員が戻ってきた。ミリアムはトニー・ジェラルドの証人喚問を諦めた。まだハリーが姿を現わす気配はなかった。わたしはトニーに質問はなかった。トニーはフランク・シナトラのように自信満々の態度で証人席から下りた。

「検察側は、ラファエル・マルティネスを証人として喚問します」ミリアムは言った。

ミリアムは気を取り直し、マルティネスを使って強硬な態度に出るつもりだ。マルティネスは、大げさな証言をすることも、理屈をこねまわすこともしないだろう。事実を列挙していくに終始するはずだ。この事件に関して、想像力を働かせる必要はない。死体が転がっているアパートでベニーを現行犯逮捕した。そしてベニーはロシアン・ギャングのボスを殺人で訴えようとしている。

マルティネスはハンサムなラテン系の男で、三十代後半、体にピッタリと合ったスーツを着ていた。所作は自信に満ちあふれているが、証人席へ歩いていくときは肩を怒らせるようなことはなかった。腕に書類を抱え、付箋がなびいている。重要なところを陪審員に見せるつもりなのだろう。準備は完璧のようだ。マルティネスは顔を上げ、陪審員たちと視線を合わせた。恐れるものはなにもない。

「ミスター・マルティネス、陪審員に警察での階級と経歴を話してくれませんか」

またもやミリアムは、ヘマをしでかした。一度にふたつの質問をしてしまったのだ。こんなことは彼女らしくない。神経質になっているのだろう。三流の検察官ならすでに降参しているだろうが、ミリアムは力強くよみがえる。十分もたたないうちに、いい流れを作り出した。マルティネスはベニーの自白と司法取引について三十分も時間をかけずにてきぱきと説明した。

完璧だ。

マルティネスが最後の質問に答えると、ミリアムは証人に背を向けて検察側のテーブルに戻る途中でわたしの方に歩いてきた。

微笑みながら、こう言った。

「あなたの番よ」

マルティネスに揺さぶりをかけると、墓穴を掘ることになる。論破できない証人もいるのだ。マルティネスはそのタイプだ。かんたんにすませ、ミリアムが直接尋問で触れなかったことを質問するにとどめることにした。

「ミスター・マルティネス、資料を開いてフォルダー三、整理番号九、二ページ目を見てください」

〝見てくださいますか？〟〝見ていただけませんか〟という表現は使わない。例外なく、すべてはこちらの主張であり、お願いではないのだ。一流の弁護士は、お願いや質問のたぐいは口にしない。答えがわかっているときにだけ、質問すると言われている。これは本当のことだ。だが、これは弁護士がほかの誰よりも事情に通じているからではない。人は答えたいことしか答えないからだ。

マルティネスは該当ページを開いた。黄色い付箋が張られているページだ。

「額の写真がありますが、これは部屋では粉々になっていたんですね」

「ええ」

わたしは陪審員の方を向き、笑みを浮かべてこの答えに深く満足していることを伝え、しばらく間をとってから、証人に向き直った。

「写真の下の説明には『割れた額縁』とあります。しかし、この額縁に写真が何枚入っていたか書いていませんね？」

マルティネスは目を細く狭めた。わずかに困惑したようだ。

「ええ、書いてません」

この答えにも満足し、抜け目なく笑みを浮かべて、ふたたび陪審員の方を向き、マルティネスの答えをゆっくりと嬉しそうに繰り返した。

「書いていない」

そのまま黙っていると、陪審員は厳しい戦いに勝ってメダルを獲得したかのように満足気な表情を浮かべた。誰もが頷いた。わたしがなにを勝ち取ったのかわかっていないのだが、興味をそそられたようだ。ミリアムは反応を示さなかった。ほとんど退屈しているという表情を浮かべたままだ。相手が一発食らわしたと思ったときに、優秀な弁護士ならこうした顔つきをするだろう。精一杯無関心を装い、陪審員が自分の方針どおりに反応してくれることを願うのだ。実は、この質問は陪審員のためにしたのではない——ケネディーを動かすためのものだ。あの額縁について考えてもらいたかった。

「ちょっと依頼人と相談してもいいでしょうか、裁判官」

「許可します、ミスター・フリン」

体をのばしてヴォルチェックに小声で尋ねた。

「朝はなにを食った？」

「あんたのお気に入り、パンケーキだよ。どうして、そんなことを訊く？」

「ミリアム検察官をじらしているだけだ。策略をひらめいたと思わせたいんだが、どちらかといえば神経をいらだたせたい。ところで知らなければならないことがある。無罪放免までもう一歩だ。爆弾を使う必要はない。知りたいのは、リトル・ベニーはなにを証言しようとしているのかってことだ。検察が唯一つかんでいないのは、動機だ。おそらく、リトル・ベニーはどうして殺したのか証言するだろう。だから、知っておきたいんだが、マーリオ・ジェラルドを殺すように命じたのはなぜだ？　あんたがそれほど手に入れたかった、額縁のなかに隠されていたものとはなんだ？」

アートラスがいないので、助言をえることはできない。ヴィクターは飲み込みが悪そうだ。

「ミスター・フリン、ほかに質問はありますか？」裁判官は尋ねたが、聞こえないふりをした。

「さあ。チャンスをくれ。リトル・ベニーを叩きのめすことができるんだ。だが、証人席でなにを言おうとしているのかわからないと無理だ。額縁にはなにが入っていたんだ？」

両手で腿をこすり、ズボンの皺をのばしながら、ヴォルチェックはわたしの要望にどう答えていいのか、もう一度考えを巡らせている。

「マーリオは、おれがある人物と一緒にいるところを写真に撮った。極秘に一緒に仕事をしている男だ。警察関係に近い人物だよ。もっとも重要な情報提供者だ。この男を失う危険は避けたかった。マーリオは写真を買い取るように持ちかけてきた。そこで、リトル・ベニーを送り込んでやつを殺し、証拠となる写真を破棄した」

「写真は何枚あったんだ？」

「一枚だけだ。焼き増しはない。アートラスはそう言っていた。おれは取引したかった。アートラスはメッセージを送りたがった」

「写真は一枚しかないとアートラスは言ったんだな？　シロッコ・クラブで撮られたのか？」

「そうだ」ヴォルチェックは頷いた。目の表情に格別の変化はなく、顔の筋肉も緊張していない。両手は開いて膝に載せている。本当のことを言っている。知りたいことはこれがすべてだった。

アートラスはマーリオと取引したのだ。マーリオがもう一枚写真を持っていることを知っていたからだ。カルテルの人間とヤクザと会っているところの写真。この三人との会談がヴォルチェックにバレたら、半分に引き裂かれた一ルーブル紙幣にアートラスの名前が書かれることになる。この会談のことはヴォルチェックに隠しておかなければならない。リトル・ベニーはマーリオを殺し、写真を破棄することで、この秘密をヴォルチェックに知られないようにしたのだ。

スーツケースの中身を見ないでも、手に入れたい情報はこれでそろった。

十時四十分。

この問題にこれ以上時間をかけることはできない。令状を手にしないうちにケネディーと話をする必要がある。

53

「ミスター・フリン、証人にほかに訊くことはないのですか？」パイク裁判官は最後の言葉をいらだちをこめて、一語一語歯を鳴らすように発音した。

「裁判官、あと二、三分、依頼人と話をさせていただけませんか？」

「十五分の休憩とする」

パイクはそう言うと頷きながら立ち上がった。わたしはこの機をとらえて、急いで通路へ向かった。

「トイレへ行く」ヴォルチェックの脇を通りながら言った。ヴィクターが音をたてて立ち上がり、ついてくるのがわかったが、かまわずドアへ向かった。ケネディーに近づくと速度を落とした。背後でヴィクターの重々しい足音が響き、こちらに迫ってくるのがわかった。わたしは決然とケネディーの方へ歩いていった。

ケネディーの席まで一メートル半。

足を早め、ヴィクターとの距離を開こうとした。目はFBI捜査官に据えたままだ。わたしが見詰めていることにケネディーは気づいた。左手で彼のタイをつかんで立ち上がらせ、引き寄せた。鼻と鼻、胸と胸がくっつくほど近づけると、他から見えないように手を相手のジャケットに滑りこませた。

ヴィクターが追いつく前に、短いメッセージを伝えることができた。

「信用しろ」

頭がおかしくなったとでも言わんばかりに、ケネディーはわたしの体を突き放した。わたしはそのままドアへ向かってそこを蹴り開け、廊下の人ごみをかき分けて進んで身体障害者用のトイレに入って鍵を閉めた。十秒ほどすると、ドアがノックされ、スラブ訛りの英語が聞こえてきた。

「どこへも行くなよ、弁護士さん。ここで待っている」

ヴィクターはドアの向こうに立っている。休憩時間に法廷の外に人が出てきて、外が騒がしくなった。ポケットに手を入れ、ケネディーの携帯電話を引っ張りだし、盗聴される心配のないわたしの携帯電話の番号を打ち込んだ。四回の呼び出し音でケネディーが応じた。

「いったいどうなってるんだ?」

「エディー・フリンだ。あんたの電話はここにある。もうわかっているんじゃないのか。表示に出ているのは、あんたの携帯の番号だ。今、持っているのは、わたしの携帯だよ。残念ながら、今朝は名刺を受け取れなかったんだ。あんたに電話をする必要があったが、番号がわからない。それで電話を交換したんだよ。実は、ロシアのギャングに誘拐されて、あんたの助けが必要なんだ。お友だちのトム・レヴィンはやつらに情報を流している。娘も誘拐され、わたしは爆弾を身につけている。あんたにとっちゃ、とても悪い日になりそうだな」

54

電話をしっかりと耳に押しつけ、ささやいているものの、外に聞こえない程度にできるだけ大きな声を出した。

「どうやら、アートラスはブラトヴァを乗っ取るつもりらしい。ボスをはめようとしているが、どうやるのかはわからない」

「頭がおかしくなったようだな、ミスター・フリン」あっさりとした口調で言った。

「そうかもしれない。だが、本当のことだ。トム・レヴィンとヴォルチェックがディナーを共にしているところをマーリオ・ジェラルドは目撃し、写真に撮った。それで殺されたんだ。ベニーはどうしてマーリオを殺したのか、絶対に口にしなかっただろ。マーリオは写真をネタにヴォルチェックを脅迫しようとしたんだ。さらに、アートラスはヴォルチェックにバレないように、他のギャングのリーダーたちと会っていた。競争相手と手を結ぶには、乗っている船から飛び降りるか、船をシージャックするしかない。あんたはすでにレヴィンの写真を持っているよ。ジャケットの右側のポケットだ」

これがわたしの戦略だ。わたしを信じ、ロシア人を逮捕してもらうべく、すべてをケネディーに賭けた。だが、なにもかもケネディーに打ち明けようとは思わない。今着ているジャケットに爆弾が仕掛けられていること、地下駐車場のバン、これらをブラトヴァと結びつける証拠はなにもない。爆弾やバンにはわたしの指紋がそこらじゅうについている。数秒待った。ケネディーに信用されていると確信が持てなければ、すべてを話すことはできない。

「わかったか？」

「こんなんじゃ、なにも証明できない」

トイレの壁に背をもたせかけ、腰を前へ滑らせた。胸に空虚な思いがみなぎり、喉までせり上がってきた。

「どうして——なんだって？」

「あんたのせいってわけじゃない。レヴィン捜査官はこの二、三年、覆面捜査官として働いている。その任務は組織に潜り込むことだ。ヴォルチェックと何回かディナーをともにしても驚かない」

「だが、グレゴールの財布のなかにFBIの名刺が入っていた。裏に手書きで電話番号が記されていたんだが、レヴィンの番号だったんだよ。二、三年前に覆面捜査官になったのなら、ある時点で、組織側の人間になったはずだ。レヴィンはロシアのギャングのために働いている。さっきなにも言えなかったのは、レヴィンが聞き耳を立てていたからで、なにもかもヴォルチェックに報告されてしまうからだ」

「トム・レヴィンは勲章を授かっているほどの捜査官だ。もっと証拠がほしい。言わせてもらえれば、ミスター・フリン、あんたの話はちょっとイカれている。アルコールをやめるためのリハビリをうけて、弁護士の職に復帰したばかりだということはわかっている。だいじょうぶか？」

わたしは顔を拭い、懸命に考えた。

「わたしの携帯が入っていたのと同じポケットを探ってくれ。懐中電灯が入っているだろ。実は懐中電灯じゃない。ブラックライトだ。ヴォルチェックからトニー・ジェラルドを抱き込むために百万ドル渡された。ロシア人からもらった金には印をつけた。ヴィクターの右手を調べてくれ。化学物質の痕跡が残っているはずだ。トニーが持っている百万ドルからも同じ物質が検出されるはずだ。金とブラトヴァが結び付く。法廷の向かい側のトイレに入っている。ヴィクターはドアの外で見張っている。やつの手を調べてくれ。また電話する」

「ひとこと言っておくと、ポッター裁判官との会見の順番が繰り上がった。連邦検事補ヒメネスがポッターの執務室の前で待機している。会見は長くかからないだろう。順調に運べば、一時間以内にあんたのアパートに踏み込むことになる」

後頭部を壁のタイルに打ちつけた。

「繰り上がってなんかいないんだろ。裁判官との会見はふつう十一時からだ。それにわたしに警告なんてしたくないはずだ」

ケネディーは電話を切った。

ケネディーは、またもや、わたしを騙そうとした。まずは令状を取るという合意書、それから、令状を発行してもらうための会見時間。だが、そんなことよりも憂慮すべきは、ケネディーがわたしの話を受け入れていないことだ。地下駐車場のバンを調べるように言おうかとふたたび思ったが、危険すぎるのでやめた。バンとブラトヴァを結びつける証拠はなにもなく、むしろ裏目に出て重罪を科せられる可能性があるのだ。ハリーに電話をしたが、出なかった。おそらく見たこともない番号からかかってきたので、無視したのだろう。

ケネディーの電話が振動した。アンディー・コールターからだ。今朝、会ったFBI捜査官のひとりだ。

「なんだ」しかつめらしいケネディーの声を精一杯まねをして応じた。

「問題が持ち上がりました——発砲事件です」

「場所は？」思いわずらっているような声を出そうとした。エイミーを救出するためにアンソニーとリザードが片付けたロシア人どもの遺体が発見されてFBIが捜査に乗り出すのも時間の問題だと覚悟はしていた。

「リトルイタリー。アルコール・タバコ・火器局から応援の依頼があった」

携帯電話を落としてしまい、あわてて拾い上げた。

「もしもし、ボス？」

「ああ、なんでもない。リトルイタリーのどこだ？」

「声がちょっと変ですね。ここの受信具合がよくないんだろう。で、場所はマルベリー・ストリートのジミー・フェリーニの店。七人が死にました。今。事件が起こったのは二十分前。今朝、ヴォルチェックの仲間が殺されたことと関係があるんでしょうかね？　わたしは、つながりがあると思うんですが。ジミー・〝ザ・ハット〟のレストランを襲うなんてよっぽどの連中にちがいない。今朝のセヴァーン・タワーズでの事件に対するロシア側の報復じゃないでしょうか？　慎重に対処しなければ、ギャング同士の戦争がはじまるでしょう」

わたしは叫び声を抑え込んだ。口に握りこぶしを突っ込み、ショックのあまり体が凍りついた。

「もしもし、ビル？」

ひとつの質問が頭のなかに巣食い、頭蓋骨を打ち砕く弾丸のように熱を発した。携帯電話を両手で握り、口を開けて話をしようとしたが、言葉が出てこなかった。それを尋ねたら、頭が砕け散ってしまいそうだ。恐れている答えが返ってきたら、わたしは命を絶つだろう。

「そ……それで……」

「かなり参っているようですね、ボス」

壁に頭を打ち付け、思い切って尋ねた。

「女の子は、ブロンドの少女も死んだのか？」

「アルコール・タバコ・火器局からメールが届いてますんで、チェックします」

ヴィクターがドアをノックしたので、水を流した。手のひらに爪が食い込み、血が滲み出てきた。

「いいえ。少女のことはなにも触れてません。ドアのところに男がふたり、それからウェイトレス、マフィアの組員が三人。アンソニー・フェリーニも殺された。二、三人の男がマシンガンを持って店に乱入し、裏の秘密のトンネルから逃げたようです。調べて報告します」

コールターは電話を切った。わたしはジミーの携帯電話の番号を打ち込んだ。

ジミーは直ぐに電話に出た。背後にはエンジンの轟音、ホーンを鳴らす音が響いている。

ジミーは移動中だ。

「ジミー……エディーだ……クソッタレのロシア人がおまえのレストランを襲ったようだな。アンソニーも殺されたと聞いた。やつらはエイミーをさらっていったんじゃないか」

「知っている。報告を受けた。おまえからもらった金を隠し場所へ持っていこうとリザードと車で移動中に連絡が入った。クソッタレが——まだ終わりじゃない。外道どもがエイミーを殺したいのなら、その場で撃ち殺してレストランに置き去りにしただろう。エイミーは生きている。それはまちがいない。やつらはエイミーを連れ去った。リザードと一緒におまえのところへ向かっている。こいつはおれの個人的な問題になった。エディー、アンソニーはいい子だった。アンソニーが死んだとわかったら、妹は自殺しかねない。エディー、おれの店にやってきて、おれの仲間を殺し、逃げることができるなどと思われてはならないんだ。落とし前をつけて、世間に示しをつけねばならない。わかってくれるな。店を襲った外道どもを殺す」

「ジミー、戦争をおっぱじめるのはだめだ。エイミーが人質になっている」

「放っておくわけにはいかない。裁判所の外で待っている。ヴォルチェックと仲間を見かけたら、殺す」

ジミーは電話を切った。

シンクに駆け寄り、冷たい水を顔と頭に浴びせかけた。アートラスはペントハウスへ行き、エイミーがいるか確認したのだ。誰が裏切り、エイミーをどこへ連れて行ったのか、誰でもわかることだ。馬鹿だった。エイミーをレストランへ連れて行かせるべきではなかった。しかし、アートラスがジミーに対して全面戦争を仕掛けるとは思ってもいなかった。こんなことをすれば、泥沼にはまるだけだ。ジミーが報復しなければ、この界隈のくだらないポン引き連中でさえ、ジミーは老いぼれて好きなようにできると思うだろう。

ケネディーの電話がふたたび振動した。わたしの携帯電話の番号が表示された。

「ヴィクターの手から化学薬品の反応が出た。だが、かんたんにことは運ばない。やつは懐中電灯がなんであるか気づいた。これでなにかが証明できるとは思っていない。オフィスに電話して部下に命じ、奥さんに電話をかけさせた。あんたの携帯電話は一体どういう代物なんだ？　ま、とにかく、部下はなんとかして折り返し電話をくれた。奥さんが言うには、娘さんは学校の移動教室でロングアイランドにいるそうじゃないか。行方不明になったという届け出もだしていない。あんただって届け出ていない。嘘をつくな。助けがほしいのはわかっている。だったら本当のことを教えろ。あんたに関する資料は手にしている。これまでの経歴はつかんでいるんだ。かつては詐欺師のようなことをやっていたな。だが、わたしをはめることはできない。真実を話せ」

息を吐きだし、ゆっくりと穏やかな声で言った。

「ケネディー、わたしは本当のことを話した。信じないのなら、くたばれ。自分のやり方で決着をつける」

55

法廷に戻ると、ヴォルチェックは振り返ってわたしを見詰めた。席に座るとヴォルチェックがこちらに身を寄せ、耳打ちした。

「警官への質問が終わったら、次の証人はあのダンサーだな?」

「ああ。ベニーは最後になるだろう」

「ダンサーへの質問が終わったら、そのジャケットをどこに置くか、考えることだ。おれとしちゃあ、どうでもいいがな。そいつを着たままベニーの脇に立ってくれさえすれば、そのまま噴っ飛ばせる。あんたしだいだ」

ヴォルチェックに向き直ると、手に起爆装置を持っていた。

「お仲間はどこへ行ったんだ?」

「あんたの娘の様子を見に行った。なにをするためにここにいるのか、忘れるなよ、ミスター・フリン。一か八かの賭けに出るわけにはいかない。これまではよくやってくれたが、陪審員による評決にまで持っていきたくない。昼食の休憩時間に爆弾を仕掛けるつもりだ」

ヴォルチェックから顔を背け、目をつぶり、これまでのことをなにもかも、もう一度脳裏に巡らせた。ジーンからかりたペンで気づいたことをメモをする。ペンがたてる柔らかな音が、周囲の賑やかさを消し去ってくれるような気がした。ケネディーに対してはこちらから否を突きつけた。ハリーは現われない。エイミーの誘拐、ジャケットあるいはバンのなかの爆弾とロシア人を結びつける確固とした証拠がない。爆弾の脅威を持ち出す危険を冒すことはできない。法廷の警備員は建物にいる全員を退去させるだろうし、そうなったらヴォルチェックは逃げるにちがいない。だめだ。ジャケットとバン、どちらの爆弾にせよ、警察に知らせれば、エイミーは死んだも同然だ。

ひとつだけ道が残されている。

パイク裁判官付きの事務職員に合図を送った。

「ジーン、頼まれてくれ。予期せぬ事態が持ち上がったので、あと十分、依頼人と打ち合わせが必要だと裁判官殿に言ってくれないか。それ以上の時間はかからない」

「今、十一時五分よ、エディー。パイク裁判官は今日中に陪審員に評決を出してもらいたいと思っている。法廷に戻ってきてあなたがいないことがわかったら、遅刻一分につき五十ドルの罰金を科すでしょうね。二週間前、哀れなミスター・ラングトゥリーがそういう目にあったのを見たのよ。あの人は前立腺の病気を抱えているでしょ。妹さんから聞いたんだけど……」

「ジーン、話の途中で申し訳ないんだけど、依頼人と話をしなければならない。急いでいるんだ。できたら時間稼ぎをしてくれないか」

ヴォルチェックは困惑の表情を顔に浮かべた。

「考えがあるんだが、ここでは話せない。空いている会議室を探そう」

「なんの話だ？」

「言っただろ。ここでは話せない。まわりの目と耳がある。信じてくれ。そうするだけの意味がある」

そう言いながら資料をまとめてスーツケースに詰め、それを後ろに引きずりながらドアへ向かった。

「資料はここに置いていけ」ヴィクターが命じた。

これには答えずに、後ろを振り返りヴォルチェックがついてきているか確認した。ひと呼吸おいてヴォルチェックは立ち上がると、スーツのジャケットのボタンをかけ、わたしの方へ向かって歩いてきた。ヴィクターはふたたび文句を言ったが、ヴォルチェックは黙らせた。

一番近くにあった会議室は〝使用中〟という表示が出ていた。ノックもせずにドアを開け、スーツケースを持ち上げて部屋の隅に置いた。若い弁護士とその依頼人が打ち合わせをしていた。デスクの上には書類が広げられている。

「申し訳ないが、この部屋を使いたい」

「なにごとだ？　この部屋を使うように指示されているんだ。そんな無理なことを――」

「出て行け。さもないと痛い目にあう」

若い弁護士は立ち上がった。体が引き締まり、喧嘩腰になっている。依頼人の前で年上の弁護士の好きなようにさせるわけにはいかないのだろう。

「なんだって？　痛い目にあう？」

「いつもは、な。だが今日はやめておこう。今すぐに出て行かないと、彼が手を下すことになる」ドアロを背景に立っているヴォルチェックを指さした。

若い弁護士の依頼人は、ロシア人がギャングのボスであることに気づいたようだ。弁護士の腕をつかみ、書類や弁護士のブリーフケースをそのまま残して部屋の外へ引っ張っていった。ヴィクターは会議室へ足を踏み入れたが、わたしはドアを押して彼を閉めだした。

「依頼人とふたりにさせてくれ」

ヴィクターはドアを押し返してきた。

「邪魔が入らないよう外で見張っていろ」ヴォルチェックが言った。

ヴィクターは不承不承廊下へ引き下がるとドアを閉めた。四方の壁に防音用マットが分厚く取り付けられており、この部屋の音が外へ漏れることがないようにさらに配慮されていた。会議室はどこも同じように防音装置が施されている。会議室で行なわれる会話は、弁護士と依頼人とのあいだの秘密であり、特権であるからだ。大声を出さない限り、分厚いドアの向こうにいるヴィクターに話の内容を聞かれることはないだろう。

ヴォルチェックは腰を下ろし、腹の上で両手の指を組み合わせ、物憂げにこちらに視線を向けた。わたしは椅子の背に両手を置いてヴォルチェックの方へ屈み込み、声を低めて言った。

「これから言うことにショックを受けるだろうが、大きな声を出さないでくれ。ふたりだけで話しあうってことが重要なんだ。腹を割って話そう、オレク。わたしはあんたを裏切ろうとした。だが、うまくいかなかった。今は、そんなことはどうでもいい。というのも、あんたの命を救えるのはわたししかいないからだ」

56

ヴォルチェックは両手をテーブルの上に置き、いつでもわたしに飛びかかれるように身構えた。

「裏切ったやつらがどうなるかわかっているだろうな」

「失敗したと言っただろ。ジミーの仲間がエイミーの居場所を突き止め、取り戻した。そう、部屋にいた連中は殺したよ。誘拐されたのがあんたの娘だったら、同じことをしただろう。アートラスはジミーのレストランを襲った。ジミーの身内を殺し、エイミーをふたたび連れ去った。だが、他にも進行していることがある。もはや、エイミーやわたしのことだけではないんだ。いいか、あんたはわたしよりも、もっと大きな問題を抱え込んでいる」

駐車場にいるアートラスを撮影したマーリオの写真をヴォルチェックの方へ投げた。ヴォルチェックは中腰になって写真を見、ふたたび腰を下ろした。首に血管が浮き上がり、歯と歯のあいだから低く空気が漏れるような音を出した。

「リトル・ベニーがマーリオを殺したあとで燃やした写真の焼き増しが残っていたんだ。こいつはトニーから手に入れた。写真がなにを語っているか説明するまでもないな。手下のアートラスが、敵対する連中と会っている。そこに写っている三人は、昨日法廷に入ってきたとき、拍手した男たちだ。さっきマーリオが脅迫に使った写真は何枚か訊いたよな？〝一枚〟ということだった。そこでこの写真の存在をあんたは知らないのだと結論づけた。おそらくアートラスがマーリオを殺した本当の理由は、この写真にあるんだろう。マーリオを殺すように口添えしたのはアートラスだった、ちがうか？」

一瞬、ヴォルチェックはわたしと目を合わせてから頷き、ふたたび写真を見下ろした。ヴォルチェックの唇の端が痙攣しはじめ、それから固く口を引き結んだ。

「マーリオを殺すずっと前から、アートラスは敵対する連中と手を結ぶことを画策していたんだ。あんたとＦＢＩの情報源が一緒の写真をネタにマーリオが金を要求しているとアートラスから報告を受けた。貴重な情報源を失うのは痛いってことはわかる。だが、いくらＦＢＩの情報源を失う危険にさらされたからといっても、マーリオを殺すとイタリアン・マフィアとの戦争がはじまるかもしれない。そんな危険を冒すメリットがあるとも思えない。あんたってそう思ったんじゃないのか？　アートラスに説得されて殺しの命令を出した。アートラスはマーリオを殺し、〝二枚〟の写真を処分する信頼できる男が必要だった。だから、リトル・ベニーを使うように言ったんだよ。アートラスはベニーを信頼していて、殺しとヤバい写真の処分を任せたんだ。ベニーは逮捕された。アートラスにはほかにも計画があった。このスーツケースのなかになにが入っているにせよ、そいつを見ればなにが起こっているのか、はっきりすると思う」

ヴォルチェックは写真を握りつぶした。その腕は震えていたが、固く手を握っているからなのか、怒りを抑えこんでいるからなのか、わからなかった。

「なんだって？　どのスーツケースだ？」

「こいつだよ」そう言ってスーツケースをデスクに置いた。「昨夜、二台のバンが裁判所の地下駐車場へ入っていくのを見た。あんたの手下が運転していた。二台とも爆弾を積んでいた」

ヴォルチェックの肩から力が抜け、口を開いた。ショックが怒りに勝ったのだろう。

「嘘だ」

「アートラスはバンが駐車場に入っていくのを眺めていた。グレゴールは重そうなスーツケースと、これとまったく同じものを一方のバンの助手席に積んだ。今朝、そのスーツケースを調べたら、空っぽだったよ。昨夜は、なにかが詰まっていた。そこで、アートラスはどうして同じスーツケースを用意していたのか考えた。今朝、駐車場で調べたスーツケースは、昨日、裁判の資料を入れるのに使っていたやつで、今、目の前にあるやつは、昨夜、バンで運び入れたものなんじゃないのか。上のオフィスでこいつが開いているのを目にした。二重底になっている」

スーツケースを開け、裁判資料を取り出して床に置いた。偽の底板の下に指をもぐりこませ、継ぎ目を見つけた。すぐに外せるように面ファスナーを使っていた。偽の底板を引きはがした。

「なにが入っているのか、説明するまでもない。自分の目で確かめてくれ」

なにが隠されているのか、はっきりわかっていたわけではない。なにか重要なもの、アートラスの策略を証す鍵を握るものが入っていると思っていた。なにを予想していたにせよ、実際に目にしたものは、それとはかけ離れていた。

57

二重底の下に隠されていたのは、綺麗にたたまれた四着のカバーオールだった。グレーで極めて丈夫なカバーオールだ。安全のための装備であるのか、ハーネスのようなものが腰に埋め込まれている。細いけれども丈夫なケーブルがベルトからのびており、その先端にはワンタッチで留まるクリップがついていた。登山用のカバーオールのように見える。襟のラベルを見ると、一着はサイズ5XL、もう一着はXXXL。さらにLサイズ、最後の一着はS

サイズだった。

カバーオールの下には、小型のマシンガンが四挺並んでいた。MP5のようだ。接近戦のときに威力を発揮する武器だ。体重百数十キロの男も、数秒でズタズタにすることができる。それぞれの銃身にはダクトテープで弾倉が留められていた。最後に出てきた代物は、わけがわからなかった。模型飛行機のリモートコントロールのような四角い機器だ。金属とプラスティックでできており、一辺が三十センチほどだ。伸縮自在のアンテナ、二本のコントロール用スティック、ふたつのボタン——ひとつはグリーン、もうひとつは赤だった。リモートコントロールを武器の下に戻した。

ヴォルチェックはテーブルをまわってわたしの背後に立ち、二重底に隠されたものを見た。

「こんなものが入っているとは知らなかっただろ？」

困惑した顔を見れば、答えは明らかだ。

「こいつはなんだ？」ヴォルチェックは武器と装備一式に手を振りながら言った。

「アートラスが、わたしたちふたりをはめようとしている証拠だよ。法廷に爆弾を持ち込めるのはわたししかいないとアートラスは言ったよな。だが、やつは好きなときにいつでも爆弾を持ち込むことができたんだ」

頭を振りながらヴォルチェックは、声に出さずに口を動かした。あまりのことに状況を飲み込めないでいるようだ。部下たちの忠誠心だけで人生を築いてきたのだ。たしかに、徹底的な服従、名誉、忠誠という価値観にヴォルチェックの全存在がかかっている。ねたみからほかのブラトヴァが崩壊していくのを見てきたヴォルチェックは、部下を徹底的にコントロールしていると確信できるような組織づくりに取り組んできた。今、こうして長年にわたって築いてきた組織の基礎が、崩れ去ったのだ。

一歩下がり、ヴォルチェックに目を向けた。

「わたしたちは同じサイズのようだ。これはあんたのものだと思うか？」そう言ってＬサイズのカバーオールを持ち上げた。

「いや」ヴォルチェックは答えた。

わたしたちはアートラスよりも少なくとも十二、三キロは体重がある。

「じゃあ、こいつはアートラスのだろう。でかいのはグレゴールとヴィクターのものだ。小さいのは……」

「ベニーだ」ヴォルチェックは応じた。

この一言で、鍵がぴったりと挿し込まれたように思った。すべての疑問、この事件の矛盾点、アートラスの行動は、ひとつに溶け合い、議論の余地のない考えに結実した。リトル・ベニーを殺すことは、計画のうちに入っていないのだ。

「アートラスはリトル・ベニーを法廷から連れだそうとしているんだ。それが最初からやつが企んでいたことだ。考えてくれ。リトル・ベニーはブラトヴァを裏切って、証人保護プログラムを選びとることができた。ところがそうしなかった。あんたがマーリオ殺害の黒幕だというだけで、ほかのことは証言しようとしない。アートラスがあんたに取って代わることを望んでいるからだ。ベニーが逮捕され、アートラスはあんたを殺すことができなくなった。あんたが必要になったからだ。この裁判に出席してもらわなければならない。そうすれば、検察側はベニーを証人席に呼び出すことになる。昨日の朝、わたしにこう言ったのをおぼえているか？『おれの情報源がリトル・ベニーの居所をつかめなくとも』。アートラスは、リトル・ベニーがどこにいるのかわからないので、法廷に出てくるまでは、救い出すことができない。鼻薬を効かせたFBI捜査官レヴィンでさえもベニーがどこで保護されているのかつかめないんだからな。アートラスはあんたを説き伏せて出廷するように言い、わたしが法廷に持ち込む爆弾でベニーを噴き飛ばす計画だと話した。結局、すべてアートラスが仕組んだことだ。しかし、本当のところは、あんたを出廷させることで、ベニーを隠れ家から引きずり出すことが目的だったんだ。ベニーを連れ出す計画がなければ、あんたが出廷することはなかっただろう――殺されていたはずだ。ベニーが証言台に立ったら、アートラスはあんたを殺すつもりだ。法廷を噴っ飛ばし、ベニーを連れて逃げる」

「いや。それは変だ。そんなことでは逃げられないだろ」

「この建物全体を噴っ飛ばすんだ。バンはそのために駐車している。爆発で死んだと思わせたいんだよ。ベニー、グレゴール、ヴィクターとともにな。どうやるつもりか、具体的なことはわからない。カバーオールは変装かなにかするために使うんだろう。とにかく、逃げおおせるにはそれしか方法はない。FBIは死んだ人間を追うことはない」

「イカれてる」ヴォルチェックはそう言って、一歩下がって室内を見渡した。

わたしは体をこわばらせた。ヴォルチェックもそれを見て取っただろう。ヴォルチェックが知っていること、信じていることが、ゆっくり崩壊していき、ヴォルチェックをいらだたせ、危険な男になった。

ヴォルチェックは突進してきたが、わたしはすでに構えていた。

58

胸に蹴りを食らわせると、ヴォルチェックは後ろへふんぞり返り、防音を施した壁に激突した。流れるような動きで、MP5をつかみ、テープをはがして弾倉をねじり取ると装塡し、コッキング・ハンドルを引いて銃口をヴォルチェックに向けた。

ヴォルチェックは両手を上げた。

ドアが二回ノックされる。ヴィクターがロシア語で呼びかけてきた。争うような音を聞きつけて、問題ないか確かめようとしているのだろう。

「問題ないと言え。英語でだ」

ヴォルチェックは少し考えてから答えた。

「大丈夫だ。放っておいてくれ」

ふたりとも動かずに、しばらく待った。ヴォルチェックはマシンガンから目をそらさない。

「今、この場であんたを殺し、外でアートラスを待ち、どこか人気のないところへ連れて行ってジミーのところの男に痛めつけてもらい、エイミーの居所を白状させることもできるんだ。だが、そうする気はない。必要がなければ、人を殺すつもりはない。アートラスはみごとに罠にはめてくれたよ。FBIはわたしのアパートへ向かっているところだ。アートラスは今回の事件の罪をわたしに着せようと、なにか証拠となるものを部屋に置いてきた。そこで、新たに取引をしたい。あんたはエイミーの居所を知ることができるし、わたしの友人の手の元に返すこともできる。これは今すぐに実行しよう」

ヴォルチェックは首を振った。

「どこへも行けやしないよ、フリン。この建物のなかには警官や警備員がそこいらじゅうにいる。また、おれを騙そうとしているんだろ?」

「あんたは、馬鹿か? まだ信用できないというのなら、アートラスから手渡された起爆装置を出してみろ」

ヴォルチェックはゆっくりとコートのポケットに手を突っ込み、起爆装置を取り出した。

「スイッチを入れろ」

「なんだと? 今、ここでおまえのジャケットの爆弾を爆発させるってのか? ふたりとも死ぬぞ」

「いいから、ボタンを押せ。やるんだ」

ヴォルチェックはわたしの腰につけられた爆弾の起爆装置のボタンを押した。なにも起こらなかった。腰に振動が伝わることもなければ、起爆装置のライトが点灯することもなかった。ヴォルチェックはMP5から起爆装置に目を転じ、調べはじめた。眉をさすり、ロシア語でなにごとかつぶやいている。

「ちょっと貸してくれ」

マシンガンをヴォルチェックに向けたまま、放り投げられた起爆装置を片手で受け取った。デスクの角に起爆装置を打ちつけると、プラスティックに穴があき、そこからひび割れが走った。音は壁の吸音材に吸い取られた。

中身が空っぽのプラステックの本体をテーブルに置いた。混乱から納得へとヴォルチェックの顔の表情が動いた。亀裂が走ったのは起爆装置だけではない。ヴォルチェックの全世界が破綻したのだ。

がっくりと膝をつき、両手で頭を抱え込んだ。指で髪をすきながら、悪態をついている。

「言っただろ。はめられたんだよ。わたしの考えでは、アートラスはベニーを救うために、わたしたちふたりを殺そうとしている。あんたに本物の起爆装置を渡すような危険を冒すことはできなかった。爆弾を爆発させて、ベニーを殺してしまうかもしれないからな。その証拠が目の前にある。アートラスはあんたに嘘をついていた。わたしにそうしたように。わからないのは、なぜこんなことをするかだ。どうしてアートラスはひとりの男のためにこんな危険を冒そうとするんだ？」

ヴォルチェックは低く吠えるような笑い声をあげたが、すぐにそれを飲み込み、歯を食いしばった。愚か者を見るような目つきでわたしを眺めた。

「リトル・ベニーが裏切ったとき、どうしてアートラスの頬を切ったと思う?」ヴォルチェックはアートラスをまねて頬を力強く引っかいた。

「アートラスは、責任をとらなければならなかった。あのリトル・ブラットのな」胸が悪くなると言わんばかりに、ブラット、という言葉を吐き出した。

ふたたび、ブラットという単語を耳にした。しかし、このときは意味がわかった。ベニーのことを話しているときアートラスが「モイ・ブラット」と口にしたのを聞いた。ブラトヴァというのが、〝兄弟分〟を意味するなら、ブラットというのは……。

「弟か。アートラスとベニーは兄弟だな」

ヴォルチェックは作り笑いを浮かべ、かんたんなことだと言わんばかりに両の手のひらをこちらに向けた。ヴォルチェックの心を推し量るのに時間はかからなかった。ようやく真実を理解したようだ。

「アートラスは、逃げずに裁判を受けるように説得した。そうすれば、あんたを殺し、弟を助け出すことができるからだ。好きなようにさせるのか?」

「いや。だが、おまえも信用できない」

「信用してもらう。エイミーを解放してくれ、そうしたら、うまく切り抜けてみせる」

「警察かFBIに駆け込む。ちがうか?」

「そんなことはしない。ケネディーは信じてくれなかった。あんたはあんたで、アートラスの言葉をひとことも信用できない。飛行機は待機していないだろうさ。わたしと同じように首までどっぷりと泥沼にはまっちまってるんだ。どこへも逃げることはできない。アートラスにはめられたままでいるかぎりな。それに殺人罪で起訴されている身だ。わたしたちは、死ぬも生きるも一蓮托生なんだよ、ヴォルチェック。ほかに方法はないんだ。アートラスにいっぱい食らわせ、すべてを企てた罪で逮捕へと持ち込む。エイミーを解放してくれ。そうしたら助けてやる」

一瞬、ヴォルチェックは親指を噛み、それから立ち上がった。どのような状況に置かれているのか、もう質問することはなかった。その段階をすぎ、行動に移ったのだ。どうすればこの危機を切り抜けられるのか、考えている。ズボンの皺をのばし、腰を掛けた。

「まだ解放するわけにはいかない。おまえのことが信用できるまでは」

わたしはマシンガンを下ろし、考えた。

「信用してもらいたいが、もう言うべきことはなにもない。わたしも確かにあんたを信用していない。今のところは、共通の敵がいる、それしかわたしたちにはない。信頼しているところを見せてくれ。エイミーを返してくれ。まだ生きているか知りたい。娘を安全なところへ連れて行ってくれる者がいるんだ」

ゆっくりとヴォルチェックは頭を左右に振った。

「いや。まずは裁判で無罪にしろ。そうしたら解放してやる」

「そんな悠長なことはしていられない」

「じゃあ、取引はなしだ」

わたしがマシンガンを持っていることも、ヴォルチェックを救い出せる切り札であることも、どうでもいい。まだエイミーはヴォルチェックの手にあり、すべてのカードを握られているのだ。

そのことをヴォルチェックは知っている。

「組織のなかでまだ信用できる男がいるか？」

「ああ。運転手のユーリだ。おれの甥っ子だよ。おれを裏切るのなら死を選ぶだろう。肝っ玉が座ったやつだ。アートラスはユーリを裁判から遠ざけている。先週、おれのために別の運転手をつけた。アートラスは娘をおれのオフィスへ連れて行くつもりだろう。この近くだ。車で行ける範囲でほかに安全なところはない。オフィスにはユーリがいる。今や信用できるのはユーリだけだ。他の誰がアートラスに寝返ったかわからない——おそらく全員だろう——だが、おれを裏切るようユーリに働きかけることはしないはずだ。フリン、娘を殺しても、もうおれにはなんの利益もない。人質なんか意味がなくなった。殺人罪をなんとかするんだ。そうすれば娘を返してやる。信じろ」

この狂人がわたしの唯一の希望なのだ。エイミーを助ける最後の望み。

ほかに頼るものはなにもない。

マシンガンから弾倉を抜き取り、床に目を向けた。若い弁護士のブリーフケースが開いたまま置かれていた。考えが形をなしていき、笑みを浮かべて答えた。

一わかった。時間がない。殺人罪の訴えを却下させよう。エイミーを返してもらう。それからふたりでアートラスを叩きのめす。そういう手順でいこう……」

59

スーツケースのキャスターを鳴らしながら、法廷の弁護士用のテーブルに駆け戻った。資料を取り出していると、ドアの付近が騒がしくなった——アートラスが、ちょっと廊下に出てきてくれとヴォルチェックに呼びかけている、頰に傷のある男が、戻ってきた。ふたりは法廷の入り口に立って囁きあっている。ヴォルチェックは喧嘩腰になってきた。

ジーンはわたしに向かって腕時計を叩いてみせ、ごめんなさい、と口だけ動かして言った。依頼人ともう少し話す時間がほしいというわたしの訴えを裁判官に伝え、冷たくあしらわれたにちがいない。パイク裁判官は今にも法廷に入ってきて陪審員を呼び寄せるだろう。証人の警官マルティネスは、証人席に座ったままでいる。

わたしは立ち上がり、口論しているロシア人のところへ向かった。

「娘はどこにいる？」ヴォルチェックは尋ねた。

アートラスは囁き声で答えた。

「今、話をしたい。弁護士はおれを無罪にしてくれる。もっとやる気を起こしてもらうんだ。

ユーリと車に乗せろ。今すぐに電話口に出せ」

「やつはおれたちを騙そうとしてるんだ、オレク。無理だよ――」

「言われたとおりにしろ。さもないとこのまま飛行機へ向かう」

ヴォルチェックはやることをやってくれている。アートラスは、セヴァーン・タワーズのペントハウスが襲撃され、報復したことを話したのだろう。ジミーのレストランを襲い、エイミーを取り戻したことを。ヴォルチェックが逃亡するとアートラスは困ったことになる。弟に証人台に立ってもらわなければならない。さもないとすべての計画は破綻する。

アートラスはコートのポケットから携帯電話を出し、番号を打ち込み、ヴォルチェックに手渡した。ふたりは廊下へ出ていった。わたしもヴィクターに目を据えたまま後に続いた。ヴィクターは胡散臭そうにわたしを見ている。大男のグレゴールは、法廷の席に座ったままだ。

廊下の静かな一角にいるヴォルチェックとアートラスの隣に立った。

「ユーリ、オレクだ。娘を車に乗せて――おまえとふたりだけだ。他のやつは乗せるな――法廷まで連れて来い。メルセデスを使え。裁判所の外に着いたらメールしろ。ちょっと待ってもらうことになる。着いたら、指示を出す。娘を電話口に出してくれ……」取り決めどおり、わたしにも理解できるようにヴォルチェックは英語で話した。

鋭いパンチを肋骨に食らわせられ、わたしは思わず体をふたつに折った。殴りつけようという素振りも見せず、いきなりのことだった。廊下にはほとんど人はいなかった。誰もが法廷のなかに入り、審理が再開されるのを待っている。アートラスの顔には嫌悪の表情が浮かんでいた。もう一発パンチを繰りだそうとしたが、わたしはその拳を握った。

「娘は生きていても、おまえは今日死ぬ。絶対にな」

わたしは無言のままでいた。アートラスは拳をねじるようにしてわたしの手から逃れ、コートの皺をのばして床に唾を吐いた。

ヴォルチェックはスピーカーのボタンを押した。

エイミーは話をすることができなかった。聞こえてきたのは、恐怖に駆られ、感情を抑え切れずに泣く声だけだった。体の外に飛び出そうとするかのように胃がせり上がってきた。口のなかに胆汁の味が広がる。電話の向こうで、ユーリがエイミーをなだめているのが聞こえる。エイミーが叫んだ。アートラスは嫌悪感を起こさせる例の笑みを浮かべている。昨日の朝、初めて目にしたあの笑みだ。ヴォルチェック、エイミーに意識を集中した。アートラスの喉を切り裂いてやりたいと思う気持ちを逸らしてくれるものにならなんでも。

「怪我をしているのか?」わたしは尋ねた。

ヴォルチェックが応じるより先にユーリが答えた。

「いや。泣いているだけだ。キャンディーでも持ってこようか?」ユーリは少し頭が鈍いのではないかという話し方をする。

「そうだ。キャンデイーを持ってきてくれ。落ち着かせるんだ、ユーリ。さあ、早く」

アートラスに気づかれずに、ヴォルチェックはわたしにかすかに頷いた。やるべきことはやっていると、わかってもらいたいのだ。

領き返した。わたしが責任を果たす番だ。

60

ヴォルチェックはすでに弁護側テーブルの座席に座っている。わたしも席につこうとしたとき、アートラスに引っ張られ、通路を少し上ったところまで戻った。

冷たい低い声を聞くと、いまだに全身に悪寒が走る。

「弁護士のくだらないトリックを使って、得意になっているようだな。オレクを騙せるかもしれないが、おれにはその手は通じない。おまえはこの裁判には勝てない。なにもわかっちゃいないからだ。爆弾はおまえの腰についているものだけじゃない。地下に二箇所仕掛けている。大量の爆薬をな。娘に生きていてもらいたいのなら、さっさとリトル・ベニーを証人台に立たせることだ。オレクにはひと言も話しかけるな。さもないと娘を殺す」

まず頭に浮かんだのは、レヴィンはわたしのアパートの家宅捜査のことをアートラスに報告したのかどうかということだった。アートラスがどのような証拠を置いてきたにせよ、しばらくは見つからないようにしなければならない。裁判所で爆発が起こり、たちこめた煙が薄れ、瓦礫がある程度片付けられ、それから証拠が発見されるというのが筋だ。計画が完了する前に、わたしが逮捕されてはまずいのだ。今や、誰もがＦＢＩの動きに振りまわされている。

十一時二十分。

ベニーが証人台に立ち、ヴォルチェックの答申が出るまで四十分。

「全員、起立！　本法廷は再開される」

この裁判所のなかでもっとも行動の素早い裁判官が、短い脚で小走りになってドアを抜け、着席した。四十分も時間がないはずだ。ケネディーたちは、まもなくわたしのアパートに踏み込む。時間はあるのだと思わなければ。なければならないのだ。

正午までカウントダウンするように時計をセットした。

「こいつが必要だろ」アートラスはそう言ってなにか硬いものを腹に押しつけてきた。落ちる前に両手で支えた。見るまでもなく、なんであるのかわかった。エイミーからもらったペンだ。わたしの友人であることをエイミーに知ってもらうためにジミーに渡したペンだ。濡れていた。目を向けるとキャップのところに半乾きの血がついている。

尋ねる前にアートラスが小声で言った。

「娘の血じゃないよ、弁護士さん。隣にいた男を撃ったとき、娘はこいつを持っていたんだ。さっさとベニーを呼び出せ」

「話は終わりましたか、弁護人」アートラスが席に戻るとパイク裁判官は尋ねた。

「あなたが遅刻したことについては審理が終わったあとで話しましょう。さて、ミスター・

フリン、休憩をとったわけですが、証人にさらに質問はありますか？」

ヴォルチェックは頷いた。

家宅捜査の令状と地下駐車場のバンのことを頭から締め出した。そんなことは今は問題ではない。エイミーのためにヴォルチェックを無罪にしなければならない。娘の命を賭けて法廷での駆け引きに臨むのだ。

「二、三質問があります」

マルティネスは微笑んだ。もう終わりだと思っていたのだろう。

「ミスター・マルティネス、ミスター・ジェラルド殺人事件捜査の全責任を負っていましたね？」

「はい」

「証人Xがミスター・ジェラルドを撃ち殺したのはまちがいありませんか？」

「そうです。ですが、あなたの依頼人に命じられたと言っています」

「証人Xは死亡した被害者のアパートで、殺人に使った武器とともに警官に見つかり、それでミスター・ジェラルドを殺害したと認めたのですね？」

「ええ」

「あなたは弁護士ではないけれど、数多くの殺人事件を捜査し、裁判にも立ち会ってきたようです。死体および足元に転がっていた殺人に使われた武器――本件の場合、実際に煙が立ち上る銃――とともに容疑者が発見されたのなら、弁護の余地はない、そういうことですか？」

　マルティネスはふたたび作り笑いをした。

「あなたが弁護しているんですから、弁護の余地があるんでしょう、ミスター・フリン」

　陪審員は忍び笑いを漏らした。彼らはこの警官に好意を持っている。そっけなく進めることだ。

「殺人事件の裁判を経験なさっているのでうかがいますが、今回のような立場に置かれた容疑者は、罪を軽くするためになにかしたり、言ったりするものでしょうか？」

「そういうことはあります」

「今回の犯行現場からは、わたしの依頼人と殺人を結びつける法医学的な証拠は見つかっていませんね？」

「ええ。証人Xが一ルーブル紙幣を持っていただけです」

「その紙幣にわたしの依頼人の指紋はついていなかった、そうですね？」

「識別できたのは、証人Xと彼を逮捕した警官の指紋だけでした。このふたりの指紋がべたべたと残っていたので、ほかのものはぼんやりしてしまったんです」

「失礼ながら、ミスター・マルティネス、つまりこういうことですね。『いいえ。被告人の指紋は一ルーブル紙幣にはついていなかった』。ちがいますか？」

「被告人の指紋は発見できませんでした」

「ミスター・マルティネス、ニューヨーク市警は、過去に掌紋の一部だけで有罪判決を勝ち取ったことがある。まちがいないですか？」

「そう思います」

「被告人の掌紋は紙幣から発見されなかった」

「ええ。見つかっていません」

「では、オレク・ヴォルチェックがその紙幣に触れたことを示唆する証拠はないことになりますね？」

マルティネスはミリアムに目を向けた。ミリアムは助け舟を出さなかった。

「そのとおりです」

「質問は以上です」

徹底的に叩きのめすような反対尋問ではない。とはいえ、できるだけのことはやった。一時間ほど時間があれば、もっとうまく立ちまわれたのだが、時間がなかった。

「再直接尋問はありません」ミリアムが言った。

ヴォルチェックにささやいた。

「ユーリはどのタイプのメルセデスで来るんだ？」

「白のSクラスだ」

マルティネスは裁判官に会釈し、証人席から下りるために立ち上がった。このようなとき、証人が証言台を下り、次の証人が呼び出されるまで、裁判官、弁護士、検察官、傍聴人は息抜きをする――次の打者がバッターボックスに立つときのようなものだ。アートラスはわたしの右斜め後ろに座っている。わたしは体を左に向け、ケネディーの携帯電話を手にするとジミーにメールを送った。

〝ヴォルチェックと取引をした。エイミーは白のメルセデス、Sクラスに乗っている。裁判所の建物の近くに駐車する。連絡するまで動くな。だが、こちらからの指示にすぐ対処できるようにしておいてほしい〟

61

「ミズ・サリヴァン、次の証人は？」パイク裁判官は尋ねた。

「はい、裁判官殿、検察側はニッキ・ブランデルを喚問いたします」

　青白い肌をした美しい若い女性が、傍聴席から立ち上がり証人台へ向かって歩いていく。長く優美な黒いスラックスにクリーム色のブラウス、赤褐色の髪は束髪に結っていた。背が高く、体は引き締まっており、足早に歩むさまには気品があふれていた。ミリアムはおそらく三十分ほど時間をかけるだろう。ナイトクラブのダンサーが、証人台の小さなドアを開けたとき、わたしはミリアムに駆け寄った。

「遠まわしなやり方はやめようじゃないか。ダンサーは割愛しよう。証人Xを喚問して、決着をつけるんだ」

「彼女はわたしの証人リストの次に載っているのよ、エディー。スター登場までもうちょっと待つことね」

「誘導尋問すればいい。異議は唱えない。さっさとすませよう」

ふつう、検察側は証人に誘導尋問は仕掛けることはできない。審理を早く進行させる必要がある。ミリアムは嬉々としてこの機会をとらえ、ここぞという観点から証人を誘導していくことだろう。ニッキが適切な証言をするように念を入れるはずだ。

ミリアムの脇に立っているとき、ケネディーの携帯電話が振動した。アートラスに背を向けてメールをチェックする——ジミーからの返事だ。

〝待とう。リザードを送り込んでおまえの背後に目を光らせる〟

ナイトクラブのダンサーが宣誓をしているあいだに、こっそりと返信した。

〝地下駐車場のエレベーターそばのゴミ箱に銃がある〟

ミリアムは単刀直入に切り出した。

「ミズ・ブランデル、あなたは十二丁目のシロッコ・クラブのダンサーですね？」

「はい」

ニッキ・ブランデルはエレガントで言葉にはそれほど訛りはなかった。ミリアムは証人に着せる服を選ぶのにずいぶん時間をかけたにちがいない。典型的なナイトクラブのダンサーではなく、知的に見せるために。

「シロッコ・クラブで働いていないときはなにをしていますか？」

「コロンビア大学の法学部の学生です」

ニッキ・ブランデルはかわいいとは思っていた。わずかながらでも蓮っ葉なところがあれば扱いやすかっただろう。しかし、このような女だとは思わなかった。ニッキ・ブランデルは、知的職業につこうという証人であることが、突然、はっきりした。陪審員はこの手の証人が大好きなのだ。

「シロッコ・クラブで働きはじめて二年ですね？」

「はい」

「ちょっとふつうじゃありませんね。法学部の学生がエロティックなダンスをするなんて」

傍聴人はこのような展開が好きだ。陪審員はやや困惑しているようだが、笑みを浮かべ、身を乗り出すようにして答えを待っている。

「そう、わたしはポールダンサーですが、実際のところ、わたしの踊りはエロティックというよりもエキゾティックです。上品な踊りですね」ここで陪審員の方へ向いた。「実を言うと、ポールダンスは、通っている教会の隣にあるコミュニティー・ホールで習いました。最近では、フィットネスのためにポールダンスを習う若い女の子が多いんです。ほんとうにいい運動なんですよ。それにチップの収入も馬鹿にできませんし。大学の学費は全て自分で払っています。ウェイトレスのような仕事では、あれだけの金額は稼げません。父は――教会の牧師ですが――ええ、認めてくれています。別に、かまわないと思うんですが」

陪審員はお互いに頷きあった。十字架を身につけている女性たちも微笑み、肩をすくめた。

ニッキ・ブランデルを証人として喚問して弁護側が有利になると思っていたが、まったく予想が外れてしまった。


「ミズ・ブランデル、問題の夜のことに話を戻しましょう。二年ほど前の四月四日。その晩、クラブで働いていて、なにかを目撃した」

「ええ。いつもどおり踊り終わると、客席でフラッシュが瞬《またた》いたんです。注意を引かれました。クラブ内での写真撮影は禁止されています——支配人の決めたルールです。それなのにフラッシュをたくなんて、びっくりです。誰が写真を撮ったのか確かめようとしました」

「それでなにを見ました？」

「被告人です。あそこに座っている男」ニッキはヴォルチェックを指さした。「はっきりと見ました。もうひとりの男——写真を撮った男——と喧嘩をはじめたんです。乱暴に押したり、悪態をついたり。それから引きはがされました」

「あなたが目撃した男が、被告人であるというのは、どれほど確かなものなんでしょう？」

ニッキは陪審員に目を向けて頷いた。

「命に賭けて誓います。百パーセント被告人にまちがいありません。彼が喧嘩を仕掛けたんです。もうひとりの男を殺してしまうんじゃないかというほどの剣幕でした。彼です。まちがいありません」

文句のつけようのない答だった。ミリアムは間をおき、陪審員に考える時間を与えた。顔を見交わす者もいる。ニッキは証人としては大当たりであり、陪審員にいい印象を刻んだ。

「被告人ともうひとりの男とあなたは、どれくらい離れていましたか？」

「そうですね、二十メートルほどでしょうか」

「喧嘩のさいちゅう、カメラを持っている男が誰であるかわかりましたか？」

ノートにカメラと書き込んでアンダーラインを引いた。リトル・ベニーへの対処の仕方と、わずかながらもヴォルチェックとふたりだけでいる時間を作る方法を思いついたのだ。

「いいえ、そのときは。でも、一週間後、新聞で写真を見ました。男はマーリオ・ジェラルドという名前であり、クラブで喧嘩を目撃した翌日に殺されたということでした。ぞっとしました。それで警察に電話したんです」

「警察署へ出頭し、あの晩、マーリオ・ジェラルドと喧嘩した男を含め、何人もの写真を見せられた。そうですね？」

「ええ。被害者を襲った男が見つかるまで、数えきれないほどの男の写真を見ました」

ミリアムはヴォルチェックの写真を掲げた。ニューヨーク市警は、街にいるギャングのボスすべての写真を持っている。

「あなたが選んだのは、この写真ですね？」

「はい。カメラを持った男に喧嘩をふっかけたのはこの人です」

「記録によると、証人は被告人オレク・ヴォルチェックの写真を確認しました」

ミリアムはここでふたたび効果的な間をとった。

「ミズ・ブランデル、被告人はナイトクラブは混雑していたと主張するかもしれません。どうしてそこまではっきりと言い切れるのでしょう？」

「ステージにいたからです。いえ、それどころか、クラブのなかでももっとも見晴らしのいい場所にいたのです。なんといっても、一段高い所に立っていたんですから」

「ミズ・ブランデル、喧嘩は四月四日の夜、本件の被害者マーリオ・ジェラルドが殺害されるちょうど二十四時間前に起こったということです。喧嘩を目撃した日付まではっきり覚えているのはどうしてでしょう？」

「ああ、わけないことです。翌日が祖母の誕生日なんです。仕事が終わって家に戻り、朝の五時までかかってバースディケーキを焼いたのを覚えています」

ミリアムは証人に背を向けてわたしにウィンクし、検察側のほかのメンバーのいるところへ戻り、腰を下ろした。わたしはノートを確認する。

「最高の尋問だったじゃないか、え？」ヴォルチェックが言った。

「十二の質問で覆してやるよ」

62

「ミズ・ブランデル、四月四日の夜、どれくらい酒を飲んでいましたか？」

訊きづらい質問を真っ先にすませたかった。

ニッキは陪審員のほうへ身を乗り出して答えた。彼らとプライヴェートの話をするといわんばかりだ。

「支配人は、いつもシャンペンのボトルを楽屋に持ってきてステージにあがる前のダンサー全員に振る舞うんです。グラス一杯ほど飲んだんじゃないかと思います」

「ふたりの男が喧嘩しているところまで二十メートルほどだった言いましたが、二十四、五メートル、いや三十メートル、それ以上だったということはありませんか？」

「いいえ。そんなに離れていません。せいぜい二十四、五メートルです」

「シロッコ・クラブは、あのあたりのナイトクラブと同じような環境なのでしょうか――照明に照らされた明るい店ですか？」

ニッキは声をあげて笑い、手で口を覆い、陪審員に向かって目を瞬いた。

「いいえ。まさか。暗いですよ」

「でも、あなたには照明が当たっていた。なんといってもビッグ・スターなんですから。ふたつか三つほどのスポットライトを浴びていたんじゃありませんか？」

「実際には四つです。いや、ちょっと待って――ええ、四つだと思います」

「シロッコ・クラブにはどれくらい入りますか？　二、三千人？」

「四月四日は金曜日だったので満員でした。ええ、ゆうに二千人はいたでしょうね。でも見たものは見たんです。先程も言ったように、カメラのフラッシュがたかれたので注意が引かれたんです。あの男、被告人がミスター・ジェラルドに食ってかかっていたんです。はっきりと見ました」

機会があるごとに被告人を目撃したと強調するように仕込まれたのだ。

「では、はっきりさせましょう。あなたはアルコールを飲み、一日の最後のステージを終えておそらく疲れていた。四基の大型スポットライトに直接顔を照らされながらも、暗闇のなか、二十四、五メートル向こうの二千人ほどの観客のなかにいる被告人をはっきりと見ることができた」

ニッキ・ブランデルは組んでいた脚を解いて、ふたたび組み、しばらく素早くまばたきを繰り返し、それから陪審員に目を向けて答えた。

「はい、そうです」

ふたりの陪審員が椅子の背に体を預けて腕組みをした。ニッキ・ブランデルに対する最初の印象に疑問を持ちはじめたのだ。

「そのときは、喧嘩のことをそれほど深く考えなかった。ミスター・ジェラルドの写真が新聞に載り、記事を読んでからはじめて警察に連絡した。これがあなたの証言内容ですね？」

「はい、そのとおりです」

「この記事ですか？」

そう言って、ニューヨーク・タイムズを掲げた。前の晩、資料のなかに入っているのを見つけて目を通していた。そのページは半分に畳まれていた。証人と陪審員に新聞紙名とマーリオの写真、見出しが見えるようにした。〝ギャング関連の殺人か〟

「はい。その記事です」

「新聞を見てから警察署へ行き、被告人の写真を選び出し、被害者と喧嘩をしていた男だと指摘したとおっしゃった。他の理由から選んだのではないのですね？　四月四日に目撃したことを思い出して指摘したにすぎないのですね？」

「そのとおりです」

「警察で指摘する前に、被告人の写真を見たことはなかった」

「ええ。もちろんありません。それ以前に被告人の写真を見たことはありません」

わたしは新聞を裏返しにし、折り目の下の写真を証人と陪審員に見えるようにした。法廷から出てくるヴォルチェックが写っている。殺人の認否を問われたときのものだ。

「確認しますと、証人が警察署で証言する前に読んだとされる新聞に、被告人オレク・ヴォルチェックの写真が掲載されています」

直接問いただすような形にならないように注意し、説明できるように余地を残しておいた。

犯罪現場で撮られた写真を手にしながら、わたしは尋ねた。

「大勢の観客がおり、暗い店のなか、二十四、五メートル離れたところから、顔に四基のスポットライトを浴びながら被告人を見たということですが、そのとき、彼は今日のように顎ひげを生やしていましたか？　それとも剃っていましたか？」

これもまた、父親の騙しのテクニックだ。ニッキはわたしの手のなかにある写真の裏側を見詰め、唇を嚙んだ。あの夜、店を出るヴォルチェックの姿を撮影した閉回路テレビからプリントアウトした写真だと思っているはずだ。ひげを生やしていたのか、剃っていたのか、わからないのだ。そんなことでニッキを責められるだろうか？　どれほど正直な証人であっても、そんな些細なことは覚えていないものだ。ニッキにしてみればここは慎重に対処しなければならない。すでに新聞記事でわたしが一本取っているからだ。

「わかりません。遠すぎたので」

わたしは屈み込み、法律用箋に今の答えをメモし、陪審員に念を押すようにゆっくりと大きな声で繰り返した。

「わ・か・り・ま・せ・ん。と・お・す・ぎ・た・の・で。もうひとつだけ質問します、ミズ・ブランデル。法学部を卒業したら、地区検事長のオフィスでの仕事に応募しますか？」

「考えたことはありません」

それが本心だとしても、陪審員はその可能性について考えざるをえないだろう。

「ありがとうございます。ミズ・ブランデル」

陪審員のなかには、時間を無駄にしてくれたとでも言うように、厳しい視線をミリアムに投げた者もいた。

「再直接尋問は？」パイク裁判長が尋ねた。

ミリアムは首を振った。ニッキは証人台を下りながら、ミリアムに微かな笑みを送った。

検察官はそれを無視した。

「裁判官殿、証人Xを喚問いたします」ミリアムは言った。

63

法廷付きの警備員が右手にある出入り口のドアを開けた。二メートルほど向こうに証人が立っていた。黒いキャップをかぶった戒護員が、ドアのすぐ外に待機している。戒護員が法廷内に入ってくると、高価なスーツを着た男もそれに続いた。戒護員は男の手錠を解錠して手首からはずした。

ヴォルチェックは起爆装置を手にし、アートラスにそれが見えるようにした。証人Xは小柄で身だしなみがよかった。わたしは証人台へと歩み寄ってくる姿をじっと見詰めた。その目を。口を。この顔は見覚えがある。アートラスよりも小柄で若いが、兄と同じ粗暴さが表情に滲み出ている。肩越しに振り返ると、アートラスは弟に笑みを送っていた。いつも浮かべている冷たい笑みではない。秘密めかした笑みだ。

ベニーは計画を知っている。

法廷係官は、聖書を手に誓うか、宣誓に代えて〝確約〟（自己の信条に基づき宣誓をすることを拒否する者が宣誓の代りに行なう）するか、選ぶように言った。ベニーは聖書を選び、それを右手に持つとカードに書かれた文言を読みはじめた。宣誓が終わると、裁判官の許しを得て着席した。

腕時計を見ると、正午まで二十分だった。

ミリアムに直接尋問を許すと、時間切れとなってわたしは質問ができないだろう。この問題をどう切り抜けるのか、いくつか考えがあったが、ニッキ・ブランデルの直接尋問のときに出たあの単語――〝カメラ〟――こそが、もっともいい方法だと判断した。

必要なのは、ミリアムがその糸口を与えてくれることだ。運がよければ、最初の質問でその端緒を開くことができるだろう。とどめの一撃になるはずだ。そうなれば、あとはわたしのペースでことは進むだろう。

ミリアムは立ち上がり、最初の質問を口にした。こんにちは――ようこそ――裁判へ――というたぐいの愚にもつかない質問だ。ミリアムがノートを置き、証人に目を向け、次の言葉を口にしたとき、わたしは息を詰めていた。

「ミスター・Xと呼んでいいでしょうか?」

わたしはさっと立ち上がり、手を挙げた。

「裁判官殿、異議あり」

ミリアムは困惑して一歩あとずさったが、すぐに怒りがそれに取って代わった。途切れ途切れの話し方になり、一語一語にわたしに対する嫌悪感を露わにした。

「裁判官殿、これまでミスター・フリンの態度に我慢してきましたが、これは言いがかり以外のなにものでもないでしょう。とうてい異議申し立てなどできるわけがありません」

パイク裁判官は、わたしが床に小便をしたとでもいうようにこちらを見詰めていたが、検察官が感情を爆発させると、鼻先まで眼鏡を滑らせ、フレーム越しにミリアムを睨みつけて無言の叱責をした。〝この法廷の間抜け野郎たちを仕切っているのは、わたしだ。ご協力感謝する、ミズ・サリヴァン〟とでも言いたいのだろう。

「ミスター・フリン、どういうことです？　こんなことには、異議申し立てはできません。却下します。着席して正当な異議申し立てのあるときまで静かにしていてください」

食い下がった。

「裁判官殿、異議申し立ては正当です。許可をいただけるなら、理由を説明します」

裁判官に理解してもらうまで少し時間が必要だ。ふたたび却下される前に、切り出した。

「裁判官殿、アメリカ合衆国の法廷では、男も女も訴追者を知り、面と向かう権利を有しています。合衆国憲法修正第六条にそう記されております。この点を本法廷でも尊重していただきたいと申し出る次第です」

まったく信じられないという表情が、ガブリエラ・パイクの顔に広がった。救いを――わずかなりとも常識のある者を――求めるようにミリアムに顔を向けた。

「裁判官殿、ミスター・フリンが、今、なぜこのようなことを問題にするのか、理解できません。本証人は何カ月ものあいだリストに載っておりました。ミスター・フリンは、異議を申し立てて議論する時間はたっぷりあったはずです。裁判官殿には、この異議申し立てを却下していただきたいと思います」

「却下を要請します」ではなく「却下していただきたい」と言ったのはよかった。

「ミスター・フリン、この件はもっと早く持ち出すべきだったと思います。しかし、この重大な局面で問題を持ちだしたとなると、取り上げざるを得ず、助手に関係のある判例法を調べさせなければなりません。五分後に戻ります。陪審員はこの法律に関する議論を聞く必要はありません。証人に対する尋問が再開されるときに招集をかけます。ミズ・サリヴァン、この問題の核心は、証人Xを匿名にしておくことができるかどうか、ということですが、それを考えるに、ミスター・フリンの異議については、〝裁判官の個室《カメラ》〟でその主張を聞きたいのではないですか？」

「はい、裁判官殿」ミリアムは答えた。

この問題は〝裁判官の個室《カメラ》〟で話し合われなければならない。この〝カメラ〟という古い呼称は、陪審員も傍聴人もいないところで個人的な議論が展開されるということを意味する。

裁判官は立ち上がった。

「審理を中断します」そう言って個室へ向かった。

ヴォルチェックが声を上げて笑っているのが背後に聞こえた。

「なにか企んでいるな」ヴォルチェックは言った。

係官は、弁護士、検察官、被告人を除く法廷内にいる全員に外へ出るよう促した。

アートラスはスーツケースを持ち上げた。

「ちょっと待った。資料がいる」わたしは言った。

アートラスは、一瞬、戸惑ったが、かまわず歩きだした。

「アートラス、待て。資料が必要だと言っている」ヴォルチェックが呼び止めた。

わたしもヴォルチェックもスーツケースのなかに本当はなにが入っているのか知らない、アートラスはそう思っている。アートラスはわたしに視線を据えたまま指で時計を叩き、スーツケースを下ろすと廊下へ出ていった。

わずかな時間も惜しく、ベニーへの反対尋問の時間が短くなってしまうが、もう一度、ヴォルチェックに確認しなければならない。

ふたりだけになり、検察側に声が聞かれないことを確認すると、ケネディーの携帯電話をテーブルに置いた。取引を実行に移すために、しばらくふたりだけの時間を作るとヴォルチェックには言ってあった。エイミーを解放するだけの成果をヴォルチェックは目の当たりにしてくれたと密かに望んでいた。

「リトル・ベニーに照準を合わせた。さあ、取引といこう。電話してエイミーを解放しろ」

「だめだ。話し合ったとおりにする。まずは判決だ。取り決めどおり、準備はしよう」

ヴォルチェックは携帯電話に番号を打ち込み、答えを待った。わたしも同じことをした。

ジミーはすぐに電話に出た。

「わたしだ。車が見えるか？」

「ああ。十メートルほど向こうに停まっている。運転手は外に出て後部ドアに寄りかかっている。ヴォルチェックは信用できない。おまえを騙して、エイミーを殺す気だ」

手で口元を覆い、声を低くしたまま続けた。

「そうは思わない。今のところ、ヴォルチェックが信用できるのはわたししかいない。やつを救ってやる。だから、わたしのことが必要なはずだ。だが、予定どおりいかなくなったら、どのような手段に訴えても……エイミーを……」

「言わなくてもわかっている。今すぐにでも、エイミーの身柄を確保できる。ちょっと待て。運転手が携帯に出た」

ヴォルチェックはロシア語で会話をはじめた。

「英語で話してくれ」

「ユーリ、こちらから指示するまで待て。電話かメールを送る。娘を解放するにせよ……とにかく、どうしたらいいかわかるな」

「エディー、運転手は銃を持っている。コートのポケットから出して、こちらに見せつけた。これじゃあ、間に合わない。運転手はドアのすぐ脇に立っている。エイミーが後部座席にいるのなら、一秒でカタがついてしまう」

「取引が終わるまで待ってくれ。電話する。電話がなければ……わたしの身になにか起きた場合は、エイミーを頼む。こう言ってくれ……パパはすまないと思っている。愛している、と……」

喉元にこみ上げてくるものがあった。娘を失うという思いが喉を締めつけた。

「エイミーはわかっているよ。身柄を確保する。がんばれよ、兄弟。リザードがそっちに向かっているからな」

裁判官の部屋のドアが開き、パイク裁判官が姿を現わした。

ヴォルチェックとわたしは通話を終わらせ、携帯電話をポケットに戻した。

そのとたん、携帯電話が振動した。パイクはわたしを見詰めた。メールのチェックはできない。今のところは。

64

「それで、ミスター・フリン、あなたの申し立てとは？」パイク裁判官は尋ねた。

「裁判官殿、検察対スタナードの判例と関連した先例をお読みになったことと思います」

この判例法は、証人の身元を秘密にしておくために、地方検事が証明しなければならないことについて述べている。それなりの業績を積んだ刑事弁護士であれば、少なくとも一度はこの問題に直面したことがあるだろう。わたしも、以前、二度取り組んだことがある。どちらの場合も、隠密捜査だった。覆面捜査官は麻薬の買い手になりすましていた。麻薬を買ったことは記録されている。事件が法廷に持ち込まれると、覆面捜査官は通常その身分を秘される。法廷ではバッジの番号を呼ばれるだけだ。

「証人を匿名のままにしておくと、依頼人を弁護するにあたり、偏見が助長されると思われます。効果的に弁護しようにも、こちらの能力を充分に発揮することができません。裁判官殿、問題点に関して証人を反対尋問する許可を求めます。証人の身元を暴露するつもりはありません。どうして命が危険にさらされていると思うのかその証言の根拠を確認したいだけです。根拠が曖昧であると判断されたら、安全のために身分を隠す必要はなくなり、名乗るべきでしょう」

「異存はありません。すぐにでも直接尋問を行ないましょう」ミリアムは言った。「陪審員が証言を聞くという条件で、ですが」

ミリアムは頭を働かせ、強硬な態度に出て逆ねじを食らわせてきた。陪審員の前でリトル・ベニーをこっぴどくやっつけるように仕向けたいのだ。そうすれば陪審はベニーに同情し、本当のところわたしは攻撃的な人間なのだという印象を持つようになるというわけだ。

「かまいません」わたしは答えた。一刻も早くベニーを証言台に立たせなければならない。

「よろしい。では証人と陪審員を呼び寄せましょう。陪審員が尋問を聞くのであれば、傍聴人も同席の上、公判を続けたいのですが、これについて異議は？」

ミリアムもわたしも首を振った。

「陪審員が戻るまで閉廷します」パイクはそう言って裁判官の部屋へ戻った。

これで少し時間ができた。法廷の警備員が脇のドアから出ていき、証人Xを迎えにいった。法廷係官はドアを開け、傍聴人たちが入ってきて法廷はふたたび人で満ちあふれた。アートラス、ヴィクター、グレゴールも戻ってきた。アートラスは席へ向かいながら、携帯電話に番号を打ち込み、耳元へ持っていき、しばらく聞き耳を立て、それから舌打ちをし、電話を眺めた。同じことをもう一度繰り返す。裁判官に見つかるとまずいので、座席の一番上の列まで来ると、電話をポケットに戻した。座る前にアートラスは、なにかを待ち望んでいるかのように法廷のドアに目を向けていた。椅子に腰掛けると腕組みをした。電話で誰かと話したかったのだ。今にもドアから入ってくるはずの誰かと、だ。それが誰であるのかわからないが、姿を現わさなかった。

ケネディーの携帯電話がふたたび振動した。アートラスは先ほどよりもわたしに近い座席に腰掛けている。やつに気づかれずにポケットから携帯電話を出して、メールをチェックすることはできない。アートラスにも聞こえるような声でヴォルチェックに言った。

「検察官と話さなければならない。なにか批判を繰り出すつもりなのか確かめたい」

ヴォルチェックは少し考えてから答えた。

「かまわない」

ミリアムのテーブルに近づいていくと顔をしかめられた。立ったままデスクに寄りかかり、資料の書類を繰った。ヴォルチェックに背を向ける。携帯電話の振動は止まった。

「これを見てほしい」ミリアムにそう言って、犯罪現場の写真を手渡した。

「なんですって？　現場で見つからなかった写真？……まさか。陪審員が行方不明の写真に興味を示すと思う理由は？」

「来てくれ」

ミリアムはわたしの左側に立った。ロシア人から姿を隠してくれた。割れた額縁のことを話していると、ケネディーの携帯電話がまたもや振動した。二回振動を伝えると、静かになった。あちらこちらから電話とメールを受け取っているのだろう。

ミリアムが写真を見はじめると携帯電話を引っ張りだした。

二着のメール、電話が四通。電話の送信人を確認した。最初の二通は〝フェラール〟、あとの二通は〝ワインスタイン〟と表示されていた。ふたりとも捜査官だろう。メールをチェックした。

最初のものは五分前、フェラールから送られてきたものだ。

〝弁護士のアパートに到着。順調に進んでいるのか？　中止の命令が来なければ、六十秒後になかに入る〟

もう一通は二分前に着信している。アートラスを過小評価しすぎていたようだ。

〝エディー・フリンの遺書が見つかった。建物全体を噴き飛ばすつもりだ。サシャ号の荷物送り状、裁判所の見取り図も見つけた。フリンを逮捕し、建物の捜索をしてくれ〟

手にした携帯電話が振動した――フェラールが電話をかけてきた。ミリアムは写真に意識を集中しているので気づかない。どういうことなのかこちらの意図がわからないのだ。肩越しに振り返った。ケネディーは後ろから四列目に座っている。ひとりだ。まわりには捜査官はひとりもいない。当然、ケネディーには連絡が取れない。わたしが携帯電話を持っているからだ。今後の展開を頭に思い描いた。フェラールもワインスタインも、今はわたしのアパートを後にしているだろう。ここに戻るまで、三十分、長くて四十分。ケネディーに連絡が取れないので、フェラールはほかの捜査官に電話をかけたのではないか。

両開きのドアが勢いよく開いた。コールター捜査官がケネディーのところへ行く。コールターはボスの耳になにごとかささやいた。ケネディーは立ち上がり、こちらへやってきた。わたしはミリアムから離れて法廷の真ん中に立った。弁護士たちが〝弁護士席〟と呼ぶところだ。ケネディーは歩きながら銃を引き抜き、大声で言った。

「動くな、フリン。逮捕する」

もはやこれまでだ。

65

ヴォルチェックはケネディーが近づいてくるのを目にすると、右手の親指を携帯電話の上に滑らせた。

今度だけは、なにを言っていいのかわからなかった。

ケネディーはわたしの前に立ち、グロックの銃口を頭に向けた。コールターも銃を引き抜いたが、ボスの背後に控え、援護している。

「人ちがいだ」両手を挙げながら言った。

「顔を下にして、ゆっくり横になれ」

「わたしの弁護士だぞ。これは嫌がらせだ」ヴォルチェックが抗議した。

両手を高く掲げたまま、片方ずつ膝を床についた。それから両手を床に置き、体を横たえた。大理石の床が頬に冷たかった。十字架のように両腕を横に広げる。耳のなかで血管が脈打つ音が聞こえた。

両手を背後にまわされ、手錠をかけられた。力強い腕で体を持ち上げられ、ふたたび立ち上がった。

「なにをしているんです?」ミリアムが声を上げた。「エディーの嘘に引っかからないように。あなたたちを騙そうとしているってわからないのですか? 逮捕するように仕向けているんですよ。審理無効を画策しているんです。陪審員が戻ってくる前に手錠を外しなさい」

捜査官はミリアムを無視した。

わたしは小声でケネディーになんとか訴えた。

「信用してくれ。こんなことをするな。娘が人質になっているんだ。アートラスは弟を逃がそうとしている。スーツケースのなかにマシンガンが入っている」

ケネディーは頭越しに傍聴席を見ることができるように一歩前に進み出た。スーツケースは開いていた。偽の底板の上に資料が載っている。

「あの空のスーツケースか? 遅すぎるよ、フリン。アパートで遺書を見つけた。サシャ号の荷物送り状、裁判所の見取り図もだ。もう終わりだよ」

このとき、できることといえば、ジミーがエイミーの身柄を確保してくれると祈ることだけだった。なんとしてでもエイミーを奪還し、家へ、母親のもとへ連れていってほしい。長年、祈ったことなどなかった。両手を組み、ジミーがエイミーを救ってくれますようにと神に祈った。肋骨が激しく痛み出し、体が重くなって動作が緩慢になったような気がする。すべてが灰燼に帰し、最後に残っていたアドレナリンが漏れ出ていき、ついに疲労が襲ってきたのだ。

ケネディーは法廷からわたしを連れだそうと体を押したが、うかつにも前方でちょっとした騒ぎを引き起こしたことに気づいていなかった。記者たちが競って法廷の外に出ようとしているのだ。手錠姿のわたしの写真を撮るためだ。

背後からの声にケネディーは立ち止まった。

「捜査官！　頭は確か？　こっちを向け。まったくなんてことだ！」

声の主はわかった。

ケネディーとともに振り返った。パイクが椅子の前に立ち、その横にハリー・フォードがいた。六十歳を幾つか越えているが年齢を感じさせなかった。年老いた裁判官には見えない。背筋をまっすぐに伸ばし、顎を突き出して堂々たる態度だ。

「名前は？」ハリーは尋ねた。ケネディーはハリーの鋭い視線に射すくめられ、その場を動けないでいた。

「ウィリアム・ケネディー特別捜査官。この容疑者を取り調べのため連行するところです」

ケネディーはハリーに背を向け、歩き出そうとした。

「〝特別捜査官〟ケネディー、その男とドアの外に一歩でも踏み出したら、一時間もしないうちに、〝ミスター〟・ケネディーになるぞ。こっちを向け。手錠を外して、席に戻れ」

裁判官というよりもヴェトナム戦争での指揮官のような口調だった。ケネディーは立ち止まり、振り返ったが手錠は外さなかった。

「警備員」ベニーを連れて戻ってきた男にハリーは呼びかけた。「特別捜査官ケネディーがミスター・フリンを解放しなければ、逮捕しろ。抵抗したら、撃て」ハリーの声が轟き渡った。

ケネディーは抵抗を試み、訴えた。

「この男は……」と切り出した――これは大きな誤りだ。

「五秒で手錠を外さないと、裁判所内の独房で長い時を過ごすことになる」

ケネディーはわたしとハリーのあいだで素早く視線を往復させた。これまで経験したことのない沈黙が法廷内を領した。ケネディーの呼吸が荒くなっていく。警備員が前に進み出て銃を抜いた。みずからのペースに人を巻き込むどのような力をハリーが発揮しているのかわからないが、警備員にはそれが通じ、命じられたとおりに銃をケネディーに向けた。ケネディーは体をこちらに傾け、わたしにしか聞こえない声でささやいた。

「この建物を噴っ飛ばすつもりだろ、エディー？　自殺するつもりだな？」

「はめられたんだ。娘を救うためならなんでもするつもりだ」

「爆弾はどこだ？」

「言っただろ。レヴィンは寝返っている」

地下駐車場のバンのことは言えなかった。話せば、ケネディーは建物の安全を確保するだろうが、わたしにはもう少し時間が必要だ。

もう少しだけ。

「信じない。レヴィンは潜入捜査官だ。警備員は建物のなかを徹底的に捜索している。おまえの言葉は、ひと言たりとも信用していない」

「ケネディー、その人を解放しなさい」ミリアムが言った。

「できない。とにかく、これはFBIの問題だ。あなたに権限はない、ミズ・サリヴァン」

「解放できるし、しなければならない。今いるのは州の憲法が支配している法廷です。あなたはロシアン・マフィアの指導者の裁判を審理無効にしようとしている。弁護士が逮捕されたら、裁判は成り立たず、被告人は野放しになるのよ。これこそ、エディーの望むところ。それがわからないの?」

気後れを感じた。ケネディーの目は床の上にさまよいだした。必死に考えているのだ。

「時間切れだ」ハリーの声が響いた。

わたしはケネディーに言った。

「お願いだ、時間をくれ。そこにいろ。見てほしいものがある。興味深いことを証明しよう。どこへもいかない。ジャケットの左側のポケットに名刺が入っている。そいつを見てくれ」

わたしの背中がじゃまになって、アートラスはケネディーが名刺を出すところを見ることはできないだろう。ケネディーは指で名刺をひっくり返した。

「そいつが前に話したFBIの名刺だ。あんたはレヴィンの上司だろ。筆跡はわかるな。レヴィンの筆跡じゃないなんて言わないでくれ」

ケネディーは名刺を持ったまましばらく無言でいた。もっと前に渡しておくんだった。表情が緩んだ。額に寄せていた皺が消えた。口をわずかに開き、その吐く息から朝飲んだと思われるコーヒーのにおいがした。筆跡を確認したのだ。

「この名刺はグレゴールの財布のなかに入っていた。いいか、この建物の捜索をしていると言ったな。よし。捜索しているあいだ、時間をくれ。三十分でいい。この三十分のあいだにまだわたしを信用できなかったら、逮捕すればいい」

ハリーは待ちきれないようだ。

「ケネディー捜査官、五秒はとうに過ぎたぞ」

傍聴人のなかから叫び声が起こった。警備員がケネディーに近づいていくと、背後で人々が座席を乗り越え、流れ弾に当たるのを避けようと逃げ出した。

ミリアムは携帯電話を手にした。

「FBIのニューヨーク支局に電話します。あなたは、この十五年でこれ以上ないというほど重要なギャングを裁く裁判を台無しにしようとしている。さぞかし上司もその理由を知りたいでしょうね」

ケネディーは躊躇っている。うなだれる。爪で親指をせわしなく引っかき、皮膚が破れて血が滲んだ。

「ケネディー捜査官、先ほど、なんと言いました？　覚えている？　エディー・フリンはかつて詐欺師だったと言ったでしょ。今、あなたを引っ掛けようとしているのよ、ケネディー。逮捕されてこの裁判を台無しにしたいってわけ。こんなことが長引けば、それだけ証人の安全が脅かされる。さあ。考えて！　一世一代の裁判を潰すようなことはしないでちょうだい。絶対に」

重々しく息を吐くとケネディーは顔を上げた。

「二十分やろう、フリン。ずっと見ている。逃げようとしたら？　死ぬことになる」手錠を外しながら言った。それから裁判官に頷き、座席に戻ったが、わたしから視線を逸らさなかった。

警備員は銃を収めた。ハリーとガブリエラはお互いに顔を見合わせてから着席した。

「ケネディー捜査官、この法廷ではわたしが法律だ。忘れないでくれ」ハリーが釘を刺した。わたしは弁護側のテーブルに向かって座った。傍聴席での騒ぎときたら、殺人事件の裁判というよりも、ボクシングのヘビー級の試合のようだ。ヴォルチェックに腕をつかまれて引き寄せられた。

「どういうことだ？」

「運がよかった。まったくの幸運だよ」

パイク裁判官は、ふたたび審理を再開しようとしていた。パイクは司法の世界にあっては現代主義者であり、改革主義者でもあると自認しており、自分の法廷で槌と小槌を使うことを拒んでいる。目の前のマホガニー製のデスクを手のひらで叩き、静粛に！　と大声で命じた。

「フォード裁判官が、この後の審理に立ち会います。本法廷での一部の人たちの振る舞いを鑑みるにわたしとしては大歓迎であります」

パイク裁判官はペンの芯を出してメモ帳にその先を押しつけ、証人の言葉を書き取る構えを見せた。陪審員が全員法廷内に入ってくると、リトル・ベニーが証人台の座席にふたたび収まった。ミリアムはベニーの命が危険にさらされていることに関して二、三質問するだけだろう。その後は、わたしがベニーを叩きのめす。

ケネディーはわたしから視線を逸らさない。

ミリアムは立ち上がり、ジャケットを整えると肩の力を抜き、直接尋問をはじめた。

「ミスター・X、どうして本件の証人になったのでしょう？」

ベニーはこの質問に驚いたようだが、すぐに答えた。即座に返答すると、正直な答えであるとされるのがふつうだ。

「殺人現場で警官に逮捕された」

「殺されたのは誰でしょう？」

「マーリオ・ジェラルド」

「ミスター・ジェラルドを殺したのは誰ですか？」

間があった。

「おれ、だよ」オーストラリアの首都を答えるように事実を淡々と述べる口調だった。ベニーは口を拭った。

「あなたが？」ミリアムは尋ねた。

証人はちょっとしたことを省いたので、ミリアムは再度問いかけたのだ。ここは異議をさしはさむべきところだが、黙っていた。

「そう。オレク・ヴォルチェックから連絡が来たんだ。一ルーブル紙幣を半分にしたものに、殺す者の名前が書かれてた。紙幣のもう半分は、おれが持っていてね。こいつは、昔からロシアに伝わる殺しの秘密指令ってやつなんだ」

立ち上がって異議をさしはさんだ。ミリアムに急いでもらう必要があった。そうすれば、ベニーに切り込める。

「裁判官殿、これでは問題点にまでたどり着けません」

「なにか意図があってのことですか？」

「はい、裁判官殿、すぐにわかります」ミリアムは答えた。「本殺人事件で逮捕された後、どうなりました？」

「取引をした。殺しを命じたのが誰か警察に打ち明けたんだ。刑を軽くしてもらった」

「今までずっと刑務所にいたのですか？」

「いや。取引が成立すると、ＦＢＩの保護下に入った」

「どうしてFBIは保護拘置にしたのでしょう?」

忌々しい。ふたたび異議を唱えた。

「異議あり。証人はFBIの意図を知りません」

パイク判事はペンをくるりとまわしてミリアムに向け、言い直すように求めた。

「刑務所ではなく、保護拘置になったのはどうしてだと思いますか?」

ベニーは答えなかった。ミリアムを見詰め、それから裁判官へ視線を転じ、最後にはヴォルチェックに据えた。そこには純粋な嫌悪が滲んでいた。

「理由なんてかんたんだ。オレクはほかの人間に命じて人を殺させる。刑務所だと、殺されるからだよ。ヴォルチェックの抹殺指令から守るためだ。ヴォルチェックがひと言命ずれば、おれは死ぬ。不利な証言をすると知っているんで死んでもらいたいのさ」

これ以上、まともな証言を引き出せないとわかっているので、ミリアムはここで質問を切り上げた。

「以上です」

パイク裁判官はわたしに目を向け、反対尋問を待っている。裁判所の警備員、FBI捜査官、おそらくニューヨーク市警の警官が、今、この建物を徹底的に調べ、爆弾のように見える不審物を探している。二台のバンは、どちらも窓ガラスが割れているので、今このときにも、爆弾が発見されるのではないか。時間の問題だろう。おそらく数分後には見つかるにちがいない。

傍聴席は静まり返っていた。人を殺した男が弁護側の質問に応ずるときを待っている。

「少し質問があります」

わたしはベニーから五、六メートルのところに立った。爆弾の殺傷力圏外だ。心臓の鼓動が速くなるにつれ、露骨に感じていた重々しさが消えていった。

この一日半の出来事はすべてこの最後の数分に、ベニーの最終的な答えにかかっている。父のことを思った。父からもらったメダルが肌に冷たく感じた。

「どうやってヴォルチェックは殺そうとするんでしょう?」

この質問はベニーには面白かったようだ。声を上げて笑い、法廷を見まわし、座ったまま体勢を入れ替え、何度か顔を拭った。

「あんたの雇い主は、どんな殺し方だろうが気にしない」

「どうして知っているんです?」

「知っているから知っているんだ――二十年もヴォルチェックのもとで仕事をしてきた。誰かに死んでもらいたいと思う。そうするとそいつは死ぬんだ。手段なんかどうでもいい」

「例えば、どんな方法です?」

ベニーはもう笑っていない。

「ああ、マーリオ・ジェラルドの場合、マーリオの名前を書いたルーブル紙幣の片割れを送ってきた。そこで撃ち殺した。撃ち殺せ、刺せ、溺死させろ、そのような指示は一切ない。ルーブル紙幣に名前が書かれたら、死ぬしかない」

「ほかにも例はありませんか？　たとえば、最近、殺した三人の例で言うと？」

「そんなこと、どうしておれが知っているんだ？」

「命を奪われると恐れていると言っているからです。わたしの依頼人が人殺しだと主張しています。ですからそのことを話してください。どうやって殺すんです？」

「言っただろ。名前を書いて……」

「最近殺した三人の名前を教えてください」

ベニーは怒りで顔を赤くしたが、すぐに落ち着きを取り戻した。ベニーの怒りを駆り立てなければならない。エイミーの命はそれにかかっている。

「名前を言って！」

リトル・ベニーは前かがみになって、拳を握りしめた。

「言わない。この事件のことしか証言しない」

「あなたは取引をし、十二年の刑を申し渡されました。地区検事やＦＢＩにもっと秘密を暴露しようと思えばできたはずです。ところがそうしなかった。まだ、組織のなかに忠誠を誓う人物がいるからではないですか？　それとも、もっと深い理由があるのでしょうか？」

リトル・ベニーは座ったまま体の位置を変え、首の周りでシャツが急にきつく感じたのだろうか、襟を緩めるように引っ張った。指を首に添って走らせてから水の入ったグラスに手をのばした。

「言っている意味がわからない」

「いいえ、わかっているはずですよ、ミスター・X。あなたは殺人現場で現行犯逮捕された。それから取引をした。わたしの依頼人オレク・ヴォルチェックをこの殺人事件を指示したとして、FBIに売った。ちがいますか？」

「そのとおりだよ」

「ところが、今ここで、殺されるかもしれないという理由から、依頼人が直接手を下したにせよ、命じたにせよ、ほかの殺人に関しては証言を拒んでいる。FBIにもほかの殺人のことについては口を閉ざしてきた。今日もその方針を貫いている、そういうわけですね？」

「ああ」

「わたしの依頼人が築いたと言われている麻薬帝国のことはFBIに話していませんね？」

ヴォルチェックはなんの反応も示さなかった。どういう方針で進めるかすでに説明していたからだ。

「あなたの依頼人は、麻薬の罪で告訴されているのではありません、ミスター・フリン。ですが、あなたの依頼人が麻薬帝国を築いていることを認めているのでしょうか？」パイク裁判官は尋ねた。

「いいえ、裁判官殿。検察側はわたしの依頼人がロシアン・マフィアを率いていると主張してきました。麻薬を売りさばいているわけではない、と言って差し支えないでしょう」

ミリアムは、はっきりした証拠もなくヴォルチェックをロシアン・マフィアのボスであると決めつけ、冒頭陳述でも陪審員にもそう断言した。そのときには異議を申し立てなかった。

重要なことではない。ミリアムがあのとき陪審員に向かって言ったあることが、活路を開いてくれた。

大きな活路を。

「ミスター・X、あなたはわたしの依頼人が築いてきたと言われている麻薬帝国のことはFBIには話していない、そうですね？」

ここで思いどおりの答えが返って来なければ、すべての計画は灰燼に帰すだろう。わたしはベニーを急かし、〝そのとおり〟という答えを繰り返させる流れを作ろうとしていた。ボールのように質問をぶつけ、いらだたせ、怒りに駆られて考えもなく答えさせる。

「そうだ……おれは――」

わたし言葉をさえぎった。

「そのとおりです。あなたはわたしの依頼人が行なっていると言われている麻薬関連、売春関連の商売についてFBIには話していない。そうですね？」

「そうだよ」

即座に答えが返ってきた。あまりにも早かったので、依頼人がリトル・オデッサで高級売春宿を経営している記録を確認するようにとパイクから言われずにすんだ。弁護側のテーブルのまわりを歩きながら、ベニーを見詰め続けた。ベニーは視線を逸らした。

「依頼人はマネーロンダリングもやっているとも言われているが、それもFBIには話していないない、そうですね？」

ゆっくりとベニーに近づきながら尋ねた。対決の場面を演出していきながら距離を縮め、爆弾の殺傷力圏内に入った。

「そのとおりだよ」ベニーは法廷のなかを見まわしている。

さらに近づき、目と目を合わせた。ベニーは前屈みになり、顔をしかめる。

「依頼人は人身売買のネットワークを握っていると言われていますが、それもFBIには言っていない、そうですね？」

「そのとおり」

ベニーとの距離が一メートルほどになった。近づけば近づくほど、ベニーが緊張を高めていくのがわかった。今にも証人台から飛び降りて、わたしの首を絞めんばかりだ。

「依頼人は不法な武器の取引にも手を染めていると言われていますが、それについてもFBIには話していない、そうですね？」

「ああ」

「こうしたことを話していないのは、被告人が犯罪組織を率いているのなら、あなたの証言によってFBIが組織を壊滅させてしまうからであり、そうなれば……」

証人台の手すりにつかまり、わたしは体を持ち上げてリトル・ベニーに顔を近づけた。これから薄汚れた秘密を暴露してやるが、その表情をはっきり見ることができるようにだ。

「そうなれば、この裁判が終わったあと、あなたとお兄さんで組織を引き継げなくなってしまうからです。ちがいますか？」

「そうだよ」

そう答えた途端、気づいたらしく、頭を左右に振った。パイク裁判官はペンを取り落とした。ハリーは大きく息を吐きだした。

「いや。その、おまえがなにを言っているのかわからない。この弁護士野郎が」

わたしはささやいた。

「ヴォルチェックはなにもかも知っている」

ベニーは立ち上がった。わたしは振り返り傍聴人席に背を向けた。手が肩にのびてきたので、素早くやんわりと相手の体をつかんだ。ベニーはわたしを押した。後ろへよろけたが、バランスを崩して倒れることはなかった。

警備員がベニーの腕をつかんで、椅子に座らせた。パイク裁判官は、わたしを押したことでベニーを非難しはじめた。ミリアムはわたしが証人を脅したとして抗議の声をあげる。わたしは両手を挙げ、ふたりを黙らせた。反対尋問を締めくくる前に、ケネディーに視線を向けた。ケネディーは集中して聞き入っている。

「わたしのせいです。謝ります。最後にもうひとつだけ質問があります。あなたは逮捕されてからずっと警察、さらにFBIの保護拘置下にあったわけです。ふつうの刑務所に収監されていたわけではありません。被告人があなたの命を奪うように指示したことを知ったのはいつでしょう?」

ベニーはためらっている。この質問は、ベニーにとっては妙なものだ。これまでずっとブラトヴァの一員だったので、ボスを裏切ればどうなるかは、言われなくともわかる。

「聞いてはいない」依然として狼狽した表情を浮かべながら答えた。

「ということは、死の脅迫を受けていないいんですね？」

すぐに答えは返ってこなかった。ベニーは座り直し、鼻息を荒くし、わたしのことを愚か者だと言わんばかりに首を振った。

「ああ。死の脅迫は受けていない。それはヴォルチェックのやり方じゃない。〝パカーン〟を裏切ればどうなるか、わかっているんだ——罰は死だ」

「裏切られたことで、被告人はほかにも誰かを殺すように命じましたか？」

「わからない」

待っていたのはこの言葉だ。

すべての鍵を握っている言葉。

「裁判官殿、証人の最後の言葉を考えますと、審理はここでやめざるをえません」

傍聴席にいる人たちが、にわかに話をはじめた。ささやきあい、抗議する。法廷の後ろのドアが閉まる音がした。レヴィン捜査官が人でいっぱいの座席をかきわけるように進み、空席に腰を下ろした。座る前にわたしから一メートルほどのところに座っているアートラスに頷いた。素早い合図だった。一瞬のことであり、余程のことがない限り気づかないだろう。

ケネディーは気づかなかった。

アートラスは座りながら体の位置を変え、裁判官に背を向けた。電話をかけているのがわかった。なにを言っているのか聞こえない。しかし、iPhoneに表示された番号ははっきりと見えた。

九一一にかけていた。

66

パイク裁判官は陪審員に退廷するように命じた。御多分にもれず陪審員は、審理がしょっちゅう中断されることに慣れてきたようだ。陪審員が法廷を出て行くのを待っているあいだ、アートラスが九一一に電話をかけたことについて考えた。おそらく裁判所に爆弾が仕掛けられていることを警察に通報したのだろう。バンがどこに停まっているのか正確な場所とどれほどの量の爆薬なのか伝えたにちがいない。緊急電話を受け付ける通信指令係は、毎日、とんでもない数のいたずら電話を受け取る。なにかがおかしいという警戒心が呼び覚まされ、点と点をつないでいくのに、長くはかからないだろう――ロシアン・ギャングを率いるボスの殺人事件の裁判、FBIが重要証人を保護していること、わたしのアパートの家宅捜査令状、サシャ号から盗まれた爆薬。おそらく、あと三、四分ほどで裁判所の警備員が建物から人々を退去させることになるだろう。アートラスはもっと早くに通報することもできただろうが、レヴィンが頷いて報告するのを待っていたのだ。あの合図に込められた意味を想像すると、ひとつのことしか考えられない。レヴィンは地下にある爆弾のタイマーをスタートさせたにちがいない。あとはニューヨーク市警が事態を真剣に受け止め、建物から人々を大至急避難させることに賭けたのだ。退避命令が出されて人々が逃げ出すと、アートラス一味にとっては願ってもない混乱が生じ、スーツケースに飛びついてマシンガンを引っ張りだし、ベニーを自由の身にするのだ。

パイク裁判官は咳払いをした——弁護側からまたもや必要もなく審理を中断され、憤懣やるかたない思いをぶつけようとしているのだ。

パイクはゆっくりとメガネを外し、ノートの上に置き、顎の下で両手を組み合わせた。陪審員の最後のひとりが出て行くと、わたしはヴォルチェックにウィンクした。ヴォルチェックは携帯電話をテーブルの上に置き、いつでも手をのばせるようにしていた。

「ミスター・フリン、あなたがなにを求めているのかはっきりとさせてください。証人Xの匿名性を無効にしたいと思っているようですね？」

「その点を議論するつもりはありません。問題は匿名性ではなく、審理無効だということです」

パイクの眉が勢いよく上がった。わたしはケネディーの携帯電話を握り、いつでもジミーに電話できるように構えた。傍聴人は緊迫した空気を感じ取り、静かなささやき声は、興奮した声のさざ波となって大きく広がりはじめた。ミリアムは座ったまま身を乗り出し、反駁しようと爪を研ぎ、ふたりの裁判官は困惑した視線を交わした。

て言いました。発言を引用します。『死の宣告を受けている』。この一言はノートに書き記

「審理無効を申し立てようというのですか？」パイク裁判官は尋ねた。

「いいえ、裁判官殿」わたしはミリアムに向き直った。「わたしではなく、検察側が申し立てを行なうことになるでしょう」

ミリアムは立ち上がった。その顔には驚きと嫌悪の表情が同居している。またたく間に首が赤く染まり、怒りに駆られるあまりペンを放った。ペンが床の上で弾む。

「裁判官殿」わたしは続けた。「お聞きになったとおり、証人Xの証言——宣誓証言によると、殺すという脅迫は一度も受けていない。ただの一度もです。陪審員は検察側によって誤った考えに導かれています」ここでノートを手にとった。「冒頭陳述でミズ・サリヴァンは、わたしの依頼人がロシアン・マフィアを率いており、証人が脅されていると陪審員に向かって言いました。発言を引用します。『死の宣告を受けている』。この一言はノートに書き記しており、アンダーラインが引かれています。しかも二重に。被告人がロシアン・マフィアを率いていると言われる裁判で、証人Xが検察側の証人になったために死の宣告を受けた、陪審員がそう思い込めば、当然、わたしの依頼人が証人Xを脅しているという結論にいたります。ところが、証人Xはわたしの依頼人、あるいはほかの誰からも、殺すと脅されてはいなかった。死の宣告を受けていたのか、直接証人に尋ねたところ、答えは『ノー』でした。問題は検察が陪審員にまったくちがうこと、真実ではないことを吹き込んだ点にあります」

ミリアムがデスクを叩きつける音が響いた。

「裁判官殿、証人は巨大な犯罪組織の一員であり、ロシアのギャング組織の殺し屋であった

ことを認めるでしょう。このような組織では裏切り者がどうなるのか、言うまでもなく明らかなことです」

「いいえ、裁判官殿、それはちがいます。証人は、今申し立てられたような組織に関する証拠はなにも提出していません。反対尋問でその点を明らかにしようとしました。証言を得ようとありとあらゆる例を引き合いに出しました——麻薬、売春、マネーロンダリング、殺人。証人はなにも語りませんでした。組織に関する証拠について証言することを拒否したのです。陪審員に提出できるような死の宣告を受けた証拠はなく、証人自身も宣告を受けたことは否定しています。検察側は、陪審員と法廷を誤った方向へと導いていたのです。裁判官殿、陪審員が誤解するように検察側が故意に誘導していったと主張するつもりはありません。しかし、検察側が誤って伝えてしまったことから、陪審員はわたしの依頼人に対して明らかに偏見を抱いてしまいました」ここでミリアムに向き直った。「悪意はないが、事実とは異なる陳述だったことは確かです。検察側が正しい道を選び、審理無効を要求するなら、検察側の違反行為を不問に付すように依頼人を説得します」

ミリアムは椅子を蹴飛ばし、パイク裁判官の席に戻るようにという言葉を無視してわたしに突進してきた。わたしが正しいと承知している。だからこそ、死ぬほど悔しい思いをしているのだ。欠陥を指摘されるのが明らかであるのだから、パイク裁判官が陪審員に評決を下すよう指示することはないだろう。老練な検察官としてミリアムは、そのくらいのことはわかっているはずだ。

「このろくでなし。なにを目論んでるわけ？」

「きみのためにやっているんだよ、ミリアム。本件はきみの負けだ。本審理は諦めるんだ。別の筆跡鑑定家を雇い、はじめからやり直したほうがいい。わたしが審理無効を訴えることもできた。しかし、きみの方から審理無効を持ち出せば、好きなように理由付けができるだろう。証人として呼んだ専門家が論破されたんだから、立派な口実になる」

ミリアムは首を振った。

「あなたは終わりよ、エディー。次の裁判では、あなたの依頼人を有罪にしてみせる。今回の勝利をせいぜい楽しむことね。あなたは地方検事局のクソ野郎リストに一生名前が残ることになるから」

背後で動いている計画が順調に進んでいることを思うと、どうして審理無効に持ってきたのか、その質問に答えてなどいられない。審理無効の申し立てについてミリアムが食ってかかってきたときには、つかみ合いにならないようにすでに少し距離をとっていた。

ミリアムはブラウスの乱れを直し、それ以上なにも言わずに検察側のデスクに戻ると、歯を食いしばりながら裁判官に向かって言った。

「裁判官殿、ミスター・フリンの主張を考慮するに、ほかに選択肢はありません。審理無効にしていただくようお願いします」

ミリアムは倒れこむように座り、腕を組んだ。

ベニーは証人台の座席に途方に暮れたような顔で座り、手すりを指で叩いている。アートラスは座ったまま前屈みになり、スーツケースに飛びつかんばかりだ。

ヴォルチェックはメールの文章が読めるように携帯電話を掲げて見せた。

〝娘を解放しろ〟

「送信してくれ」

そう言ってわたしもデスクの下に携帯電話を隠してジミーを呼び出し、電話がつながるのを待った。わたしを見ている者は誰もいない――全員の目は裁判官に向けられている。

パイク裁判官は、一瞬、目を閉じてから椅子の背に体を預けた。十歳になる娘の命がその決断にかかっていることなど知る由もない。

重々しくため息をついてから言った。

「ほかに選択肢はなさそうです。陪審員を呼び戻してください。陪審の任を解きます。本件を審理無効とする」そう宣するとハリーと小声で話しはじめた。

傍聴席でどよめきが起こった。

ヴォルチェックは送信のボタンを押した。

ジミーが電話に出た。

「ジミー、エイミーが解放される。身柄を確保してくれ」

「今、向かっているところだ……」

「ジミー、待て。運転手がメールを確認してから……」

電話が切れた。すぐにリダイヤルした。パイクはハリーとなにやらやりあっている様子で、わたしが電話をかけていることには気づいていない。パイクにとって、そんなことはどうでもいいことだ。この裁判が無効になり、なんの記録にも残らないことがパイクはがまんならないのだ。

陪審員が戻ってきたのとほぼ同時に法廷内に警報が響き渡った。

法廷背後のドアが開き、警備員が駆け込んできて大声で叫んだ。

「全員退避してください。爆弾処理班からの命令です」

警備員は体をふたつ折りにして咳き込み、逃げ出す人々に揉まれた。悲鳴が起こり、傍聴席はパニックに陥った。人々は押し合いへし合いしながら、ドアへ殺到する。検察側の人間も資料を残したまま、走って出口へ向かった。だが、ミリアムは動こうとしなかった。その場に立ち、わたしに目を向けている。口を開き、恐怖とショックの表情を浮かべている。ミリアムの助手のひとりが駆け戻ってきて、腕を取り、出口へ引っ張っていった。

ケネディーは、あえいでいる警備員へ向かって走っていき、なんとか捕まえようとしたが、警備員はすでに廊下へ出ていこうとする記者たちの波に押し流されていた。

アートラスがスーツケースに飛びついた。

ロシア人にとっては文句のつけようのない騒然とした状況に陥った。建物じゅうが混乱のきわみであり、人々は他人を押しのけて外へ出ようとした。ハリーがパイク裁判官をかばうようにドアから裁判官執務室へと消えた。

人々がパニックに駆られているなか、ヴォルチェックは行動を起こした。椅子の上に立ち、リトル・ベニーを指さして大声で言った。

「あいつが起爆装置をもっている。ポケットのなかだ」

一瞬、悲鳴が大きくなった。警報が鳴り響くリズムが、心臓の鼓動ほどに遅くなった。人々がリトル・ベニーを見詰めた。アートラスはスーツケースから顔を上げ、驚いた顔をして弟に目を向けた。

ベニーは首を振り、ポケットを叩いた。リトル・ベニーを連れてきた警備員は銃を抜き、銃口をこの証人に向けた。ケネディーも銃を引き抜くとベニーを狙い、命令した。

「横たわれ！　床に横になるんだ！」

リトル・ベニーは口を開いたまま呆然として立ち、ジャケットを叩いていたが、空っぽであるはずの左ポケットになにかあるのに気づいたようだ。まったく身に覚えがない膨らみの上で手が止まり、顔に恐怖の表情が浮かび、震えだした。降参したことを片手を上げて示したが、ポケットになにが入っているのか確かめないではいられなかった。偽の起爆装置を引っ張りだし、わたしを見詰め、そこにつながりを見出したようだ。

ベニーが掲げ持っている偽の起爆装置は、会議室でヴォルチェックから渡されたものだ。あの部屋で蓋を壊してなかをこじ開け、MP5の弾倉を留めていたダクトテープでふたたび蓋を固定した。先ほど証人台からベニーがわたしを押したときにポケットのなかに入れておいたのだ。

ベニーは驚き、それからいきなり事情をさとり、液体窒素でも浴びたようにその場に凍りついた。追い立てるように鳴り響く警報は、腹わたに染みわたり、ふたたびそのリズムを早めたようだ。そのあいだもベニーは、ショックのあまり呆然としていたが、これが致命的だった。ヴォルチェックはわたしと同じように法執行官がこのような場合にどのような行動に出るか熟知していた——容疑者が起爆装置を手にしているとき、殺傷力の高い武器で即座に倒す。

ケネディーが発砲した。警備員の銃も一瞬遅れて火を噴いた。リトル・ベニーは目を大きく開き、困惑を顔に浮かべながら絶命した。

ヴォルチェックが殺人罪で再審を受けることは、証人Xの死とともに永久に潰えた。無罪を勝ち取ったに等しい。娘の命を救うためにヴォルチェックが提示した唯一の条件である無罪。背後でしわがれたうめき声が聞こえた。振り返って確認するまでもなく、アートラスの声だ。

後ろを向くと、ヴォルチェックがドアへ向けて駆けて行くところだった。通路を半分上ったところでヴォルチェックは立ち止まり、法廷にいるロシア人たちが、カバーオールを着てスーツケースからMP5を取り出すのを眺めた。スーツケースに入っていた大きなリモートコントロール装置を操作することにアートラスは気持ちを集中していた。電源を入れ、いくつかのコントロール・ボタンを押し、それからリモートコントロール装置を床に置いた。ヴォルチェックはぐずぐずしていなかった。勝利を手にしたのだ。法廷に背を向け、駈け出した。アートラスは立ち上がってヴォルチェックを探したが、すでにその姿はなかった。

67

「マシンガン！」わたしは叫び、弁護士用のテーブルの下に逃げ込んだ。わずかに体をのばすと、グレゴールとヴィクターがカバーオールを着ているところだった。それから空っぽの弾倉を見詰めた。弾倉の弾薬は、あの会議室にいた若い弁護士が置いていったブリーフケースの書類の下だ。ヴォルチェックとわたしは、すべての弾倉から弾薬を抜き取ってから、元のとおりに戻しておいたのだ。

「武器を捨てて床に横たわれ」

ロシア人が武装しはじめるのを目にしてケネディーが叫んだ。コールター捜査官もケネディーにならい、グロックをグレゴールとヴィクターに向けた。傍聴席から悲鳴が上がることはなかった。傍聴人の最後のひとりはすでに外に出ていた。

ベニーの警護にあたっていた警備員は、銃を構えたままロシア人のほうへ歩いていく。

心臓が激しく鼓動を打ち、わたしはジミーに電話をしてみた。出ない。顔を上げた。警告を発するには遅すぎた。

「動くな」レヴィンが命じた。

レヴィンはケネディーとコールターの背後に立ち、両者に銃を向けていた。ケネディーと若い捜査官は石と化した。ケネディーは頭を左右に振りながら目を閉じ、それからうなだれると悪態をついた。

「銃を捨てろ。さもないとこのふたりは死ぬ」警報の音に負けないような大声でレヴィンは警備員に命じた。警備員はめったに銃を握ったことがないのだろう。息づかいを荒くし、恐怖に駆られ、たった今、銃を撃って初めて人を殺したことに興奮しているようだ。アドレナリンが全身を駆け巡っているにちがいない。

「レヴィン、やめろ」ケネディーは銃を下ろしながら言った。

「おれだって引き金は引きたくないよ、ビル。地下でふたつの爆薬の時限装置のスイッチを入れた。あと十二分でこの建物は噴っ飛ぶ。救助隊があんたの死体を発見したとき、銃創がない方が望ましい。銃を捨てて警備員にもそうしろと言うんだ」

ふたりのFBI捜査官は、ゆっくりと床に銃を捨てた。グレゴールは役に立たないMP5を放り投げると、警備員に歩み寄り、その手からベレッタをもぎ取った。

脇で足音が聞こえた。腰のまわりにぶら下げた道具類がぶつかって金属音をたてた。アートラスだ。

襟首をつかまれ、裁判官の座席の前まで引きずり出された。

「ひざまずいて、手を頭の後ろで組め」レヴィンが命じると、ケネディーとコールターは言われるがままに従った。

「これで信じるな、間抜け野郎」わたしはそう言ったが、ケネディーは目を合わせなかった。

大理石の床、五、六十センチほど向こうに転がっている銃を見詰めていたからだ。

アートラスは、一歩さがると左のポケットから起爆装置を取り出した。

「このクソ野郎が。オレクと取引しやがって。だが、見てろ。見つけ出してやる。あんたは、今日、死ぬんだよ。弁護士さん。代償を払ってもらう」

さらにわたしから遠ざかり、爆弾の殺傷力圏外に出た。

それからしばらくのあいだ、なにもかもがスローモーション映像のように目に映じた。体は興奮していた。極度に用心深くなり、油断なくあたりを探り、それでいながら動作は緩慢だった。警報の音のリズムに合わせて頭ががんがんした。

グレゴールは若い警備員の銃をベルトにたくし込むと、巨大な手で平然と警備員の首の骨を折った。

悪徳捜査官レヴィンは、銃のグリップでコールターの頭を殴りつけ、パートナーが意識を失って倒れるのを嬉しそうに見ていた。

ヴィクターはコールターの銃を拾い上げ、部屋に誰も残っていないことを確認しながらドアへとゆっくり歩いていった。

わたしが床をはって遠ざかろうとするのを見てアートラスは、冷たい笑みを唇に浮かべた。

一日半、腰につけている爆弾の起爆装置のボタンをアートラスは押した。なにも起こらない。

戸惑いがアートラスの顔に浮かび、一瞬、笑みが消えた。もう一度、起爆装置のボタンを押す。昨夜、ハリーが買ってきてくれた起爆装置のボタンを。

なにごとも起こらない。

「全員を殺せ」アートラスは命じた。

ケネディーの頭をベレッタで殴りつけるようなことをせず、レヴィンは銃口を上司に向けて二発撃ち、それからわたしの胸を狙った。

目を閉じた。暖かい夏の日、プロスペクト公園の芝生の上でエイミーが寝そべっている姿が浮かんできた。

銃声が上がる。

痛みは感じなかった。暖かさも、冷たさも、なにも。

目を開けた。レヴィンは突っ立ったままだ。手から銃が滑り落ち、頭の脇に血の霧が漂っている。前のめりに倒れた。首に弾丸を食らっていた。背後にリザードの姿があった。

即座にロシア人たちは床に伏せた。

法廷の入り口から、リザードはヴィクターに狙いを定めた。わたしが地下駐車場のゴミ箱に捨てたベレッタを握っている。ブロンドの大男は反応が鈍かった。ヴィクターの弾はあらぬ方へ飛んでいった。リザードの狙いは、正確だった。

背後の窓ガラスが砕け散った。一メートルほど向こうにある検察側テーブルのマホガニーの天板が、破片となって飛んだ。グレゴールがこちらへ向けて警備員の銃を撃ったのだ。わたしは飛び起き、背を向けて逃げ出した。さらに一発、銃声が響き渡り、検察側テーブルに弾丸が当たって破片をまき散らし、顔に当たった。

隠れるところはない。

どこにも逃げ場はなかった。

さらに銃声が起こったが、走り続けた。

ジャケットが体のまわりではためき、弾丸が裏地を貫通した。目の前に窓が迫ってきた。割れた十四階の窓に向かって最後の二メートルを突っ走り、ガラスの破片の残る窓枠を飛び越え、ニューヨークの冷たい空気が胸のなかに飛び込んできた。

街から立ち上る白い煙を下に見ながら、賢い選択をしたのだと祈るしかなかった。

68

悲鳴を上げた。

銃声が起こり、窓枠に残っていたガラスの破片が弾け飛び、果てしのない空に舞った。

わたしは落ちていく。

数十メートル下のコンクリートの舗道へ向かって後ろ向きに落ちていきながら、つかの間、目に入ったのは建物の屋根と晴れ渡った青い空だった。一生が過ぎていくようだったが、おそらく二、三秒のことにすぎなかったのだろう。肩に鋭い痛みが走って足場に激突し、金属製の床に頭をしたたかに打ちつけた。白い丸い光が眼前に飛び散り、弾けたような気がした。

裁判所の外壁をきれいにするために特別に作られた足場に落ちたのだ。これほど長い足場はほかにないだろう。長さは十五メートル弱、幅は二メートルほどある。足場を吊り下げている鋼鉄製のケーブルは、わたしの手首ほどの太さがあり、屋根から地上へとのびていた。昨日と今朝、この足場で働く作業員の姿を目にしたのを思い出した。そういえば、スーツケースのなかに、ハーネスを埋め込んだカバーオールと大きなリモートコントロール装置が入っていた。

この足場がロシア人たちの逃げ道だったのだ。ニューヨーク市警は建物を封鎖し、通りに面した西側の出入口を閉鎖しているが、ロシア人は作業員の格好をし、金属製の足場を使って建物の東側を目立たないように下りていき、誰にも気づかれずに車に乗り込み、走り去る計画だったのだ。爆発が起こり、瓦礫の下に埋もれて死んでしまったと、警察やFBIには思わせておく。ロシア人どもは逃げ、地下に潜伏し、それとわからないようにヴォルチェックの商売を引き継ぐ。彼らを探そうとするものは誰もいないだろう。

法廷で響きわたっていた銃声がやんだ。

恐る恐る立ち上がった。肩から落ちたが、ゆっくりと動かすことができた。両側にある手すりをつかんで立った。足場を上下させるコントロール装置はロックされており、作動させるには鍵が必要だ。足場を動かすことはできない。法廷でアートラスが操作していたリモートコントロール装置が、足場を上下させるのだろう。

背後で窓ガラスが割れる音が響いた。裁判所が建てられたときからあるアーチ型窓四枚のうちの一枚だ。足場の反対側にある割られた窓の方へ行った。窓枠の向こうに人影が現われた。

男は背後に椅子を放り投げながら、呼吸を荒くしている。あの椅子で窓ガラスを割ったのだろう。ローブは漆喰の埃で白く汚れていた。男は咳き込み、倒れそうになる。

ハリーだった。わたしを助けるために戻ってきてくれたのだ。

69

「危ない」わたしは注意を促した。

高さに面食らってハリーはふらつき、装飾用レンガをつかんだ。わたしは窓枠に飛びつこうと足場の手すりに足をかけた。法廷内でふたたび銃声が起こった。

アートラスが反対側に降り立つと足場は大きく揺れた。わたしが出てきたのと同じ窓から足場に飛び降りたのだ。アートラスは命綱を手すりに留めた。命綱は腰からのびており、カバーオールに縫い付けられた分厚い革の三連ハーネスにつながっていた。ひざまずくと、足場を動かすリモートコントロール装置を床に置き、かかとのなかに隠していたナイフを取り出した。

「手をつかめ、エディー」ハリーが言った。

「弁護士さんよ！」アートラスが大声を上げた。

アートラスは、昨日、テッズ・ダイナーのトイレで初めて出会ったときのような笑みを浮かべた。持ち上げられた口の端に届かんばかりの頬の傷が、冷たい空気にあたってピンクに染まっている。別人のように見えた。もはや冷静な殺し屋ではない。目には苦悩の表情が浮かび、復讐の炎が燃え上がっていた。足場に落下して、わたしの頭はまだがんがんしていた。頭の傷から首に血が滴る。肩と腰はひと月ほど痛むだろう。

「終わりだよ、弁護士さん」

できるだけ後ろへ下がったが、ここならまだハリーの手に届く。アートラスとの距離は、おそらく五、六メートル。

「そのカバーオールは重いだろ」

アートラスはわたしの言葉の意味がわからなかったようだ。こちらへ向かって脚を踏み出した。

「そのカバーオールは重いので、数百グラムほど重量が増しているのに気づかないいんだろうな」

アートラスはその場に凍りつき、ゆっくりと下を向いた。

胸、腰へと手を滑らせていく。右の腿にある大きなポケットに触れたとき、手の動きが止まった。ヴォルチェエックとわたしは、ラージサイズのカバーオールがアートラスのものだろうと当たりをつけた。ヴォルチェックとの取引がまとまると、すぐに爆弾をこのカバーオールに仕掛けたのだ。

パンツのポケットから本物の起爆装置を引っ張りだし、アートラスに見えるように掲げ持った。

「こいつに向かって微笑みな、クソ野郎」

ハリーの手を取って窓枠へ飛び移り、起爆装置のボタンを押した。

ハリーはわたしの体を引き上げた。爆弾が炸裂してアートラスの体はふたつに裂け、コントロールパネルが粉々に砕け散り、足場は跳ね上がると地面に向かって落ちていった。安全なところまで体を引き上げ、膝を窓枠につくと、下の誰もいない舗道に向かって速度を増しながらくるくると落ちていく鋼鉄の足場の軋む音が聞こえた。

ニューヨーク市警が建物のまわりを立入禁止にしてくれていて助かった。足場が舗道に激突してすさまじい音が響き渡り、歯にまで振動が伝わってきたと思うほどだ。足場は跳ね上がり、よじれ、砕け散って動きを止めた。

「手が必要か？」

コールターの声が聞こえたので窓から後ろを振り返った。なかば意識を失ったケネディーを肩に抱えていた。ケネディーはかろうじて息をしていた。少なくとも一発は、防弾チョッキが防いでくれたようだ。ベレッタをウェストにはさみ込みながらリザードが駆け寄ってきて、血だらけのケネディーの体をコールターの肩から抱きとった。コールターは少し足元がおぼつかないようだ。

「バカでかいロシア人は死んだ。やつが最後のひとりだった」リザードは言った。

「行こう」ハリーが促した。

すべてはまたたく間のできごとだった。だが、裁判所の外に出て安全地帯に退避するまで、せいぜい六、七分しか残されていないだろう。バンに積んだ爆弾が炸裂するまで。

70

エレベーターは一階へ下りていく。階段を使っている暇はなかった。

警報は一秒ごとに危機が迫ってきていることを金切り声で訴えているようだった。

リザードは脚を入れ替えて踏ん張りながら、ケネディーの体重が肩に均一にかかるようにその体を動かした。わたしは息を整えることができなかった——パニックと紛れもない疲労が一気に押し寄せたのだ。コールターは今もまだ頭を抱えている。ハリーだけは落ち着き払っているようだが、恐怖に駆られていることはまちがいない。コントロールパネルの上にある階数表示から目を離さないからだ。

一階すぎるごとに声に出さずに階数を口にしている。

警報は轟き渡る。

数秒が過ぎた。

「ジミーは娘を確保したのか？」

「わからない」リザードは答えた。

ジミーに電話をかけているのだが、つながらない。

無事に身柄を確保したと報告してくれ。頼む……。

エレベーターはロビーまで降りてきて止まり、わたしたちは転がるようにしておりた。出入口のドアは開いたままになっていた。避難していく最後の一団が、警察が張り巡らせた非常線へ向かって走っていくのが二百メートルほど先に見えた。

コールターがハリーの腕をつかみ、大声で命じた。

「走れ」

リザードがハリーを追い越して走っていく、みんなが続いた。

裁判所の玄関口の階段まで来たとき、メガホーンの声が響き渡った。四、五百メートルほど先に警官が立って防爆壁から頭を突き出していた。走った。足を滑らせながらも、階段を下った。瀕死のケネディーから流れでた血でリザードの背中とパンツは赤く染まっている。靴にも血が滴り、たびたび足を滑らせる。

ハリーとコールターはわたしの前を走っていた。走りながらジミーに電話をかけようとして速度が落ちた。呼び出し音を聞きながら、防爆壁に向かって全力疾走した。

肺が燃えるように痛んだ。建物から出てきたが、いまだに頭のなかで警報が鳴り響き、一秒一秒を刻み込む。容赦のない警報の音と地面を打つ足音が混じり合った。時間切れが迫ってくるにつれ、脚の動きが遅くなっていくような気がした。

ほとんど限界だった。息が上がり、力も入らなくなった。頭は痛みで悲鳴を上げている。残っている力をすべて使って脚を動かし続ける。腕を上下に動かし、口を大きく開けているが、空気を充分に取り入れることができなかった。

非常線まであと少し——五十メートルほどだ。わたしたちを助けるために緊急救命士が通れるよう防爆壁の一部が開かれ、その隙間から向こうにいる人たちの顔が見えた。ざっと見渡したが、エイミーもジミーもいない。

前方では、待機していた緊急救命士が担架を押して前に進み出てきた。リザードがケネディーを担架に乗せる。

わたしはリダイヤルした。

もうすぐ防爆壁にたどり着く。

コールター、ハリー、リザードは防爆壁の向こうに身を隠した。

たどり着く直前に電話がつながり、ジミーの声が聞こえた。

「エディー、おれ——」

そのとき世界の天柱が崩れ去った。

爆発音で耳が聞こえなくなった。濃密な液体のなかにいきなり沈み込んだみたいだ。体が宙を舞ったのはわかったが、足が地面を離れたときのことは覚えていない。頭から舗道に落ちたものの、痛みは感じなかった。舗道の敷石を打った肉と頭蓋骨がくぐもった虚ろな音を立てただけだ。悪臭を放つガス、土、レンガに喉が塞がれるような気がした。歯の奥に衝撃が響く。

舗道に倒れたまま動けなかった。埃を巻き上げた恐ろしげな真っ黒な雲が、裁判所のあったところから立ち上るのが見えた。建物が崩壊し、すさまじい地響きが街を揺さぶった。耳は聞こえなかったが、崩れ落ちた何トンものレンガがものすごい音を立てたのを感じることはできた。金属、古い木材が焦げる濃密なにおいに息が詰まった。わたしは埃、瓦礫、煙に飲み込まれていた。意識を失う直前、悲鳴と数えきれないほどのガラスの破片が空中にはじけ飛ぶ不協和音の向こうからハリーがわたしの名前を呼ぶのを聞いたように思った。

ほかのことはなにも覚えていない。

71

口に生暖かく湿ったものを感じた。わたしの唇は乾いている。キスは気持ちを和らげた。なんとかして目を開けるとクリスティンの顔が間近に見えた。

一瞬、どこにいるのかわからなかったが、すぐに病院のベッドに寝ているのだと気づいた。

妻は身を離した。目が赤く、顔は涙で濡れていた。さらに涙が溢れ、口を覆った手の指が震えている。泣きながら、わたしを責めたて胸や腕を叩いた。わたしがそっと手を挙げると、妻は動きを止め、感情を抑えきれずにむせび泣き、一歩後ろへさがって頭を振った。

クリスティンが後ろへ行くと、その陰に小さな人影が見えた。病室の来客用の椅子で眠っている。真昼の太陽が娘の髪に戯れ、これほど美しい光を見たことはない。長い間、じっと娘を見詰めていた。光は太陽から発しているのか、エイミー自身が光り輝いているのか、わからない。身につけている小ぶりのジャケットは、ピンバッジで埋め尽くされてデニム地がその隙間からのぞいている。ブルース・スプリングスティーンのTシャツ、グリーンのジーンズ、大きすぎるブーツ。

とても穏やかな寝顔だ。

「このろくでなし」クリスティンは小さな声で言った。娘を起こしたくないのだ。「エイミーは運がよかった。殺されていてもおかしくなかったんだから。あなたはエイミーの命を危険にさらした――あなたとあの弁護士事務所が」

「わたしが危険にさらしたわけじゃない。エイミーほど大切な――」

「あなたのせいよ。殺されていたかもしれないんだから」

「クリスティン、愛しているよ、エイミーともども」

「気持ちだけじゃ足りないのよ、エディー。あなたの生き方、依頼主――それが危険すぎる。危ない橋は渡りたくないわ。エイミーにとってはあまりに理不尽」

クリスティンはそっと立ち上がり、頭を振った。

「あいつらはわたしの依頼人じゃない……」

「そんなことはどうでもいい。エイミーが誘拐されたことには変わりない。絶対にあなたを許さない」

反論することができなかった。

「意識を取り戻したって病院の人に報告してくる」

クリスティンは、まだ眠っているエイミーに目を向けた。

「疲れきっているのね。わたしたち、ふたりともぐったりよ、エディー。起こしてあげて。あなたが目を覚ますのをずっと待っていたんだから。看護師さんを呼んでくる」

クリスティンはティッシュ・ペーパーで涙を拭うと、背を向けて病室から出ていった。たんに部屋を出ていったのではなく、なんだかそれ以上の意味があるような気がした。クリスティンは、わたしたちの結婚生活に永久に背を向けたのではないか。

「エイミー」呼びかけた。

エイミーは目を覚まし、ベッド脇に駆け寄ってきた。これほどきつく抱きしめたことはなかった。髪にキスをし、ふたりで泣いた。腰と肩が痛かったが、起き上がってエイミーが傷を負っていないか確認した——あざ、切り傷、擦り傷、どれもなかった。長いあいだ、見詰めさせてくれなかった。小さな腕が首にまわされ、これ以上ないというほどの力で抱きしめられ、素敵な香りで包んでくれた——ヘアースプレー、鉛筆、デニム、風船ガム、すべてのにおいが入り交じっている。

「取り戻した。もう二度と離さない……」わたしは繰り返しつぶやいた。

ようやくエイミーはわたしを放し、ベッドに腰を掛けてわたしの手を握った。

「パパ、ちょっと妙に聞こえるかもしれないけれど、新しいペンをプレゼントしたい」

もう一度両腕で娘を抱き、大切なのはペンなんかじゃないと答えた。エイミーがペンになにを刻もうとかまわない――わたしは時にクソ野郎に成り果てるが、そんなことはどうでもいい。エイミーを心の底から愛している。もう二度と手放さない。永久に。

もうなにも心配することはないと言った。

身の安全は絶対に守っていく。

バークリーのベッドに縛りつけられたハンナ・タブロウスキーの夢に毎晩のようにうなされるのだが、その夜は見ずにすんだ。あの現場を目撃してから初めて、ハンナの夢を見ずに眠ることができた。

一週間もしないうちに、ケネディーとまともに話ができるほどに回復した。ケネディーの病室は隣だ。ケネディーはかなり重症だったので長い時間かかるものの、一命をとりとめ、快方に向かっている。一方、わたしはと言えば、あの爆発を思えば、われながらみごとな回復力だ。ひどい脳震盪を起こし、肋骨が四本折れ、切り傷や真っ黒なあざもいくつかあった。

ケネディーには今回の事件のことを話したが、すべてを打ち明けてはいない。いつものようにハリーはわたしを支えてくれた。ケネディーは何度も繰り返し謝り、FBIがわたしを事情聴取するときには味方についてくれた。ジミーは薬品で印を付けられた百万ドルを弁護士を通じて返してきた。残りの二百万ドルは自分の懐に、百万ドルはわたしのために残しておいた。

ハリーが見舞いにくるときは、こっそりとアルコールを持ち込み、飲めとすすめるのだった。わたしはためらいもせずに飲み、夜になるとトランプをした。だが、ほとんどの時間、わたしのもとには世界で一番大切な人がいた。

娘。

数日後、退院するわたしをアパートまで連れ帰るために、ハリーはニューヨーク・ダウンタウン病院にやってきた。鍵を替え、室内をきれいに片付けてくれたのもハリーだ。バッグを持ってもらい、彼のおんぼろのコンヴァーティブルまで、わたしは一歩一歩踏みしめるように歩いた。ハリーが車のロックを解除したとき、ホーンが鳴らされた。通りの向こうに白いリムジンが停まっていた。オレク・ヴォルチェックが助手席のドアの脇に立ち、わたしを差し招いた。

「エディー、行くな」ハリーが警告した。

車を縫って反対側へ渡ったが、肋骨の折れたところが鋭く痛んだ。

「なんだ？」

ヴォルチェックは両の手のひらをわたしに向けて言った。

「FBIになんと言ったのか知りたいだけだ」

「心配するな。すべてアートラスが企んだことだと言っておいた。あんたはわたしと同じ犠牲者だってな。自由の身だよ。刑務所送りにしたいのは山々だが、わたしも馬鹿じゃない。FBIにすべてを話せば、あんたはセヴァーン・タワーズでの一件を暴露するだろ」

ヴォルチェックは笑った――一瞬だったが。

「よし、おたがいに理解しあえて嬉しいよ。もうおれを裏切ろうとするな。お互いに対等だ。もう蒸し返すんじゃないぞ。忘れるな。おまえの娘がどこに住んでいるのか知っている」

黒いジーンズ、黒い革のコートを着たもうひとりの男――おそらくロシア人――が運転席からおりてきて、リムジンをまわりこみ、ヴォルチェックのために助手席のドアを開けた。運転手は大男で醜く、ボクサーのように鼻は潰れ、黒い目は小さかった。ドーベルマンがこそ泥の尻を眺めるような目つきでわたしを見た。運転のほかにはるかに多くのことをするために雇われたのは明らかだ。ヴォルチェックはブラトヴァを再建している。部下にドアを開けさせたのは、新たに築いた力を誇示し、まだ組織を牛耳っているのだとわたしに示すためだ。

わたしは歩み去ろうと一歩踏み出したが立ち止まり、振り返って声をかけた。

「なあ、もうひとつだけ……」

ヴォルチェックは片足をリムジンにかけ、半身をこちらに向けた。運転手はドアを開けたまま待っている。

呼吸するたびに肋骨のあたりが痛んだが無視し、バランスを崩さないように運転手の向こうずねに蹴りを食らわせた。運転手は片膝をついた。わたしは脚をおろし、体勢を整え、腰を安定させて右フックを繰り出した。パンチはヴォルチェックの顔にみごとに決まり、頭が助手席の窓ガラスを突き破った。それから開いているドアをつかむと、運転手のパンチドランカーのような顔に叩きつけた。

ブラトヴァのかつてのボスはアスファルトに倒れ、体には小さく丸いガラスの破片が散らばっている。両手で顔をかばった。

「エイミー、ジャックとその妹さんからのお返しだ。FBIのことは心配するな。ジミー・ザ・ハットには気をつけたほうがいい。甥を殺され、血を求めている。おれがあんたなら、ここにいるでかい猿を連れて飛行機に飛び乗るがな。ああ、それから、わたしたちは対等じゃない。娘は市長よりも安全なところにいる。ジミーとわたしで確実に娘を守っている。二十四時間体制で見張りをつけている。だから、わたしを脅そうとしても無駄だよ、間抜け野郎。またお目にかかることがあれば——お前の手下が家族に近づいたときもだが——死ぬことになる。ゆっくりと時間をかけてな」

車やタクシーを急停車させながら通りを横切り、ハリーの車に戻った。ハリーは頭をこすり、軽蔑したようにわたしに目を向けた。口を開くと、その声は穏やかながらも失望がこめられて重々しかった。

「馬鹿なことを」

ハリーの言うことはたいてい正しいのだが、これもまたそのとおりだ。

72

退院してすでにひと月がたとうとしている。エイミーも徐々に回復しつつある。今もまだ恐怖に駆られてひとりで外出しようとしないが、ゆっくりと立ち直っている。早く学校に復帰できればいいのだが。ジミーの手下が、エイミーとクリスティンを見張ってくれているが、ウィリアム・ストリートで叩きのめしてから、ヴォルチェックの噂は誰も耳にしていなかった。エイミーとわたしは毎晩八時に電話で話をしたが、クリスティンはわたしと言葉をかわすことを拒んでいた。責めることはできない。クリスティンは、常に目の届くところにエイミーがいるようにしていた。だから、わたしのところにもほとんど来なくなった――二週間に一度、二時間だけ、わたしのほうから元の家を訪ねるだけだ。

中古のムスタングを角に停め、車からおりて助手席に置いた革のダッフルバッグを持ち上げた。

このあたりはブロンクスのなかでも特に貧しい地域で、目の前にあるのは荒れ果てた二階建ての家だ。窓台はどれも残っているものの、朽ち果てているのが外からもわかる。室内の湿った臭気を鼻に感じることができる。この家の前を何度も通り過ぎた。しかし、いつも車を停める勇気はなかった。

だが今日はちがう。

午前七時五分。通りは静まり返っている。

ダッフルバッグを玄関前に置き、呼び鈴を鳴らした。

廊下をこちらにやってくる足音がする。

ドアの鍵を開け、チェーンが外される音がしたが、わたしはすでにムスタングまで戻り、ドアを開けてなかに乗り込んでいた。ハンナ・タブロウスキーがドアを開けたときには、車を走らせていた。ハンナはダッフルバッグとその上に置いていた手紙を手にとった。

許しは乞いたくない。わたしの落ち度ではないという言葉は聞きたくなかった。

なにをしてしまったのか、身にしみている。同じまちがいはもう二度と繰り返すまい。世の中には悪いやつらがいる。弁護士として働くからには、自分がなにをしでかした人間なのか忘れずいるつもりだ。悪人どもを解き放ってふたたび他人を傷つけるようなことは絶対にさせない。

リアヴュー・ミラーに目を向けた。ハンナ・タブロウスキーは手紙を読み終え、ダッフルバッグを開けたところだった。九十万ドルの一部が舗道に落ちた。ハンナは顔を上げ、角を曲がるわたしの車を見詰めた。

わたしはギアを三速に入れ、アクセルを踏み込んだ。

謝　辞

わたしのエージェント、AMヒースのユアン・ソーニークロフトが情熱を発揮し、知識をフル活用し、持てる力量を注ぎ込んでくれなければ、本書が世に出ることはなかっただろう。ユアンは編集者であり、師であり、友人でもある。AMヒースのスタッフの面々は、懸命に働き、わたしを作家に育て上げてくれた。感謝の言葉もない。ジェニファー、ヘレーネ、ピッパ、ヴィッキーには特に謝意を表したい。

オリオン・ブックスの犯罪的にまで有能な編集者ジェマイマ・フォーレスターは、わたしのために激務をこなし、鋭い洞察力を発揮し、あり余るほどの情熱を作品に注ぎ込んでくれた。ここで改めてお礼を申し上げたい。オリオン・ブックスとの仕事は楽しく、グレーム・ウィリアムズ、アンジェラ・マクマホン、その他オリオン・ブックスの担当チームの面々に感謝の気持と賞賛の言葉を贈りたいと思う。ジョン・ウッドには特別に謝意を表したい。ジョンはビリヤードの世界では、言うなればある種のペテン師だ。

こうしたよき人たちに恵まれて小説を書き上げ、出版にまでこぎつけることができて、わたしは運がよかった。

家族、友人、仲間の作家、原稿をチェックしてくれた人たち、特にサイモン・トンプソン、エイス、マッキー、それにジョン・"完敗《バークル》"・マッケル、みんな、励ましてくれてありがとう――大きな力になってくれた。

最大の感謝を素晴らしい妻、トレイシーに。わたしに対する不満を懐にしまい、信じてくれ、さらに、毎日、わたしや子どもたちのためにあらゆる雑務をこなしてくれた。

訳者あとがき

冒頭の一行からいきなり物語世界に引きずり込まれ、その後、ひねりの利いたプロットに翻弄されながらも、ときにさしはさまれる冒険に手に汗握り、クライマックスへ至る、それが本書『弁護士の血』（原題：*The Defence*）である。

本書の主な舞台は法廷だ。その臨場感あふれる描写は、著者スティーヴ・キャヴァナーが作家になる前に身をおいた世界であるからだろう。この法廷での検察側と弁護側の火花を散らす駆け引きには、素人である訳者などは、えっ、そんなことが起こりえるの？　という驚きの連続だった。とにかく主人公エディー・フリンの弁護ときたら……。きっと読者の皆さんも驚かれるはずだ。しかし、こうした法廷での場面は、おそらく絵空事ではないのだろう。とはいえ、本書は純然たる法廷ものでもない。ロシアン・マフィアの実態などはクライムノベル風であるし、アクションシーンなどもほどよく配され、エンターテインメント小説としてよくできた作品である。飽きることはない。まさに巻を措く能わず、だ。

物語の舞台はニューヨーク。弁護士のエディー・フリンは、ある事件がきっかけとなって酒びたりとなり、家庭崩壊の寸前にあった。よくある設定であることは認めよう。しかし、このある事件というのがすさまじく、エディー・フリンが酒に手を出すのも当然だと納得させられる。妻は夫の仕事を頭では理解しているようだが、ついていけない。しかし、十歳になる娘のエイミーはエディーになついていた。目に入れても痛くないほど愛している娘がロシアン・マフィアに誘拐され、エディーはそのボスの弁護を引き受けずにはいられない状況に陥る。勝ち目のない裁判だったが、ロシア人たちの目的は裁判に勝つことではなく、ある重要証人の殺害にあった。その証人はFBIの保護下にあり、どこにいるのかつかめず、法廷内で殺害するしかないのだ。エディーは警備厳重な裁判所内への爆弾の運び屋として目をつけられたのだった。エディーは娘を取り戻すためにおのれの命さえ顧みずに危険を冒し、策を弄していく。子どもを守ろうとする父親は強い。まさに火事場の馬鹿力を発揮する。しかし、この裁判はどこかおかしなところがあった……。

単純に進むかに見えたストーリーは、意外な方向へと進んでいく。謎が謎を呼び、そこにエディー・フリンの過去の姿、家族愛などが織り込まれ、物語に膨らみを与えていく。ロシアン・マフィアの面々の存在感、端役にいたるまで人間として描かれる人物造形の確かさも無視できない。特にエディーの恩人であり友人でもある上級裁判官ハリー・フォードは異彩を放っている。

エディーの家族を思う気持ちは凡庸であるがゆえに強く純粋であり、さらに転落の原因となった事件をきっかけに、弁護士としての良心を貫こうとするエディーの姿勢には一本筋が通っている。こうした点がエンターテインメントに徹しながらも本書が深い感銘を与える所以であろう。と書いてしまうのはやはり、原作を褒めたくなる訳者の性《さが》なのか？　ぜひ本書を読んで確かめていただきたい。

最後に著者スティーヴ・キャヴァナーについて記しておく。本書はニューヨークが舞台だが、著者は生まれも育ちも北アイルランドのベルファスト。十八歳のときにダブリンへ引っ越し、本人によると「間違って」法律を学んだ。その後、皿洗い、用心棒（なんとも小説的！）、警備員、コールセンターのオペレーターなど仕事を転々としたあと、ベルファストの大手弁護士事務所で調査員として働き、この事務所で仕事をしているあいだにソリシタ（法廷弁護士と訴訟依頼人の中に立って訴訟事務を取り扱う弁護士）の資格を得る。その後、より規模の小さな法律事務所へ移り、市民的権利の分野で活動する。ここで世間の注目を集める訴訟をいくつか担当した。二〇一〇年、職場で人種を理由に差別にあった依頼人の弁護を引き受け、人種差別を徹底的に叩きのめし、その功績は北アイルランドの法曹界の歴史のなかで燦然と輝いている。様々な法律的な問題でレクチャーすることが多いが、本人談によると、実はジョークを飛ばすことが好きなだけだという。

現在、北アイルランドで妻とふたりの子ども、犬とともに暮らしている。

本書『弁護士の血』はスティーヴ・キャヴァナーのデビュー作だ。なお、著者のホームページ、http://stevecavanaghbooks.com/ によるとエディー・フリンの次回作は、二〇一六年には刊行されるのではないかということである。楽しみに待ちたい。

二〇一五年六月末日

ロング・グッドバイ

レイモンド・チャンドラー

The Long Goodbye

村上春樹訳

私立探偵フィリップ・マーロウは、億万長者の娘シルヴィアの夫テリー・レノックスと知り合う。あり余る富に囲まれていながら、男はどこか暗い陰を宿していた。何度か会って杯を重ねるうち、互いに友情を覚えはじめた二人。しかし、やがてレノックスは妻殺しの容疑をかけられ自殺を遂げてしまう。その裏には哀しくも奥深い真相が隠されていた。新時代の『長いお別れ』が文庫で登場

ハヤカワ文庫

さよなら、愛しい人

Farewell, My Lovely

レイモンド・チャンドラー
村上春樹訳

刑務所から出所したばかりの大男、へら鹿マロイは、八年前に別れた恋人ヴェルマを探しに黒人街の酒場にやってきた。しかしそこで激情に駆られ殺人を犯してしまう。偶然、現場に居合わせた私立探偵のマーロウは、行方をくらましたマロイと女を探して夜の酒場をさまよう。狂おしいほど一途な愛を待ち受ける哀しい結末とは？　名作『さらば愛しき女よ』を村上春樹が新訳した話題作。

ハヤカワ文庫

約束の道

This Dark Road To Mercy

ワイリー・キャッシュ

友廣 純訳

〔英国推理作家協会賞ゴールド・ダガー賞受賞〕

母さんが死に、施設にいたわたしと妹のもとに三年前に離婚して親権も放棄したウェイドが現われた。母さんから彼は負け犬だと聞かされていたが、もっとひどかった。ウェイドは泥棒でもあったのだ。すぐに何者かに追われ、わたしたちはウェイドとともに逃亡の旅に……

ハヤカワ文庫

ミスティック・リバー

Mystic River

デニス・ルヘイン

加賀山卓朗訳

〔**映画化原作**〕友だった、ショーン、ジミー、デイヴ。が、十一歳のある日デイヴが男たちにさらわれ、少年時代が終わる。デイヴは戻ったが、何をされたかは明らかだった。二十五年後、ジミーの娘が殺された。事件担当は刑事となったショーン。そして捜査線上にデイヴの名が……青春ミステリの大作。解説／関口苑生

7人目の子（上・下）

Det syvende barn

エーリク・ヴァレア
長谷川 圭訳

〔「ガラスの鍵」賞受賞作〕誰かぼくたちをもらってくれますか？　児童養護院の一室で撮られた7人の幼子の写真。それが載った古い記事とベビーソックスの入った封筒がデンマーク国務省に届き、省の長官は怖れを抱く。彼自身、養護院の秘密を隠しており……北欧最高のミステリ賞を受賞した心揺さぶるサスペンス

ハヤカワ文庫

監視ごっこ

アンデシュ・デ・ラ・モッツ
[geim]
真崎義博訳

〈ゲームに参加しますか？〉——失業中の男ペテルソンが拾った携帯電話の画面には、そんな文字が映し出された。誘いに応じ、提示されるイタズラを実行しただけで現金がもらえるのだ。しかも彼の〝活躍〟動画がネットに公開され、「クール！」と評価される。が、指令が犯罪の域に達し、悪夢が待っているとは……

ハヤカワ文庫

瘢《はん》痕《こん》

SKINNDØD

トマス・エンゲル
公手成幸訳

公園にぽつんと張られた白いテント。その中に、まさかあんなものが隠されていたとは——酸鼻をきわめる女子学生殺害事件。火災で一人息子を亡くし、心と体に深い傷を抱えたまま復帰した事件記者ヘニングも取材に奔走するが、その行く手には……はたして事件の真相を暴けるのか？　英米でも絶賛された北欧の新星

ハヤカワ文庫

さよなら、ブラックハウス

The Blackhouse

ピーター・メイ

青木 創訳

寂しい島だった。だがかつてそこには、支え合った友がいた、愛し合った恋人がいた――エジンバラ市警の刑事フィンはイギリス本土から離れた故郷に戻ってきた。惨殺事件の捜査のためだが、一刻も早く島を出たかった。少年時代に経験した儀式「鳥殺し」の記憶から逃れるために……息苦しくせつない青春ミステリ。

ハヤカワ文庫

幻の女

Phantom Lady

ウイリアム・アイリッシュ
稲葉明雄訳

〝夜は若く、彼も若かったが、夜の空気は甘いのに、彼の気分は苦かった〟暗いムードを湛えた発端……そして街をさまよったあと帰宅した彼を待ちうけていたのは、絞殺され、無惨に変わり果てた妻の姿だった。強烈なスリル、異常なサスペンスを展開し、探偵小説の新しい型を創り出したアイリッシュの最高傑作！

ハヤカワ文庫

訳者略歴　1956年生，早稲田大学第一文学部演劇学科卒，英米文学翻訳家　訳書『愛書家の死』ダニング，『ベルリン・コンスピラシー』バー＝ゾウハー，『甦ったスパイ』カミング，『レッドセル』ヘンショウ（以上早川書房刊）他多数

HM=Hayakawa Mystery
SF=Science Fiction
JA=Japanese Author
NV=Novel
NF=Nonfiction
FT=Fantasy

弁護士《べんごし》の血《ち》

〈HM㊶-1〉

二〇一五年七月 二十 日　印刷
二〇一五年七月二十五日　発行
（定価はカバーに表示してあります）

著者　スティーヴ・キャヴァナー
訳者　横《よこ》山《やま》啓《ひろ》明《あき》
発行者　早川　浩
発行所　株式会社　早川書房
郵便番号　一〇一 - 〇〇四六
東京都千代田区神田多町二ノ二
電話　〇三 - 三二五二 - 三一一一（大代表）
振替　〇〇一六〇 - 三 - 四七七九九
http://www.hayakawa-online.co.jp

乱丁・落丁本は小社制作部宛お送り下さい。
送料小社負担にてお取りかえいたします。

印刷・三松堂株式会社　製本・株式会社川島製本所
Printed and bound in Japan
ISBN978-4-15-181251-4 C0197

本書は活字が大きく読みやすい〈トールサイズ〉です。